全世界我只想和你在一起

米西亚——著

群言出版社
QUNYAN PRESS
·北京·

你本人跟照片上很不像啊？整容了？
是啊，你看我这眼睛，鼻子，颧骨，还有下巴都是整的，效果不错吧！
没关系，只要性别不是整出来的就行！
既然你不嫌弃！那我们就……交往……结婚，怎么样？
好啊！

其实……我已经有男朋友了!
只要没结婚,就有公平竞争的机会!
君子不夺人所爱!
可我不是什么君子!
那你也不能做小人啊!
为你做回小人也无妨!
用不着牺牲这么大吧!

目 录
CONTENTS

Chapter1　遇见爱情的方式 / 001

Chapter2　都是缘分惹的祸 / 041

Chapter3　追女孩的一百种方式 / 095

Chapter4　家家有本难念的经 / 139

Chapter5　传说中的恶魔教官 / 191

Chapter6　真正的恶魔 / 231

Chapter7　潘多拉的爱情魔盒 / 261

Chapter8　是朋友，还是情敌？ / 285

Chapter1　遇见爱情的方式

1.

下午时光,在一家名为"可可西里"的咖啡厅里,柔美悠扬的轻音乐在寂静的空气里缓缓地流淌着。

咖啡厅的角落坐着一对男女,其中身着一身绿色军装的男人是 N 集团军赫赫有名的军三代,某特种部队的中队长——许烨磊。

此时的许烨磊脸上呈现着一副饶有兴致的神情,锐利又深邃的眼眸毫不忌讳地打量着坐在对面的孙萌萌。

一头俏丽的短碎发,皮肤白皙如牛奶,眉如柳月,眼如星星,双唇粉嫩,身穿白色的 T 恤,浑身散发着一种年轻的活力。整体而言,她称不上惊艳,但也算得上是个阳光型美女!

可这么粉嫩阳光的小丫头跑来相亲,是没男人要了,还是太想要男人了?

孙萌萌也正不着痕迹地打量着对方。她原本以为自己会看见一个五大三粗、又黑又丑的老男人,没想到对方简直就是一封面型男,刚毅不失帅气的脸,浓黑如墨的眉毛,深邃如潭的眼睛泛着锐利的光芒,整个人给人一种淡定沉稳、从容不迫的感觉。

话说她孙萌萌不是没见过帅哥,不过如此英俊的军人倒是头一次见到。他真的是军人?不是男演员?孙萌萌再三地看了桌上的照片,穿着军装的他确实是两杠两星——中校。

两人互相审视对方一会儿,许烨磊率先开口:"你是孙贝贝?"

"嗯,我是孙贝贝!"孙萌萌心虚地挺起胸脯答应道。许烨磊看了一下桌上的照片,目光又往孙萌萌身上投去:"你本人跟照片上很不像啊?"

孙萌萌也瞥了一眼桌上放着的照片,那是堂妹孙贝贝的照片,怎么可能像呢?这个问题该怎么回答他?说女大十八变,还是跟他上演一段《让子弹飞》里的搞笑片段?

孙萌萌还没想好怎么应对,就见许烨磊那深沉的目光在她的脸上又转上了几圈,嘴里吐出三个字:"整容了?"

啊?本姑娘天生丽质难自弃,用得着整吗?不过既然他这么认为,她也不妨顺着他的意思瞎掰下去,反正她出现在这里的目的就是为了帮堂妹孙贝贝速战速决地搅黄这次相亲。

孙萌萌故意挤出一脸的僵笑:"是啊,现在整容是时尚流行趋势,你看我这眼睛、鼻子、颧骨,还有下巴都是整的,效果不错吧!"

想必这么一说,对面的男人肯定会抬腿就走,试问有多少男人会喜欢人造美女,何况还是一个传统的军人?孙萌萌心里暗自欢喜,就等着他起身拂袖离去,这样自己就可以彻底解脱了!

可是,对面坐着的许烨磊却丝毫没有要离开的迹象,不紧不慢地端起桌上的咖啡,动作优雅地轻轻喝了一口,一副无所谓的表情:"没关系,只要性别不是整出来的就行!"

算你狠!孙萌萌见他油盐不进,只好出狠招:"哦,既然你不嫌弃!那我们就……交往……结婚,怎么样?"

说完这话,孙萌萌恨不得抽自己两嘴巴,万一他当真答应了怎么办?到时候是堂妹孙贝贝嫁给他,还是她嫁给他啊!

孙萌萌心里暗暗祈祷着,许烨磊似乎看穿了她的想法,靠坐在沙发上,深邃的眼眸中透出一抹不被察觉的戏谑,痛快地应下:"好啊!"

此话一出,孙萌萌原本的镇定瞬间被一阵慌乱所代替:"那个……我是开玩笑的,开玩笑的。再说,相亲结婚这事挺俗气的,而且初次见面就说结婚也挺肤浅的,我觉得你得慎重考虑……"

闻言,许烨磊眼中闪烁着笑意,但脸上的表情却是那么的一本正经:"嗯,的确得慎重,不过我已经考虑清楚了!"

"你考虑清楚什么了?"孙萌萌眯着眼睛好奇地问。

"跟你交往……结婚!"许烨磊的眼睛泛着狡黠的光芒。

天哪！他不会对自己一见钟情吧！这该怎么办？事情怎么会发展成这样呢？

淡定！这种时候必须淡定！孙萌萌迅速调整好情绪，同时使出最后一个撒手锏："不好意思，其实……我已经有男朋友了！"

这招对别人也许管用，可惜她遇到的人是许烨磊，眼睛堪比 X 光，一眼就看穿了她的假话："只要没结婚，就有公平竞争的机会！"

妈呀，这男人还真看上她了！

"君子不夺人所爱！"孙萌萌毫不客气地回敬道。

"可我不是什么君子！"许烨磊靠着沙发，一本正经道。

"那你也不能做小人啊！"孙萌萌急了。

"为你做回小人也无妨！"许烨磊继续一本正经。

"用不着牺牲这么大吧！"孙萌萌不禁汗颜。

唇枪舌剑一番后，孙萌萌认定一件事，这个男人是朵奇葩！是谁说军人的形象都是严肃呆板、拙嘴笨舌的，这男人的口才都快赶上相声演员了！要是再这么纠缠下去，搞不好会赔上堂妹的终生幸福！

"不好意思，我还有事，先走了！"孙萌萌最终败下阵来，只好脚底抹油走为上策，抓起旁边的包逃出咖啡厅。

从咖啡厅逃出来后，孙萌萌拐过一条街，随后钻进一辆白色的奥迪车里。

"给我拿瓶水，快渴死我了！"孙萌萌口干舌燥地跟坐在驾驶座上的孙贝贝要水喝。

"不是吧，那个许烨磊这么抠门，连杯咖啡都没请你喝？"孙贝贝皱了皱眉头，大呼意外，"还是说，姐你很没魅力啊！"

"少啰唆，快去！"孙萌萌剜了她一眼。孙贝贝去后备厢拿了一瓶水回到车内，边递给她边问："事情圆满解决了吗？"

换做平常孙萌萌肯定会拍着胸脯说："由我出马，马到平川！"可是这次不一样，那可是中国人民解放军啊，而且还是特别奇葩的那种！

孙萌萌灌了几口水下去，一脸爱莫能助的表情看着孙贝贝："你刚才不是说我没魅力吗？我现在就告诉你一件很有魅力的事情，知道刚才许烨磊跟我说什么吗？"

"说什么？"孙贝贝好奇地眨巴着眼睛。

"他说……"孙萌萌瞥了她一眼，顿了一下，卖个关子。

"急死人了，他到底说了什么啊？"孙贝贝那性子绝对是遗传他爸，立马着急上火。

"他说要跟我（孙贝贝）交往……结婚！"孙萌萌故意加重了括弧里的人名。

"什么！"孙贝贝那尖锐的嗓音简直要把车顶给掀开了，"我不是叫你搅黄这次相亲吗？你怎么还保媒拉纤上了？"

"我哪知道他哪根筋搭错了！"孙萌萌避重就轻地说，她肯定不会告诉孙贝贝是因为她那句不慎重的话，才导致后面局面失控。

"我不管，我不管，反正我死都不会嫁给那些傻当兵的……"孙贝贝懊恼地叫嚣了起来。

从小到大目睹她父母的非人生活方式，孙贝贝打心底就排斥，她才不愿意像她妈妈那样生活。经常见不到爸爸的身影也就算了，妈妈做什么事情都是自己一个人，每次她生病感冒都是妈妈连夜抱着她去医院，想想都觉得心酸不已。可是没想到她那经常独守空房、受苦受难的亲妈还想把自己往军嫂的火坑里送，积极地给她安排这次相亲。

即使把刀架到她脖子上，她也不会嫁给军人！

孙萌萌眯起眼睛定定地看着孙贝贝："贝贝，其实那个中校长得挺帅的，而且还是个军三代，跟你多般配啊，不可多得的夫婿人选，你却把他推得远远的，跟我说说，你是不是下雨天没打伞——脑门进水了？"

孙贝贝嘟着嘴巴，脸上的表情却异常地坚定："我再次重申一遍，我是绝对不会嫁给当兵的，看我妈这辈子过的是什么日子，我怎么可能把我这么美好的青春年华跟她一样献给军人呢？"

孙萌萌无语，不过要是这话被中将大伯听到的话，肯定要被关上一周禁闭。

"姐，这亲是你帮我相的，既然他看上了你，就由你负责好了！"孙贝贝顺势把这个"绣球"抛给孙萌萌。

"呸，你不要，难道我就要啊，当我是捡垃圾的啊！"孙萌萌不客气地回敬一句，"还有啊，孙贝贝你可别过河拆桥啊！要是早知道你有这等狼子野心，看我还帮你不！"

"姐，我错了，刚才嘴巴没把门，漏风了，不信你看看。"孙贝贝知道自己刚才的话的确不仗义，立马嬉皮笑脸地改口。

"别叫我姐！"孙萌萌摆着脸，把头扭向窗外。

"姐，我的亲姐，我最亲最亲的亲姐。"孙贝贝摇着孙萌萌的手臂，在那挤眉撒娇。

孙萌萌拿她无可奈何，扑哧一声笑了出来："好了，小祖宗，你就别担心了，从他跟我唇枪舌剑的谈话中，我猜他的想法跟你一样，没这个意愿和你一起组织幸福的小家庭啊！"

"真的吗？"孙贝贝听了，眼睛立马放光。

"真的！"孙萌萌肯定地点头。

"啊——太好了！谢谢你，我的亲姐！"孙贝贝激动地捧着孙萌萌的脸，吧唧猛亲一口。

"恶心，都是口水！"孙萌萌毫不领情地一把将她推开，嘴上不忘再次叮嘱，"今天这事仅限于我和你有知情权，要是被你家的中将夫人知道，你和我可就吃不了兜着走了！"

"Yes！ Madam！"孙贝贝向孙萌萌敬了一个标准的军礼。

"走，吃饭去！"孙萌萌大手一挥，十足的首长范，给孙贝贝下达命令。

"Yes！ Madam！"又是一个军礼。

孙萌萌离开后，许烨磊也没多做逗留，结完账直接开车回家。一进家门，诱人的香气扑鼻而来。客厅的大饭桌上摆满了色香味俱全的佳肴，光闻香味就让人直流口水。

Chapter1 遇见爱情的方式

"这么快就回来了，没和贝贝一起吃饭吗？"师文茹见儿子回来，迎了上去。

"她有事先走了！"许烨磊边脱外套边回答她。

"这样啊，那改天再约她一起吃饭。去洗手吧，要开饭了！"师文茹说完转身回到厨房。

许烨磊洗完手，回到客厅，拉开侧边的一条椅子就坐下来，主桌席坐着的是一位身着半新不旧的绿色军装、年过七旬的老人。

老人一脸的刚正威严，头发花白，但精神面貌特别的好，脸上的胡子也刮得干干净净，腰杆挺得笔直！

这位老人就是许烨磊的爷爷——许大雷！他是十年前从B集团军军长位子上退下来的。许大雷手握军权大半辈子，是在军队里混了一生的正统军人，是曾经参加过抗美援朝，戎马一生，赫赫战功，流过血，掉过肉，就是没有吭一声的铁血傲骨中人。

许大雷的左手边坐着的是他的夫人和儿媳，也就是许烨磊的奶奶和妈妈。原本一家人都在B市生活，在许大雷退休的第三年，萌生了落叶归根的想法，所以举家搬到了N市。许烨磊的妈妈师文茹的工作也随着调动，现在在N市的军区总院任副院长兼骨科主任医师。至于许烨磊的爸爸许卫国，在许烨磊11岁的时候就为国捐躯了。

身为军人，不管什么时候都要把腰板挺直，这是许大雷从小对许烨磊的教育，所以此时许烨磊的坐姿跟在部队没两样，标准的军人坐姿。

"磊子，相中了没？"奶奶童华和蔼地看着许烨磊试探地问。许大雷那精锐的眼神也跟着扫了过来，两耳竖起，期待着许烨磊的回答。

许烨磊咽下口中的米饭，声音低沉地道："没有！"

"什么？你看不上孙耀武的女儿？"听完，许大雷剑眉微挑，声音也提高了几个分贝。

"是她没看上我！"许烨磊夹了筷子青菜往嘴里送，虽然把罪名推给对方实在很不男人，但这也是不争的事实啊！那丫头的确也没看上他！

自从老爷子退休后，就把注意力全部集中到自己身上，特别是这两年，跟转性似的，开始想着抱曾孙，从而也不知给他下了多少套逼他去相亲。今天的相亲正是他和老妈师文茹联手策划的杰作。

"什么！孙耀武的女儿竟然看不上你！"老头子的声音极近咆哮。

"老头子，吃饭的时候能不能小声点！"奶奶连忙劝说。

"竟敢看不上我许家的男人，臭小子，你得给我争回这口气，这次回来没搞定对象，你别想回去。"许大雷倒是不依不饶起来，不服输的劲一个劲地往上冒，当机立断地给许烨磊下达了任务。

"爷爷，我队里还有事要处理，明天上午要回S市……"许烨磊委婉地表示自己没这个闲工夫。

"我吃完饭给你大队长打电话，让你多请两天假！"许大雷的语气不容置疑，即使退位下来，那些集团军的各级首长还是得敬他七分。

老爷子真把娶孙媳妇当成军队的作战计划了，许烨磊有些无语，锐利如锋芒的黑眸掠过一道不易察觉的幽光，最后以退为进，口气诚恳地说："爷爷，队里真有事！要不我下次回来再去相亲行吗？"

"不行！"许大雷坚决否定了他的提议。许烨磊不由皱眉，看来老头子是不达目的誓不罢休啊！

"磊子，你今年也31了，老大不小了，你看你那些战友，个个都娶妻生子，你就别再拖延了！赶紧找个好姑娘，给奶奶生个大胖曾孙！"童华慈爱地笑着，执起筷子给许烨磊夹了一只鸡腿。

"是啊，烨磊，你年龄也不小了，很多像你这么大的人，小孩都背书包去上学了！"师文茹也加入了劝说的行列。

许烨磊放下碗筷，端起旁边的果汁喝了一口，脸色明显有些不耐烦，扯着嘴角："各位长辈，我想结婚，自然会结，还有，我再次声明，别老是一厢情愿地强迫他人嫁女啊！"

"怎么说话的！什么叫强迫他人嫁女啊！许烨磊太放肆了你！"许大雷不高兴地板起脸大声呵斥道。

Chapter1 遇见爱情的方式

"好了，好了，这是饭桌，不是部队，有话饭后再说，吃饭，吃饭！"师文茹见此，连忙打圆场。

"这里虽不是部队，但是在战场上能征服千千万万个敌人，生活中却连一个女人都征服不了！这像话吗！"许大雷义正词严地叩着桌子，一板一眼地训斥道。

唉，许老首长的老毛病又犯了！估计是太久没给士兵们训话了，每次一到饭桌上，就把家人当兵训！师文茹也没敢再开腔，和儿子、婆婆边吃饭边挨着训。

"别在这儿当军长，吃饭！"童华开口道。

这话不但没有制止许大雷，反而让他更加滔滔不绝。一顿晚餐下来，许烨磊的耳朵都快起茧了。

晚餐过后，许烨磊直接上了楼。

许烨磊有些疲惫地靠在藤椅上，今早接到老妈的电话说老爷子住院了，病情严重，于是火急火燎地从 S 市坐飞机赶了回来，没想到一落地却见老爷子健健康康地站在那里，还把他直接逮去相亲，真是够了！

军校一毕业许烨磊直接申请到 N 集团军某特种部队服役，这是他爸爸许卫国以前待过的部队，许卫国是 N 集团军某特种部队的第一任大队长，可惜在一次执行任务的时候，被贩毒分子打中脑部，就此为国捐躯。

当兵到现在，虽然有位高权重的爷爷，还有令人崇仰的父亲，但许烨磊没有接受部队一丝一毫的"特殊关照"，全部都是凭借着自己的本事，在自己的胸口上添上一块又一块的军功章。在短短 7 年时间里，从一个小小的少尉混到 N 集团军某特种大队中队长。

"咚咚！"一阵敲门声传来。

许烨磊蓦然回过头，房门已被打开来，师文茹端着一杯牛奶走了进来。

"还没洗澡啊？"师文茹见他依旧穿着军装笑问。

"等会儿就去。"许烨磊站了起来，接过师文茹手中的牛奶，放在桌上。

"是不是不高兴啦？"师文茹看着许烨磊的脸色试探地问。

"没有！妈，你坐。"许烨磊把藤椅让给师文茹坐，自己则坐到旁边的板凳上。

"还说没有，瞧你这张脸黑得快成炭了！"师文茹伸手摸了摸许烨磊那英俊的脸庞，半年没见又瘦了一圈。

"那还不是你和老爷子的杰作！妈，拜托你少跟老爷子一起掺和我的事好吗？"许烨磊拉过师文茹的手恳求道。

师文茹拍了拍许烨磊的手背："烨磊啊，妈知道你以事业为重，可是结婚和事业是不相冲突的！"

果然，老妈又是因为这事上来当说客了！这两年来，为了结婚的事，磨得他的耳朵都长茧了！看到许烨磊又以沉默来应对，师文茹的脸上露出一丝无奈，寻思了一下，开口问："儿子，你是不是自己有喜欢的人啊？"

"没有！"许烨磊很果决地回她。

"唉……"师文茹叹了口气，望着一脸疲惫的许烨磊，眼里拂过一丝心疼，"儿子，不是妈想抱孙子，逼着你结婚，而是想你累的时候，有个贴心人陪在你身边。"

师文茹一直都是一个善解人意的妈妈，之所以和许老首长统一战线，逼着儿子娶媳妇，无非就想在他累的时候，身旁有个人可以给他慰藉并帮他分担疲劳罢了。

"再说爷爷奶奶岁数也大了！特别是你爷爷退下来搬回这里以后，整天闷在家里，我都怕他闷出病来，你要是结了婚，生个孩子给他带，老爷子也就不会那么无聊了！"师文茹说的是事实，许老首长这些年的确闷坏了，就指望着许烨磊结婚给他生个曾孙排忧解闷呢。

"妈，这些我都知道，但结婚这事我觉得你们还是再等等吧！"许烨磊有些烦躁地回她。

"等？要等到什么时候啊？是不是要等到你妈我牙齿掉光，你才肯娶媳妇啊！"一向好脾气的师文茹也开始急了。

"那倒不至于，只要再等个三年五年就可以了！"许烨磊知道老妈急了，不由用打趣的口吻缓和气氛。

"没良心的臭小子！"师文茹伸手拍了一下他的后背。

见他态度这么坚决，估计也是没遇到自己喜欢的，师文茹也只能见好就收："好了，不说了，把牛奶喝了，去洗澡睡觉，看你那两只眼睛红得跟兔子似的！"

许烨磊终于松了口气，二话不说，拿过牛奶一口喝完，拉过茶几上的餐纸，拭了拭嘴："妈，你也早点休息！"

师文茹离开后，房内瞬间恢复宁静。

许烨磊叉着腰站了一会儿，随后边伸手将衬衣的纽扣一颗一颗解开边往浴室走去。几分钟后，健硕挺拔的身躯便穿了一件白色睡袍傲然而立，许烨磊手里拿着一条大大的毛巾，一下没一下地擦着头上那一根根抖擞的寸发。

头发擦干后，许烨磊把手上的毛巾往藤椅上一扔，掀开被单在那柔软豪华的大床上舒舒服服地躺了下来。

男大当婚，女大当嫁！也难怪家人会着急，三十又一的他，正值欲望最强烈的年纪，身边没个女人，那可是件伤身体的事情啊！可作为铁血男儿的他何尝不想耕地播种，但属于他的那片良田，此时此刻不知在哪儿！

2.

晚上十一点，军区大院，孙司令员家门口的停车场，一辆白色奥迪缓缓地停下来。

下车前，孙贝贝拉住孙萌萌再三交代一遍："姐，记得等会儿进门后，要是碰到孙大司令还没睡，你就说是你拉着我去见朋友，所以才会这么晚回来！"

"孙贝贝你更年期啊！这么啰唆！一句话说得我耳朵都快长茧了！"孙萌萌不禁白了她一眼。原本在外面吃完饭就打算直接回家，谁知被孙贝贝硬拖去又吵又闹的酒吧玩到现在。要是被大伯逮到，也是活该！

"老姐，你知道我现在是什么样的处境，我爸从2008年到现在跟我说过的话估计不到十句，你看看我现在这发型，从北京回来之前我的造型可酷了，很拉风的那种，回到这却要弄成这副清汤挂面似的，简直土鳖到不行……"孙贝贝扯了扯自己的头发，哀怨道。

"好了，我知道啦！"孙萌萌无奈地摇了摇头，边应着她边走下车。

孙萌萌的爸爸和孙贝贝的爸爸是他们老孙家嫡亲的两兄弟，两兄弟生的都是女孩，身为军人的大伯孙耀武一直以来希望堂妹孙贝贝长大后能继承他的衣钵，当兵，做像他一样的军人，可这丫头偏偏跟他唱反调。四年前，孙贝贝高考完，背着她老爸把军校志愿全部改成艺术类院校。当时可把孙耀武给气坏了，折腾一番后，孙贝贝还是没逃出孙耀武的手掌心，乖乖地去军校报到，这丫头表面是顺从了他的意思，选了远在北京的一所军校。没想到所谓将在外军令有所不受，这丫头在军校混了没半年，就私下办理退学，转战北京大学艺术学院。大伯孙耀武为此给气得直发飙，就此父女俩结上怨了。孙贝贝也因此暑假寒假都不敢回家，生怕回来就被孙耀武硬生生地绑去部队参军。要不是因为大伯母联合孙萌萌一起好说歹说，苦苦哀求，她还不肯回来呢。

滴！滴！后面传来一记响亮的汽车鸣笛声，一辆汽车驶了进来，这是孙耀武的座驾。孙萌萌和孙贝贝的视线被车的大灯给刺得直眯眼，几秒后，大灯熄灭，驾驶座上跃下一身戎装的士官，随即他打开后车门毕恭毕敬地站在旁侧，直到车上的孙耀武下车。

一袭绿色夏款陆军军装，松枝绿色肩章底版上的金色枝叶和那两颗耀眼金色星徽，那是孙耀武军旅生涯的最高荣誉。

每次见到孙耀武，孙萌萌都会被他那强大的气场给震慑住，不过说来奇怪，这个军人大伯对他亲生女儿孙贝贝经常是一副凶神恶煞的嘴脸，倒是对她特别和蔼可亲，每次见她，都萌萌、萌萌叫得特别的亲热。

"大伯！"孙萌萌走了过去，礼貌地跟大伯打招呼。

"萌萌来了！"孙耀武和悦地看着孙萌萌。

"爸……"孙贝贝硬着头皮走过来,低着头,小声地叫着孙耀武。

孙耀武用眼尾扫了孙贝贝一眼,随后对着孙萌萌笑呵呵地说:"萌萌,什么时候到的?走,先进屋!"

孙萌萌特别同情地看了身旁的孙贝贝一眼,随后跟着孙耀武一起进屋。

一进屋,大伯母林爱英正坐在客厅看电视,见他三人一同回来,连忙起身奇怪地问:"你们三个怎么会凑一起回来的?"

"在门口碰上的!"孙耀武简明扼要地回答林爱英。

"萌萌你的动车是不是晚点了,怎么现在才到?"林爱英其实在六点的时候就接到孙萌萌的电话,现在故意这么说,无非是为了给孙贝贝打马虎眼。

"没有晚点啦,伯母,我一下车就去见了一个朋友,贝贝也被我一起拖了去,好久没吃N市的美食了,吃的都忘了时间,所以到现在才回来。"孙萌萌笑着回道,顺便冲孙贝贝挤了一下眼睛。

纵使屋里这三个女人配合得天衣无缝,但还是难逃孙耀武的"法眼"。孙耀武瞥了孙贝贝一眼,随后对孙萌萌说:"时间不早了,萌萌你早点去休息。"说完,孙耀武直接往主卧走去。

待孙耀武进房间后,孙贝贝紧张的神经立马松弛了下来,软塌塌地倒在沙发上。

待孙萌萌进房间后,林爱英立马拉着孙贝贝进到她的闺房,很是急迫地询问:"丫头,怎么样了?"

孙贝贝知道老妈问的是什么,于是冲她摇了摇头。

"黄了?"林爱英疑惑地看着她。

"是的!"孙贝贝点了点头。

"你这丫头是不是偷溜了,没去跟他见面啊!"林爱英对孙贝贝的话持怀疑态度。

"见了!再说我现在就你这么一位亲切的亲人了!您下达的命令,我怎么可能不服从呢?"孙贝贝摇着林爱英的手臂,在那装乖卖萌。

"知道就好,要是连我也不理你,你就惨了!"跟军人生活大半辈子的林爱英，口气时常跟丈夫孙耀武是如出一辙。

其实林爱英会安排孙贝贝去相亲，一是为了缓解他们紧张的父女关系。二是男方的条件真的很不错：军三代，还是个中校。

孙耀武不就想让女儿当兵吗？既然当兵不成，那就嫁个军人总行了吧！况且男方的妈妈是自己医院的领导，两人平日里的关系还相处得不错。

林爱英又追问一句："是你没看上人家，还是人家没看上你啊？"

"他没看上我！"孙贝贝回答的口吻十分肯定，好像没被看上也是件非常值得骄傲开心的事情一样。

听到是对方没看上自家女儿，林爱英的心里顿时觉得有些不是滋味，不由伸手拍了一下孙贝贝的后背："就你这德行，人家怎么可能看得上你！"

"妈！很痛唉！"孙贝贝痛得嗷嗷叫。

"懒得管你了！"林爱英又拍了孙贝贝一下，扔下这句话就走出了房间。

孙耀武洗完澡出来，见林爱英一脸沮丧地坐在床头，走过去边掀开被单边问："怎么啦？"林爱英看了他一眼，叹了一口气，声音有些无力地回答他："贝贝今天的相亲黄了！"

"她才多大啊，你在这瞎张罗什么啊！"孙耀武低声呵斥一句，虽然表面对孙贝贝不理不睬，但其实心里还是挺关心她的。

"我还不是为了成全你，给贝贝介绍的男人也是个军人！这下你该满意了吧！"林爱英没好气地说。这几年夹在他们父女中间，她容易吗？换作别的女人早就受够了！

"军人？谁？"孙耀武的眼睛闪过一丝幽光。

"你们集团军的许烨磊中校，我们副院长的儿子！"看到老公脸上掩饰不住的满意，林爱英的口气明显不悦。

"你说谁？"一听到林爱英说跟女儿相亲的人是许烨磊，孙耀武的眼睛立马瞪得跟牛眼似的，声音也拔高了几个分贝。

"就是你嘴里经常夸奖的那个如何厉害、如何优秀的中校啊！"林爱英瞥了老公一眼，扯着嘴角道。

Chapter1　遇见爱情的方式

许烨磊这个名字对于林爱英来说并不陌生，老早就听老公孙耀武提及过此人，个人的事迹她也了解个八九不离十，就是没见过本人而已。只要一提到许烨磊，孙耀武总会说一句：虎父无犬子啊！许烨磊是 N 集团军近年势头最猛的一名军官，军校毕业七年，立了一个集体一等功，三个个人三等功，在和平时代也算是战功赫赫。军衔也在这短短七年里，从少尉升至中校。

两年前医院调来一个新的副院长师文茹，两位军嫂平日里相处得还不错，工作闲暇时也会多聊上几句，每次提及生活琐事总有一种惺惺相惜的感觉。至于师文茹的儿子就是老公嘴里时常夸赞的军官许烨磊，这事她也是在后来才得知的，于是两人一拍即合谋划了这次的相亲。

"成事不足败事有余，谁让你把孙贝贝介绍给许烨磊！"孙耀武暴吼了一声。

林爱英原以为老公听到会开心，没想到却冲着自己大发雷霆，心里顿时觉得委屈极了，心中的小宇宙也跟着爆发了："孙耀武，你这是什么意思啊？我还不是为了成全你，你不就是为了贝贝没去念军校那点破事吗？至于生气到现在？她是你的女儿，不是你的敌人。"

"我早就当没这个女儿了！"孙耀武很果决地回她。林爱英听了眼眶瞬间红了起来，紧跟着眼泪啪啪地直掉。

见妻子哭了，孙耀武不禁皱起眉头。

过了一会儿，孙耀武走了过去，坐到林爱英的身旁，拍了拍她的肩膀，口气来了个一百八十度的大转弯，温声道："好了，别哭了！"

林爱英一把将他推开，侧过脸背对着他，伸手抹了一下眼角的泪花。

"刚才是我口气不好，我认错还不行吗？别哭了！"孙耀武温声地哄着妻子。

虽然孙耀武发起脾气来就跟茅坑里的石头一样，又臭又硬，但私下对老婆还是很疼惜的。因为林爱英不是他的原配，是他的第二任妻子，小他近 10 岁，老夫少妻自然疼爱有加。

"好心变成驴肝肺，你就一辈子跟女儿犟着过吧！"林爱英虽生气但不矫情，每次吵架只要孙耀武哄几句，立马云开见月，见好就收。

"谁让你事先不跟我汇报就把孙贝贝介绍给他的！"孙耀武一副她坏了他的大事的口气。

"你不是老在我面前夸他吗？怎么优秀，怎么厉害，是你最看好的兵，这样的男人介绍给贝贝，做你的女婿，不正合你意吗？"林爱英不依不饶地说。

"那小子我是早就看上了，但我对他另有安排！"孙耀武很明确地表达自己的观点。

"什么安排？"林爱英将身子转了过来，倒是想洗耳恭听他是怎么个安排法。

孙耀武站起身来，那深沉的眸子闪过一道锐利的精光，缓缓开口："他是我留给萌萌的！做我的侄女婿！还有你刚才不是说贝贝和他相亲的事情黄了吗？事实证明，是个男人都不会选择孙贝贝！"

听完他所谓的"安排"后，林爱英有些气不打一处来，一般的人都是把好的东西留给自己，他倒好，还特地留给别人，哪有这样的父亲，不看好自己的女儿也就算了，还一个劲地唾弃。

"老孙，我说你的心是不是歪着长的啊？"林爱英没好气地瞪了他一眼。

孙耀武没应她，其实不是他心眼长歪，而是他对这个女儿孙贝贝实在是失望。不听话，还叛逆，好好的军校不读，非要去学什么表演，华而不实，浮躁至极。现在想起四年前的事情，心里依旧梗得慌。那时候的孙贝贝简直就把他这张老脸给丢尽了，他也权当没这个女儿了！

过了许久，孙耀武那精锐的眼睛闪过一丝流光："既然孙贝贝已经被淘汰出局，你也就死了这条心。不过接下来帮萌萌牵线搭桥一下，介绍她跟许烨磊认识认识！"

孙耀武老早就有意把孙萌萌介绍给自己看中已久的许烨磊，但就是一时之间不知道怎么开口，正好趁此机会，把这个任务交给林爱英，由她出面，总好过他一个大老爷们出面来得体面。

是人都会有私心，你以为孙耀武不想把许烨磊这个香饽饽捧回家做女婿啊，可是女儿那样，人家指定看不上！可肥水不流外人田，不成女婿，成侄女婿也行啊！

"我没空！"林爱英想都没想一口回绝了他。

不是林爱英闹别扭，其实她也很喜欢孙萌萌，只是这事她真的觉得没这个脸，对方看不上自己女儿也就算了，还紧接着又把侄女介绍给他，这会让人觉得他们孙家的女人嫁不掉，硬要往对方怀里塞，这么掉价的事情她可做不出来！

"这事是你扯出来的，你必须承担责任并解决问题！"孙耀武的口气不容置疑，硬要林爱英把这事揽下。

"我不是你的兵，少来命令我！"林爱英的心里很是难受，瞪着他顶回一句。

"你……"孙耀武气得不知道说什么好。

"我什么我，总之这事你想都别想！"林爱英跟他杠上了。孙耀武一时接不上话，又奈她不得，大手一扯，裹着被单倒在床上："睡觉！"

林爱英看着躺下的孙耀武，也哼哼唧唧了几声，又是一拉，将被单给扯了过去，裹在自己身上，伸手将台灯关掉。

第二天，许烨磊很早就起床了，作息规律，跟在部队一样的井然有序。一向早起的许大雷见孙子出去跑步，立马支使起许烨磊的奶奶来："老太婆，你去烨磊房间把他的军官证拿给我！"

"要去你自己去！"奶奶立马推托，不肯同流合污。

"你这个老太婆！叫你去，你就去……"许大雷见支使不动她，就开始骂骂咧咧起来。

不管他怎么骂，童华依旧无动于衷，自从许大雷退下来后，在家里的地位明显弱势一些，自己这个老太婆也不像以前那么好支使了！

许大雷不由哼了一声，自己跑上楼去搜刮许烨磊的军官证，可是搜刮了半天，也没见着那证件的影子："好小子啊！竟敢跟我玩捉迷藏！"

现在出行，不管是坐飞机还是坐火车，没有证件，可是寸步难行。许烨磊早料到老爷子会来这招，出去跑步的时候就事先把证件给藏了起来。

衣服，包，床上，桌上，抽屉，许大雷都翻了一遍，还是没找着。正要放弃时，如鹰眼般犀利的眼睛落在许烨磊军服的上衣口袋上，里面装着一包烟。许大雷不由眯起眼睛，嘴角露出一抹狐狸般的窃笑，将烟掏了出来，打开一看，军官证都塞在那里面。

最危险的地方也是最安全的地方！许烨磊这招也够绝，可是有这么一句古话：姜还是老的辣！都是侦察兵出身的爷孙俩，在此次较量中，老侦察兵许大雷完胜！

这时楼下传来许烨磊奶奶的叫喊："老头子，电话！"

"谁的？"许大雷的回话很有军人风格，简短扼要。

"他说他是孙耀武！"许烨磊的奶奶继续充当电话秘书的角色对着楼上喊话。

许大雷一听到是孙耀武来的电话，立马像部队突然接到紧急任务似的，把许烨磊的证件往自己的上衣口袋一塞，"蹬蹬蹬"地跑下楼来。

"老首长，是我，小孙……"孙耀武咧着嘴，露出一口洁白而整齐的牙齿，憨憨地笑着。

许大雷虽不是孙耀武的直属上级，但他搬回 N 市后，闷得发慌时也时常往 N 军区跑，还逮住孙耀武下过几次棋，两人也算是老熟识了。

前两天儿媳妇师文茹跟他说要给孙子和 N 军区孙耀武司令员的女儿牵线搭桥，许大雷听后立马拍案赞成。这个孙耀武特别对他的味，行事作风也颇有他当年的风范，一个没后台的农村娃凭着自己的实力混到司令员的位置，很骨气，很牛气，很硬气！值得他欣赏！

"孙耀武，好小子你啊，你女儿竟敢看不上我家孙子！"许大雷怒火高涨地冲电话吼了一句。军人的嗓门，孙耀武那贴着电话的耳朵差一点被震破，不过他也早已习以为常了。

孙耀武愣了愣，昨晚林爱英不是说是对方看不上他家女儿吗？怎么到了老首长那，变成了自家女儿看不上他孙子了？

"老首长，您先消消气！"不管事情真相如何，孙耀武还是先让许大雷平静下来再说。

"老头子你的嗓门就不能小点吗？"站在一旁的许烨磊奶奶抗议道。

许大雷眼一横，绷紧着一张脸，狠狠地眼睛瞪了老婆一眼，继续扯着嗓门咆哮："消什么气啊？这气能消吗？"

"老首长，您先别激动，这事恐怕是您误会了！"孙耀武听他语气，就知道昨天相亲的事情把老爷子给惹毛了。

"误会个屁！我告诉你，孙耀武你不要以为有个女儿就了不起，我许大雷的孙子又不是娶不上媳妇！你等着，我明天就娶个孙媳妇给你看看！"许大雷那些不服气的话从嘴里喷出来，像架在堡垒上的机关枪，噼里啪啦地扫射个不停。

"老首长，您先别激动！您先别激动！"孙耀武知道许大雷有高血压，连声制止。

许大雷也知道自己身体激动不得，缓了缓，冲着许烨磊的奶奶说："去，给我倒杯水！"许烨磊奶奶连忙去倒了杯水给他，许大雷一饮而下，润了润喉。

"老首长，听我说两句行吗？"见气氛缓和，孙耀武才斗胆继续发言。

"好，你说，我倒想听听你想怎么说！"许大雷依旧一脸的阴沉。

"呵呵，老首长，你消消气！您孙子跟我女儿相亲的事情，我事先一点都不知情，这些都是我老婆在那瞎折腾的。"孙耀武一脸和气地解释，"还有啊，您孙子可是我们集团军出类拔萃的军官，我家那丫头怎么可能配得上他呢？这不给您打电话道歉来了！"

"哼，我生什么气啊！"明明很生气的许大雷却面不改色地死不认账，"还有，你道什么歉啊？"

发了半天火的许大雷也算是消气了，理智也恢复一些。毕竟相亲是你情我愿的事情，两人没看对眼，作为家长的他总不能拿着枪硬逼着人家看对眼吧！

"呵呵，还是老首长的气量大啊！"见许大雷收起脾气后，孙耀武不忘拍拍他的马屁。

"少给我来这套！"许大雷嘴上不领情，不过那张绷着的老脸却松弛了许多。

"我家那丫头确实配不上您家烨磊，性子拗，脾气又不好，大学刚毕业整天无所事事的，也难怪烨磊看不上她。"孙耀武不忘数落起自己家女儿来。

"事情过去了就过去了！俩孩子没看上，我们能拿他们怎么办？毙了？"许大雷这会倒是通情达理起来。

"呵呵，也是……"孙耀武乐呵呵地附和道。

气氛顿时变得一团和气，孙耀武原本打算就此结束通话，可惜心里头的小九九却在那一直绕啊绕啊绕啊！

昨晚老婆林爱英已经明确表示不想帮忙出面为孙萌萌保媒拉纤，自己也的确拉不下这张老脸。可是像许烨磊这样的好佳婿，千年难得一遇，等着给他介绍对象的人估计就有几个卡车，想应征给他做老婆的女人那就更不用说了！这么好的资源，不及时抢占，肯定过了这村就没这店，所以这次绝对是非常难得的机会！

于是他开始哼哼唧唧起来，既不挂掉电话，又不开口说话。电话那头的许大雷也听出不对劲："孙耀武你牙疼啊，哼哼唧唧的……有话快说，有屁快放！别跟娘儿们似的，哼哼唧唧，不然老子挂电话了！"军人的脾气历来直爽，许大雷更是如此。

一听到许大雷要挂掉电话，孙耀武连忙阻止："好，我说，我说，老首长您先别挂掉电话……"

豁出去了，为了得到一个好侄女婿，他孙耀武豁出去这张老脸了！

"老首长，是这么一个事，我家有一个侄女，人长得文文静静的，是在银行上班，是个特别乖巧懂事的孩子，我倒是想介绍给你们家的烨磊认识！"开完这口，孙耀武的脸红得快到脖子下面了，但这也是不得已才为之啊！

许大雷听完孙耀武的"推销"后，不由愣了愣，没想到这个孙耀武竟然想给自己孙子和他侄女保媒拉纤，这事倒是新鲜啊！

"哦，是吗？"有人积极给自己孙子介绍不错的女孩，许大雷心里自然是欢欣雀跃，那锐利逼人的眼睛微微眯起，嘴角又露出一丝狐狸般的微笑。

"是的，老首长，您要是同意的话，我来安排他们见面！"孙耀武口气很是严肃认真地回复。

"那好，那就安排他们上午见个面！"许大雷也一口应了下来。

见许大雷答应的这么爽快，孙耀武自然欢喜得很，不过想起昨天自己女儿才跟许烨磊相过亲，心头又泛一丝担忧起来："老首长，这会不会太赶了一些？"

"怎么？反悔了？孙耀武，你耍我是吧？"许大雷的脸色一沉，紧跟着又吼了起来。

"老首长，我哪敢耍您啊！我只是在想昨天我家丫头才跟烨磊相过亲，要是今天又安排我家侄女跟他见面，会不会不妥……"媒人不易做啊，才说几句话的孙耀武就已经满头是汗，连忙解释。

"没什么不妥，昨天是昨天的事，今天是今天的事！孙耀武我说你办个事怎么就这么娘儿们唧唧的，还是军人吗？给我利索点！"许大雷低沉地咆哮一句。

"是，首长！我马上去办！"被训的孙耀武不敢违抗，像接到军令似的大声复命。

许大雷满意地点了点头，不过为了避免引起双方反感，两人又进行一番商讨，最后约定对他俩不事先透露对方身份，一切等见面后再揭真章！

3.

孙萌萌静静地站在咖啡厅门前，抬着头，一脸纠结地望着咖啡厅招牌：可可西里。

又来这鬼地方相亲！N市是不是就这么一家咖啡厅啊？真是偷鸡不成蚀把米！昨天好心替她相亲，谁知今天被她出卖被迫去相亲！这是什么事啊！

早饭时，大伯孙耀武简单地不能再简单地给她介绍对方的背景：一位老首长的孙子，很优秀！是个值得托付终身的男人！

瞧瞧！多么简单啊！简直就跟封建社会的包办婚姻没两样！此时的孙萌萌很想逃跑，可是又不能逃跑！自己要是逃跑放人鸽子的话，恐怕会让大伯难做人！那是首长啊！官大一级压死人啊！可要是自己这次开了这条先河，这次不成，接下来就会有第二次，第三次，甚至第四次相亲！妈呀，谁来救我啊？

她孙萌萌对军人是有好感，但还没好到想当军嫂的程度啊！

孙萌萌咬了咬牙，跺了跺脚，深吸一口气，大步地迈了进去。进去后，孙萌萌四处张望了一下，又是咖啡厅的角落，一个穿着军装的男人正背对着门口的方向，笔直地坐着。这个时间，这个地点，出现在这儿的军人，不用说，肯定是她这次的相亲对象！

这次的相亲宗旨依旧是：速战速决，一拍两散，各自回家！孙萌萌再次深吸一口气，迈开步伐，缓缓地走了过去。

"你……"当孙萌萌走到他面前，正想跟他打招呼时，却不由一怔，一个没及时吐露出来的"好"字，生生地卡在喉咙里发不出声来。

许烨磊闻声，抬起头，当看到站在自己面前的女人时，锐利的眼睛也不由一晃，不约而同地愣住了！

当孙萌萌看清对方面貌时，心里直呼：见鬼！怎么是他？

许烨磊看到是她时，也很是意外，心想，这丫头怎么又出现在这儿？是这里的常客，还是……又来相亲的呢？

相亲？想到这个词，许烨磊的目光定定地看着孙萌萌，这不是昨天那个丫头吗？不会这么巧合吧？难道他的媳妇人选已经被内定了，非孙司令员的女儿孙贝贝不可？许烨磊皱了皱眉，俊眸微眯，一缕暗芒从眸中射出。

许烨磊一直都是独立又有主见的人，他有自己的坚持，非常反感他人强迫自己。之所以再次出现在这里，是因为身为军人的他必须服从上级的命令。许大雷除了是他尊重的亲爷爷外，也是他非常敬仰的老一辈革命家。

在他的潜意识里，许大雷的命令也算是上级的命令，所以这是服从军令而来相亲。

孙萌萌不傻，迅速意识到了什么，因为刚才她已经确定过，整个大厅的确就坐着这么一位军人，心里不由大骂起来：有没有搞错啊？孙家的女人又不是没人要，怎么都往一个男人的怀里送啊！女儿不成，侄女奉上，脑子进水了是吧？

两姐妹跟同一个男人相亲，此等剧情好像只会出现在狗血的言情小说里，这么三生有幸的事情怎么就给她遇上了呢？此时，除了尴尬，还是尴尬，除了想逃，还是想逃！孙萌萌想都没想直接转身就逃，可是，她的脚只跨出一步，第二步想跨却怎么也跨不出去了。

孙萌萌缓缓地转过头来，目光落在自己手臂上的那只手上，随后视线顺着那只骨节分明的大手向上望去，对上了一双幽深锐利的瞳仁。

一道摄人心魄的目光从他的眸底溢出，孙萌萌觉得自己的小心脏似乎漏跳了一拍，犹豫了一下，硬生生地挤出一丝微笑，装着一副很是意外的夸张表情："这么巧，在这儿遇到你！"

许烨磊虽然还不确定这次的相亲对象是否又是她，但却面色如常不见丝毫异色，对她微微颔首，嘴角若有若无地牵起一抹笑意："的确很巧！"

没错，来得好不如来得巧！刚才他还正琢磨着如何打发掉这次的相亲对象，结果来了一个助他一臂之力的女人。

"既然这么有缘，不妨坐下来一起喝杯咖啡吧！"许烨磊喉结微动，犀利的眸光落在她略施粉黛的俏颜上。

要喝自己喝去，本姑奶奶没空！

孙萌萌心里是这么回他，但嘴里说出来的却是："那个……那个我还有事！改天再约好吗？还有……你的手……先放开……好吗？"孙萌萌指了指自己被他牢牢钳住的小手，挤着笑对他说。

见她像是做贼心虚，一副想逃之夭夭的表情，许烨磊不禁想起昨天两人唇枪舌剑的场景，嘴角泛起一丝玩味的笑意，不但没放开她，还把高大挺拔的身躯倾了过去，附在她耳旁："择日不如撞日。"

许烨磊那轮廓分明的脸贴近孙萌萌的后脑，她的发间飘来一股茉莉花的淡淡清香，甚是好闻。

灼热的气息吹在耳后，让孙萌萌不由得感到一阵耳热，本能地推开他，厉声道："放开！"

将她那瘦弱右臂牢牢握在掌中的许烨磊，弯起嘴角，勾起一抹若有若无的笑意来："放开可以，但人……必须留下！"

"凭什么！"孙萌萌再次挣扎，可是右手臂却依旧无法挣脱他那只"老虎钳"。

"凭我！"许烨磊眯起他深邃的眸子，饶有兴趣地看着她挣扎，嘴角不禁弯起一抹好看的弧度。

"放手！放手！给我放手！"孙萌萌连呼三声，瞪大眼睛看看他的脸，又看看他那拽着自己不放的"烂猪脚"。

本来只想把手抽回，可没想到这么用力一扯，孙萌萌反而将自己的身体往他怀里送去。孙萌萌的脸蛋瞬间涨成一片绯红，仿佛有一股无形的电流迅速从胸口蹿过，连忙推开他。

许烨磊依旧无动于衷，孙萌萌心里那个气啊！亏大伯还说他是个如何优秀的军人，原来就是一个流氓军痞！自己怎么就这么倒霉呢？遇上这种男人，已经明确表示拒绝，却死缠着她不放！难不成真的看上她了？妈咪呀！我才不要嫁给军人！不，我才不要嫁给军痞！

见他毫无放开自己的意思，内心原本温和的小宇宙瞬间爆炸开来。想跟她死磕是吧？想敬酒不吃吃罚酒是吧？那就别怪本姑娘不客气了！

只见孙萌萌头一低，张口露出两排整齐的白牙，咔的一声，朝许烨磊的手臂咬了上去！

一般的人被咬的第一反应肯定是大叫，或尖叫，或惨叫，然后连忙放手，或甩手，或缩手！可是此刻的孙萌萌，一没有听到惨叫，二没见到他放手！

难道自己咬的力度不够？孙萌萌不由加大力度，狠狠地咬！可是还是没见许烨磊有反应，真是稀奇了！孙萌萌不禁好奇起来，抬起头，看了许烨磊一眼，只见被咬的许烨磊面色如常不见丝毫异色。

真是一朵奇葩啊！

孙萌萌又是一个低头，开足火力再次朝他手臂咬去。咬着，咬着，似乎觉得有些不对劲！这男人是不是没有痛觉神经啊？自己都使上吃奶的劲了，也没听到他哼唧一声。还有这手臂的肌肉怎么这么硬，简直就跟石头一样！他手没感觉疼，她的牙倒是快崩了！

最终，孙萌萌举旗投降，不咬了，放弃了，妥协了，抬起头，一副像是见到外星人似的表情，目不转睛地盯着他。

孙萌萌一脸憋红，一边喘气，一边怒骂："你到底想怎样啊？"

"你……可以走了！"许烨磊绷着僵硬的身体，咬着牙吐出这几个字。

孙萌萌不由一愣，还以为自己会被他强行扣押下来，没想到却对自己说你可以走了！管他这么多！既然放行，那就快点逃之夭夭，免得被他揪回家当军嫂！孙萌萌咻溜一声，撒腿就跑。

过了一会儿，站在原地的许烨磊那紧绷的身体才缓缓地松弛下来，眼睛瞄了一下自己手上的那两排牙印，猛地抽了一口气。

这丫头属狗的，咬人这么痛！

4.

也许，这就是命运！原以为再也不会有交集的两个人，却一前一后登上了从 N 市开往 S 市的动车。

孙萌萌稳稳当当地坐在一个靠窗的位置上，心中暗自庆幸，幸好自己不是生活在 N 市，否则难逃大伯的"魔掌"。再见 N 市，再见大伯，还有……再见军痞，等我结婚有小孩子了，会回来看你们的！

刚跟这个城市和人道别完，一身笔挺的绿色军装就映入她的眼帘。此刻的孙萌萌的确有种见军人就跟见了鬼似的，缓缓地抬起头，当看清楚面前站着的人时，身子不由抖了一下。

他怎么会在这儿？他不会是来寻仇的吧？难道……来送自己回家，顺便拜见一下她父母的？

想到这里，孙萌萌的身子不禁往后缩，靠着窗户那边的右手牢牢地拽住座位。

许烨磊看见是她，也跟见了鬼似的，满眼的意外和吃惊，心里也同时产生一个疑问，这丫头怎么会在这儿？这不会是老爷子刻意安排的吧？搞什么飞机，想曾孙想疯了是吧？真是服了他了！

对了一下座位号，百分之百确定她旁边的座位就是他的座位。可是想想又觉得有些让人匪夷所思，这丫头不是见他就逃吗？出现在这儿又是演的哪一出啊？

"你……怎么在这儿？"两人不约而同地开口质问对方。

两人同时愣了一下。

"回部队！"许烨磊利索地回她，同时把背包放在行李架上。不管对方出现在这儿是有意为之，还是无意巧合，他俩的座位挨在一起是铁打的事实。

回部队？他……他的部队单位不在 N 市吗？孙萌萌满眼的疑惑，有些不相信他的话。

许烨磊似乎看穿她的想法，继续补充："我的单位在 S 市。"

S 市？那不是跟她在同一个城市吗！要不要这么巧合啊？

真是冤家路窄啊！现在该怎么办才好啊？孙萌萌的心简直跟水井的吊桶似的，七上八下个没完。侦察兵出身的许烨磊敏感地觉察到身旁这女人正处于极度不安中，不由转过头，眼睛犹如搏击长空的雄鹰泛着锐利幽深的光芒，轻扫了一下孙萌萌。

这么犀利的目光似乎能把人看穿一个洞来，孙萌萌不由慌得转过头看向窗外。

"你呢？这是要逃去哪儿？"许烨磊见她极度心虚的样子，不由戏谑一句。

"你管我！"孙萌萌头也没回，但却口气很冲地顶了他一句。

许烨磊也没再多问，想想这两天的相亲难免彼此心生尴尬。

动车沿着车轨缓缓地开出站台，窗外的树木和房子在眼前快速掠过，不知不觉孙萌萌看向窗外的姿势维持了近半个小时，脖子开始微微泛酸发硬起来。

回 S 市的车程需近四个小时，要是这四个小时都这么歪着脖子的话，估计还没到 S 市就得落枕。不管啦！事已至此，只有兵来将挡水来土掩，再说他还能把自己给吃了不成？孙萌萌豁了出去，缓缓地将头转到正前方。

孙萌萌的余光不忘瞟了一下身旁的许烨磊，此时的他正闭目养神，由她的角度看过去，身旁男人的轮廓尽显刚毅俊美。

两人并排挨坐着，一起呼吸着彼此的气息。许烨磊不像她日常接触的那些男人，身上总是带着男用香水的香氛，他身上糅合了一种草木和汗水交织在一起的气味，一种枪械的厚重味道，一种泥土的自然味道。

说来挺奇怪的，孙萌萌好像挺喜欢这种味道的，喜欢这种混合着绿色军营的味道，属于男人的真正味道。

唉，遇到这么帅的男人也不是件容易的事，可惜了！如果他不是自己的相亲对象，她肯定会借着并排同坐的机会，厚着脸皮跟他套近乎要个电话什么的。

即使闭着眼睛，许烨磊也能感觉到有双包含"深情"的眼睛正一眨不眨地盯着他，不过这样被女人盯着也不是一次两次，他也早习以为常了。

"看够了没？"许烨磊依旧闭着眼睛，薄唇微启，声音宛如一道惊雷唤回了孙萌萌欣赏帅哥的思绪。

我的乖乖，这样也知道自己在看他！孙萌萌吓得连忙收回视线，转过头去，脊背紧紧地贴着身后的座椅。为了避免某人误解自己对他有遐想，孙萌萌没敢再去看他，伸手拿过一本杂志翻了起来。

时间不知不觉又过去了半小时，孙萌萌看得哈气连连直犯困，于是闭上眼睛休息一会儿。不知何时睡着的孙萌萌，似乎一直在找最舒服的坐姿，最后终于被她找到，把头靠在感觉有些硬的靠垫上。

许烨磊睁开眼睛，侧过头，映入眼帘的是孙萌萌那张熟睡的脸，眼睛紧闭，神情迷蒙，毫无芥蒂地靠在他的肩上。

两天之内，见了这丫头三次，不得不说还蛮有缘分的，可她为什么会出现在这辆列车上对于许烨磊来说是个谜。

窗外的阳光柔柔地照射了进来，白皙的皮肤在阳光下泛着淡淡的光泽，沉睡的她，散发着一股惑人的女性气息，许烨磊的目光划过她有些晕红的脸颊，小巧的鼻子，最后落在她的唇上，浅浅淡淡的粉色，而它的味道……莫名的心绪毫无征兆地萦上心头，有种想一亲芳泽的冲动……

许烨磊的喉结滑动了一下，连忙转回头，伸手将她的头戳开。孙萌萌的头轻晃了一下，往座椅上靠去，可是没过几分钟又给晃了回来。

许烨磊再次将她的头给戳开，但没几分钟又历史重演，连续几次，孙萌萌也被戳醒了，睨着惺忪的睡眼，越来越清醒，越来越恼火。

当许烨磊再次想把她头拨过去的时候，孙萌萌的牛脾气也上来了，装睡闭着眼睛使着劲顶着他的肩膀，就是不让他拨开，看他怎么着。许烨磊知道她醒了，心想这丫头这会怎么这么没脸没皮啊，醒了还敢靠过来！

接着两人进行着一场拉力战，你推，我顶，几个回合下来，许烨磊不禁失笑地败下阵来。孙萌萌心里燃起胜利之意，随后装着不经意的样子，把头转了回来靠在身后的背椅上。

许烨磊不禁弯起唇角，第一次遇到这样的女人，而且还是跟他相过亲的女人！

漫漫长路，孙萌萌经过刚才那番战斗后，始终装睡没敢睁开眼睛，很快又迷糊地睡着了。这次许烨磊表现得极为慷慨大方，不顾来往走动的旅客投来羡煞的目光，任她依靠，靠到她自然醒。

当孙萌萌迷迷糊糊地睁开眼睛，看到许烨磊那放大的脸时，吓得立马坐直起来，小脸一片晕红，别过脸用手挠了挠自己的头发，抹了抹嘴角，心里纠结不已：自己什么时候又睡着了，怎么又靠到许烨磊的肩膀上去了？

许烨磊见她醒来，低头往自己手臂上的衣服看去，只见那有一块小潮湿，这是某人睡觉时留下的杰作。一路上看着她在自己军服上流哈喇子，他有那么一刻真想一把把她推醒，可是看到她那恬静的睡容却又莫名地忍了下来，就这么让她一直流到现在。

孙萌萌心里很明白自己干了什么好事，弱弱地转过头来，眼角的余光瞄了一眼他手臂上的衣服后，恨不得立马跳车，或挖个地洞钻了。

许烨磊回到驻地时，已经是晚上10点。驻地离S市并不是很远，也就四十多公里的距离，建在一个偏僻的山坳里的一个宽广的空地上，四周环绕着连绵不绝的丘陵，崎岖而孤寂。

作为N集团军最重要的驻地之一，此驻地面积十分的广阔，管辖范围也极具规模，辖区直管一个师，旗下还有几个旅。一栋栋白色的小楼房整齐有序地连成一排，从那宏伟森严的大门往里面一走，仿佛进入了一个安静小镇一般。宽阔干净的校场，设施齐全的训练场，长长的跑道，高大的树木，青青的草地，美丽的小花。

这里是驻地士兵们的家园，他们在这挥洒着自己的汗水，充实着自己的青春，追求着自己的理想，留下一页又一页属于他们的光辉历史。

此时，晚休的号角声已经吹响，士兵们早已整齐划一的上床休息了。整个驻地一片静谧，一排排的小楼房内看不到半盏灯光，唯有天上那点点的星光还亮着。

许烨磊开着车，穿过校场大道，越过一排排整齐的宿舍楼房，再绕过机关办公大楼，最后来到眼前这栋白色宿舍楼。此时还有几个房间亮着灯。

作为中队长的许烨磊，分到一套属于自己的独立的宿舍，是两室一厅的小套房，虽然不是很宽敞，布置也很简单，但却特别的整洁干净。

许烨磊刚洗把脸，就听到有人敲他房门，打开一看，是住在他隔壁的吴凯参谋长。

"不是说老爷子病了吗？怎么这么快就回来了？"吴凯边说边往屋里走。

"被下套了！"许烨磊刚毅英俊的脸上夹着一丝无奈，走到墙边饮水机旁，倒了一杯水咕噜噜地灌进嘴里。

"不是吧，老爷子把这招都用上了！唉，兄弟，看来你真得抓紧了，不然指不定下次老爷子就直接把你绑到某姑娘的床上了！不过要是真有这种美事你可千万别错过啊！"吴凯坐在沙发上，笑呵呵地冲许烨磊说。

"去你的！"许烨磊嗤了一句，拉过椅子坐了下来，"这两天队里的情况怎么样？"

"嘿，我说你这人，三句话不离工作，你以为队里离了你就不会转了！"此时的吴凯无心跟他讨论工作，就想知道他回去都干了些什么，眼睛骨碌碌地转了几圈，一脸好奇地问，"这次回去相了几个啊？"

"我说你能不三八吗？"许烨磊有些烦躁地瞥他一眼，英俊的脸庞多了几丝褶皱。

"这哪叫三八，我这叫关心战友！你啊，就别再贵族了，有合适的赶紧解决！你瞧我，儿子都快要上小学了！"吴凯咧着嘴，露着一口白牙劝说着。

唉，大龄剩男伤不起啊！到哪都有人给他做思想工作！

许烨磊端着口杯，无语地看着他。见他不吱声，吴凯不由变本加厉继续道："实在不行，我这两天给你嫂子打电话，叫她帮你张罗，在我们那帮你全城贴上征婚告示，我就不信找不到一个能让你看上眼的。要是这样还不行的话，干脆……直接把我小姨子介绍给你得了！"

噗！许烨磊扑哧一声将口中的水喷了出来。

最后一句话才是吴凯所要表达的关键所在，虽然平时开玩笑的时候对许烨磊说过几次，但其实绝非只是玩笑话。同在一个战壕这么多年，许烨磊的确是个不可多得、值得深交的朋友。没有军三代的架子，为人正直，术业精湛，训练严苛，士兵眼中的魔鬼，同事口中的狐狸，女人心中的钻石王老五。

许烨磊抹去嘴角的水，满眼的无奈："老吴，你不困吗？"

"不困！"正说到关键的时候，怎么可能困呢！

"我困了，门在那边，不送！"说完，许烨磊站了起来，转身朝房间走去，"记得关灯！"丢下这一句，留给"吴媒婆"一扇紧闭的房门，最后"吴媒婆"

独自快快地离开他的房间。

夜已深,整个驻地在夜色的笼罩下渐渐地进入梦乡。

躺在床上的许烨磊,翻了一下身,深沉锐利的黑眸在黑暗中泛着一抹熠光,此时的他还没睡着,心思有些烦乱。他知道爷爷许大雷的脾性,那就是一"钉子户",一旦认定的事几乎很难改变,他要是真的硬把孙耀武司令员的女儿"孙贝贝"塞给自己,那该怎么办?

孙贝贝!想到这个跟自己相两次亲,痛咬过自己的手,还在自己身上留过哈喇子的"孙贝贝",许烨磊的黑眸不由闪烁了几下,嘴角也不禁勾起一抹笑意。

清早,孙萌萌顶着凌乱的头发,打着哈欠从房间走出来。正在厨房忙碌的孙妈妈李笑梅见她起床,从厨房探出头连声催促:"萌萌,这都几点了,现在才起床,快去洗漱,上班要迟到了!"

孙萌萌打了一个大大的哈欠,伸了伸懒腰,声音含糊地说:"我今天不用上班……"

李笑梅端着一盘萝卜干炒蛋出来,眼神犀利地看着她:"你又跟同事换班了,还是说又请假了?我说姑奶奶,你对工作就不能严肃点,三天两头请假换班,这样下去早晚会被银行给辞退的!"

"辞退最好,我还不想上呢!"孙萌萌嘟着嘴小声地回了一句。

民间流传一种说法,在政府工作是金饭碗,在银行工作是银饭碗,在大公司上班是铁饭碗。孙萌萌现在就捧着就是银饭碗,在 S 市 XX 银行的一支行的 D 柜工作,这工作比上不足比下有余,但对女孩而言算得上是份很好的工作,可孙萌萌打心里就厌恶这份工作。每天去上班都跟去断头台似的。

"你说什么?"听到这句,李笑梅的脸立马拉了下来。

"没说什么,没说什么,我在休年假!休年假!"孙萌萌连忙改口。

听到是休年假,李笑梅的心顿时落了下来,不过嘴里还不忘继续念叨:"当初我和你爸托了多少关系才把你弄进银行,别这么不懂珍惜!"

"好了，我知道了，我珍惜行了吧！"孙萌萌生怕老妈发挥她那恐怖的唠叨功力，连忙投降。

李笑梅瞪了她一眼："去书房叫你爸爸出来吃饭！"

"遵命，我的母亲大人！"孙萌萌向李笑梅敬了一个礼，往书房跑去。

早饭间，孙耀文看了孙萌萌一眼，笑问："去你大伯家怎么没多待几天啊？"李笑梅一听，立马转过脸看着孙萌萌问："孙萌萌你什么时候跑去N市的？"

孙萌萌大呼不妙，前天跑去N市那是一时兴起决定的，没跟双亲报备，甚至还对他们撒谎说去自己最要好的同学叶子青那过的夜。想不到这么快就东窗事发！悲剧！

"那个……是贝贝叫我过去的，本来想当日就返回，没想到耽搁了一晚。"孙萌萌弱弱地做出解释。

"孙萌萌，你现在嘴里有几句是真话啊！休年假不说，跑去N市也不说，竟然还敢骗我你昨晚在子青家那过夜，我看你是欠揍是吧！"李笑梅明显对孙萌萌刻意隐瞒去N市的事情很是生气，厉声训斥。

"老婆，有话好好说，动什么气啊？"孙耀文连声劝说。

"还有你，是不是跟着她一起瞒着我啊！"见老公帮腔，李笑梅直接将他一起论罪。

"老婆，你可别错怪我，我事先也不知道萌萌前天去了N市啊，是今早上大哥给我电话，我才知道这事的！"孙耀文连忙提供证据撇清关系。

见爸爸这么弱势，孙萌萌不禁皱了皱眉头，她妈李笑梅女士可是他们家的女王陛下，一直以来她和爸爸孙耀文都是屈服在她的权威之下，常年过着受压迫、受剥削的生活。

一听到大哥——中将孙耀武，李笑梅的气势明显平缓了下来，问孙萌萌："你去N市做什么？"

提起前两天的事情，孙萌萌不禁皱起眉头，在想这两天发生的事情哪些可以告诉她，哪些不可以告诉她，可是思来想去，得出的结论是全部都

Chapter1 遇见爱情的方式

不能告诉她。

孙萌萌正在寻思怎么回复母亲，可爸爸孙耀文按捺不住抢先替她回答了："大哥给萌萌介绍了一个男朋友！"孙萌萌心里咯噔一声，暗呼道：爸，不带这样的！这事怎么敢告诉妈啊？

果然，李笑梅的眼睛立马发亮起来，脸上也多了一分笑意，还顺手给孙萌萌夹了一筷子菜："你大伯给你介绍什么样的男孩？"

"军人，是个中校，听大哥说他个人和家庭条件都很优越，爷爷曾是B集团军的军长！"又是没等孙萌萌回应，孙耀文就帮她抢答了。

"哦，男方条件这么好！"换谁听到这个条件都会心动，李笑梅更是如此。孙萌萌看到老妈脸上那副心动的表情，心里有种大事不好的感觉。

"条件是其次，最重要的是男方很中意我们家萌萌！大哥说男方的爷爷希望年底能结婚！"爸爸孙耀文似乎也很赞成这桩亲事，笑得特别的开心。

不愧是亲兄弟，这么快就统一了战线！还有那个许烨磊不会是真的看上自己了吧！妈呀，怎么办才好啊？孙萌萌不禁吐血三升，心里急得像是热锅上的蚂蚁，脑子飞快转动，想着如何应对。

"现在离年底也就剩四个月不到，结婚会不会太快了点？"李笑梅觉得有些操之过急，不是很赞同。

"时间是短了点！不过这还得看萌萌的意思如何！"孙耀文笑呵呵附和道。

"萌萌，你的意思如何？"李笑梅转过头询问孙萌萌。

看着爸妈脸上呈现出来的是一副即将嫁女的表情，孙萌萌心里哀号四起，打死她也不想再见到那个许烨磊！

任凭孙萌萌怎么解释，父母的态度似乎跟大伯孙耀武一样，非常赞同她跟那个前军长的孙子许烨磊交往。

交往个屁！他们两人连个电话都没留，还想交往，还想结婚，这些大人未免也想太多了吧！面对这些剃头担子一头热的人们，采用的态度只能是无视，不予理睬。

吃完早饭的孙萌萌，碗筷一放，嘴角一抹，直接溜回房间开始写她的小说。孙萌萌写小说也有些年头了，从大一开始就在网上发些不知所云的扑文，不过随着不断地总结经验和坚持，总算功夫不负有心人，目前她已经是某小说网站的人气作者。毕业工作后也一直坚持着，白天是在银行帮人点钱点到手软的柜台职员，晚上则趴在电脑前写她的狗血小说。

这也是为什么他大伯孙耀武会以为她是个文文静静的女孩，因为她只要一下班就直接回家，不像其他女孩子经常在外面疯啊闹啊玩啊。但其实这一切只不过是个误会，是个假象！孙萌萌要是玩疯的时候那简直就跟精神病院出来的人没两样。

孙萌萌在那噼噼啪啪打字，这时电脑跳出一个窗口："作者大人，怎么还没更新啊，等得我都快挂了！"孙萌萌看了一眼，是她的大学同学兼舍友叶子青，不由回了一句："那你就直接挂了吧！"

"喂，孙同学，有你这么对待读者的吗？"叶子青发了一个委屈的表情过来附加这句话。

"有，正在行动中……"孙萌萌边笑边回。

"找捶啊！再不更新，我就去留言区发动读者催更，催死你去！"叶子青要挟道。

"你闲得慌是吧，要是闲得慌自己去找筐碳洗去！"孙萌萌不惧威胁地回她。叶子青发了一个"哼"的表情。

孙萌萌跟叶子青的关系可算是杠杠的，同穿一条裤子多年，所以两人之间几乎无话不说，无事不谈。孙萌萌将前两天发生的事情一五一十地告诉叶子青，当然丢脸的那件事情她还是有所保留的。

叶子青看完，不由哈哈大笑，还不忘调侃孙萌萌："这趟门出得真值，让你这个千年宅女，万年处女，走过寒冬，迎来春天，桃花朵朵，嫁人不远！估计过不了多久就能喝到你的喜酒喽！"

"呸，喝个屁啊！我对当军嫂没兴趣！"孙萌萌虽不排斥军人，但是对当军人的女人那是相当排斥，一点兴趣都没有。

开玩笑,她去当军嫂?那还不如直接自杀来得干脆。军嫂可是现代活守寡女人的代名词。这话是从孙贝贝那听来的,但孙萌萌表示十分认可。

"谁管你有没有兴趣啊?关键是你的那个中将大伯会放过你吗?还有,你没听过这么一句话吗?军人都带有狼犬的属性,被他盯上的结果,就三个字。"叶子青一副像个过来人的口吻跟孙萌萌解说分析。

孙萌萌愣了愣:"哪三个字?"

"死——定——了!"

"呸,叶子青你以为你是真相帝啊,你就一乌鸦嘴,乌鸦嘴,乌鸦嘴!"嘴里骂着叶子青,孙萌萌的心却莫名地跟着慌了起来。

因为叶子青的那句话,在接下来的一段日子里,孙萌萌都是提心吊胆地活着,生怕被那张乌鸦嘴给说中。

可是事情好像没有想象的那么糟糕,不但没接到过男方的来电,就连他大伯也没再过问,唯一会对她追问的就是自己那对完全不知情的父母。为此孙萌萌也实话实说,告诉父母说对方没跟她联系,她也爱莫能助。

孙萌萌开心得差一点开香槟庆祝,又恢复了她那自成一体的宅女生活,白天上班,晚上码字。

5.

时间一晃就过了一个多月,此时此刻的许烨磊正在带队参加四大集团军的年度对抗演习。

在驻扎营地的指挥中心外面,一队队战士步伐有力地列队跑过,统一的迷彩服、武装带,矫健得如同猎豹。

此时演习已经开始了两小时。在一片茂密的丛林里,一支特种小分队正全副武装加伪装地趴着观察着眼前的地形。

"土豆,你那边的情况怎么样?完毕!"耳麦传来许烨磊那磁性醇厚的嗓音。

"白菜，刚才端了几个据点，但都是伪指挥中心！完毕！"回答许烨磊询问的人是许烨磊多年的搭档谢铁军上尉，一个年龄跟他不相上下的男人。

"继续侦察，完毕！"

"是，完毕！"谢铁军收线后，看了身旁几个队友一眼，朝右边挥了挥手，继续前进。

半个小时后。

谢铁军这一队在一个小山坳里趴着："白菜，我这一无所获，没发现可疑目标！完毕！"

"继续侦察，完毕！"许烨磊再次下令。

谢铁军听到这句，眉微皱头，开口低骂起来："蓝军那帮崽子们这次不会又想玩上次的花招吧！完毕！"

"不玩花招那才不正常！完毕！"耳边又传来许烨磊那浑厚的声音。

听完许烨磊的这句话，谢铁军挠头，开始分析："白菜，这次演习蓝方特种大队的指挥官还是高连城，上次我们就跟他交手过，当时他的指挥部在天上，我猜想，这次不可能在天上！完毕！"

带领另外一支突击小分队的许烨磊，微微挑眉，目光往手上的地图看去："高大队可是有名的老狐狸，不可能的事情，也许就是可能，完毕！"

"呵呵，队长，可是这只老狐狸上次还不是败在我们手下！再说他这次要是还在天上，不傻了吗？"谢铁军憨笑地跟许烨磊分析。

许烨磊看完地图："要记住一切皆有可能！全方位搜索！完毕！"

"是，队长，完毕！"谢铁军回完，冲后面的队员挥了挥手，继续前行。

时间一分一秒地过去，演习时间已经过去了近6个小时。身着迷彩服，肩章两杠四星的红军大队长路赢站在蓝军指挥中心，身旁站着三十五六岁的中校吴凯，两人盯着眼前的电子屏幕。

"猫头，蓝军目前采用无电静默状态，我军暂时无法监测到他们的具体位置，各小组目前尚未侦察到蓝军的指挥部……"

路赢微微眯起眼睛，嘴角带着一抹笑意："呵呵，这个老高老狐狸，又在玩花招了……"

不过红军自个也一样，目前各小组，全部都出于无电静默状态，目前就看谁先忍不住。路赢转过头看了身旁的吴凯一眼："吴参谋，你认为蓝军的指挥部会在哪儿？"

站在一旁的吴凯，看着电子屏幕，笑道："大队长，一切都有可能，不过我猜想，这次应该不会像上次那样，指挥部在上空。"

"何以见得？"路赢笑着反问。

"任何人都不会重蹈覆辙！"吴凯自信满满地说。

"呵呵……"路赢轻笑，"那你就不了解老高了，这个老狐狸，总是不按常理出牌！"

"大队长，你是说这次他们的指挥部还是在上空？"吴凯不太确定。

"目前还无法完全确定，但是不排除这个可能性！"路赢的神情显得严肃而谨慎。

此时军演红蓝两军都是十分紧张，不过趴在丛林里满脸画着油彩的许烨磊的嘴角却露出自信满满的笑容。趴在许烨磊身旁的是一位年轻的军官——师达树，军理工毕业的通信技术高才生，此刻的他正在全神贯注地聆听着耳麦传输的信息。

不一会儿，师达树摘下耳麦："队长，蓝军采用电磁干扰，频率比一个小时前的都要强。"

许烨磊眉头不由紧皱，几秒后下令："通知 B 小组，打开无线电……"

师达树愣了愣："队长，你这不是要暴露目标吗？"

许烨磊嘴角微勾，露出一抹狐狸般的笑意："这叫引蛇出洞！"

得令后，红军的行动小组立马打开无电。果然不到十几分钟，蓝军那边就开始有所行动。

许烨磊心头一阵窃喜，嘴角露出一抹自信的笑意："通知总部，找到蓝军指挥部位置，依旧在上空……"

此信息传输回红军指挥中心后，路赢迅速下令，全面搜索上空。不到半小时,红军总指挥部就监测到蓝军指挥部的具体方位,快速传递给红军空军指挥中心,路赢命令空军实施空中打击。

刚下令狙击掉红军特种大队一小分队的蓝军特种大队高连城大队长心里还暗自得意,不过不到几分钟,飞机冒起一团团的红烟。

"妈的,红军这帮兔崽子!"得知指挥中心已被袭击,坐在飞机上的高连城不禁破口大骂。

飞机被迫降落,当高连城走下机舱时,看到下面迎接他竟然又是许大雷的孙子——许烨磊。

许烨磊走上前去,向高连城敬了一个标准的军礼,嘿嘿一笑:"高大队,又见面了……"

被端锅的高连城自然没给许烨磊好脸色,扯着嘴角骂道:"你这个……浑小子!"

许烨磊丝毫不介意,温文尔雅地笑道:"高大队,我们路大队让我过来接你过去喝茶!"说完,许烨磊比了一个有请的手势。

"不必了!"高连城很横地看着眼前的许烨磊,心里很是纳闷,"你怎么就认定我的指挥部依旧还在空中?"许烨磊咧唇一笑:"这个战术虽然冒险,但也是绝佳的战术。"

高连城扯了扯嘴角:"别人都说我老狐狸,但却两次败在你这只小狐狸手上!"

许烨磊的嘴角露出一抹狐狸般的微笑:"是高大队长您承让了!"这句虚伪的安慰,直接把高连城气昏了,哼了一声,直接上了飞机!

回到指挥中心,见大队长路赢正接着总部打来的祝贺电话,许烨磊卸下装备,接过谢铁军递过来的水就往嘴里灌去。

大队长路赢挂掉电话后,转过身,看着身旁的许烨磊,满脸的笑意:"干得漂亮,你小子可谓是前无古人后无来者啊,高连城那老狐狸连着两次败在你手上!"

老兵永远不死,只会逐渐消亡!高连城这只老狐狸终究抵不过岁月,还是败在了比自己更年轻的小狐狸许烨磊的手上。

许烨磊嘿嘿一笑，好像毫不在意的样子。

"孙司令员收到捷报后，刚刚下令说要为我们大队表功！"路赢的声音颇为开心。

孙司令员？听到孙耀武，许烨磊那锐利如锋芒的黑眸掠过一道不易察觉的幽光。

"哦。"许烨磊漫不经心地答应一声。路赢看了不由一笑，许烨磊这小子就是比别人沉得住气，跟他爸爸当年一个样。

在S市的驻地，一列列战士整齐划一地立正着，身着统一的特种迷彩服，腰系武装带，眼睛直视着正前方，全神贯注地聆听孙司令员的训话。

身着戎装的孙耀武，一脸满意地看着自己统领的特种大队，这次军演用了不到8小时就把蓝军特种指挥部给端了，演习结束后就接到蓝军总指军气急败坏的来电，可谓是让他这个红军总指挥好生得意了一把，长脸了一把。

许烨磊也因为这次军演再次成为七大军区特种大队众口相传的风云人物。

解散后，孙耀武和路赢聊了几句，就直接把许烨磊给叫了过来，路大队长识趣地避开了。

"首长好！"许烨磊站在孙耀武面前，行了一个标准的军礼。

孙耀武一脸微笑，拍了拍他的肩膀：''好小子，干得不错！''

"谢谢首长夸奖！"许烨磊挺直腰杆，不骄不躁大声回道。

"别紧张，放松点……"孙耀武看他全身绷紧，一脸慈祥地说。

许烨磊见孙耀武这般和蔼，身体顿时放松了下来，可心里还是有些小紧张，不过他不是因为见到首长紧张，而是因为见到相亲对象的老爸紧张。

果然，两人聊完几句后，孙耀武呵呵地笑了几声，看了看他，没有再绕弯弯，直爽地问道："最近有没有跟萌萌联系啊？"

萌萌？谁是萌萌啊？许烨磊愣了愣，满眼疑惑地看着孙耀武。

孙耀武见他一副茫然的表情，误以为他是不好意思，心想最近在演习，两人没联系也正常，不由笑道："没关系，演习结束后有的是时间！"

"首长，那个……"许烨磊正想问孙耀武谁是萌萌时，这时孙耀武的警卫参谋小跑了过来，只好暂时停止话题。

"报告司令员，C军区梁司令员给你来电！"警卫参谋向孙耀武汇报道。

孙耀武点了点头，正要和警卫参谋一起前往办公室，突然停下脚步，转过身来对许烨磊说："趁这次来S市，由我做东，明天晚上你腾出时间，跟萌萌一起吃顿饭！"

到底谁是萌萌啊？许烨磊皱着眉看着孙耀武远去的背影，脑子快速回想一番，几秒后，恍然大悟！难怪照片不像，原来那丫头根本就不是"孙贝贝"，刚把这个疑问解开，许烨磊又陷入另外一个疑问中，孙司令员口中的"萌萌"跟他又是什么关系呢？

Chapter2 都是缘分惹的祸

1.

傍晚下班前，孙萌萌一脸纠结地整理着工作台上放置的各种单据。

在外人眼里在银行上班是件清闲的工作，其实那只不过是"只因不在此山中"，在银行上班每个月每个人都有拉存款的任务，每次一到月底就得像个拉皮条的似的去外面拉存款。而且她上班的支行又是一级支行，任务重得可想而知，外加上行长为了个人前途，每月分配下来的任务那简直就是"重中之重"。

在银行上班，拉存款就跟来例假一样，一个月总要来那么一次，男女皆难逃。孙萌萌琢磨了好几天，还是没有联系到大款客户，这可怎么办才好啊！

正当孙萌萌一筹莫展时，手机响了起来。一看，是她们支行长李明的电话，孙萌萌连忙接了起来："行长……"

"小孙，这个月剩下不到三天了，你的任务还没完成，得抓紧了！"耳旁传来一个老男人的声音。

"是，行长，我会抓紧的！"孙萌萌心虚地回道。

"要不这样，刚好晚上我要去见一客户，你跟我一起去，任务算你的！"李明特别体谅地说。

孙萌萌听完一阵犹豫，不知道该怎么回他。

和支行长李明一起出去拉存款固然是件捡便宜的事情，可是一次两次还行，多了就让人说闲话，嚼舌根。要知道长得漂亮的女孩，即使不主动招惹男人，也是被那些男人所惦记。

孙萌萌刚进银行那会是留长发的，因为长得漂亮，不乏有很多同事和客户对她大献殷勤，就连年过四十的支行长也对她另眼相看，多加关照。刚参加工作，不谙世事的孙萌萌经常跟着支行长一起出去拉存款，可是后来渐渐觉得不对劲了，她在支行长眼里发现了异样的目光。想起支行长说过她头发很漂亮，一气之下直接把头发给剪了，以假小子示人。

"行长，我……今晚有事，可能去不了了！"孙萌萌鼓着勇气拒绝了李明。

"哦，那好吧，只能改天了！不过这个月的任务你得抓紧了！"李明听到拒绝后，心头掠过一丝不爽，但却又不好意思发作，只能摆摆领导架子嘱咐道。

"是，行长……"孙萌萌拍着胸口，顿时松了一口气。

知道孙萌萌为什么讨厌在这儿工作吗？一是因为行长，二是因为一个大客户。

有个爱慕她到成疯的大客户。在银行上班除了拉存款，还有一个就是卖鸡（卖基金），那客户为了追求她，天天给孙萌萌送花、送礼物，还义无反顾地投了5000万进去，结果亏掉近1000万，害得孙萌萌真不知该如何应付，有时候恨不得立马把这份工作给辞了。

挂掉电话，孙萌萌拿起包正要离开时，手机又响了起来。一看是大伯的电话，刚松口气的她，又立马紧张了起来，真有种刚逃出狼窝又进虎穴的感觉！

孙萌萌小手微微颤抖地接起电话："大伯……"

"萌萌，下班了没？"坐在许烨磊驾驶的车上的孙耀武笑呵呵地问道。

"刚下班，大伯您有事吗？"孙萌萌弱弱地回道。

"我和烨磊正往市区去，晚上一起吃个饭吧！"孙耀武看了身旁的许烨磊一眼。

听到许烨磊的名字，孙萌萌的心瞬间咯噔一下，大伯他怎么来S市了？还有他怎么跟许烨磊在一起啊？还有为啥要邀她一起去吃饭啊？一串联想后，孙萌萌立马哀号起来：不会吧！难道真的被叶子青那个乌鸦嘴给说中了！

为了避免一朝被蛇咬，幸福终生毁的局面，孙萌萌想都没想，直接回绝："大伯，对不起，我晚上可能没空哎，我已经跟客户约好了晚上一起吃饭！"

孙耀武一听，愣了一愣："你现在跟客户取消晚上的饭局，过来跟我们一块吃饭。"孙萌萌听他那口气，完全就是一副将军做派，俨然就跟对下属发号施令似的。

"大伯，这次真的不行，这个客户对我来说特别的重要，不能取消！"孙萌萌没有妥协，再次推托。

"萌萌，今晚什么人也比不上烨磊来的重要，过来，一起吃晚饭！"孙耀武听到孙萌萌不愿过来，顿时觉得有些没面子，不过口气还是笑呵呵的。

"大伯，我真的不能过去，差三天就是月底了，我的任务还没完成，到时候会被领导批的！"平日里孙萌萌对这个大伯的确是尊重有加，爱戴非凡，可是面对如此强逼，她还是决定咬咬牙，再次拒绝。

"孙萌萌，你马上给我过来！"听完孙萌萌第三次拒绝，孙耀武顿时觉得颜面扫地，口气立马变得严肃起来，语气更是不容置疑。

第一次听到大伯用命令的口气对自己说话，孙萌萌险些被吓到，更加心生恐惧，生怕自己被大伯强行逼"嫁"，连声道："大伯，我真心没空，先挂电话了！"说完直接就把手机给关机了。

"喂……喂……"耳边传来一阵忙音，任孙耀武怎么叫喊也没人回应。

正开着车的许烨磊，从孙耀武的口气和对话中，也大概了解了一二，对方不愿意见他，他也用不着应付了。原本心里别扭的他，舒畅许多。

不过想想，心里多多少少还是有些被伤到，好歹他也是炙手可热的年轻军官，这些年想着帮他介绍对象的人多得数不过来，可他愣是给全部回绝了，要不是上次被老妈和老爷子联手欺骗，他的第一次相亲至今还会有所保留。可这么优秀的自己，到了那个叫萌萌的丫头眼里，却变成了一文不值。

"烨磊啊，萌萌说晚上有急事，今晚可能没办法出来跟我们见面一起吃饭了！"孙耀武说这话时，完全没有平日里训兵的威严和底气。

"没关系，首长，就我们俩吃也行啊！"许烨磊没有戳破孙耀武的底气，大方地说。

许烨磊虽然没跟孙耀武单独出来吃过饭，但也同桌过好几次，他的为人、脾性也清楚一二,他是个让人钦佩尊敬的首长,同时也是个和蔼可亲的前辈。

"好,就我们俩吃,说,想吃什么,我请客!"孙耀武就是喜欢许烨磊这种落落大方的表现,不扭捏做作,不逢迎拍马。

"首长,那我就不客气下手喽!"许烨磊恢复平日里的痞劲,开始没大没小起来。

"好,尽管下手吧!"孙耀武也很爽快答应下来,完全把自己当成一头肥猪任他宰割。

关机后的孙萌萌思来想去,心里很确定此刻绝对不能回家,万一大伯去家里逮她,那真心完蛋。事已至此,看来只能跟行长一起去吃饭了。一来解决这个月的拉存款任务,二来也可以避开大伯安排的相亲宴。

孙萌萌只好把手机重新开机,硬着头皮,厚着脸皮给支行长李明打了一个电话。

行长和客户约定见面吃饭的地方定在市郊的江南邨,是一个低调的庄园,并不大肆宣传,但内部的宴客规格甚高,是S市政界商界款待贵宾的绝佳场所。

高耸茂密的移栽树林像是旧时公堂两侧的捕快,低声沉吼着威武。假山流水翠竹,脚下是雨花石子铺就的人行道,毫无疑问,孙萌萌很不喜欢这看似低调廉洁,实则奢靡不堪的消费场所。

当服务员把包厢门推开时,孙萌萌不由长吸一口气,脸上硬是挤出一丝笑容,缓缓地走了进去。一进门就见左侧沙发上一袭黑色高档剪裁西装的老男人跷起二郎腿,用满不在乎的口吻说着一番话。

"刘董,话不能这么说,投资嘛,要从长远的角度去看!"右侧沙发上的中年男人低沉地笑道。

只见右侧坐着的男人一身合体的灰色西装,彰显了中年男人积淀的城府,举手投足甚是风华。他就是孙萌萌的上司,也是X银行在S市政绩最为卓越、名声在外、呼声最高的下一任总行长人选——李明。

"行长,对不起,堵车来迟了!"孙萌萌挤着一脸笑意,笑眯眯地走了过去。

看到漂亮的孙萌萌，原本还聊着的两个男人不约而同地把目光投向她的身上。

李明满眼的窃喜，站起身，向孙萌萌走了过去，顺势揽住她瘦弱的肩膀："刘董，给你介绍一下，这是我们支行的行花——小孙……"

"小孙，这位是荣氏集团的刘董……"

孙萌萌觉得一阵恶心，眼睛的余光瞟向搭在她肩膀上的那只"脏"手，心里的怒意噌噌往上冒，但却咬紧牙关，没露一丝破绽，笑脸盈盈地向坐在沙发上盯着自己的刘董问好："你好，刘董……"

刘董连忙站起身，伸手握住孙萌萌那滑嫩的小手，小眼微眯，一缕色光从眸中射出："孙小姐，幸会幸会，不愧是行花，是我见过最漂亮的美女，没有之一……"

不管是出于真心，还是虚与委蛇，这样赞美的话，孙萌萌听多了，也早已麻木，心里只剩下一个感觉，那就是恶心。眼睛瞟到刘董身旁坐着的美女，这种场面被大方带出来应酬的女人，不是"秘书"，就是情人。

孙萌萌边抽回手，边笑着回敬一句："刘董你要是这么说，你身旁这位美人可就要生气咯！"

"孙小姐，你真会说笑，她是我的秘书，Tina 小姐！"刘董一副此地无银三百两的样子跟孙萌萌介绍她身旁的美女。

"幸会……"

"幸会……"两个女人虚与委蛇地打了一下招呼。

"来，来，来，大家先稍坐一下，等向董到了，我们再一起入席……"李明招呼大家坐了下来。

在李明与刘董热火聊天之时，刘董的秘书 Tina 小姐在那无聊地拨弄着头发，而孙萌萌则安静地坐在一边，低头啜饮手中的普洱茶。

"走，就这间包房，我们俩这么多年难得遇上，今晚一定要一醉方休……"外面传来一阵爽朗浑厚的男中音。

"好，一醉方休就一醉方休……"可谓是人未达，声先至，雄浑刚劲，气势逼人。

孙萌萌抬起头,看着缓缓被推开的门,当看到一位两鬓几丝斑白的男人和一位身着一袭陆军军装、英姿笔挺、铁血军威的"中将"齐头并进地走进来时,全身不由自主地僵硬起来!

看到大伯孙耀武,孙萌萌只是全身僵硬,可当她看到尾随在大伯身后的许烨磊时,那简直呼吸一窒,精致的五官瞬间皱成一团。一身陆军军官服装衬得许烨磊英挺异常,棱角分明的五官诠释着军人的铁血气质,肩上的松枝绿色肩章,底版上缀有两条金色细杠和两枚星徽。

俊美无比的五官,修长挺拔的身材,兴许是高干家庭与生俱来的贵族气质,让他看起来气势更加逼人,一看就知道绝非池中之物。当他一走进来,整个包间都瞬间变得晃眼起来。

怎么这么阴魂不散啊!在这儿都还能碰上!

孙耀武一进门看到孙萌萌的时候,也是满眼的诧异,不过瞬间变得雀跃起来:"萌萌,你怎么也在这儿啊!"孙萌萌小脸皱成一团,咬着唇,心不甘情不愿地站了起来,弱弱地叫了声:"大伯……"

此话一出,包间里的所有人不约而同地愣住了,满是好奇地看着正在认亲的两位。

相互介绍一番后,孙萌萌才得知刚才和大伯一起进来的向董是大伯以前的老战友,相隔二十几年没见过面,没想到竟在门外给遇上了,硬拖着他过来一起喝酒。

真有"猿粪"啊!孙萌萌心里郁闷的程度可想而知。

孙耀武一脸开心地揽过孙萌萌的肩膀:"给大家介绍一下,这是我亲侄女——孙萌萌!"孙萌萌则是一脸的尴尬和纠结,挤着一丝笑意,冲着大家笑了笑。

"来,来,来,刚才就等向董您来,既然人都齐了就上桌吧!"李明一脸奉承地招呼大家就座。

大家转身之际,刚才从一进门就很低调的许烨磊,瞥了一眼从进来到现在始终没敢看自己一眼的孙萌萌,这一眼,只是一瞬间,却意味深长。

任何一场宴会都有它相似的情节,或是推杯换盏,或是眉目传情,增长了见识,扩大了交际,唯一的损耗只有时间。

本来此行是为了给侄女和许烨磊制造机会相处,结果在这儿遇到阔别多年的战友,孙耀武一时之间只顾得上叙旧,根本无暇扮演"媒婆"角色。从军多年的他喝起酒来也是非常的豪气冲天,频频一仰头饮尽别人敬他的杯中酒。

稍作休息后,向董一脸和蔼地看着孙萌萌:"想不到我们几十年没见,一见面就多了一个漂亮的侄女!来,萌萌,叔叔敬你一杯!"

孙萌萌连忙端起酒杯,有些腼腆:"谢谢向叔叔,您喝半杯就行,我干了!"说完,一杯饮尽。

向董满眼诧异:"好,爽快!"喝完半杯后,向董转过头对孙耀武说:"老孙,你家侄女颇有你当年的风范啊!"

"唉,我也是盼着萌萌是个男孩就好了,结果家里就出的尽是女娃。"孙耀武听到别人夸自家侄女心里自然高兴,但还是有些状似不甘地埋怨道。

"老孙,你这可就落伍喽!现在的女孩可都是'招商银行',稳赚不赔的,完全符合市场经济的大潮流。"从部队出来就从商的向董,现在满口都是生意经。

孙耀武听后才想起此行的目的,意味深长地看了坐在自己身旁的许烨磊和孙萌萌一眼,脸上不禁露出一抹狐狸般的微笑。

孙耀武笑着举起杯:"烨磊,萌萌,我敬你们俩一杯,希望你们俩以后心想事成,幸福美满……"孙耀武本来还想多说几句,不过看到许烨磊和孙萌萌两人脸色都有些不自在,只好就此打住。

幸好没说早日结婚、早生贵子的话,不然孙萌萌肯定夺门就逃。

孙萌萌一脸的不好意思,而她旁边的许烨磊倒是一脸沉着,看不出一丝波澜,棱角分明的五官透着一股不容忽视的威严。

坐在向董旁边的支行长李明听完这句后,意味深长地看了孙萌萌一眼,没想到自己天天"惦记"的普通职员竟有这么强大的背景,亲大伯竟然是N

军区的司令员,就连"男朋友"的家庭背景也如此深厚,心里顿时庆幸不已,幸好他先前没对她"动手",否则后果不堪设想。

看着身旁一直低调的许烨磊,孙萌萌心里十分不快,为什么就看上我了呢?真的就这么缺老婆吗?越想越觉得眼前的他无比刺眼。

孙萌萌心里琢磨着如何让自己给人的印象更加破灭,好让对方失去兴趣。想来想去,这种场合最好的办法就是喝酒!反正在许烨磊面前她已经完全没形象可言,不妨来个破罐子破摔。要知道漂亮的女孩在酒桌上是非常受宠的,每个月拉存款,孙萌萌也总结出不少的喝酒经验,已经能够把握好节奏了。

在你来我往中,这已经是孙萌萌喝的第6杯52度五粮液了,虽是有些头晕,但却没有丝毫醉意。酒量这种东西,对于有些人那就是与生俱来的,孙萌萌从小到大都滴酒不沾,去银行上班后,因为出去拉存款,不得不喝。当时还以为自己一杯就倒,结果出乎意料,不仅没倒,反而千杯不醉。后来去咨询医生,医生说她是因为体内的生物酶比较高,解酒能力比较强,比较不容易醉。

"刘董,以后还请多多关照,这一杯我先干为敬。"孙萌萌没有停歇,又连续干了三杯,实在猛得吓人。

孙耀武第一次见到侄女这么喝酒,实在有些被吓住,眉头紧皱,眼睛死死地瞪着孙萌萌。许烨磊见她这么猛喝,眉头也不禁微微皱起,目不转睛地看着她。

孙萌萌心里暗自得意起来:看吧,让你们傻眼了吧!哼,就我这样,你们还认为我够格当军嫂吗?趁现在还来得及,劝你们还是赶紧放弃吧!孙萌萌决定要将这个计划实施彻底,再次端杯站起来敬酒,可是只有些温热的大手按住了她端着酒杯的手。

许烨磊淡淡地瞥了她一眼,站了起来:"我来……"磁性的嗓音,让人听了觉得一阵醉意,孙萌萌的脑海竟然恍惚一下,萌生了一个词——性感。

作为"男朋友"代饮,并不失礼仪,但大家一致起哄,说代饮要双倍,许烨磊替她敬了向董,只好连干了六杯下去。

关你屁事啊！你以为你是谁啊？凭什么来插我这一杠啊！被挡下来的孙萌萌气得在桌子底下连连跺脚，心里哼哼唧唧地直骂。

许烨磊的表现尽收在孙耀武的眼底，越看越满意，频频对他微笑颔首。

接下来，别人敬孙萌萌的酒，许烨磊全替她挡了，一餐还未过半，许烨磊喝了不少。不过孙萌萌不但没领情，心里还一个劲地骂他。不过刚才喝的太猛，此时酒精上头，头感觉变得沉重起来，眉眼间似是也染上了几分朦胧，微醺的眸子看上去像是两个诱人的漩涡，仿佛一不小心，就会被吸进去。突然觉得味蕾间袭来一阵酸味，孙萌萌猛地一个激灵，一股强烈的恶心直往上涌。

孙萌萌起身夺门而出。整个包房霎时一片安静，所有人看着这一幕都不由愣住了。

"肯定是刚才喝猛了！"向董看着她那消失的背影，不由担心道。

"烨磊，你快出去看看……"孙耀武一听，连忙催许烨磊去看看情况。

当许烨磊在洗手间找到孙萌萌时，此时的她看上去有些悲惨，耷拉着脑袋趴在盥洗台上，水徐徐地流着……

许烨磊不禁皱眉，没有理会其他女士的目光，径直走到她身旁。浓浓的酒气扑鼻而来，许烨磊皱着眉头，用手指杵了杵她的后背："喂……"

可能是因为水声的缘故，孙萌萌好像根本没有听见似的，没有作任何反应，瘦弱的身子趴在盥洗台一动不动。

酒量这么差，还敢这么猛喝，活该受罪！

这里是女厕所，许烨磊没法跟她在这里耗着，伸手摇了摇她的肩膀："喂，孙萌萌，你醒醒！"

在女厕来往的女宾们，无一不对这个身着军装的帅哥投来异样的目光。许烨磊脸上有些挂不住了，于是又伸手摇了摇她："孙萌萌……"

"别摇了，还没死，活着呢！"孙萌萌猛地抬起头，媚眼狠瞪了他一下，转身走出厕所。

孙萌萌极力装作平静地往回走，可她的双腿竟然泄露了她的底细，此时的她感觉两腿好像踏在棉花上似的，轻飘飘的，有些使不上力。走着走着，脚下突然恍惚一下，整个人差一点撞到墙上，走在后面的许烨磊连忙走上前去扶住她。

孙萌萌侧过头，看了他一眼，立马把手抽了回来，摇摇晃晃地继续往前走。一直沉默的许烨磊突然走上前，大手扣住她纤细的腰，一个用力，孙萌萌便跌落在一个滚烫的胸膛上。

孙萌萌见他牢牢揽住自己的腰，顿时吓得清醒几分，连连尖叫："喂，许烨磊，你搞什么啊，快给我放开……"

"你这女人一会儿替人相亲，一会儿做陪酒女郎，到底还有哪些事情你干不出来的？"许烨磊低着头直勾勾地看着她，嘲讽道。

孙萌萌仰起头正想冲他吼，可是那灼热的男人气息喷洒在脸上，突如其来的近距离接触让她很不习惯。此刻正仰着头的她，清楚地看到眼前这个男人棱角分明的五官，他的睫毛是男人中鲜少有的长而翘，那双锐利的眼眸，也许是因为沾染过酒意，越发深不见底，只是一眼，便能让人为之沦陷。

气氛一下子变得暧昧而火热……

孙萌萌的双眸对上许烨磊的眼睛，因为隔得太近，呼吸相闻，反而模糊了视线，只觉得朦胧的瞳孔中闪现着如星星一般的光芒，似乎带着与众不同的色彩。

可是又觉得不对劲，好像哪里出问题了？孙萌萌这才回神，见自己被他禁锢在怀里，不由挣扎起来，可越挣扎却被许烨磊越紧箍住，两人身体紧紧地黏在一起，他的长腿好死不死地嵌在她腿间……

恍惚间觉得这世界上所有的外音都已经消失，只剩下许烨磊的呼吸，拂在耳畔，健壮的心跳，即使隔着两个人的重重衣衫，也轻而易举地传递了过来……和她擂鼓样的心跳，成了一首协奏曲……

此刻的孙萌萌心里七上八下，呼吸沉重逼仄，像是缺氧的鱼儿。她脸色红如霞，慌得转过脸去，避开扑在她脸上的灼热气息，一边挣扎一边吼："我干什么事，跟你有半毛钱关系吗？给我放开！"

的确是跟他没有半毛钱的关系，可是他就是……就是有些看不惯……看不惯她刚才在其他男人面前醉眼迷蒙的样子。许烨磊也不知道自己为何对她会有这种想法。

"给我放开……"见他不松手，孙萌萌心里的愤怒开始噌噌地往上冒。见她生气，许烨磊乌黑深邃的眼眸似黑曜石般夺人光彩，薄唇不由地扯出一缕肆意的微笑。

"再不放手，后果自负！"孙萌萌眼中闪过一抹慌乱，恼怒地说。

看着她那慌乱的眼神和一脸的恼怒，许烨磊不由眯起他深邃的眸子，饶有兴趣地看着她："你不会又想咬人吧？"

这男人看着浑身散发着正气，没想到却是个腹黑的"坏痞子"，每次遇上都要吃她豆腐。可本姑娘的豆腐怎么可能随便让你吃呢？好吧！这次又是你逼我的，那就别怪我不客气了！！

只见孙萌萌一抬腿，膝盖对准他的小腹，狠狠一击，许烨磊感到小腹一阵剧痛，轻哼一声，本能地放开她，吃痛地抽气，双手捂住自己的小腹。一经挣脱，孙萌萌立马闪到一旁，本想对他说几句厉害的话，可见到某人状似痛苦的表情，孙萌萌愣是顿在那里。

孙萌萌眨了眨眼睛，摸着脑袋想了想，刚才自己有……有那么用力吗？还有……自己刚才应该没踢到他那个地方吧？见他哼哼唧唧的，孙萌萌在想：那个……那个，他……他的那个地方被自己踢爆了？

"唉……那个……许……许烨磊……"孙萌萌伸出手指，轻轻地戳了一下许烨磊，弱弱地叫着。

许烨磊弯着身子，双手捂着下身，一动不动，一声不吭。孙萌萌这下开始紧张起来，屏住呼吸，六神无主地看着他。不会真的出什么事情吧！她可没想过这个结果，见面不到四次就把人家的老二给踢爆了，要是影响他以后的"性福"的话，那自己罪孽似乎有些深重了。

他不会是装的吧？见许烨磊一动不动，孙萌萌不由咬着唇，皱着眉，满脸的纠结和害怕，手指又戳了一下他："那个……许……许烨磊，你没事吧？"

Chapter2 都是缘分惹的祸

许烨磊猛地抬起头，一脸绿色，杀气氤氲了整个眼睛，不禁狠狠咬牙，向她瞪了一眼。

这个死丫头，每次见到都没什么好事，上辈子是不是跟他有仇啊！好心当成驴肝肺，还不是担心她撞到墙！结果……要不是她是女人，他早揍她了！

面对许烨磊眼中透出的杀气，孙萌萌虽感到有些惧意，但还是"善良"地说："那个……要不要我去拿冰给你敷一下……"不说还好，一说许烨磊的目光立马变成小李飞刀，朝她射去。

见他这般愤怒，孙萌萌明显有些被吓到，再站在这儿估计会被碎尸万段，尸骨无存的！

但她没有离开，而是将头高高地仰起，正视着他咄咄逼人的吃人目光，完全没有低头的意思。

"谁让你抱我的！我也事先声明过，叫你放手，谁叫你不听，活该被踢！"孙萌萌高高仰起头，目光毫不畏缩，谁让他先侵犯她。

望着孙萌萌那理直气壮的脸，许烨磊心头一股恼怒油然而生，也同时挑起他男人内心最深处的征服欲。许烨磊伸手，一把捏住她的下颚，咬着牙一字一句地说："臭丫头，干了坏事，还这么理直气壮，好，我现在就让你知道我的厉害。"

干了坏事？这词听起来怎么这么违和啊？不过我那叫作正当防卫。

"你……你想怎样？"孙萌萌硬生生地挺着脖子，装着无所畏惧地说道。

许烨磊不禁苦笑，这女人完全没有示弱的样子，不禁扬起嘴角，看来不给这小女人一点厉害，她就不知道他许烨磊的厉害。许烨磊的嘴角透出一阵意味深长的笑意，大手捏住她的面颊，让她正对自己，无可回避。

"看你一副知错不改的样子，今天非得给你一点教训不可！"许烨磊一边说，一边用他那修长的手指，在她漂亮的脸蛋上轻轻地划了划。

不会……不会是想强吻她吧？！

"许……许烨磊，你……你要是敢乱来，我一定会揍你的，一定把你告上军事法庭的！"见他略带宠溺的暧昧动作，孙萌萌眼中透出一抹惊慌失措的神情，随即破口大骂起来。

许烨磊听了，不由轻笑，深邃的眼眸透着一抹戏谑的笑意："想上军事法庭受审，想必摸一下脸蛋是不够的。"说完，还不忘轻轻地抚上她那白皙的脖子。

"流氓！"孙萌萌的脸蛋瞬时一片绯红。

许烨磊瞧着她又羞又愤的神情，嘴角不自禁地弯起一抹好看的弧度，不过想要阻止她继续骂下去的方法只有一个，那就是以吻封口！

他长这么大，还没有人用"流氓""浑蛋""无耻的家伙"这些字眼骂过他，真的要给她一点惩罚才行。这么一想，许烨磊不由恶作剧地缓缓低头，向她倾去，渐渐的，越来越近，越来越近……

孙萌萌不由惊恐，睁大眼睛，这个浑蛋，居然……居然真的想要强吻她！

就当两人的唇距离不到两厘米时，孙萌萌只觉得一阵恶心，连忙转过头去……只是几秒的时间，孙萌萌的酒便彻底清醒了，意识也非常的清醒，眼睛一眨不眨地看着眼前的许烨磊，还有他身上滴滴答答往下流的呕吐物。

许烨磊低头看了一下自己身上的衣服，随后不由闭着眼睛，紧紧地握着拳头，牙齿不由自主地咬住了下嘴唇，深深地吸气，拼命地平稳着自己的呼吸，让自己淡定，冷静下来，不然随即就会爆发！

简直是杀气腾腾啊！

孙萌萌的小心肝不由得颤抖一下，心里寻思着怎么办才好！她真的不是故意的，可是话说回来，如果他不惹她，这一幕根本就不会发生。

孙萌萌原本嚣张的气焰立马熄灭，变得气短三分，稍稍低下头跟他道歉："对不起……"此时，许烨磊的目光像尖利的锋刀向她射去，杀气在孙萌萌周身的每一寸空气里蔓延。

孙萌萌瞬间变得局促不安，卷翘的睫毛轻轻地颤抖着，白皙的小脸上挂着一丝不安与恐惧，慌乱的眼神闪烁而明亮。

"那个……你把衣服脱下来，我帮你拿去洗……"事情既然已经发生，那总得解决，孙萌萌伸手指了指他的军服，弱弱地说。

又是一个可怕的眼神，许烨磊不会要把自己杀了吧！

呜呜……不就是吐你一身吗？不至于赔上一条人命吧！正当孙萌萌在那儿遐想连篇时，只见许烨磊气愤地转身往洗手间走去。

孙萌萌紧绷的身体不由软了下来，这才意识到嘴里依然飘荡着那恶心味道，不由咬着牙，踉踉跄跄地跑去洗手间。把嘴里漱干净后，孙萌萌抬起头看着镜子里的自己，微红的脸蛋，一头的冷汗。刚才那么一吐，把她小命都给吓没了。

孙萌萌走出洗手间，蹑手蹑脚地走到旁边男洗手间门口，四处张望了一下，冲着里面小声地喊："许烨磊，你的衣服……你的衣服怎么样了？"

孙萌萌没听到他的回应，只听到里面传来哗啦啦的水声。

想必他很生气！不过换做谁都会生气吧！好吧，既然是自己做下的亏心事，那也只能勇敢地承担下来！孙萌萌在门口待了四五分钟，也没见有人进出，想必就许烨磊自己一个人在里面，孙萌萌四周瞄了瞄，一溜烟地转身，钻进了男洗手间。

可是没过几秒，孙萌萌又立即逃窜了出来……当许烨磊再次回到包厢，推门走进去的时候，正在酒兴上的大家不由一愣，视线齐刷刷地往他身上看去。

孙耀武最为意外，刚才孙萌萌说出去一会儿，没想到回来时，却多带回一个穿着像是夜店上班的男人。上衣，颜色花花绿绿不说，还很透明的那种，结实的胸肌若隐若现的，充满着一种性感、狂野的气息。

附近比较偏僻，没有卖衣服的店铺，好不容易看到一家卖泳装的店，孙萌萌只好买了一套沙滩装给许烨磊救急，可是当她看到他从洗手间出来的时候，脑海里还搜刮了一阵，最后终于想到他跟谁相似了。对，没错，就是跟她写的小白文里夜夜笙歌的男主形象很相似——牛郎！

这丫头摆明想给他难堪是吗？简直太不像话了！孙耀武的脸色立马阴沉起来。正想发飙，可是下一刻，孙耀武的眼珠都要瞪了出来，没想到这男人竟然是他最喜欢的下属军官——许烨磊。

我的乖乖，怎么出去一会儿就穿成这样回来啊！

历来雷厉风行、动作利索的许烨磊此刻就像个小媳妇似的，扭扭捏捏地走到孙耀武身旁。

孙耀武和其他众人看到刚才还是那么英气逼人的军官，眨眼间就变成眼前的性感牛郎，都不由哈哈大笑，笑得个个合不拢嘴，笑得个个东倒西歪。

孙耀武得知这是孙萌萌的杰作，不由笑着训斥她几句。在接下来的时间里，大家继续欢聊畅饮，但目光却时不时往许烨磊身上飘去，席上的两个女孩一点都不嫌腻，其他大男人们自然乐得欢笑连连，许烨磊一脸的尴尬，要不是碍于孙大司令的面子，他早就离开了。

吃完饭后，大家站在江南郡门口的停车场，多年没见面的两个老战友，彼此显得特别依依不舍，向董提议继续找个地方叙旧，孙耀武连连摆手，说明天要赶回N市，下次再聚。向董只好作罢，不过却坚持要送孙耀武回住处。

有好些日子没来S市的孙耀武，行程虽匆忙，不过还是没忘记去看望一下亲弟弟，也就是孙萌萌的老爸孙耀文，所以决定晚上去孙萌萌家里住一晚。

孙萌萌见孙耀武往向董车里钻，心里暗呼不好，这会她既不可能坐支行长李明的车回市区，那个刘董……那就更不好做电灯泡了，唯一的选择只能是坐许烨磊的车。

就在向董的车要开走时，孙萌萌快步走了过去，示意孙耀武降下车窗："那个……大伯，许烨磊晚上喝了不少酒，要不车就留在这儿，我跟你一起搭向董的车回家！"

孙萌萌原想用遵循交通规则，安全起见说服大伯，可没想到孙耀武瞥了她一眼，摆着一副叫她不要担心的表情："今晚那点酒对烨磊来说小菜一碟，就跟喝白开水一样！大伯还要跟你向叔叔聊上几句，先走了，我在你家楼下等你！"说完孙耀武直接将车窗升了起来。

一辆崭新的吉普停到孙萌萌身旁，光滑流畅的曲线，美观大方的外形，晶莹耀眼的军绿色，真是一辆好车啊！

孙萌萌坐了上去，余光瞄了瞄身旁坐着的许烨磊，那性感修长的身材即使在黑暗中也显得特别的挺拔，而且更增添一抹神秘的气息，让人有些移不开视线。

许烨磊见孙萌萌正色迷迷盯着自己看，不由白她一眼，伸手将放在后车座的军装外套拿了过来，利索地穿上。

车子在街道上不紧不慢地行驶着，一旁的玻璃窗敞开着，风吹在脸上清凉舒适，车子里正放着很抒情的轻音乐，也许是因为这样惬意的环境，孙萌萌心里的怨念减轻了不少。

没想到这个许烨磊竟然还有这么高的音乐品味，孙萌萌不禁有些好奇，不过忽然想起一个问题，立马将好奇心收回，忍不住开口："那个……许烨磊……"

许烨磊熟练地驾驶着，微微侧过脸瞥孙萌萌一眼："嗯？有事吗？"孙萌萌摇了摇头："没事……只是想问你一件事？"

"说。"许烨磊转动方向盘转了一个弯，口气很冷淡地回了她一个字。

"就是……就是……"孙萌萌有些吞吞吐吐起来，身为女孩子家脸皮还是薄了一些，不敢这么直白地问他。

"有话直说！"许烨磊一边熟练地控制着方向盘，一边侧睐看了孙萌萌一眼。

"你真的就那么喜欢我吗？"孙萌萌鼓着勇气试探道。

这丫头的脸皮还真够厚的！这么自恋！许烨磊被她这话呛了一下，再次转过头瞥了她一眼："你哪只眼睛看到我喜欢你了？"

"你不喜欢我，那干吗还跟我大伯一起约我吃饭啊！"孙萌萌被噎了一下，心里却坚信不疑地认为他肯定是喜欢自己的。

这个问题，许烨磊无法回答，不管是在 N 市见她，还是今晚在这里见她，都是无奈中的无奈。

要知道在部队官大一级压死人，纵使许烨磊家庭背景再硬，在 N 军区孙耀武就是他的顶头 BOSS。就如他第一次去见孙萌萌的郁闷是一样的，实属无奈，没得反抗，只能服从。

见他沉默，孙萌萌更加认定他喜欢她，心里不由急了起来，连忙提出正式申明："许烨磊，我告诉你，不管你有多喜欢我，我们之间都是不可能的，我是绝对不会嫁给你的！"

许烨磊再次转过头，深深地看了她一眼，语气十分的认真："我还没决定要不要娶你呢？你那么着急干吗？难不成你喜欢我？"

"谁……谁说我喜欢你啊，在这儿我再次郑重声明啊，我讨厌军人，这辈子绝对不会嫁给军人，你就死了这条心吧！"孙萌萌被他激得小脸不禁泛红，毫不客气地大声反驳加再次声明。

"喜欢我就直说呗！别搞这套此地无银三百两……"许烨磊不急不躁地回她。

孙萌萌被他气得直抓狂！偷鸡不着蚀把米啊！这下倒好了，这家伙认为她喜欢他了！

"还有，奉劝你一句，话先别说得这么满，日子还长着呢！别到时候，你死缠着我不放！"没等她反驳，许烨磊紧接着又添加一句。

呸——我纠缠着你不放？等下辈子吧！不，下辈子都没门！

孙萌萌一阵语塞，为避免自己被气死或者一时失控把他掐死，决定不跟他说话！

许烨磊抬起头瞄到小镜子里孙萌萌那张郁闷不已的脸，嘴角不由上扬，浮起一抹淡淡的莫名的笑意。

许烨磊驾驶的吉普稳稳地停在孙萌萌家楼下，孙耀武也已经先到一步，车子停在前面正和向董道别。

孙萌萌怀着郁闷的心情，耷拉着脑袋准备下车。突然想起什么，转过头去，眼睛直直地盯着许烨磊看。许烨磊缓缓回头，目光在她的脸上停留了几秒，面无表情地说："干吗？"

孙萌萌侧过身子，挑着眉，语气很是郑重："我想，既然我们对彼此都没任何想法，这个结果对你我都是最好不过的，从此你走你的独木桥，我走我的阳关道，互不牵扯，分道扬镳！"

"行！"许烨磊一副求之不得的表情，一个"行"字都说得那么语气坚决，那么铿锵有力。

"一言为定！谁失约，谁就是……就是小狗！拉钩，盖章！"孙萌萌的约定似乎有些孩子气。许烨磊斜了她一眼，无视她伸过来的手，直接扔给她一句话："幼稚！"说完打开车门走了下来。

谁幼稚？你这个没礼貌的臭男人！孙萌萌努着嘴巴，一脸不服地走下车。

许烨磊走到孙耀武身旁："首长，那我明天再过来接你去机场！"

孙耀武转过脸瞄了他一下，上身穿着威武无比的军装，下身看着就有些滑稽了，孙耀武不禁笑了起来："没想到我们的军装跟其他服装搭配在一起，是如此的妖娆啊！"

许烨磊往自己身上一看，不由尴尬，连忙将军外套脱了下来，立正稍息："对不起，首长，我犯错误了！我会回去写份检查给您！"

军装对于军人来说是无比神圣的，这样不伦不类地搭配在一起穿着，确实有损军威。

孙耀武向许烨磊投来赞赏的目光，拍了拍他的肩膀笑道："检查就不必了，下次记得注意！"

"是，首长，绝对没有下次！"许烨磊一副标准军姿站立，一脸严肃地回答孙耀武的话。

孙萌萌走上前来，看到两人这般情况，不禁噘嘴，心里汗颜道：当兵有什么好？动不动就被比自己官大的人训！

"好了，这不是在部队，别这么严肃，放松点……"孙耀武不想给许烨磊过多的心理压力，连连笑道。

"大伯，我爸妈还在家里等着你呢！"不想继续看"军事表演"的孙萌萌，没等许烨磊开口，立马插话进来。

"嗯，时间不早了……"孙耀武看了一下时间，抬起头，看了许烨磊一眼，心里冒出一个小打算，不由笑着建议道："烨磊，要不跟我一起上去见见萌萌的爸妈!"

孙萌萌听到大伯邀请许烨磊上她家坐坐,立马变得紧张起来。

"不了,首长,我现在的穿着……有些不合适!"许烨磊委婉地回绝孙耀武,一来其实他个人也根本没意愿去拜见孙萌萌父母,二来身上穿着的衣服也实在难登大雅之堂。

孙萌萌挑了挑眉,心里哼了一句:哼……算你识相!

孙耀武点了点头:"那就改天再见吧!烨磊今晚不好意思啊,都是萌萌这丫头害你穿成这样,不然这次就可以跟我一起见萌萌爸妈了!"孙耀武亲自代替孙萌萌向许烨磊道歉。

许烨磊有些不好意思,憨憨地笑了笑:"没关系的,首长,我们在训练时也经常做角色扮演,女人我都扮过,这穿着对我来说就是小儿科!"

扮女人?孙萌萌听到这句,不由眼睛一亮,眨巴眨巴的闪着兴奋好奇的光芒,眼前这位高大俊美的许烨磊扮成女人会是一副怎样妖娆的尊容呢?

"我知道你们专业精工,技术全面,这都是你严格训练的成果及功劳……"孙耀武乐呵呵地拍了拍许烨磊的肩膀,夸赞道。

孙萌萌不禁再次汗颜,要是继续让他们聊下去的话,天就要亮了。

"大伯,时间真的不早了!"孙萌萌伸出手指了指腕上带着的手表。

"好了,不聊了,你先回去休息吧,明早我直接叫冯参谋过来接我就行了!"孙耀武发了话,不必许烨磊送他。

"是,首长……"此刻穿着"牛郎"服饰,却一本正经的许烨磊,在孙萌萌眼里怎么看就觉得怎么滑稽,一时没忍住,扑哧笑了起来。

许烨磊转过头,犀利的眼眸瞪了她一眼,心里感慨万千:自己上辈子是不是真的欠了这丫头债啊!

"你还有脸笑……"孙耀武见孙萌萌在那乐,不由拉下脸来,"去,把烨磊的脏衣服拿去洗了,明天送回去给他!"

叫她帮他洗衣服?她从小到大连自己亲爸妈的衣服都没帮忙洗过一件,大伯竟然叫她帮许烨磊洗衣服?孙萌萌猛地咽了一下口水,不可思议地看着身旁站着的大伯。

"首长，不必了，我自己拿回去洗就行了！"许烨磊连忙开口打圆场，顺便拒绝。

"烨磊，反正你的衣服以后迟早都是萌萌帮忙洗的，早洗晚洗都一样！"孙耀武似乎已经认定他们两个一定能成似的，说话的语气全当彼此是自家人。

孙萌萌听到这句，心里的怨念顿时加深：什么叫早洗晚洗啊，我又不是他老婆，凭什么帮他洗衣服啊！

"首长……"许烨磊有些无语。

"烨磊你就别管了，萌萌，快去拿衣服！"孙耀武催促道。孙萌萌一脸的不情愿，琢磨着如何拒绝。

"磨蹭什么！去把烨磊的衣服拿过来啊！"孙大司令不容置疑地命令道。

孙萌萌心里一千个、一万个不愿意，可是看到孙耀武那威严不可抗拒的脸色，她没胆反抗，也不敢反抗，最后摆着一脸痛不欲生的表情，嘟着嘴巴去许烨磊的车上取那包被她吐脏的军服。

2.

清晨，柔和的阳光照在窗前，万里碧空，偶尔飘过几朵洁白的云朵，像一大团棉花似的。恰逢周末，平日里爱睡懒觉的孙萌萌，今天却出乎意料地早早爬了起来。

其中的原因不用说，因为大伯孙耀武在她家住，而且他等会儿九点的飞机飞回N市。所以孙耀文和李笑梅一早就开始忙活起来，在厨房里给孙耀武做一顿地道的家乡菜，昨晚回来太迟了，什么都没吃，今早一并给补上。

孙萌萌坐在客厅的沙发上，为孙耀武泡茶。

孙耀武端了茶杯，闻了闻茶香，嘴角漾起一抹淡淡的笑意，出门在外，官做得再大，心里还是会依恋着家乡的茶香、饭香。

品尝一口后，孙耀武放下茶杯，嘴角含着笑，眼睛瞟向孙萌萌："萌萌，你的泡茶功夫大有进步啊，不错不错！"

孙萌萌拿起茶壶给孙耀武续了一杯茶，转移话题："大伯，你不是说我泡的茶好喝吗？那就趁现在多喝两杯，不然下次想喝我泡的茶就得再等些日子喽！"

"呵呵，下次要喝，那就是你和烨磊的结婚喜茶喽！"孙耀武收回心绪，笑着调侃道。孙萌萌一听，额头不由冒出三根黑线。

早知道就不转移话题了！这下倒好，又扯到自己头上来了！

"等会儿记得把军服给烨磊送过去！"孙耀武怕她忘记似的，特意嘱咐一句。

"哦，知道了！"孙萌萌噘着嘴巴，应了一声。

"萌萌啊，烨磊可是不可多得的好男儿，你得好好把握住，别掉以轻心，该主动的时候就主动一点，可别错过啊！"孙耀武略微有些皱纹的脸上又恢复了那不怒而威的气息，眉宇间夹着刚正不阿的威严。

孙萌萌脸上挤出一丝生硬的微笑，咬着牙说："嗯，我会的……"

吃完丰盛的早餐，孙萌萌一脸幸福地摸了摸自己的肚皮，沾大伯的光，好久没吃到老妈煮的拿手好菜了。

在孙萌萌家里，平日都是孙耀文下厨，李笑梅一般都是家里来客人，或者逢年过节的时才会出面露上一手。可是不知其中底细的来客都会对孙耀文羡慕不已，说他有福气，每天可以吃到相当于一级厨师做的菜。每当这时，孙萌萌的心里就无比同情她那一直躲在背后默默无闻操持一家三口伙食的老爸。

9点的飞机，吃完早饭孙耀武就匆匆离开。

孙萌萌一家三口，送他到楼下，车早已停在楼下等候孙耀武有近半个小时，孙耀武坐在车后，大手一挥："都回去吧，我走了！"

一家三口直勾勾地看着车渐行渐远才转身返回家，正站在电梯里的孙萌萌突然想起一件重要的事情：许烨磊的衣服该怎么还给他啊？没有电话，没有地址，啥都没有！

"啊——要疯了！"孙萌萌皱着眉头，烦躁地抓头发跺脚，自言自语地嚷嚷起来。

果然，孙萌萌硬着头皮跟孙耀武打电话的时候，只听见耳边传来一阵咆哮，吓得她的小心肝颤了又颤，立马将手机给挂了一并关机。

都怪那个许烨磊，害她最近一段时间连续受到不同程度的心里迫害！孙萌萌噘着嘴巴，对着已关机的手机嚷了几句。

待9点过后，孙萌萌算准孙耀武已经登机时才重新开机，看到最后一条短信发过来的是许烨磊的号码。

孙萌萌立马拨了一个电话过去，此时的许烨磊正在书房，一边喝着咖啡，眼睛一边盯着电脑屏幕，浏览着军事网站。听到手机铃声，拿过来一看是陌生来电，随手接了起来："喂……"

孙萌萌听到手机里传来的磁性的男声，低沉伴着一丝细细的沙哑，不过语调似乎有点冷。

"你是许烨磊吗？"孙萌萌事先确认一下是否本人。

"我是，你哪位？"许烨磊那低沉的嗓音带着一丝疑问。

孙萌萌对自己的魅力开始有所怀疑，吸了一口气说："我是孙萌萌，你在哪儿？衣服给你送过去！"孙萌萌的话特别简洁利落，好像一点都不想跟他废话似的。

原来是孙萌萌那丫头！不过奇怪，电话里的声音好像有些不同，感觉温柔许多。

"等会儿，我把地址发给你！"许烨磊说完直接就把电话给挂了。孙萌萌愣了一下，这人……这人怎么这样啊？这么没礼貌！

没过几秒，手机收到一条地址短信。

"玉锦豪园？"孙萌萌看到地址不禁念了出来。

那地方的房价老贵了，他怎么会住那儿？不用说昨晚肯定借住在朋友家里，不然一个当兵的怎么可能住那么好的地方呢？

孙萌萌换了一套衣服,把自己稍稍收拾一下,化了一个淡妆,提着许烨磊的衣服出门了。

打的去玉锦豪园花了十几分钟,孙萌萌走进豪园的小区内,映入眼帘的是如梦似幻的花园,绿草如茵,鲜花绽放,一座座由花草砌成的各种装饰,一排排塔松树傲然伫立着,花园中央的彩色喷泉正播放着优美轻快的音乐。

顺着地址找到许烨磊的落脚之地,孙萌萌伸手按了一下门铃。几秒后,门被打开,身着一套黑色休闲服,头发微微有些凌乱的许烨磊矗立在门口。

哇!真的好帅好帅啊,眼前的男人就像是从偶像剧里走出来的帅哥型男一样,浑身上下散发着耀眼的光芒,简直帅呆了!孙萌萌的眼睛直放光,不由痴痴地呆望起来。

见孙萌萌花痴般看着自己,许烨磊不禁皱了皱眉头,对着孙萌萌说:"小姐,你的口水快流出来了!"

孙萌萌回过神来,连忙伸手抹了抹嘴角。讨厌!哪有口水啊!

许烨磊看她那动作,微抿着唇线,深邃的眼眸染上一丝淡淡的笑意,大手一伸跟她要衣服。被耍的孙萌萌,不由瞪了许烨磊一眼,把手上的衣服塞在他手上,转身就想一走了之。可是其实她的心里还真有些舍不得走,想再多看帅哥几眼,以此滋润一下自己的眼睛。

万万没想到脱下军装,换上时装的许烨磊是如此的帅气逼人,有款有型。当然脸蛋好看,即使不分服饰,也是一眼就能看出,只是……穿上休闲时装的他似乎多了一种让人着迷、让人亲近的感觉!

许烨磊见她慢吞吞地往电梯走去,嘴角勾起一抹笑意,开口邀请道:"要不要进来喝杯咖啡再走?"

就等你这句话啊!孙萌萌立马转过身来,眨巴着眼睛,甜甜地笑着:"好啊!"

许烨磊不由晃眼,一晚没见,这丫头变性了?想想不禁笑着摇了摇头,真是个没脸没皮的小丫头!

孙萌萌跟着许烨磊走进客厅，当看到里面的装修和摆设后，孙萌萌不由眼前一亮，明亮如镜的素色瓷砖，光华流转的水晶吊灯，精美细致的家具摆设，看上去清新而又不落俗套，华丽而又不太过张扬。眼睛在屋内环视一周后，一种名为羡慕忌妒恨的情绪在孙萌萌心里膨胀起来……

这里的居住环境本来就是孙萌萌心里喜欢的那种，现在就连里面的装修风格都是她所梦想的类型。

"这房子是你朋友的？"见屋里没其他人，孙萌萌试探着问。

"自己的！"许烨磊站在吧台边上，一边倒咖啡，一边回她。

孙萌萌心里立马一阵悲愤，有种气不打一处来，老天，这贫富之间的差距未免也太大了吧？估计自己再省吃俭用地努力工作，努力写小说，奋斗个十来年，也买不起这个地段一套最小户型的房子。他一个傻当兵的竟然住这么大、这么好的房子，真是没天理啊！

许烨磊端着咖啡走到她面前，见她脸色不佳："怎么，对我家不满意？"

孙萌萌接过咖啡，直接就坐了下来，对着许烨磊摇了摇头，有些哀伤地由衷叹息道："没有，很满意，非常满意，很大，很明亮，装修很有品位。只可惜，我自己恐怕一辈子都买不起这么好的房子。"

许烨磊心里有些诧异她的直接，望着她那张精致的脸庞，没有一丝矫揉造作，那长长的睫毛，忽闪忽闪的，甚是可爱。不过这套房子，是许烨磊妈妈师文茹投资理财直接获利的资产。前些年，师文茹在 S 市来来往往了好些趟，瞒着许烨磊在这儿给他买了一套房子。

当时的买房理由，不为别的，就为了哪天他有女朋友后，有个相处约会的场所。

他一个当兵的不在驻地，天天跑到市区跟女朋友约会，这听着的感觉怎么就这么邪恶呢？当时许烨磊听了，不由翻白眼。不过既然买下来了，许烨磊也没辙，偶尔有空想彻底放松的时候也会来这房子住上一两晚。

不过刚才孙萌萌说的话让许烨磊清亮的眼眸微闪，嘴角勾着一抹促狭的笑意："这可不一定，现在不是很流行嫁给有钱人吗？你如果想住上这么好的房子，不妨也试一试。"

孙萌萌颓然地摇头："光有钱也不行，还得要有人品啊，这种两者兼备的男人上哪儿去找去！"

许烨磊似笑非笑地看着她："你不是在银行上班吗？在你的生活圈子里应该有这样的男人。"孙萌萌仔细想了想，随即很肯定地摇头："没有……"

许烨磊有些怀疑："怎么可能没有？"孙萌萌认真地又想了想，最后依旧叹气："这个真没有……"

"真没有？你再好好地想一想，仔细想一想！"

"真的没有啊！"

此时的两人好像完全忘记之前相亲的事，像是一对相识很久的好朋友似的，轻轻松松坐在一起聊天，没有一丝不自在。聊了半天，许烨磊见孙萌萌口咖啡都没喝，不由伸手指了指："半小时前磨的，不烫……"

孙萌萌这才回神，跟帅哥聊天似乎有点忘乎所以了，连咖啡都忘了喝，于是轻轻地执起咖啡，浅浅地抿了一口，苦苦的味道很快便在嘴里蔓延开来，秀眉微微一皱，随即便舒展开来。

"好喝吗？"许烨磊那淡淡的沙哑的声音又传了过来。

孙萌萌闻声望去，柔柔的暖光洒在许烨磊的脸上，此刻的他就像童话世界里的王子一般，肆无忌惮地闯入纯真少女那从未悸动过的心。面对帅哥，孙萌萌矜持地轻点了一下头，缓缓端起咖啡杯，再次浅抿了一口，平静的眼神流连在杯中那清荡着的小小波纹。

此番动作，让许烨磊那沉寂深邃的黑眸里拂过一道惊讶，这样的她看上去特别的淡然娴静，特别的温柔乖巧，至少在此刻他是这么觉得，想到这里，一抹晨曦般柔和的笑意在嘴边慢慢漾开……

两人彼此对望了一下，空气中似乎弥漫着一股说不清道不明的暧昧。

许烨磊瞬间收回视线，低头看了一下腕上的表，已经快十点半了，自己也该回驻地了，于是站起身来："失陪一下，我去换下衣服，等会儿要回驻地……"

孙萌萌十分温柔地对他点了点头："嗯。"

许烨磊又愣神一下，心里一阵莫名，这丫头今早是不是吃错什么东西了，怎么感觉怪怪的？他提着孙萌萌刚拎过来的袋子，进卧室换衣服去了。

见许烨磊进卧室后，孙萌萌搁下杯子，圆溜溜的眼睛，再次浏览这房子的布置。不可否认这真是她所梦想的，墙上挂着的抽象画，角落摆放的艺术浮雕，头顶上悬挂的几何图形的灯饰，整个一后现代主义风格的设计，浏览的眼眸不禁闪过一道道赞赏的流光，打心里特别喜欢这里的设计风格。

要是自己以后买得起房子时，或者结婚搬新房时，一定要按照这样的风格布置，孙萌萌边看心里边下决心。

两分钟不到，卧室的房门被打开，身着军装的许烨磊走了出来。

一身笔挺的军装包裹着健硕的体魄，棱角分明的五官诠释着军人的铁血气质，同时又带着一份利落的果决，微抿的唇线，深邃的眼眸，更是给他增添了一分不容抗拒的威严。

看着穿回军装的许烨磊，孙萌萌的脑海立马清醒过来，眼前这男人可是伯父要塞给她的结婚对象啊……刚才是哪根筋搭错啦？怎么跑进这来！是梦游了，还是……疯了？怎么在这个时候犯花痴啊！孙萌萌你这个白痴，弱智，笨蛋！孙萌萌恨不得抽自己两耳光，治治自己那误事的花痴病。

"不……不好意思，我……我还有事，先走了！"孙萌萌抓起包，跌跌撞撞地往门口奔去。

许烨磊还没反应过来怎么回事，只听见门砰的一声给关上了。

逃出来的孙萌萌急躁地猛按了一下电梯，可是电梯还在负三楼，于是她一脸羞愤地靠在墙上，不由自主地磕了几下，好让自己清醒清醒。

"孙萌萌你这个今早出门没带脑子的笨猪啊！我鄙视你！鄙视你！"孙萌萌边磕着脑袋，边碎碎念地责骂起自己。

一串好听的笑声从身后传来，孙萌萌立马转过脑袋，看到不知从什么时候开始在旁边围观的许烨磊，顿时更是羞愤无比！

她跳楼的心都有了！自己为什么老是在他面前丢脸，还老是被他抓包呢？不活了！

为了赶快逃离，孙萌萌立马拦了一辆的士，消失在许烨磊的面前。坐在的士上的她，小脸皱成一团，头靠着玻璃窗，一直叹着气。

　　此时的心情不发泄一下的话，肯定会纠结成一团，随后越绕越大，最后直接变成郁郁寡欢。不行，得找个人陪我一起发泄发泄才行！

　　孙萌萌脑海里能想到的人就是自己那两个死党：叶子青和刘焉。不过刘焉肯定不能出来，今天是周末，那丫头肯定在店里忙着数钞票赚钱，剩下的唯一人选，是上班时间自由到不行，随叫就随到的销售新星叶子青了。

　　于是，立马拿出手机拨了过去："女人，在哪儿？"

　　"在家，有何贵干？"正在电脑面前，啪啪打字的叶子青，用肩膀夹着手机跟她通话。

　　"出来陪我遛遛……"孙萌萌说话的声音特别有气无力。

　　"大作家，你今天休息怎么不在家码字更新？去外面瞎逛什么啊？快去码字更新吧！"叶子青听到她要逛街，连忙劝道。因为她一直都是孙萌萌的铁杆书迷，每次看完她的小说更新都觉不过瘾，作为读者的她唯一想做的事情，就是不停地催某人更新。

　　"没心情码字，你出来陪我散散心！不然你今天甭想看到更新了！"孙萌萌就此以更新威胁叶子青。

　　叶子青一听，察觉出某大作家真的心情不好，不然不会用更新威胁自己，不过她今早接到上司的临时电话，得赶份报告发上去，最迟晚上就得交差，于是道："小姐，我现在正在赶份十万火急的报告，没空啊！"

　　"报告晚上再写，你现在，马上，立刻出来陪我！否则，后果自负！"孙萌萌无比坚定地命令道。

　　半个小时后，孙萌萌坐在席上，低头用手机浏览着微博，听到一阵有节奏的高跟鞋声，随即抬起头。叶子青笑吟吟地朝她招手，立马惹来邻座的男人们惊艳的目光。

　　高挑妙曼的身材，娇媚如花的容颜，肌肤美白似雪，一身时尚的新潮秋装，修长的指尖上跳跃着艳丽的丹蔻，简直就跟走T台秀的模特一样，扭着纤腰缓缓地走到孙萌萌面前。

叶子青坐下后,见孙萌萌正歪着头直勾勾地看着自己,不禁疑惑:"我脸上的妆花了?"

"我说你不就出来见我吗?至于搞得这么花枝招展吗?"见一身妖娆打扮的叶子青,孙萌萌啧啧的摇头。

"我这还不是女为悦己者容吗?"叶子青挑了挑眉,痞痞地回道。

"呸,谁跟你蕾丝啊!"孙萌萌噘着嘴巴嗤了她一句,"点菜……"

叶子青边翻菜单边点着她和孙萌萌喜欢吃的那几个菜样,点完后,把菜单一合还给小二,紧接着问孙萌萌:"叫上刘焉了吗?"

孙萌萌摇了摇头:"没有,估计这会她忙着数钞票没空理我们呢!"

"切,像你这种人魅力指数就是为零,我来,只要我打电话叫她,她肯定出来……"叶子青一副鄙视孙萌萌魅力的口吻,拿起手机拨通刘焉的电话。

"好啊,那就让我见识一下你叶大小姐的魅力喽!"孙萌萌毫不畏惧地耸了耸肩。

"哼,给我等着,看看我的魅力是何等的光芒万丈……"叶子青一边回她,一边聆听着电话。正在男时装店里招待大客户的刘焉看到手机的来电,没有接,直接给摁了。

叶子青一阵错愕,灰溜溜地说:"竟然挂我电话……"

"叫你别打,还什么魅力万丈,切,鄙视……"孙萌萌不屑地嗤她。

"肯定是在忙,不然怎么可能不接我电话呢?"叶子青不服地顶回一句。

"不是早就提醒过你吗?她正忙着数钱没空理我们呢!我们还是吃自己的饭,等会儿要是她来个短信什么的,再考虑发发善心给她打包送过去,顺便去分点钱回来花花!"孙萌萌拿着筷子调皮地绕了绕圈。

"嗯,还是我们的大作家深谋远虑,英明神武,料事如神,佩服佩服……"叶子青对着孙萌萌竖起大拇指。

"神你个头!"孙萌萌用筷子敲了一下她的手。

"啊,好痛啊!你有气也不能拿我撒啊!"叶子青吃痛地叫了起来。

"很痛吗？那我让你敲回去……"孙萌萌伸出手，装萌卖乖地眨巴着眼睛。

叶子青瞥了她一眼，哼了一句："我可不敢，你的手指太金贵了，每动一下都是上万上亿的，万一被我敲伤了，中国的金融系统会陷入全盘崩溃状态，此等大罪我可承担不起啊……"

"呸……"孙萌萌呸她一句，不过却被叶子青给逗笑了。见她开心后，叶子青笑眯眯地边夹菜边套话："刚才是那个不长眼的惹了我们的大作家不开心啊？"

"吃饭的时候，禁止在我面前提起那个让我吃不下饭的人！"孙萌萌努着嘴巴抗议道。

"你不是叫我出来陪你散心吗？不知道症结在哪儿，怎么帮你疏导啊？"叶子青对孙萌萌简直了如指掌，想要套她的话，只要事先把她哄开心，然后这丫头就会像竹筒倒豆子似的把全部事情一五一十地给吐露出来。不过吐露的对象，仅限于她们三个好姐妹之间！

叶子青不愧是销售新星，谈话非常有技术性，孙萌萌这个没心没肺的丫头被她哄开心之后，就把这两天发生的事情，前前后后，一字不落地讲述给她听。

叶子青边听边拿着汤匙品汤，汤勺磕碰到瓷碗，发出"叮叮"两声悦耳的轻响，嘴角不觉浮起一丝意味深长的笑意。可是听着听着就有些不受控制了，嘴里的汤差一点喷了出来，像个神经病似的哈哈大笑起来。

餐厅旁坐的人见叶大美女笑得这么夸张，视线再次往她身上拢去。

"喂，别笑得这么猖狂好不好，别人都看着呢？"叶子青的爽朗笑声，让孙萌萌的脸上蒙上一层尴尬之色，别看叶子青打扮得一副淑女形象，可在她和刘焉面前那简直就一疯婆子。

叶子青捂着都要笑爆的肚子："啊，不能再笑了，哈哈哈……我真的不能再笑了……"可是说完依旧在那止不住地笑个没完没了。

"再笑，我真戳你了！"被旁人看得有些不自在的孙萌萌，瞪了叶子青一眼，警告道。叶子青连忙摆了摆手，真的不能笑了，一笑肚子就痛得不行，都快要喘不过气来了。

许久，叶子青终于平复了她那笑的抽筋的神经，指着孙萌萌说："真有你的，我对你的佩服简直如黄河之水滔滔不绝……"叶子青稍稍停顿，克制了一下自己又要爆笑的情绪，"要是我是那个中校，铁定直接来个霹雳掌，把你给活活劈了！"

"哼，他敢……"想起昨晚某人生气的恐怖嘴脸，孙萌萌倒是还真有点心有余悸。

"还有，你真不是一般的脑残啊，昨晚嘴上说不喜欢人家，今早却跑去人家家里犯花痴，这叫什么，嘴上说不要,身体却是诚实的！"叶子青笑着道。

"你以为我想啊，我怀疑我当时是不是脑子进水才跑了进去！"孙萌萌嘟着小嘴，一脸郁闷地说。

"肯定进水了，不过反正事情都已经发生了，想挽回也挽回不了喽，对了，听你这么一说，我倒好想见见那中校的模样，是不是真的有你说的那么帅。"叶子青跟孙萌萌都是那种见到帅哥难免春心荡漾的一丘之貉。

"帅是肯定的啦，可惜啊，是个军人！"对于许烨磊的外貌，孙萌萌不可否认给予肯定，不过口气听起来似乎有些遗憾似的。

叶子青点头表示同意："是啊，军嫂这个词，可不是你我这种女人能消受得起的！"

"没错，这辈子即使嫁不出去，我也不会嫁给军人，常年守寡的生活对我来说，简直太可怕了！"孙萌萌一副很是感慨的表情。

"你这个色女！"叶子青笑着奚落一句。

"要说色，恐怕我不及你的十分之一吧！"孙萌萌毫不客气地顶了回去。

叶子青没有否认，在这个世界上，女人不坏，男人不爱，只要不是肉体的放荡，精神上好点色，无非是增加自己的情趣罢了。叶子青眼睛直盯着孙萌萌，心里不禁在想她们姐妹三个以后的命运会是如何呢？嫁给什么样的男人，过着什么样的生活呢？一切都让自己那么好奇、那么期盼，却又有所恐惧。

想到这，叶子青的脑海想起大学时的一些往事，嘴角不由裂开又笑了起来："刚才听你那么一说，让我想起我们两个在大学犯花痴的样子！"

"你还有脸说……"说到这个话题，孙萌萌不由眉眼一横，眼神带着些许的怨恨瞪了瞪她。

说起当年大学时候的暗恋之事，那可是一聊起来就没有尽头的话题，孙萌萌和叶子青，之所以变得这么要好，其实最大的功劳应该归功于她俩同时暗恋上的一位风云学长。

那位风云学长名叫李浩，是大她们两届的学长。初到大学没几天，李浩这个名字如雷贯耳般的在这些大一小女生们的耳朵里相互传送，真正见到本人后，那简直就是个个按捺不住，个个春心荡漾。孙萌萌也不例外，足足暗恋了人家整整一年。所有暗恋女生会做的蠢事她都一一干过，其中的羞涩、酸楚、痛苦也尝了个遍，只可惜啊，她原本想好的表白，却被叶子青这家伙给生生破坏了。

3.

许烨磊回到驻地后，直接去了办公室。此时，办公室里几个大老爷们正在你一言我一语地讨论着昨晚被大 BOSS 叫去吃饭的许烨磊。

"你们说，大老板单独找许队出去吃饭的意义何在呢？"参谋长吴凯看着师达树和谢铁军两人，满眼好奇地提问。

一向以高智商著称的通讯高才生——师达树少校，摇了摇头："猜不着？"

"这还用猜吗？肯定是升官啊！"从士官混到少尉的谢铁军则不一样，属于典型的那种性子冲动、有话直说的硬汉男人。

"升官？不可能！"师达树反驳谢铁军的说法，"许队前年才升为中队长，现在又升官应该有些不太现实吧？再说大队长的年龄也不到五十啊，离退休年龄还早着呢！"

"这不明摆着的吗？副大队长的空缺不是没人吗？"谢铁军凭着自己天

马行空般的想象力,认定许烨磊升官无疑的猜想。

吴凯听完他们两个的话后,不禁摇了摇头,一副老谋深算的表情:"你们都猜错了,要我说,只有一种可能性!"

"什么可能性?"师达树和谢铁军异口同声地问。

吴凯参谋长神秘地笑了笑,点了一根烟,吧嗒吧嗒地抽了起来。

"我的参谋长啊,你就别卖关子了,快说,什么可能性?"谢铁军性子急躁地催促道。

吴凯吐了一口烟出来,眼睛微挑,口气十分有把握地说:"就像师师分析的那样,升官是绝对不可能的,但是大老板对他另有打算……"

"急死我了,参谋长你别绕弯弯了,直接说重点!"谢铁军完全没有这个耐心听吴凯在那绕啊绕啊,一门心思的就想知道答案。

"瞧你们两个的智商,这都不懂!做女婿啊!"吴凯不禁鄙视他们俩的智商,随之公布正确的答案。此话一出,师达树和谢铁军不由一愣,两人琢磨了几秒,不由笑了起来。

"我的乖乖,我怎么没想到这层呢?"谢铁军挠了挠头,满嘴的笑意。

"就你那智商,想跟参谋长达到一个层面得再过十年。"师达树笑着损了谢铁军一句。

谢铁军看了师达树一眼,毫不客气地损回去:"你不是号称高智商吗,你怎么也没想到这层啊!"

"我是智商高,但情商比起参谋长那还是略逊几筹的!"师达树非常清晰地了解自身的一切情况,自信满满地说。

"切……"谢铁军白了他一眼,回头继续琢磨刚才的话题,看了看吴凯,嘴角不由勾起一抹笑意,"参谋长,我好像记得你一直都想着让中队长做你的妹夫吧?这下该怎么着啊?"

吴凯的眼里划过一丝失落:"现在许队已经明摆着是大老板看上的人,我这时候凑上去抢人,不挨枪子才怪!"师达树和谢铁军听完,嘎嘎直乐,笑个不停。

许烨磊一进办公室,就见他们几人笑得正开心,不由笑问:"什么事聊这么开心啊?"听闻,办公室的三个大男人不约而同地转头,眼睛直勾勾地盯着他看。

"看我干吗,我脸上长花啊?"许烨磊精锐的眼神稍稍转悠了一圈,刚毅英俊的脸上夹着一丝笑意,边摘下头上的军帽,边拉开椅子说。

吴凯没吭声,一副意味深长的表情看着许烨磊,而谢铁军则不怕死地凑到他跟前:"队长,刚才我们两个跟参谋长在这一起讨论了一下你的事……"

许烨磊那锐利的目光直直地落在吴凯的脸上,疑惑地问:"什么事?"

"你被大老板招做女婿的事啊!"

许烨磊一听,眼一横,爆发出来的威严直接把谢铁军给吓了回去,心里直呼坏事了!

吴凯的心里也立马为谢铁军哀悼:谢铁军啊,我只是随口说说而已,瞧你这嘴快得跟跑火车似的,等着挨削吧!

就在几人相互对视的时候,火花浓郁异常的时候,磁性的嗓音响起:"去,给我倒杯水,渴死我了!"谢铁军愣了愣,还以为会被许烨磊训,没想到却叫他去倒水,立马大声回道:"是,队长……"

吴凯不由眯起眼睛,一副意外的表情看着他,好像有情况哦!

许烨磊很平静地微抬着头,幽深的眼眸幽光泛泛地看向吴凯:"有话直说,有屁就放……"

吴凯嘿嘿一笑,试探地问:"昨晚和大老板去哪儿吃的饭啊?"

许烨磊没好气瞥了他一眼:"江南邨……"

吴凯不怀好意地点了点头:"应该不止你们两个吃吧?"

许烨磊有些烦躁地抬手挠了挠头,清秀的脸庞有了几丝褶皱:"吴凯你最近是不是变性了?这么三八!"

"队长,我也觉得参谋长最近挺三八的?"师达树立马站到许烨磊这个阵营,一起指控吴凯。

谢铁军端着口杯,边恭敬地递给许烨磊,边插嘴:"参谋长最近三八的原因，应该是属于荷尔蒙失调导致的，典型嫂子不在身边，缺乏滋润综合症！"

"咳……咳……噗——"听到谢铁军的话，许烨磊被刚喝下去的水给呛住嗓子，不由得喷了出来！

"呸，净扯淡……"吴凯嗓门立马拔高几个分贝，斥责谢铁军。

"嘿嘿，参谋长被我说中心事，恼羞成怒了！"谢铁军咧着嘴露出一口洁白而整齐的牙齿，憨憨地笑着。

不过一提到老婆，吴凯的脸上明显洋溢着浓郁的幸福，连眼神都变得温润起来，温柔如三月的春风，嘴角裂开着，仿佛看到老婆就站在自己的眼前，春心荡漾得厉害！

谢铁军见此，不由乘胜追击地打趣道："队长，你瞧瞧，参谋长那一脸的春心荡漾！"

许烨磊和师达树跟着乐了起来，谢铁军那贼溜溜的眼神略微那么一闪，一抹坏笑挂在了嘴边。

"找踹是吧！"吴凯眼神夹着一丝含羞的愠火，粗犷豪放的大嗓门冲着谢铁军吼了一句。

许烨磊那锐利逼人的眼神带着淡淡的笑意，睨了坐在对面的吴凯一眼，醇厚的嗓音响起："你一个已婚男人在我们这些没结婚的人面前害什么臊啊！想就想呗，又不丢人。我们还想呢，可惜没得想！"

"哦，不对哦？"吴凯眼尖地觉察到许烨磊的异样，看来许烨磊真是被大老板相中做女婿了，不由扬了扬眉，"老许这可是我第一次听你说想女人哦！哈哈哈，欢迎回归地球！"

谢铁军和师达树两个也是满眼意外，跟看外星人似的，盯着许烨磊看。

见他们几个都瞅着自己，许烨磊不禁皱了皱眉，明亮的眼眸略微一闪，沉默了片刻，似乎在思考着一些什么，缓缓张开口："你们说什么样的女人适合做军人的老婆啊？"

"哈哈哈……哈哈哈……"谢铁军的狂笑声只能用猖狂来形容，"队长，你真的想女人了！哈哈哈……"还是师达树比较斯文，笑容温温的，不过却很是好奇地盯着许烨磊。

"去，想女人说明老许那地方的功能还算健全，不想那就糟了！"吴凯立马笑着跟着起哄。

"呸，你才不健全呢！"许烨磊有些后悔，有些懊恼地沉声低喝了一句。

没办法啊，谁叫许烨磊是他们的中队长，军衔比师达树高一级，比谢铁军高两级。听到这近似命令的呵斥，两人立马闭嘴，不敢再笑。吴凯则不一样，他和许烨磊平级，但是许烨磊的职位要比他高那么一点点，所以只有他继续在那乐不可支。

不过当吴凯看到许烨磊那如利剑般的目光，直直地向他射来时，也立马止住笑，摆正了一下身子："这个，要怎么说，适合做我们军人的老婆的女人，肯定是要选温柔贤惠，大方得体，不粘人的那种，就像我老婆那样，在家里孝顺父母，带小孩，就等着我回家……"

这里只有吴凯最有发言权，因为他是已婚男士，而谢铁军就一光棍，至于师达树嘛！正在和他的高中女同学勾勾搭搭中。

"你呢？你的看法如何……"许烨磊看了一下师达树，跟商量演习方案似的，一个个询问他们的意见。

"我的想法，完全和参谋长一致，没有其他异议！"师达树也像作报告似的，装着一脸严肃，大声回答许烨磊的提问。师达树的话刚落下，谢铁军立马主动给接了上去："队长，我觉得这事你还是甭问我了！"

"Why？"许烨磊不解。

"因为我还是纯洁的处男！"谢铁军摆着脸，一本正经地说道。

其他三个大男人哄的一声，嘎嘎地大笑起来。

"这跟你是处男有关系吗？"许烨磊忍俊不禁地问。

"当然有关系啦！我打小就没怎么接触过女孩子，也不知道找什么样的女人才适合我。"谢铁军说的自己好像在少林寺长大的和尚似的。

"你在哪儿长大的啊？少林寺？"师达树边笑边好奇地问。

"唉，不瞒你说，那就跟少林寺长大的没两样，在我们老家像我这一辈大部分都喜欢生儿子，就是……那个重男轻女，儿子长大就送去学习念书，女儿大部分都是在家干活，在学校能见到的女孩子我用十个手指都能数得过来。"谢铁军边说边伸出十个手指比画着，"到了初中，男孩子开始发春的时候，那简直就是僧多粥少，哪能轮得到我啊！"

又是一阵哄笑。

"那你难道就没有梦中情人什么的？"师达树打趣道。

"梦中情人当然有啦！"谢铁军一脸神秘地回他。

"谁？快说，快说！"大家都很好奇，这个平日不苟言笑，训练起来就跟猛兽似的谢铁军心里的梦中情人是谁？

"这是最高机密，怎么可能透露！"谢铁军竟然卖起了关子，只字不说。

"去你的，你个小兔崽子在我们面前装什么？"吴凯笑着啐了一句。

"是人都会有隐私，参谋长你要不信，你去问队长他的梦中情人是谁，他肯定也不说！"谢铁军说着说着又把话题直接递给了许烨磊。

大伙被他这么一提醒，目光一致投往许烨磊身上。

"老许，说说，你昨晚是不是见了大老板的谁谁谁了？"吴凯投来一个暧昧的眼神，挤了挤眉问道。看到吴凯那抹痞痞的邪笑，许烨磊没有回他，而是站了起来，拿起帽子一副要离开的样子。

"还没说完呢，怎么就走了，不许走，螃蟹你快把他拦住……"吴凯连忙站起身来，叫谢铁军制止许烨磊离开。

谢铁军看了许烨磊一眼，嘿嘿一笑："我不敢……"

"有什么不敢的，他要是敢罚你，我找大队长罚他，把他给我摁住！"吴凯连忙发话，给谢铁军撑腰。

有了吴凯参谋长这句话，谢铁军就跟有了后台似的，立马行动起来，一个猛虎拦腰直接把许烨磊抱住，不让他离开。谢铁军的近身格斗是他们特种大队的第一人，力气跟牛一样大，被他抱住想挣扎，怎么都是无济于事的。

尽管许烨磊格斗也是数一数二，但是被谢铁军这么一抱住，挣扎一番，但还是被他牢牢地给钳住,不由一阵烦躁,横着眉,提高音量,咬牙切齿道:"螃蟹,你这个猴崽子,吃了熊心豹子胆是吧?给我放开……"

"不放,除非队长你老实交代昨晚去见了哪家姑娘,我再放!"谢铁军嬉皮笑脸地冲他说。几人私下里的关系都是杠杠的,开起玩笑,闹起来时,那简直就没大没小,完全不顾上下级。

"你们这几个欠削是不是?"许烨磊沉声低喝了一声。

吴凯那老谋深算的眼睛里荧光闪闪,一抹幸灾乐祸的笑意挂在了嘴边:"说,立马放行,不说,继续扣押!"

正当许烨磊要发飙的时候,身后传来一记熟悉低沉的声音:"你们几个猴崽子在这儿干什么,搭台唱戏啊!"

谢铁军一听到这声音,立马放开许烨磊,吴凯和师达树也立马立正息息,身体直挺挺地杵在那里,大声道:"大队长……"

许烨磊也转过身来,一本正经地叫道:"大队长……"

路赢用那像老鹰般的眼神扫了他们几个,嘴角扯了扯:"在楼下路过,就听到办公室叽叽喳喳的声音,原来你们几个在这儿闹腾!"四个男人不约而同地冲着路赢傻乎乎地嘿嘿一笑。

路赢走到了他们几个身旁,嘴角含着一抹淡笑,探究地扫了谢铁军一眼:"你抱着你们队长干吗?"

笑过之后,路赢脸色又恢复以往的严肃:"好了,大周末的少在办公室闹幺蛾子,该干吗干吗去……"

"是,大队长……"

待路赢走后,许烨磊见那三个又要往自己身上扑,不由瞪眼:"再闹,别怪我不客气啊!"

"我说老许,整个大队的人都知道你昨晚独自跟大老板出去吃饭,我觉得你还是坦白从宽,跟我们招了吧!"吴凯不依不饶,依旧想追根究底。

许烨磊听到这话,心里泛起一丝淡淡的沉闷,感觉自己面前就像横着一道墙,给人一种压抑的感觉。吴凯眼神略微那么一闪,几时见到过许烨磊这副表情,此刻他的黑眸里竟然夹着一丝烦恼与压抑?

"好了,好了,你不说,我也就不问了,你小子也老大不小了,连大老板都开始为你操起这份心了,你真的得抓紧了!"吴凯也没敢再多问,毕竟许烨磊的为人大家都了解,他不是那种攀龙附凤、爱慕虚荣的人。

许烨磊没应他,直接把帽子戴在头上,转过头扫了谢铁军和师达树一眼。

谢铁军心虚地冲着许烨磊嘿嘿一笑:"队长,我刚才……"还没说完,就被许烨磊给止住了:"5点之前,把上周的训练数据整理出来给我……"

"是,队长……"谢铁军抬头挺胸,大声地回复命令。

许烨磊转身离开办公室,正当走到门口时,突然又转过头来。谢铁军和师达树的心里同时咯噔一下,暗称不妙。

"晚饭半小时后,你们两个带队,五公里长跑……"许烨磊那修长的手指,朝他们两个比画了一下。

"队长,不带这样的吧,今天是周末唉!"谢铁军立马哀号起来。

"五公里负重长跑……"见谢铁军抗议,许烨磊又往上加码,以此"打击报复"。

谢铁军心里很清楚,中队长一向以腹黑著称,要是自己再吱一声的话,接下来肯定是十公里,连忙大声回复道:"是,队长!"

等许烨磊一出去,谢铁军哀怨不已地转过身,盯着吴凯。

吴凯呵呵地笑了一句:"你们队长,这也是为了加强你们的周末体能训练嘛,要虚心接受,虚心接受!"

"参谋长,我掐死你!"只见谢铁军朝吴凯扑了过去。

4.

转眼过去一周,孙萌萌和许烨磊依旧沿着自己原本的生活轨迹,各自活在这世界上的某个角落,没有联系彼此。窗外秋高气爽,阳光明媚,正是秋游登高爬山的好时节,今天刚好轮休的孙萌萌却悲催地宅在闺房敲键盘。

孙萌萌一大早就爬起来码字，比当年高考苦读还更加勤奋。天天被叶子青鄙视，说她财迷心窍急着挣嫁妆。其实不然，孙萌萌的确有个数额不小的私人小金库，不过那不是为了嫁妆，而是为了预防自己嫁不出去，可以用这些钱养个帅帅的小白脸。

一天一眨眼就过去了，码完当天更新的最后一章节，已经临近晚上10点。孙萌萌刚把章节发到网站，就被吓了一跳。更新不到几分钟的时间，底下就冒出了一串串留言，读者看了更新马上出来冒泡。看着一群群饿狼般的读者，孙萌萌似乎看到了一双双绿油油的眼睛，不由吓得闪人。

就在她起身活动了一下时，飘来一个抖动窗口，一看是编辑大人林美美，准备溜号的小泥鳅立马摇摇尾巴变成一只小狗狗。

"在不？"

孙萌萌回了一个敬礼的图标过去。

这两年孙萌萌是在一个名叫"美美"的网站编辑麾下写文，两人趣味相投成了神交好友，美美编辑的推荐多多，追小说的读者多多，孙萌萌的写作欲望也就多多。

写小说的作者的命运一半是自己的，一半是编辑的！要么你的小说的确写得不错，有很多读者捧场，要么就是编辑给力推荐，直接将文推红。所以啊！编辑大过天啊！直接把握着作者的经济命脉。

"萌萌，这么久都没在QQ上冒泡，你不怕被我休了把你的文打入冷宫发配到月球上吗？"美美发了一条威胁的话过来。

孙萌萌因为白天都要上班，几乎很少能跟编辑碰上，两人的交流最初是从各自在QQ上留言，等晚上回来接收，继续留言交流。不过时间久了，有时候两人晚上也经常碰在一块，东拉西扯地聊个半天，久而久之孙萌萌跟编辑的关系变得非常好。

"怕怕啊！哪里有兽医，我一定会回来的！"孙萌萌借用了灰太狼的话回复美美编辑。美美很配合地发了一个金箍棒过来，孙萌萌发了一个捂头的图标过去。

"你的小说下个月就完结了,有没有想好下一部文啊?"因为关系好,美美编辑经常会主动给孙萌萌一些好的指引和建议。

"没呢,最近累得吐血,白天上班,晚上写文,大脑已经被抽空了,心灵还被继续抽空。还没结婚生子呢,可不能这么快就被逼成疯子。"孙萌萌发了累得一动不动的表情过去。

"你的小说一直都受读者热捧。"美美发了一个"赞"的表情过来。

孙萌萌非常不谦虚地发了一个害羞的表情过去,脸上却是乐滋滋地眉开眼笑。不管是谁对她的文字的溢美之词,读者或编辑或作者群里的朋友,只要发过来,她都毫不客气地照单全收。

"但读者的口味是会变的,偶尔换换素的会觉得特别开胃。最近军旅题材的电视剧特别火爆,我觉得这时候趁热打铁,写写军人的生活,军婚的文,应该很不错。"美美编辑的话突然来了个转折。

军人?军婚?

孙萌萌一看到这四个字,全身哆嗦了一下,大脑好死不死地飘过许烨磊笔挺的军姿,她抽风似的甩了甩头,双手在键盘上悬空张牙舞爪了一番,敲了一行字回复美美编辑:"军人的生活那么神秘,我怕写不出那个味道啊!"

"你看过最近很火的一部军旅男人剧吗?超级好看。我记得听你提过,你有个大伯也是军人,近水楼台先得月,趁机去采访兵哥哥啊,了解了解他们,你一定会被他们的生活感动的,哈哈,说不定你被哪个军官看中,顺带解决了你的终身大事。以后就不会跟我抱怨写文没空恋爱误了你的终身了。"美美编辑最近迷上了军事题材的电视剧,而且网站也需要引进新颖的题材,所以力荐孙萌萌下部文写军婚小说。

真是哪壶不开提哪壶……

"最近被大伯搅得谈军色变,差点被迫'从'军成了活寡妇,借我十个胆也不敢再接近军人半步……"孙萌萌本想敲这几个字驳回林美美的话,顺带几个炸弹和一挺机枪,让编辑大人体会一下军人的炮火,没承想那厮的头像竟然瞬间变灰,逃之夭夭了。

唉!孙萌萌气嘟嘟地噘着嘴巴。其实美美编辑的建议肯定不是空穴来风,无凭无据地让她尝试写军婚题材的小说。最近各大小说网站冒出很多军婚类型题材的爱情小说,的确挺讨读者喜欢的。不管是为了赚钱也好,还是为了自己长远的从文之路也好,老是一样的题材或风格,久而久之,读者肯定会厌倦。

算了,先不想这些,吃点夜宵再说。孙萌萌站起身来,舒展了一下胳膊腿,随意地扭了扭腰。虽然在银行上班长期坐着,但她的身材依旧高挑苗条,尤其是纤细的小腰,配上翘翘的臀部,颇具诱惑力。

"唉,中看不中用!"孙萌萌低头看了一下自己的小蛮腰,噘着嘴巴嘟囔着。她这个腰,因为经常久坐,常会有种酸酸刺刺的疼痛,要是有时间真的得去练下瑜伽才行。

突然放在桌上的手机大声地叫了起来:"快接电话!主人,快接电话……"独特的带点急迫的彩铃,跟她的急性子还蛮配的。不过在这寂静的夜里蓦然这样响起来,真把她吓了一跳,差一点就把脚往电脑桌上踢了。

谁这么晚了打电话?孙萌萌皱着眉头,接起电话,只听见耳边传来磁性醇厚的男声:"睡了吗?"

孙萌萌的眼睛在眼眶转了三圈,突然记起这是谁的声音,顿时浑身发颤,猛地打了一个哆嗦。

十分钟前——

夜色已深,深陷山坳里的军事驻地早已笼罩在黑暗中,只有最后一排的干部宿舍楼,靠窗的一隅亮着灯,许烨磊飞快敲击键盘的噼啪声在寂静的夜里显得格外清脆。

许烨磊一直没有早睡的习惯,作为N集团军的特种大队的中队长,其任务繁忙的程度,不是用三言两语就能概括出来的,就像此刻一样,眼睛盯着电脑屏幕,修长的手指飞快地起落,剑眉微微一拧,幽深的瞳孔里便隐有光芒闪过。

终于敲下最后一个字，快速检查了一番报告，确定没什么问题了，利落地保存进文档，脸上露出一抹胜利的微笑。许烨磊笑起来的时候，眉眼微微弯曲，虽然是31岁的大男人，但他的笑容中似乎带着一丝未泯的纯真，跟他的坚毅的外表颇不相称。

刚写完的是特种大队下一季度的魔鬼训练方案，这个方案整整耗了他一个星期的时间。许烨磊有些疲惫地揉了揉眼睛，困意袭来，起身活动了一下，看着窗外漆黑的夜色，不由点了一根烟抽了起来。

淡淡的烟味渐渐在房间弥漫，云雾缭绕，给人一种缥缈的感觉。许烨磊靠在窗前，悠悠地抽着烟，微眯着眼，吞云吐雾中，可是不知怎的，脑海乍然拂过孙萌萌的容颜。

不知道那丫头最近过得怎么样？

就连许烨磊自己都没发觉，这些天，他只要想起孙萌萌的时候，深邃的眼神中顿时就会拂过一道暖意，刚毅俊美的脸上自然地勾出一抹淡淡的微笑。

想到这，许烨磊那深沉的眼眸往桌边的电话机看了一眼。思考了近一分钟，终于走了过去，抓起电话，给拨了出去。

不用猜！此时此刻，孙萌萌正接着的电话就是许烨磊打过来的。

"喂？孙萌萌……"见对方半天没回应，许烨磊不由再叫一遍。磁性中伴着一丝沙哑，这声音是许烨磊的没错。

早知道就不接起来的！回魂的孙萌萌，不知道现在该怎么处理才好。直接挂掉，好像太没礼貌了！可是不挂掉的话，该跟他说些什么啊？难不成两人你一言我一语地就这么开始谈情说爱起来？

NO！NO！NO！她绝对不允许这种事情发生！

于是孙萌萌迅速打开酷狗，放了一曲劲爆的音乐，站着边扭着小蛮腰，边问："喂……喂……你是谁啊？"

许烨磊听到对方传来微弱的回答声，和那嘈杂的音乐声，不由疑惑，都这个点了，这丫头不会还在哪个犄角旮旯的地方疯吧？

"孙萌萌，你在哪儿？"也不知怎的，许烨磊的脸色没来由暗沉了下来。

"喂，你是谁啊？"孙萌萌把手机拿到一旁，一脸贼笑地冲着手机喊。

"是我，许烨磊……"许烨磊的心里没来由地一阵冒火。

"喂……喂……听不到啊，我这里信号不好……"某女边扭着腰，边继续装聋作哑。

听到电话那头传过来的声音，许烨磊不免有些起疑，黑曜石般的眼眸流过一道疑惑光彩，转瞬又恢复一片清明。

"别装了，把音乐关掉，给我好好说话……"毕竟是侦察兵出身，许烨磊在几秒后，就觉察出这里面的猫腻，略微挑了挑眉，靠坐在椅子上，锐利逼人的眼睛看着天花板，醇厚的嗓音劈头传来。

孙萌萌顿时心虚不已，脸上闪过一阵慌张，这家伙怎么知道自己在装？

不管怎样，都不能露馅，只能一条道可以走，那就是继续装下去："喂……喂……喂，听不到啊！移动的信号真是越来越垃圾了，明天我非投诉10086不可！"孙萌萌一边装着对移动公司骂骂咧咧，一边暗笑不已，伸出食指摁了一下"通话结束"。

嘟嘟嘟——听到电话挂断的声音，许烨磊不由觉得好笑，嘴角闪过一道淡然的笑意。

孙萌萌你这个小丫头！

许烨磊站了起来，走到窗前，繁星点点的夜空下呈现的是一片寂静，稀疏的路灯连成一排，像极了一条条美丽的红色流光，微微起伏着，缓缓地飘浮在空中，画出一个个优美的弧度。

自己是怎么了？竟然鬼使神差地给这丫头打电话？许烨磊不由笑着摇了摇头，拍了拍自己的后脑勺，拉上窗帘，关掉灯去睡觉了。

转眼到了11月底，孙萌萌每天在摄像头下面对着陌生的熟悉的面孔，重复着相似的工作，时间长了心里也倦怠了。自身的状态还可以去调节，可对面玻璃那一端客户的情绪却是柜员没法支配的。

把钱存到银行、借钱给银行却要给银行管理费，办个银行卡还要被强行买个U盾,连电脑都不会用的老太太怎么可能去网上交易。每天都有排队排得不耐烦的客户,为着不同的缘由在办理业务时大骂一通把气撒在柜员身上。

孙萌萌能理解他们的心情,每天都硬着头皮挤着笑容,一天下来真是腰酸背痛脸抽筋。还好这两个月不用再出去陪酒拉客户跑存款,不然她真的不知道自己还能再撑多久。

自从9月底遇见向董,孙萌萌这三个月来都不费力地完成了任务。每月一下达任务,向董就提前帮她存钱了,上周行长在例会上大大表扬她,还准备给她换岗。不用在底层数钱盖章当然是好事,可是,孙萌萌不想让别人用有色眼镜猜疑她,坚持在一线岗位为人民服务。

孙萌萌办理完最后一单,一楼热闹的大厅渐渐安静下来。

刚换下工作服,包里的电话就响了,孙萌萌一看是行长的电话,小心脏忍不住地吹出一个泡。

"你好,李行。"孙萌萌用职业化的语气接着李明的电话。

"小孙,晚上一起吃个饭,还是上次的江南邨。"

"李行,我这个月的任务已经完成了,不用再拉存款了吧。"

"嗯,我知道。今天我陪客户打高尔夫,碰到了向董,向董说邀你一起吃饭。"李明这话明显掺假,有点假公济私的感觉。

"哦……"听到向董,孙萌萌犹豫了一下,最后点头,"好吧,我现在打车过去。"

这三个月的存款都是向董主动帮忙的,于公于私孙萌萌都应该对他表示感谢,只好答应行长去赴约。

孙萌萌打开包厢,餐桌上正喝得火热。满满一桌,其中就两个女的,其余全是老男人。孙萌萌看了有点郁闷。行长真是够阴的,这么多人,明摆着是叫自己过来做"陪酒女郎"。

"行长,向董……"孙萌萌努力平息自己心中的小九九,微笑着和桌上的众人打招呼。酒桌上多了个年轻漂亮的女孩,一下成了众目的焦点。

还没坐稳，一旁的老男人已经为她倒好了酒。

孙萌萌举起杯对着向董："向董，谢谢您对我的关照，我先干为敬。"向董连忙朝她摆手，示意她放下酒杯："萌萌，这次你就别喝这么多了，女孩子还是少喝点酒……"

"哟，向董，想不到你这么怜香惜玉啊！"其中一男人见向董这么关照孙萌萌，不怀好意地笑了笑，起哄道。

"瞎说什么，这是我最铁的战友的侄女，也就是我的侄女，告诉你们，今晚谁敢让她喝酒，我宰了你们……"都是一帮生意上的老朋友，向董毫不客气地宣布他的决议。

当过兵的男人就是不一样，说话都这么豪气云天！孙萌萌心里对向董的好感又多了三分，不由甜甜地笑道："谢谢向叔叔……"

李明听到这话，不由瞟了孙萌萌一眼，在不知道孙萌萌背景的时候，他对她早就动了心思，只是一时没找到合适的机会动手，后来知道她有个中将大伯，李明立马把这心思给收了。现在又多了一个向董给她撑腰，这个孙萌萌以后肯定不得了！要知道钱和权是相互依赖、相辅相成的。

晚宴就在觥筹交错、推杯换盏、醉意朦胧中结束。由于向董的话，孙萌萌一个晚上下来也就喝了三杯酒，其余全由支行长李明喝了，毕竟向董他们是客户，听凭他们处置。结束后，李明没有和向董他们一起离开，而是坐在一旁的沙发上休息。

孙萌萌只好代他送向董他们到门口，几分钟后回到包房，看着坐在沙发上、仰着头、闭着眼睛的李明："行长，我已经把向董他们送走了，我们也回去吧！"

见李明没应，孙萌萌走了过去："李行……李行……"李明缓缓睁开眼睛，看到正俯看着自己的美女孙萌萌："都走了是吧！"

"是，行长……"孙萌萌点了点头。

"唉，喝多了，喝多了……"李明皱着眉头叹了一下气，"小孙，扶我一下……"

孙萌萌进退两难，扶，她生怕别人见着了引起误会；不扶，他可是自己的上司。最后碍着他是支行长，只好走过去，伸手扶住李明的手臂。

李明一脸微笑地看着扶着自己手臂的那双白白嫩嫩的小手，心里顿时有股冲动，很想抚摸一把，感受一下那带着青春气息的柔荑。此时喝了几瓶茅台下去的李明，在酒精的驱使下，根本就控制不了清醒时那些平衡各方势力的理智，鬼使神差地伸手过去，握住孙萌萌的手。

"行长……"孙萌萌吓了一跳，条件反射地将手缩了回去。竟敢吃老娘豆腐！

"小孙，别叫行长，私底下就叫我李明，李哥……"李明见她如受惊的小兔似的，看着就有种让人兴奋不已的感觉，摇摇晃晃地站了起来。

"行长，你喝多了！"孙萌萌尽量控制自己那突突冒起的暴躁情绪，和气地回他。

"小孙，就我们两个在，就别这么拘谨，来，我们两个好好聊聊一会儿再走……"李明伸手一把抓住孙萌萌的手，将她拖住。

"行长，请你尊重点，放开……"孙萌萌立马冒火，命令他放开。

已经被酒精麻痹理智的李明哪肯放手，见她一副凶凶的表情，怎么看怎么觉得可爱，更是牢牢抓住不放，色迷迷地看着孙萌萌。

孙萌萌被瞧得一阵心惊，心中没来由地慌乱起来，此刻的李明，完全是个危险的恐怖分子，一阵危险的警铃声在大脑里响起，孙萌萌本能地大力挣脱起来，想转身夺门而逃，离开这个恐怖分子的危险范围内。

谁知，无论孙萌萌怎么挣扎都挣脱不了，反倒激起李明的征服欲，一把将她往自己怀里拖去。

"放开我。"孙萌萌觉得一阵恶心，本能地挣扎起来。

醉态微显的李明，两只肥手牢牢地抱住孙萌萌的纤腰，轻轻一笑，把那张老脸贴在她的后脑，她的发间飘来一股淡淡的女性清香，李明不由眯着眼睛，深深地吸了一口气。

这个杀千刀的臭男人！孙萌萌大力地挣扎，但是越挣扎却被抱得越紧，而且她已经敏感地觉察到，大腿被某个隐隐的东西顶着。

"放开我，李明你这个王八蛋……"孙萌萌奋力挣扎，同时大叫了起来。谁知喝醉酒的男人的力气简直大如牛，孙萌萌一个弱女子怎么能奈何得了呢？

"萌萌，你别激动嘛！好好让我抱抱嘛！其实你来银行上班的第一天，我就喜欢上你了，在我心里早就叫你萌萌千遍万遍了！萌萌啊！你知道我有多想要你吗？"李明一边牢牢地抱住孙萌萌，一边说着似醉非醉话。

灼热的气息吹在耳后，孙萌萌感到一阵战栗，害怕得全身颤抖。

"你给我放开，王八蛋！"孙萌萌低头狠狠地咬了李明肩膀一口。

啊——李明一阵吃痛，放开了她。孙萌萌转身向门口跑去，准备夺门而逃，岂知，李明追了上来，冲到门口，一把按住她拉上的包房门。李明的动作太快，孙萌萌差一点冲到他的怀里，吓得连忙躲开，往后退了两步，没想到却被李明抓住手，抵在包房门边上的墙上。

李明趁机扭动门把，把包房门反锁起来。

看着眼前满眼冒着色欲光芒的李明，孙萌萌心里恐惧到快说不出话来，全身打战，深知自己现在的处境是何等危险。

李明瞧着被自己堵住，正贴着墙壁的孙萌萌，嘴角露出一抹色迷迷的笑意："萌萌，别走嘛！萌萌你跟了我，我一定会让你飞黄腾达的，我是下一届总行长的人选，一定会让你吃香喝辣，一辈子都不愁吃穿。"

"呸……"兔子急了也咬人，孙萌萌害怕得全身哆嗦，却朝他脸上吐了一口口水，"放开我，谁稀罕啊！就凭你那德行，还想做总行长，还想老牛吃嫩草！去你妹的！你要是敢动我一根寒毛，我……我不会放过你的！"孙萌萌被惹毛的时候，说话显得特别的冲。

"萌萌，想不到你嘴巴这么厉害啊！你那小嘴，红嘟嘟的，好想尝尝是什么味道……"李明一面说着，眼睛直勾勾地盯着孙萌萌那诱人的红唇，喉结猛吞了一下口水，舌尖在唇角轻轻划过，仿佛是迫不及待地想品尝她的味道似的。

孙萌萌瞧得一阵心惊,一面向他瞪眼,一边闪躲。"你……别过来啊!别过来……救命啊,救命啊!"孙萌萌大声地呼救。

"你喊再大声也不会有人听到,这里的包厢隔音都做得特别好,即使干那事也不会有人听见……"李明眼睛微眯,语气很是暧昧地跟孙萌萌解释,大掌已经抚上她滑嫩的脸颊。抱着她温软的身体,嗅着她淡淡的发香,李明心中荡漾无比,忍不住撩了撩她那头乌黑亮丽的短发,随后抚上她雪白的脖子。

目光毫不掩饰地落在她诱人的胸口前,看着她凹凸有致的身体,抵着自己身体扭动着,试图想挣脱他的束缚,李明那灰色的眼眸中泛着一抹浓烈的欲望。

"萌萌,我不想对你用强的,我要你自愿给我,只要你跟我,我保证你的前途一片光明,我保证会爱你一辈子!"李明一边说话,一边用他那只肥手抚弄着她胸前的肌肤,充满色欲的目光肆无忌惮地停留在被他扯开的领口下雪白的肌肤上。

"去你妈的一辈子,李明,你要是敢动我,我会让你死无葬身之地!"孙萌萌全身紧绷,声音也变得哽咽起来,但还是极力让自己镇定下来,慌乱只会导致后果更加严重。

快来人啊,快来救我啊!孙萌萌的心里已经哭着呐喊起来。

"等你成为我的女人,你就不会舍得杀我的!"李明那肥猪手在孙萌萌的脸蛋划了一下。

"你……你这个浑蛋,你这个变态,王八蛋……"孙萌萌破口大骂,"你这个下流无耻的变态……"

李明看着孙萌萌滔滔不绝地骂个没完没了,不由有些恼怒起来,没时间跟她废话这么多。他想俯身搂住她那张诱人的小嘴,正当他将那猪嘴凑过来的时候,孙萌萌惊恐地瞪大眼睛,连忙避开,猪嘴亲到她的脖子上。

孙萌萌的身体瞬间僵硬起来。李明你这个畜生,我要杀了你!

此时的李明不遮掩,下流地啃咬着孙萌萌那滑嫩得像嫩豆腐一样,裸露在外的肩膀。恶心的酒味、烟味扑鼻而来,孙萌萌抑制不住地狂哭起来:"滚开,放开我……"

孙萌萌试图反抗,可手推在李明身上的时候,却被他牢牢地控制住,动弹不得。恶心的唇侵犯到她的脖子后,继而顺着脖颈一直侵袭到她的肩胛和裸露在外的胸前。

孙萌萌恨自己怎么这么没力气,边挣扎眼泪边哗哗直掉,紧咬着自己的下唇,指甲用尽全力抠进肉里,疼痛弥漫全身。可她的拼命反抗,无异于小鸡搏斗老鹰,完全没有作用,酒精上脑的李明,越来越疯狂。

孙萌萌感到从来没有过的绝望,她恐惧地闭上了眼睛,眼泪一颗颗从眼眶中滑落。

李明像是兽性附体,谁料裤子还没有解开,只听见,砰的一声,包房门被踹了开来,一抹绿色明晃晃地出现在门口。

许烨磊一脚踏了进来,见到眼前的画面,整个人像是一阵肆虐的狂风,更像是一阵波涛汹涌的千尺巨浪,伴着狂啸的怒吼声,呼啸着席卷了过来,有一股跟着狂风飞向天际的冲动。

一瞬间,李明被一脚狠狠地踹到了地上。

"妈的!找死啊,竟敢破坏老子的……"裤子拉链拉到一半,却猛地被人一脚踹到地上,李明刚要开口骂,却没想到竟然是孙萌萌的"男朋友"。

"是……是你!"抬头一看来人,这男人此时阴鸷的双眼狠狠地盯着自己,让他陡然觉得生命也许就要在此刻终结。

许烨磊看着靠着墙壁,被吓得浑身发抖的孙萌萌,身上的针织外套被扯开一大片,脖颈处遍是青紫,一双纤细的腿看起来就连支撑自己站着的力气都没有了。看着受惊不已的孙萌萌,许烨磊的脸上呈现出一抹痛苦的神情,心像是被莫名地刺了一针。

许烨磊紧咬着牙,面色阴沉,手不断地用力攥紧,咯吱咯吱直响。他抓起坐在地上的李明,铁拳一挥,朝他脸上狠狠砸去:"妈的,老子的女人你也敢动!"

接下来，对着李明便是一顿猛踢，直至血沫横飞，俯身大手掐上他的脖子。掐脖子本就不是一个用来攻击的招数，这是一个人想要杀人的绝对表现，看着许烨磊那猩红的眼眸，宛如一个在地狱被关押千年的恶兽。

"不……不敢了……"李明被殴打的，酒全醒了，声音像是蚊子般的叫喊，但这声认错，根本压制不住面前这个狂怒的男人，又是飞来一腿。

躲在一旁，亲眼看见这场淋漓尽致的动作电影现场版的服务员，不由下意识地摸了摸自己的脖子，害怕得打了一个冷战。

李明是这里的熟客，服务员大部分都认得他。但眼前这位高大挺拔的军人一看也是不敢惹的主子。服务员怕事态扩大，壮着胆子，战战兢兢地走了进来，心惊胆战地看着许烨磊那因为愤怒而青筋暴突的手臂："先生，这么打下去会死人的……"

"滚，再让我看到你，非废了你不可！"许烨磊狠狠地冲着李明发话，钳住他脖子的大手松了开来。

如果杀人不需要负责，他非杀了他不可。

李明跟跟跄跄地从地上爬了起来，被服务员搀扶着，逃出包间。

谁也没想到，两人这次见面会是这样的场景。今天C集团军的特种大队大队长高连城来许烨磊这边的N集团军进行考察观摩，上次演习的时候，高连城被许烨磊灭掉，上午一见面，高连城就对许烨磊再次骂骂咧咧一番，不过心里还是很佩服这小子。晚上和李团、大队长路赢他们来江南邨吃饭，特别还把许烨磊给一起叫上。

刚才孙萌萌在门口送完客人回包厢的时候，许烨磊正好出来上洗手间，看到那抹熟悉的背影，不由驻足目送了一番。

上完洗手间，许烨磊原本想直接回包厢，不过想起上次孙萌萌猛喝酒的样子，心里没来由地担心起来，于是凭着刚才的印象，找到孙萌萌的包厢，结果包厢门被反锁着了。本以为她应该离开了，没想到走回去的路上，听到两个服务员在那窃窃私语，说1088包厢里又有人在干那个勾当。许烨磊一想，1088不就是自己刚才去过锁着的包厢吗？于是立马调头回去，一脚把门踹开。

许烨磊转身,看到依靠在墙壁上,吓得还没回魂的孙萌萌,心里的怒气又往上直蹿,脱下身上的军装外套,走过去,直接披在她身上。

孙萌萌的身体明显还在瑟瑟发抖,见男人碰她,尽是疯狂地尖叫,一把将他推开:"你个畜生,给我滚开,滚开……"

"孙萌萌,是我,我是许烨磊……"许烨磊知道她现在的精神状态完全处于恐惧崩溃的边缘,不由用力将她按住,大声地向她表明身份。

孙萌萌缓缓地抬起头,看到眼前的男人穿着一身绿色军装,满眼担心地看着自己。是许烨磊!孙萌萌眼眶的泪水顿时像泄闸的洪水,奔涌而出。

看到她的眼泪,许烨磊的心莫名乱了,也莫名地软了,伸手过去帮她拂去眼角的眼泪,轻声道:"没事了……"

孙萌萌的眼眶溢满了泪水,抬头看着他,一个劲地抽泣着。看着梨花带泪、瑟瑟发抖的她,许烨磊的心好像被什么东西抽了一下,隐隐作痛起来。他有些不知所措,拂去她脸庞的眼泪,把她脸颊旁边的头发往后拨了拨,轻声地安抚:"没事了……"

可是没想到下一秒,孙萌萌嗷嗷大哭起来。许烨磊不由自主地将她拥入怀中,让她在自己怀中哭泣,大手在她背上轻拍着:"没事了,没事了……"

这是许烨磊长这么大第一次哄女孩子,一哄就是半小时。

一直抱着她的许烨磊,哄她的声音越发温柔喑哑,灸热的呼吸喷到她的脖颈处,醇香而性感。刚才差一点就被李明轻薄的孙萌萌,此刻情绪已经慢慢地平稳下来,心里有种道不明的滋味,在他身上,她感受到是前所未有的安全和信任,他怀里的温度,是暖暖的。

孙萌萌平复情绪后,才离开许烨磊的怀抱,只见某人脸上出现一抹淡淡的红晕,两眼肿肿的,声音有些沙哑地对许烨磊说:"刚才,谢谢你……"

许烨磊听完,眉宇间的阴沉瞬间纾解开来:"你去洗手间洗把脸,我回包厢跟我大队长说一声,出来送你回去……"

孙萌萌心里本想自己回去,可是嘴里却应了下来:"嗯。"

高连城见许烨磊回来，立马招手叫他过去："小兔崽子，怎么不学好，学会溜号了！来，给我罚酒三杯。"见许烨磊出去这么久，高连城立马提出惩罚。

许烨磊站着，拿起酒瓶往杯里倒满："好，我自罚三杯……"三杯喝完，许烨磊又倒了一杯，敬高连城："高大队，我敬你，我有点急事，可能要先走，实在不好意思……"

"咦，怎么这么快就走了，不许走，我还没跟你喝几杯呢？"高连城站起身，叫住他，不放许烨磊走。

路赢刚好推门进来，一听许烨磊要走，不由意味深长地看了他一眼，回到座位。

"是啊，小许，有什么事啊？这么急着走？"年过半百的李团笑呵呵地问。

许烨磊嘿嘿一笑，有些不好意思地挠了挠头，不知道该怎么跟几位领导解释。

"我说你们就别拦他了，没见人家一脸桃花吗？"不愧是特种大队的大队长，路赢一眼就看穿许烨磊脸上的不自在。

其实，路赢刚才从洗手间出来的时候，碰到一个女孩子披着军装走进女厕所，当时还愣了愣，没想到回来就听到许烨磊要走。

"哟，小许你谈对象这事我怎么不知道啊？"李团一脸疑惑地盯着许烨磊。

高连城猛拍了一下大腿："唉，我这次算是白来了？"

"高队，你这话啥意思啊，怎么叫白来啊！好像是我们N集团军你不屑似的！"李团挑着眉头，转过脸看着高连城。

"别乱曲解我的意思啊！"高连城瞥了李团一眼，指着许烨磊说，"我这次会来你们N集团军观摩，就是冲他来的！"

"我知道，上次演习是小许把你灭了，你心里肯定多少不舒服。"李团哪壶不开提哪壶，故意刺激高连城。高连城插着腰转过身："李团，我老高是那样的人吗？胜负乃兵家常事，我至于为了一场演习不舒服吗？"

"好好好，你舒服，你舒服行了吧！"李团笑嘻嘻地招呼他坐下。

许烨磊有些无奈地看着两个老东西你一言我一语地顶来顶去，不由低头看了一下时间。

"好了，你们两个有老婆有娃的老冬瓜，就别再耽搁人家小许谈情说爱的时间啦！"路赢嘴角挂着一抹意味深长的笑意。

上次孙耀武来的时候，路赢就看出一丝端倪来，只是没跟许烨磊证实而已。许烨磊的确是个难得的干部苗子，不过年龄也不小了，是该好好整整婚姻大事了！

"好吧，你走吧，下次记得把没喝完的酒给我补上就行！"高连城喝酒一向以豪爽著称，这次过来无非就想跟许烨磊这小子拼拼酒量，结果他竟然中途退场。

"是，高队，下次见面，我一定补上……"许烨磊笑着回高连城，"路队，李团，那我先走了，你们慢慢喝……"

许烨磊从包房出来后，四处找了一下孙萌萌，最后在门口的路灯下找到她。

Chapter3　追女孩的一百种方式

1.

郊区，稀疏的人影，暗淡的路灯光将孙萌萌的身影拉得老长，天上并没有朗朗的月光，倒是有一些零零散散的星星在静悄悄地释放着微弱的光芒。已经11月底，天气微冷，只穿着军衬的许烨磊走到孙萌萌的身旁："走吧，我送你回去……"

孙萌萌乖巧地点了点头，去洗手间整理后，整个人清醒了一些，心情也逐渐平和下来。

"这衣服……还你……"孙萌萌把手上的衣服递给他。许烨磊瞄了一眼她身上穿着单薄的秋装，低沉的语气带着一丝不容抗拒的坚定："先披着，在这儿等我，我去取车……"

孙萌萌努了努嘴，不就还你衣服吗？干吗对我这么凶啊！

回市区的一路上，孙萌萌都是合拢双膝，双手就搁在腿上，车内并没有开空调，半开的车窗时不时地灌来一阵冷风，黑色的短发，已经被冷风吹得凌乱不堪，让她不由自主拉紧身上披着的军装外套。

许烨磊不经意地转头，看到了双手紧揪着衣角的孙萌萌，微抬着眼，又留意到了那半开的车窗。

"冷也不知道把车窗关上。"许烨磊按了一下窗户开关键，没好气地说。

"我……还以为你热呢？"孙萌萌直白地说出自己的想法。许烨磊转过头，瞥了她一眼："现在都几月份了，你以为在非洲啊？"

孙萌萌听到这句，小嘴不禁又嘟了起来，这人刚才在包厢温柔的样子，现在完全在他身上找不到一丝痕迹了。想起一小时前在包房发生的那一幕，孙萌萌猛地一个激灵，心里暗暗庆幸，幸好碰上许烨磊，不然自己真的就……就完了。想到该死的、杀千刀、下辈子要下油锅的李明，孙萌萌恨得直咬牙，嘴里发出咯咯咯的响声。

许烨磊闻声，幽幽地望向身旁的她，此时的孙萌萌偏着头看着窗外，眼睛又开始蒙上一层雾气。微弱的灯光忽明忽暗地洒进车内，车内也没有亮着灯，空气里却依然飘荡着一丝淡淡的温暖。

"事情过去了，就别想那么多！"许烨磊敏感地竖起耳朵，听到低低的抽泣声，不由开口道。

"那个该死的行长，下次让我再见到他，非宰了他不可！"孙萌萌哽咽着，说出这句狠话。

这丫头还挺有军人风格的嘛！许烨磊不禁挑眉，发了一句话："你不会再见到他的！"

孙萌萌听到这话，不禁闪过一丝的紧张，立马转过头来："你把他打死了？"见她那紧张样，许烨磊不觉好笑，戏谑了一句："你就这么希望我坐牢啊！"

"我哪有？"孙萌萌不服地顶了一句，"再说，为那种人渣坐牢多不值得啊！"

"没有就好！"许烨磊深幽的眼睛绽放着淡淡的光泽，看着正前方，轻笑地说。

可能是被他的微笑给感染了吧，孙萌萌的心里微暖，悠悠地望着身旁的许烨磊，眼神里带着一丝感激："许烨磊，谢谢你，刚才要不是你，我恐怕……"孙萌萌没有继续往下说，毕竟这是她想快速忘去的噩梦，于是赶紧转移了话题，"为了报答你，你可以任意提一个要求，我都会答应，当作对你的报答。"

孙萌萌一向不喜欢欠别人，她感激许烨磊在她最危险的时刻，像救世主般的出现，所以提出相应的报答。

"真的吗？"许烨磊眸光一闪，转过头确认地问道。

"那个……除了做你的老婆之外，其他要求通通都可以答应！"还是孙萌萌反应灵敏，连忙补充上附加条件。

这丫头还真是不要脸，自己都还没说娶她，她就不做他老婆说得这么顺口？

"好吧，不做老婆！"许烨磊很豪爽地应下，嘴角露出一抹狐狸般的微笑，可是下一句立马来个转折,"那就做……"

"女朋友也不行!"孙萌萌立马将这个要求给驳回。

"那你说做什么?"许烨磊转过头不解地问。

"朋友……"孙萌萌扬起头,提出正解。

"哦,朋友?你不是女的吗?那不还是女朋友?"许烨磊哦了一句,钻起孙萌萌话里的空子来。

"呸,谁要做你女朋友啊!"孙萌萌努着嘴巴,噬了他一句。

"我也没说要你做我女朋友啊!不过女朋友这词既然是从你口中说出来的,你就必须负责到底,不许耍赖,不许反悔……"许烨磊又钻了孙萌萌话里的一个漏洞。

"许烨磊,你……"孙萌萌无语地瞪了他一眼。

"我怎么啦?"某人似乎脸皮很厚,故意不要脸地追问。

"开你的车啦!"孙萌萌冲着他喊了一句,气呼呼地转过头去。

许烨磊的深眸瞥了孙萌萌一眼,明显有愠火燃烧的痕迹,脸颊微微泛红,嘴角不由勾起一抹愉悦,微笑随之蔓延开来,其实他是故意气她的,目的就是为了让她转移注意力,不再胡思乱想。

回到家中,孙萌萌摸到开关,按了下去,客厅顿时大放光明,孙萌萌正要往自己房间走去的时候,李笑梅穿着睡衣打开主卧门,正要开口问她怎么这么晚回来,眼睛却被孙萌萌身上穿着的那件绿色军外套吸引,产生了兴趣。

"妈,你还没睡啊!"孙萌萌看了一下时间,已经快11点半了。

"你身上的军服哪来的?"李笑梅指了指孙萌萌身上的衣服。孙萌萌连忙低头看去,竟然忘了还给许烨磊了!

"这个……这个是别人的!"孙萌萌不知道怎么解释,只能用别人这个词糊弄过去。

"别人?谁?"李笑梅可不是好糊弄的主,立马追问起来。

"就是……就是别人啊,朋友,朋友……"孙萌萌装傻般地冲着李笑梅笑了笑。

见女儿不说，李笑梅也没继续追问，心里很肯定这件衣服就是大哥孙耀武介绍的那个中校的："快去洗澡，早点睡觉。"

"嗯。"正当李笑梅要回卧室的时候，孙萌萌连忙叫住她，"妈，你今晚能不能过来跟我一起睡啊！"

李笑梅一脸奇怪地看着女儿，突然看到她脖子上红红的，立马走过去，扯开她的衣服，又看到脖子后面还有一小片瘀青，紧张地问："这是怎么回事？"

"那个……那个……"孙萌萌不知道该怎么跟李笑梅讲晚上的事情，要是被她知道支行长想强暴她，以老妈的性格，估计明天肯定会大闹银行。

不管如何孙萌萌都不愿意这件事声张出去，人要脸树要皮这是其次，最重要的她不想因为这件事给自己造成过多的心里阴影。

"那个中校也太……那个了吧！"李笑梅有些生气起来。

中校？这跟许烨磊可是一点关系都没有，如果不是他，你女儿这一辈子就毁了。

"妈，不是啦？你别乱猜啦！"孙萌萌立马为自己的救命恩人洗脱罪名。

"那是怎么回事？"孙萌萌这么一说，李笑梅变得更是起疑了。

"那个……那个……"孙萌萌吞吞吐吐起来，正在努力想一个借口，制止老妈继续追问。"就是……就是……那个，回来的路上遇到一流氓，他想非礼我，幸好碰到一位路过的解放军叔叔，是他救了我，还送我回来！"孙萌萌不愧是写小说的，立马将原本噩梦般的剧情套上另外一个故事上。

"在哪条路遇上的，我明天非去公安局投诉才行，现在的治安真是越来越差了！"李笑梅听到女儿在路上遇到这么恐怖的事情，担心女儿不说，立马火冒三丈地骂起警察来。

"妈，你别生气了，我不是没事吗？"孙萌萌摇了摇李笑梅的手臂，撒娇道。

李笑梅看了孙萌萌一眼，用手指戳了她的额头一下："你这丫头，以后记得每天给我早点回家……"

"嗯。"孙萌萌听了连忙点头，这事情总算是糊弄过去了。

孙萌萌好久没有和老妈挤在一张床上了，一觉到天亮，这一夜没有想象中的噩梦缠身,真好。她是被诱人的饭香馋醒的,睁开眼睛看着粉粉的窗帘,这个时候已经过了上班的点儿了。

突然发现老妈李笑梅变得好有母爱啊,破天荒地没去上班留下来给自己弄早餐,任自己睡到自然醒。孙萌萌乐得抱着被子在床上撒欢翻滚,多享受一番这来之不易的母爱。

折腾得差不多了,才拿起手机给同事张美华打电话,叫她帮忙请假。李笑梅听到房间里的声音,端着早餐进孙萌萌的卧室。孙萌萌一听到开门的声音,赶紧躺回床上装睡。

"萌萌,起来吃早饭吧。"李笑梅轻声唤着,看着女儿脖子上的瘀青,不敢想象当时是多么可怕的场景,希望女儿心里不会留下阴影。

孙萌萌睁开眼睛,爬起来抱着李笑梅动情地说:"妈妈,谢谢你。"老妈,你好久没对我这么有爱了,我一定会好好享受的!

"这孩子,以后出门小心些。过去的事就别放在心里了。"李笑梅的声音都有点哽咽了,有那么一刻,她很后悔自己平常是不是对女儿太严厉了。她决定这些天要温柔些,多关心孩子的饮食起居,关注女儿的情绪。

两人像母女久别重逢一般悲情地拥抱了好一会儿,李女士才拉着孙萌萌吃饭。

看着自己最爱吃的兜汤,也不知道多少年没吃过了,这个味道就快被遗忘在岁月的角落里了。孙萌萌听到肚子不害臊的咕噜声,如果不是老妈看着她一定端起来风卷残云地吞了。

起床,刷牙,开始因祸得福的生活。

这一个周的养猪生活真的好舒服,好惬意,好爽,好幸福啊!

孙萌萌看着镜中的脸比以前有肉了,身材还好没多大改变。幸亏坚持没事的时候摇呼啦圈,不然把肚子养得前凸后翘可就麻烦了。

每天窝在家吃着李笑梅女士的爱心营养餐,然后勤奋码字,然后睡觉。本来要月底完结的文,她一口气写完了还附带了番外。这些天没日没夜地写,状态超好,更新快了读者的红包砸过来接得她整天都对着电脑乐滋滋地傻笑。

Chapter3 追女孩的一百种方式

"萌萌赶紧起床,饭菜都凉了。"李笑梅一改这一周放任女儿睡懒觉的态度,今天一大早就开始轰孙萌萌起床。这已经是第 N 次的吼叫了。她走到孙萌萌旁边看着女儿惺忪的睡眼,就快要狮子吼了。

这一周李女士密切观察,没发现女儿有什么异常的行为。在她的精心呵护下,女儿白里透红的脸蛋更加圆润,整个人都更加漂亮了。按照孙萌萌乐观开朗兼粗大条的个性,那件事应该忘得差不离了,人没事了就得去上班,那可是多少人艳羡的工作啊。

孙萌萌慢吞吞地刷着牙,李女士看不过眼,忍不住开火了。

"孙萌萌,你还在梦游啊,再这么拖拖拉拉,你就别吃早餐了,以后想吃自己早点起来弄。"

哎,别啊,我的亲妈啊,就这么和我的幸福生活 say goodbye 了,怎么可以呢,我还没过瘾呢。孙萌萌被吼得抖了一下,似乎清醒了一些,刷牙的动作也利索起来。

"还有,这么久没去上班了,今天要早点去,多做一些准备,要细心些,宁肯做慢一点也不要出了差错事后补救。"李笑梅絮絮叨叨地嘱咐着,就像孙萌萌第一次去银行似的。

上班?孙萌萌都快忘了自己的主营业务在银行,写文只是兼职。这些天写得天昏地暗,写得随心所欲,这样自由自在的工作才是自己喜欢的。而银行,想到要面对那个浑蛋行长,孙萌萌的脸立马由红变青,差点把牙膏都吞入腹中,喉咙被呛得不舒服,猛地咳了一番。

赶紧漱口,把自己打理干净,孙萌萌在这几秒钟时间里已经做出了决定。

坐在饭桌上,孙萌萌扒了一口稀饭,看着对面板起脸的李女士,明明长得风韵犹存,为什么就让自己和爸爸这么畏惧呢?该怎么说才能让这个老妈同意自己辞职呢?

孙萌萌埋头在汤水里捡米粒,李笑梅看看表,都快迟到了,还这么磨叽,肯定是在家这些天舒服地不想动了:"这个臭丫头,你是不是很久没被骂,皮痒了。"

101

充满火力的声音把孙萌萌吓了一跳,孙耀文赶紧救场:"有话好好说,大清早的,发这么大的火干吗?"这些天沾女儿的光,老婆变性成了贤妻良母,真是百年一见让人好生怀念啊。

孙萌萌鼓足了勇气,但还是不敢抬头看李笑梅,弱弱地说:"妈,我今天会去银行,去辞职……"可以预见接下来的一场批斗,可是她还是得努力争取自由身。

"什么!"啪的一声,李女士把碗筷丢在桌上,霍地一下站起来,两眼怒视着孙萌萌,"你这臭丫头,这几天把你的胆子养肥了,敢辞职,不怕我打死你。"

"我知道你要说在银行工作有多少人梦寐以求,我也是托了关系才混进去的。我知道你欠别人的人情,所以我一直忍受着努力地做好工作。但是,我不喜欢束手束脚的工作,现在我受够了,我就要去辞职,我要自由自在地生活。这一次我再也不去上班了,谁爱去谁去!"

"你……你……你想气死我啊!"李笑梅被气得脸都发紫了,她冲过来举起手就要挥向孙萌萌,孙耀文赶紧上前拦住。

"有话好好说。"孙耀文一边安抚着妻子,一边问孙萌萌,"萌萌,在银行干得好好的,怎么想辞职了呢?"

"我就是不想去那鬼地方上班了。"孙萌萌也很想告诉他们,银行有一个禽兽对她虎视眈眈,可是她不能说啊。以孙家的势力和李女士的爆发力,这事一说出来,李明那浑蛋一定会死翘翘,自己的名誉也会被拉下水。

"你决定了?"李笑梅恨铁不成钢地看着女儿,真想一巴掌盖过去把她的榆木疙瘩敲醒。

"是,辞职信我已经写好了。"孙萌萌很坚定地回道。

"你真的翅膀硬了,你要是敢辞职,就给我搬出这个家!"李笑梅大吼一番,气呼呼地拿了包,出门上班去了。

"萌萌,可以告诉爸爸理由吗?"孙耀文收拾着碗筷,看着倔驴女儿。

"爸,你知道我一直都不喜欢天天坐在椅子上重复着枯燥无味的工作。"

孙萌萌站起身，回到卧室，开始整理行囊。

"萌萌，你干吗啊？"孙耀文见女儿收拾行李，不由急了起来，走过去把她的行李包给夺了过来。

"爸，刚才老妈的话你又不是没听到，银行的工作我是肯定要辞的，所以打包行李滚蛋喽！"孙萌萌叉着腰，一副无奈的表情看着孙耀武。

"萌萌，你这孩子，真的非要辞掉工作吗？"孙耀武确定地再问一遍。

"是的，一定要辞！"孙萌萌用百分之百的肯定语气回孙耀武的提问。

"你……你要我说你什么好啊？老爸也没阻止你写小说，但这个写小说毕竟不是长久之事！"孙耀武知道女儿常年在写小说，他本人对此表示支持，但是女儿要是真把这个当职业，那他可就不敢苟同了。

"反正我已经决定以写小说为我终生为之奋斗的目标！"孙萌萌跟孙耀武之间的谈话，更多的像朋友，不像父女。

"萌萌……"孙耀文一脸的无奈，"你这丫头，怎么就这么倔呢？"孙耀文指着孙萌萌不知道该说什么好。

孙萌萌看了一下手表："爸，现在已经快 7 点 50 了，你要是再不出门，上班铁定迟到，我觉得您还是赶紧出门吧！"孙耀文被这么一提醒，立马将手上的行李箱给放下，一边慌张地把脖子上的围裙给摘了下来，一边嘱咐孙萌萌："丫头，有什么事情，晚上回来再说，你先给我好好在家待着！"

孙萌萌冲着孙耀文摆了摆手："路上小心……"

砰的一声，只听到一记关门声，整个家里顿时静悄悄一片，孙萌萌深叹一口气，沉沉地坐在床上，眼睛无意瞥到衣柜里挂着的那件军外套。那天晚上回来，发现许烨磊的军服还穿在自己身上，孙萌萌立马给回了一个电话过去，可是关机。后来接连打了几次，总是处于关机状态。所以，这件军服至今还没还给许烨磊。

这件军服似乎带着一种诱惑力，促使孙萌萌站起身走过去，把那件军服从衣架上取了下来，低头闻了闻，衣服散发出清爽、阳光的气息。这些天，孙萌萌尽量不让自己想起那天的事情，提到李明这个名字她就不自觉地恨得

103

直咬牙,可是想到那天后面的事情,孙萌萌的小脸立马泛红起来。

那天自己抱着许烨磊整整哭了半个小时,他怀里的气息孙萌萌至今都清晰地记得,那是一种糅合了草木和汗水交织在一起的气味,那是一种让她信任的气息。在那一刻,孙萌萌觉得他的怀抱是这个世界上最温暖最安全,让人想依赖一辈子,不舍离开的怀抱。

不能再想了!孙萌萌拍了拍自己那发烫的小脸,阻止自己没完没了的幻想。

孙萌萌把军服又挂了回去,愤愤地把衣柜门给关上,坐回电脑桌前,开始琢磨下部小说的构思。上次美美编辑的建议,让孙萌萌困惑了很久,现在小说已经完结了,必须得开始正视这个问题了。

军婚小说?唉,真是个让人头疼的题材。孙萌萌烦躁地在键盘上啪啪啪乱打一番。

2.

周末,在驻地,许烨磊的办公室里。

百叶窗拉开,明亮的阳光投了进来,室内一片通透。办公桌前盯着手上的纸上数据的许烨磊双眉紧蹙,俊朗的五官蒙着一丝淡淡不满。

这时电话响了起来,许烨磊伸手拿起电话:"喂,你好。"

"是我。"许大雷的声音依旧是那么的力度非凡,让人有种不容抗拒的威力。许烨磊一听是许大雷,连忙叫道:"爷爷……"

"执行任务回来啦?"许大雷在上周三打过一通电话,却被告之许烨磊去执行任务了。

"是,去了一趟边境……"许烨磊如实告之,这十来天去边境缉毒,连击毙带捕获十几名贩毒分子。

"哦。"许大雷哦了一句,好像没有太多关心。

其实不然,对于孙子执行任务,别看许大雷表面上表现得漠不关心,好像特别放心他似的,可是其实每次许烨磊出去执行任务,许大雷心里都很担心。只是作为军人,他把这种担心放在心底,没有流露一丝出来。

要知道特种兵,这个兵种跟其他兵种是绝对不同的,别看现在是和平时代,但还是有很多人们预想不到的危险潜伏在周边,他们所执行的每件任务都是最困难,最恐怖,最有生命危险性的。

"爷爷,你找我有事?"许烨磊率先开口询问,同时也做好了某些心理准备。

"嗯,有事找你!那个……你跟孙耀武那侄女现在进展得怎么样啦?"这段时间,许大雷心里最惦记的就是这事,打电话给他就是想知道最新进展。许烨磊皱了皱眉头,吐了一口气,说了一句模棱两可的话:"没怎么样。"

"什么叫没怎么样?给我具体说说……"许大雷像是叫下属做工作汇报似的,一心想探知事情动向。

"爷爷,你也知道我最近工作比较忙,根本没时间啊!"许烨磊一点都不想家里的老人对这事干预过多。

"少跟我扯淡,我已经说过,给你三个月时间,你要是真的不满意人家,给我直说,用不着绕弯子!"许大雷的声音立马拔高,语气特别的轩昂。人要脸,树要皮,再怎么样也得给人家孙耀武一个面子或交代啊!

自从经历了那天晚上的事情后,许烨磊对孙萌萌就有种说不清楚,道不明白的感觉,这种感觉他以前从未有过,有种自己无法把控的感觉。

"还有,我告诉你,既然看不上,那就继续相亲,相到你看上为止,我这次就把我许大雷这张老脸豁出去了,明天就去相亲网站帮你登记上,还有,也交代你们集团军上上下下的领导干部,让他们帮你张罗,我就不信我许大雷找不到孙媳妇!"被逼急的许大雷,亮出了最后的撒手锏。

这句话果然威力无穷,许烨磊听得一愣一愣的,伸手挠了挠头,不知道该怎么办才好。许烨磊也深知老爷子的脾气,他说话历来一言九鼎,绝不食言。这话放了出来,指不定他还真干得出来,于是连忙劝阻:"爷爷,婚姻大事岂能儿戏,不能……操之过急!"

"哼,你自己看着办,反正我只要孙媳妇,至于你娶谁我不管!"许大雷又哼了一句。许烨磊听了，烦躁得差一点把头皮给抓破，情急之下，只好把孙萌萌拉来做挡箭牌。

"爷爷，你就别再折腾了，我……我已经看上人家了！"许烨磊说完这句话，脸莫名地红了起来。这下轮到许大雷愣了愣，这么多年来，第一次听到孙子说看上某位姑娘，不由满眼冒金星，一阵窃喜。

"看上谁了？"许大雷掩饰住自己心里按捺不住的喜悦，明知故问了一句。

"孙司令员的侄女！"许烨磊硬着头皮说。

嘿嘿，好小子！跟孙耀武结为亲戚那是最好不过，这其实也是许大雷心里所期许的。

许大雷又开始端起军长架子："既然看上了，别再磨叽，立马行动起来，你一个堂堂正正的中国军人，做事，利索点！"

"是！"许烨磊的回话是很有士气，但心里却有一丝……没底气。

跟孙萌萌那丫头过招几次，许烨磊完全领教了她的野蛮、厚脸皮、牙尖嘴利，而且她本人还三令五申地跟自己表态说不想当军嫂。

被爷爷这么一逼，这下好了！非她不可了！孙萌萌，你别怪我啊，谁叫你自己送上门来跟我相亲，还相了两次，这种概率世间少有，看来许家孙媳妇的位置非你莫属了！

许烨磊突然想起自己的军服还在孙萌萌那里，不由从抽屉里把手机翻了出来，电池、卡装上。开机一看，十来个未接来电和一条短信，全是那丫头的！

于是拿起手机回拨一个电话过去。

此时，孙萌萌正躺在叶子青的床上，抱着被子，舒舒服服地做着美美的白日梦。上周因为坚定不移地要辞去银行工作，接连好几天跟老妈李笑梅火拼几场，最后搬出家里以示决心，现在暂时借住在叶子青的家里。

听到床头的手机铃铃作响，蒙在被子里睡得正香的叶子青踹了踹她："吵死了，快点给我摁掉……"

孙萌萌迷迷糊糊地伸手，抓过手机，一看是白石灰打来的电话。白石灰？这是谁啊？孙萌萌一时忘了这是自己特意给许烨磊取的名字，伸手就把电话给摁掉了，继续倒头就睡。

被挂电话的许烨磊，心里明显有些不爽，这丫头太没良心了吧！好歹自己也是他的救命恩人啊！还说要报答自己，结果连电话都不接！

许烨磊再回拨了一遍，孙萌萌再次迷迷糊糊拿过手机，正有些恼火，脑海立马想起这是谁的电话了，连忙从床上爬了起来，坐着接通电话："啊，对不起，刚才不在，没接到你的电话！"刚才明明是自己主动摁掉的，孙萌萌却华丽丽地把它解说成自己不在。

许烨磊也正要说她没良心，却听到对方那边道歉起来，顿时给停了下来，直接跟她要衣服："我的衣服呢？"

"你的衣服还在我这儿！"孙萌萌边打哈欠边回他。

许烨磊一听，猜想这丫头肯定还在床上，嘴角不由得勾起一抹淡笑："一小时后，把衣服送到我家。"

他家？那不是自己丢人到家的场所吗！孙萌萌正想建议他换个地方，结果耳边听到嘟嘟嘟的挂断声。

一小时后，孙萌萌敲开了许烨磊家门。

看着站在自己面前穿着白色睡袍的许烨磊，湿润的头发，敞开的领口，那古铜色的胸肌一览无余地呈现在孙萌萌的眼前。刚才一回到这儿，许烨磊就先去冲了一个澡，没想到刚从浴室出来，就听到门铃声。

孙萌萌感觉自己那颗小心脏有些不受控制地狂跳，幸亏手里还提着军服，提醒着她，某人是位军人！不然肯定还是像上次一样囧态毕露。

此时，许烨磊的眼睛也不由一亮，一身红色针织连衣裙将她的身材凹凸有致地显现出来，明亮的眼眸，饱满红润的双唇，裙摆长度恰到好处，线条优美的长腿，曼妙的身姿，透着形容不出的诱惑。

这丫头穿得这样妖艳，是来诱惑自己的吗？许烨磊双眸注视着她，一刻也未曾离开。

"你的衣服！"孙萌萌被他看得直发毛，伸手把衣服递给他。

"进来吧……"许烨磊低沉的嗓音带有一丝的沙哑，开口邀请道。孙萌萌本想把衣服给他就直接离开,可是她还是被他那磁性的声线给迷惑,一不留神又跟了进去。

"你等我一下,我去换套衣服!"许烨磊扔下这句,直接进了卧室。

孙萌萌把袋子往沙发上一放,再一次参观起这房子,看着周遭簇新的家具闪着奢华的光泽,这里的家居温馨却没染上一丝人间烟火,可见许烨磊很少在这儿居住。

哎,真是可惜!要是许烨磊不是军人,嫁给他的女人在这个家里生活一定会很幸福。

"要喝什么?"磁性的嗓音打断了孙萌萌的"悲天怜房"。

孙萌萌转身看去,只见许烨磊一身休闲,衬衣的扣子随意地系着,流畅的线条勾勒出他弧度完美的胸肌,挺拔而帅气的身形,彰显着属于男子的性感与魅力,一双深邃迷人的眼睛,正看着自己。换下军装,仅仅是穿着这么简单的一套休闲服,也能帅成这样,这男人,还真是天生的衣架子,确实有迷死人不偿命的资本!

"哦,茶吧……"对于身着便装的许烨磊,孙萌萌几乎没有自控力,心里少了几分抗拒,多了几分没来由地乱跳。

本来想说咖啡的,在家时晚上码字都用咖啡提神。可是此刻想到咖啡,不知为什么就想到可可西里的咖啡,还有那尴尬的相亲场面。

许烨磊走到开放式的厨房,从柜子里拿出一套茶具。孙萌萌坐在客厅的沙发上,看着许烨磊拆着未开封的茶具。

"哇,好漂亮的青花瓷。你的眼光还真不错。"孙萌萌看见瓷壶眼睛一亮,拿过来抚摸着有些爱不释手,她就喜欢素雅别致东西。

"那是!"其实都是老妈采办的,某人却不要脸地邀功来着。孙萌萌实在是太喜欢这套茶具,没忍住地开口:"我来泡茶吧。"

接下来,孙萌萌就像女主人一样拿着茶具到洗手盆中清洗。

许烨磊嘴角荡漾起一抹若有若无的笑意,听着潺潺的水声,看着俏丽的身影在屋里飘动,嘴角微勾,眸中露出一抹饱含深意的笑。

孙萌萌不知道此刻的她就像小白兔入了大灰狼的法眼，某人在一个小时前，已经做了一个坏坏的决定！他今生的伴侣非她莫属了！老爷子，放心吧！由我出手，手到擒来！他接到的作战任务从来没有完不成的！

静默的客厅流淌着清浅的水音，似远古时代飘来的点点琴音，又似深山溪涧中流淌的音符。空气中开始弥漫清冽的茶香，还有少女握着瓷壶的温柔的手舞动时散发的淡淡的清香。

许烨磊正在享受着孙萌萌带给他的茶道之旅，现在才知道他人津津乐道的工夫茶确实是一种唯美的视听享受。他没想到孙萌萌能把茶泡得这么艺术，她和茶已然融为一体。这个时候的她，明媚的眸如一泓清泉波澜不兴，浑身散发着如茶一般恬淡清雅的韵味。

许烨磊专注地看着她的手，第一次这么近距离地看着她的手，修长白嫩堪比手模的手握着青花瓷，手和瓷壶就像活了的雕塑，让人忍不住想揉捏一番。

"请喝茶。"孙萌萌笑盈盈地递了一盏茶到许烨磊面前，也许是泡茶的时候太忘我了，说这句话的时候还带着茶道中的袅袅余韵，嗓音也柔柔的，温婉动听，许烨磊感觉自己的心脏被轻柔的羽毛拂着，全身闪过一股电流，这种感觉很奇妙，很舒服。

"功夫不错！"许烨磊微笑着，端起瓷杯品了一口毫不吝啬地赞许着。

"那是！"孙萌萌喝了一杯茶，立马又恢复了嘻嘻哈哈的活泼样。

"那个……上次谢谢你救了我。"孙萌萌再次表示感谢。

"不客气。"许烨磊薄薄的嘴唇勾起一道完美的弧线，唇角带着若有若无的韵味，那抹笑意浅淡却撩人，可是下一秒，他却收起笑容一脸正气地回答，"保家卫国、除恶扬善是人民子弟兵光荣的使命。"

本该让人肃然起敬的话，怎么从他口中说出来就让人觉得忍俊不禁呢？孙萌萌的笑点本来就低，听到这句话扑哧一声大笑，刚端起的茶水在杯中荡起大波浪，差一点就不受控制地溢出来，不由赶紧放下茶杯，然后才放肆地开怀大笑。

刚才泡茶时还一副淑女样，这会却又彻底疯了！

许烨磊看着她怒放的笑容，不由跟着乐了起来。差不多半个来月没见，小丫头胖了些，脸色却更加红润漂亮了，以她这样开朗的性格对那晚的事情应该不会有心理阴影。

"你说话别那么逗好吗？"孙萌萌笑点实在太低了，笑得肚子都快抽筋了，手扶着沙发，努力平息着笑意。

"那就换一句，救人一命胜造七级浮屠。"看她笑的跟抽风似的，许烨磊却不动声色地又来了一句。

"哈哈哈……哈哈哈……"孙萌萌又止不住一阵没形象的爆笑，最后笑得靠在沙发上一手捂着肚子一手垂着沙发，好一会儿才笑够。

见她笑得这么开心，许烨磊的嘴角不由勾出一抹如沐春般的微笑，给她换了一杯茶，孙萌萌喝了几口茶才平静下来。

在其乐融融的笑声中，两人的相处感觉像是老友一样，又变得放松自在起来。

不过孙萌萌想起此行的另一个目的，来的时候还一直在琢磨怎么要不要跟许烨磊开口，现在气氛不错，似乎可以进入正题了。下一部小说的写作题材关系着自己的财路啊，辞去银行工作的她，以后就靠这笔杆子生活了，不管如何，她也只能硬着头皮去做。美美主编叫她直接采访大伯，可惜此路不通啊！要是大伯知道她不去上班天天不务正业在家写小说，不把她抓去毙了才怪！

孙萌萌看着对面帅气俊美的许烨磊，心里多了一份认识，多了一份评价：军人，也不是一天到晚的扑克脸嘛！眼前的许烨磊，就是一个很有幽默感的帅哥，印象好感指数蹭蹭直上！

突然间，孙萌萌觉得自己对写军人题材的小说产生了强烈的欲望。机不可失，失不再来啊！赶紧进行采访！

"许烨磊，我能问几个问题吗？"孙萌萌波光闪闪的美眸凝视着许烨磊，樱唇一开一合，甜腻腻地，笑吟吟地对许烨磊说。

从来没有见她这副德行的许烨磊，不由警惕起来，端起茶杯，喝了一口，淡淡瞥了她一眼，黑眸里含着一抹笑意，沉稳不迫地开口："什么问题？"

"你是什么兵种啊？"前面大伯孙耀武就告诉他是个中校，其他什么都不知道，所以就从这个作为切入点。

许烨磊不禁眯起眼睛，看着坐在对面的孙萌萌，心想这丫头难道对自己产生兴趣了？那刚好，正中下怀，许烨磊的心里不由燃起一股窃喜！这样自己岂不是不战而胜，胜利会师！

"步兵！"许烨磊扬了扬嘴角，深邃的眼眸透出一抹隐隐的笑意。

步兵就是一般兵种喽！孙萌萌从许烨磊提供的答案中，自认为他就是普通兵种的一员。

"你是中校，在部队应该是个副团长吧！"孙萌萌对军衔级别相对应的职位还是有所了解的。

"算是吧！"某人忍着笑，对她点了点头，心里猜想孙耀武应该没跟她说过他在部队的情况。

这答案怎么给人模棱两可的感觉？难道他是营长？营长就营长嘛！干吗要这么虚荣呢？孙萌萌心里嘀嘀咕咕地鄙视道。

"那你有认识的，或者熟悉的人是特种兵吗？"终于聊到正题，这是孙萌萌最想知道的一手材料。许烨磊那锐利的眼眸掠过一抹幽深，不解地问道："你问这个问题干吗？"

"就是……就是想了解一下嘛！那个……前段时间，电视上有部《我是特种兵》的电视剧特别的火，我天天追着看，觉得特别的好奇，所以就想跟你了解一下啦！"孙萌萌不想让许烨磊知道她是为了写小说，想透过他了解特种兵的生活，于是立马提起前一段时间热播的电视剧，以此避免暴露自己的意图。

许烨磊漫不经心地笑一声，深邃的眼眸好奇地打量着孙萌萌："你喜欢特种兵？"

"嗯嗯，挺喜欢的！"孙萌萌这句话说得特别违心，那部电视剧是美美编辑叫她写军婚题材小说，她才去看的。

"哦。"许烨磊别有深意地笑了起来。

"有认识的吗？如果有认识的，能不能介绍给我认识一下啊！"孙萌萌眨巴着眼睛，一副请求的表情看着许烨磊。

这丫头到底想干吗呢？难道因为看了电视剧就喜欢上当特种兵的男人了！那眼前刚好有一个，而且还是特种大队的中队长。不过许烨磊捉摸不透她的意图，于是回了她一句："没有认识的！"

孙萌萌差一点把刚喝进嘴里的茶给喷了出来。

真的有点不敢置信！他不是中校吗？至少也是个营长啊！他们军区不是经常有演习或者对抗吗？难道一次都没跟特种兵相遇过？还是他的部队太一般了，还没出门就被特种兵给灭了？还是……他就是一个坐在办公室，纸上谈兵的副团长或营长，还是……他是炊事班的伙夫班长啊？

孙萌萌心里给予各种猜测，对他的感觉有点那个……算了，管他在部队里喂猪，还是养牛，反正她对他又不感兴趣！孙萌萌抽了一张面巾纸，优雅地擦了擦嘴角，正想对许烨磊告辞，包里的手机就铃铃作响起来。

"对不起，我接个电话……"孙萌萌从包里掏出手机。电话是房屋中介打来的，问她现在有没有空中午去看房，孙萌萌一口答应下来。

孙萌萌接完电话，起身要走，许烨磊忍不住问了一句："去干吗？"

"找房子，刚才中介打电话过来，叫我去看房！"孙萌萌眉头微皱，一脸抑郁地说。

虽然在叶子青家住了快一周，但是由于她本人现在的工作性质是天天待在家里码字，而叶子青妈妈因为提前内退，现在也天天待在家里。这下好了，孙萌萌简直成了叶子青妈妈天天念叨的对象。念叨的内容无非就是男大当婚，女大当嫁。意图只有一个，就是让她去相亲，顺带把叶子青也一起打包出去，来个集体相亲！孙萌萌心里郁闷不已，为什么这些家长都自认为她是个乖乖女，是他们儿女学习的榜样呢？

幸好当初住进叶子青家时，就跟她说因为老爸出差，家里没人做饭所以跑来她家住几天，要是叶子青妈妈知道她辞去银行工作的事情，肯定跟老爸一样，缠着给她讲大道理。叶子青的家肯定是不可能长住的，所以，这两天她就开始在网上看房，或去中介看房。

听到孙萌萌要去看房，许烨磊不由疑惑。

"你干吗要去看房？"许烨磊的心有些小小地往下沉，生怕听到不好的消息。

孙萌萌瞥了他一眼，心想反正他对那晚的事情心知肚明，也就没跟他隐瞒，直白地说："我把银行的工作给辞了，被我妈从家里赶了出来！"

听到这个消息，许烨磊的确有些震惊，现在的社会体制，大家都是削尖脑袋挤进企事业单位或公务员的位置上去，她倒好竟然把工作给辞了，让人刮目相看！

"你不至于吧！"许烨磊不知道该对她说什么好，最后只能淡淡地说了这么一句。

"反正我是铁了心要辞职，而且辞职信已经交上去了，想反悔也来不及了！"孙萌萌耸了耸肩，一副无法挽回的表情。再不喜欢的工作，离开的那一会儿，心里还是多多少少有些失落。

"走了，谢谢你的茶！"孙萌萌见他沉默，冲他笑了笑，告辞道。

许烨磊听到某姑娘要租房，立马心生一计，开口道："别去看房了，我这房子租你！"孙萌萌第一次来这时，许烨磊就从她眼睛中看出她特别喜欢他家，所以就想从这里找到突破口。

许烨磊要把这装修的像婚房一样的房子租给自己？这里面是不是有什么阴谋啊？孙萌萌眯起眼睛，怀疑地看着他。

许烨磊一眼看穿她的心思，嘴角勾起一抹笑意，直接回她："别想太多！这个房子我一年几乎住不了两天，还得时常请人来打扫。很早就有这个想法，把这房子给租出去！"

许烨磊这话绝对是真的，他的确有把房租出去的想法，可惜师文茹死活不肯。师文茹当初把这房子装修这么好，就是全当给儿子准备结婚新房，怎么可能租出去呢？现在为了把某人留住，给自己制造更多的"进攻"机会，许烨磊决定来个先斩后奏。反正某人以后肯定是他老婆，这个房子的女主人。

"不要，我干吗要租你的房子啊！"孙萌萌想都没想直接回绝。她的确很喜欢这房子，可是租他的房子心里总感觉有股说不出来的危险。

"房租，我给你友情价——3500！"某人总会有办法让她心动，在外面像许烨磊这样装修的房子，随便也要五六千块的租金。

3500？这几天孙萌萌也看了不少房子，40平方不到的单身公寓都要近2000块的租金，而这房子少说也有140平方，而且环境、地段都这么好，竟然才3500块的租金，这未免也太……廉价了吧！这人脑子是不是进水啦？还是他……真的有不可告人的阴谋？孙萌萌更加怀疑许烨磊有图谋不轨的用意。

"谢谢，你的好意我心领了！"孙萌萌又是一口回绝。

"放心，这房子租给你后，我绝对不会出现在你的视野里！而且这房子里的任何东西你都可以任意使用！"许烨磊知道这丫头害怕什么，于是循循善诱用、以进为退的方式诱哄她。

孙萌萌听到这句话，依旧毫无所动，对他摇头："谢谢，不用！"

这丫头还真的"铁石心肠"啊！

"你还真是抠门啊！这样好吧，一口价2000！没有再低了！"别人都说不用了，某人却还在一个劲地倒贴降价。

妈呀！2000块！这个价格，让孙萌萌感到一阵惊悚！作为有私人小金库的孙萌萌，心的确被这个价格所动摇了，所诱惑了！

"你……没发烧吧！"孙萌萌不确定地问。许烨磊愣了愣，随之摇头，很果断地说："没有……"

"那你刚才说的，应该不是胡话吧？"孙萌萌生怕他是发烧感冒说胡话，把房子这么廉价地租给她。"还有，那个……你刚才说租房后，你就不会出现在我的视野范围内，这是不是真的啊？"孙萌萌现在已经完全属于心动无比的状态，一一跟许烨磊确认他前面说过的话。

许烨磊知道她上钩了，却故意瞪了她一眼："要租不租随你！废话这么多！"

"你这人怎么这样啊？是不是想反悔啦？"孙萌萌急了，生怕许烨磊反悔来着。

"这么说,你想租喽!"许烨磊强忍住笑意,装着一本正经道。

2000块租这么好的房子,谁不租谁就是白痴,谁就是傻瓜!孙萌萌似乎完全忘记前面对许烨磊的怀疑,一门心思想租下他的这套豪房。

"是,我租了,不过你得绝对保证不要出现在我的视线范围之内……"孙萌萌点头表示同意租房,不过还是再三跟许烨磊确认他刚才说的那番话。

"好,成交!"许烨磊一口答应,其实心里却默默在那偷笑。

孙萌萌,你未免也太天真了吧!知不知道,有句话叫兵不厌诈!等你租房后,我自然有各种办法出现在你面前!

见他这么爽快,孙萌萌也变得豪爽起来:"说吧,怎么付你房租?"许烨磊想了想,几秒后才开口:"先付半年吧!"

"呃——又不是租店面,为毛要付半年啊?其他租房可都是押一付三!"孙萌萌立马跟他将外面的行情进行对比。

"小姐,我的房子装修得这么好,却租你2000块,这样的好事你上哪儿找去啊?"许烨磊毫不客气地回了她一句。孙萌萌听后,嘟了嘟小嘴,这样的好事的确难得一遇!

这房子自己实在太喜欢了!住在这里码字写小说,心情肯定特别惬意,特别舒爽,特别有灵感!而且想必李笑梅女士要消气也没那么容易,三五个月肯定是回不了家,就租他个半年房吧!

"好,我租!有电脑吗?借用一下!"孙萌萌扬起头问道。

"里面请……"某人一脸得意,站起身来,大手往书房的方向一比,做了一个有请的姿势。孙萌萌挑了挑眉,雄赳赳气昂昂地往书房走去。

打开电脑,孙萌萌用了两分钟不到的时间,就把半年的房租金额转到许烨磊的卡里。

"搞定!以后这半年房子暂时所有权归我!"从来没在外租过房子的孙萌萌,心里顿时有种有房一族的感觉。

许烨磊看着她那一脸幸福的表情,不由觉得好笑,这丫头怎么就这么单纯呢？恐怕被人卖了还帮人数钱呢！

"对了，你的东西咋办？"付完账，孙萌萌才想起这件事。某人的眼珠转了转，嘴角露出一抹狐狸般的微笑："暂时借放你家！"

孙萌萌挑了挑杏眉，瞪了他一眼，向他伸手："给钱！"许烨磊一愣，有些莫名："给什么钱？"

"你的东西既然要放在这儿，当然要给租放的钱啦！"孙萌萌一副包租婆的表情，跟许烨磊要钱。

这种丫头还真是少见！许烨磊有些哭笑不得，直接回她一句："要钱没有，要命一条！"说完转身走出书房。

孙萌萌紧跟了出来："喂，你这人怎么这样啊！你的东西不搬走，那我的东西怎么放啊！"

"你有多少东西？不就几麻袋衣服吗？这里衣柜很空，够你放！"许烨磊不以为然地说。

一个被爸妈赶出家门的小丫头能有多少东西呢？再说这个家里什么都不缺！

"对了，忘了我还有一个条件！"许烨磊的嘴角挂起了一个高深莫测的微笑，突然提了一个条件。

孙萌萌立马警觉起来，眯着眼睛看他，心想这人太阴险狡诈了吧！付完钱才来跟她谈条件！孙萌萌你个傻子，干吗这么快就把钱付了！

"每天必须帮我把家里打扫一遍，这些家具每隔一段时间必须帮我保养一下！"许烨磊很是淡定地看着她，开口说出他所谓的条件。原来是这个条件！孙萌萌的心里顿时放松了下来："好，这个条件我勉为其难地答应！"

她一向喜欢干净，看不惯家里搞得乱糟糟的！肯定会很自觉打扫卫生！

"还有……"许烨磊看了她一下，停顿下来。还有？听到这个词，孙萌萌的小神经不免又紧绷了起来！

许烨磊看到孙萌萌一脸上当受骗的表情，不由低头，强忍住笑意，摸了摸他那性感的鼻尖后，抬起头，口气很郑重，很严肃地说："还有……这个房子禁止出现不三不四的人!"

呸,你身边才有不三不四的人呢!竟敢对她间接进行人格侮辱!

孙萌萌白了他一眼,口气很是不好:"你有完没完啊?这房子我租了,我想让谁来,就让谁来,你无权干涉!"

"还有……"许烨磊没理会她说的话,在那继续"还有"!

孙萌萌再次听到这还有,眼睛死死地盯着他,心里的小火苗立马噌噌地直冒,最后有燎原之势,心里一个劲地在骂:许烨磊你个小人,前面不说,现在才来还有、还有的,实在可恶极了!

许烨磊无视她的愤怒,唇角立刻绽出迷人的弧度,继续道:"还有……这房子禁止出现其他男人!"这句话才是最关键的!她现在可是他看上的"老婆",在他不在时候,肯定不能让其他的男人钻了空子!

"我要退房租!"孙萌萌实在忍无可忍,朝他大吼。

许烨磊剑眉一挑,深沉的眸子里,闪着锐利的精光,一脸淡定地对她摇头:"房租已交,概不退付!"

常年在家居住的温室花骨朵,从没在外租过房,对租房程序一窍不通,就这么被许烨磊给糊弄了!

"许烨磊你个奸诈小人!"孙萌萌气得忍无可忍,不由骂了起来,"退房租!给我退房租!我不租了!"任凭孙萌萌怎么冲他喊,许烨磊依旧摇头,漫不经心地走进卧房,拿着一串钥匙,往她怀里扔去,孙萌萌条件反射地接了过来。

"祝你居住愉快,晚上记得锁好门!"许烨磊冲抛了一个媚眼,说完提起军装准备离开。

"许烨磊你给我站住,给我退房租,我不租了!"孙萌萌冲了过去,想拉住他,可是脚下一滑。正要倒地的时候,许烨磊眼疾手快地奔了过来,长臂一伸,一把将她捞了回来,将她整个人都揽进怀里。

许烨磊的大手揽在她的纤腰上,孙萌萌整个人倒在他的怀里,两人四目相对,黑瞳灿若星辰,目光灼灼直望向她的眸底,将她眼中沉淀的温婉勾了出来。鼻息间温热的气息喷洒在孙萌萌的耳垂上,酥酥麻麻的,小心肝一阵

"扑通"乱跳,闻到他身上的气息时,不由自主放软了身子,蜷缩在他的怀里,好一个暧昧的姿势。

时间一秒秒地过去,许烨磊的手似乎带着电流,孙萌萌觉得腰际传来丝丝温热的触感,双颊的温度随之升高,立马慌乱起来。孙萌萌不由一颤,像是一只受惊的小白兔立刻弹开。

许烨磊顿了几秒后,微微侧过脸,瞥了闪到一旁满脸晕红的孙萌萌一眼,嘴角不由勾起一抹轻笑:"我走了,晚上记得锁好门!"说完,许烨磊拿起袋子离开了。

孙萌萌只听到"滴"的一声关门声,紧绷的身体才缓缓地松了下来,伸手摸了摸发烫的脸颊,自己刚才是怎么回事啊?竟然……竟然窝在他怀里一动不动!孙萌萌你个猪头,见到帅哥就往人家怀里扑去,他是你能见色忘"事"的人吗?你个猪头,你个白痴啊!

站在电梯里的许烨磊,嘴角自然地勾着一道坏坏的笑意,深邃若夜空一般的眼眸里闪着喜悦的光芒,已经请君入瓮,接下来就手到擒来。

孙萌萌你就认命吧!谁叫你自个送上门,就等着做我许烨磊的老婆吧!许烨磊嘴角的笑意越发灿烂,慢慢地晕上一抹说不出来的幸福味道。

3.

因为辞职的事情,这段时间孙家战火不断,孙萌萌和李笑梅因为辞职和不能辞职展开的拉锯战还硝烟弥漫。这一次孙萌萌被李明逼上梁山,下定决心,必须、坚决辞职,而且她已经在外租好房子,于是迫不及待地回家整理东西。

回到家中,孙萌萌悄悄地探进头,一见家里没个人影,想必爸妈出门了。这样正好,把东西打包偷偷溜走,避免再次发生正面冲突。

从小到大从没离过家的娃终于有了出门的机会,终于可以避开李笑梅严格的军事控制,孙萌萌似乎特别期待自己独立自主的租房生活。老妈,过几个月等你的火气消了,我还是会回来当米虫的。所以你就暂时眼不见为净吧,为了让你不那么快进入更年期,我就自觉地隐身啦!"

"砰"的一声关门的声音,打断了在闺房里哼着小曲收拾物品的孙萌萌,某人哆嗦了一下,知道是他们家的"慈禧太后"回来了。

孙萌萌轻轻打开门钻出脑袋,看到李女士手上拎着一大袋零食,脸上的表情还算淡定。孙萌萌肚子里的馋虫盯着塑料袋不怕死地流口水了。在战争中,老妈这样讨好是黎明前的黑暗,还是暴风雨的前奏?

孙萌萌一脸谄笑却步步惊心地走向她的零食。自从上班之后,老妈就禁止她吃零食了,美其名曰,要想拥有漂亮的身材就得控制嘴巴。可是,糖衣炮弹真诱人啊!只要不是过期的,尽管扔过来吧,吃完再发通知,要骂就骂吧。

"妈,你去超市啦,哇,都是我爱吃的零食啊,久违了,我的最爱!"孙萌萌嬉皮笑脸地凑了过去。

"是啊,以后我天天都给你买零食,随你想吃多少都行。"李女士没有上两周那般怒火冲天,而是一脸和气地笑着说。

"耶,终于解放了!"孙萌萌比了一个胜利的"V"字。

"只要你每天都准时去上班。"李笑梅已经到了黔驴技穷的阶段,只能把女儿当三岁小孩哄,拿零食去诱惑她。

"妈,我已经递交辞职信了,现在想收也收不回来啊!"孙萌萌一边拆着她最喜欢的泡椒鸡爪,一边退离几步,确定是安全范围,才大声地说了出来。

果然,下一秒就是一阵河东狮吼。

"孙萌萌,你这死丫头怎么就这么傻,我千辛万苦才把你安排进银行,你竟然这么不珍惜!"李笑梅怒不可遏地把手中的袋子往地上重重一扔,散了一地的花花绿绿包装袋。"你要真辞了,就给我滚出这个家。"

"妈,在银行上班没什么好的。这事我已经想得非常清楚。我今天已经在外租好房子了,明天就搬出去住。"孙萌萌眨巴着眼睛,向母亲大人宣布她搬出去的决定。

"你……你……真是翅膀硬了。好,你要自己选择人生,以后就不要后悔!"

你要走，就马上走，搬出去就别再回来。"见孙萌萌固执不肯回头，李笑梅气得眼眶都快泛红了，手一指，就让她立马滚蛋。

孙耀文不在，连个阻拦的人都没有，孙萌萌把刚整理好的行李箱一拎，背着她的吃饭工具（笔记本电脑），头也不回地出门了！

孙萌萌没想到拿了钥匙第一天就住进来了，提着行李箱来到玉景豪园时已是华灯初上。不论多开朗乐观的人，被自己的妈妈赶出家门总会有一点狼狈。看着三三两两归巢的路人，孙萌萌的心里也很不是滋味。

老妈你可真是狠心啊！真要怀疑自己到底是不是她亲生的，把这么漂亮的女儿往外赶，她真的一点不担心吗？孙萌萌一路腹诽着亲娘，直到来到许烨磊家门口。拿着钥匙打开房门的一瞬间，所有不好的杂念都烟消云散了。

哇咔咔！开了灯，室内精致华丽的灯饰，名贵高档的家具摆设，单是宽敞明亮的空间，也足以让人感到房主的豪华和气派。

孙萌萌立马兴奋起来，从现在开始半年内，自己就是这套房子的女主人。孙萌萌哼着歌，跳着舞，神魂颠倒地在客厅转上个几圈，兴奋了好一会儿，才停了下来，把自己东西翻出来，把清洁护肤用品搬到卫生间，空空的洗手台没一会儿就摆满了瓶瓶罐罐，卫生间瞬间就多了女性的馨香，专属孙萌萌的香味。

不错，真有女主人的感觉。

有三个房间，其中一个是书房，两个是卧室，自己该睡哪个房间呢？孙萌萌像女皇选妃一样，决定一一看过再做最后选择。

孙萌萌第一个就是直奔主卧，打开门看了一眼，被眼前的场面给愣住了。这个房间充斥着许烨磊的气息，而且是军人的气息，干净、整齐，连床单都跟他的军装一样笔挺，特别是那方块被子，让孙萌萌感觉在军营里一般。

我的乖乖，军人是不是有强迫症啊！这么好的床上用品却叠得跟军队的小方被豆腐块似的。孙萌萌四周瞄了瞄，第一次私闯男人的房间，有种在偷窥别人的感觉，有点心虚，脸红耳热地不敢细看，赶紧退了出来。

打开客房的时候，又是眼前一亮，明净的水晶灯，古典的落地灯，灯光交融在素雅的墙纸上，配着田园的窗帘，客房超乎想象的温馨。孙萌萌觉得在这样的环境里睡觉，感觉一定很美，估摸着天天都会做美梦，就它了。

都市的夜晚，并没有因为夜晚的来临而安静下来，相反，霓虹闪烁，星光和灯光在这片繁华的地带交相辉映，让整个城市都散发着一股神秘而迷幻的色彩。

洗完澡的孙萌萌，穿着一套粉色睡衣，从浴室走了出来，拨了拨刚吹干的头发。穿着拖鞋，直直走到明亮的落地玻璃窗前，向外望去，星斗点点，月笼轻纱，灯火阑珊，夜的喧嚣，夜的璀璨，一览无余，尽收眼底。

整个小区被恬淡的月光笼罩着，树木葱郁，霓虹闪烁，虽说不上是世外桃源，安静中带着一种祥和。孙萌萌第一眼就看到下面那个泛着海蓝晶亮光芒的音乐喷泉，让人情不自禁地幻想着徜徉其中的感觉。

"这里的夜色真美……"孙萌萌不由啧啧称赞起来。想到自己以后的半年就生活在这等美丽的景色下，心里不由惬意无比，说到这还得感谢房东许烨磊先生。

第一次在完全陌生的地方过夜，孙萌萌还是有些害怕，在客厅看电视看到大半夜迟迟没去睡觉。最后实在熬不住了，才溜进客房去睡。

孙萌萌从小学到大学都是在 S 市就读，工作后除了偶尔出差住酒店，孙萌萌几乎很少去外面过夜，当然偶尔也会去叶子青和刘焉的家借住一晚两晚。所以这颗温室小花朵，没有多少出门经验注定是要吃点亏的。

一头发热地搬了过来，连个被子都没买，许烨磊的主卧是有被子，但是鉴于是某人睡过的，孙萌萌不屑使用，跑来客房，结果只有薄薄的一条空调被，本想将就一晚，可是此时已经入冬，半夜气温骤降，盖着薄薄空调被的她，哆嗦着，硬生生地被冻醒了。

孙萌萌紧裹着被单，哆嗦着，冷不防地打了一个喷嚏。许烨磊你真是不称职的房东，换季了也不换厚被子！真快冻死我了！孙萌萌赶紧起来找被子，半夜三更翻箱倒柜，可是偌大的衣橱除了自己刚挂上去的衣服空空如也。

跑到主卧门口，犹豫了一会儿，手还是握住了门把，缓缓地开启了房门。

再次踏入许烨磊的地盘,心脏莫名地跳了一下。

唉,孙萌萌你瞎紧张什么,已经付了房租,这里的一切就得由我主宰!一个衣柜接着一个衣柜的寻找被子,直到推开最后一扇门,才在衣柜里看到布料。里面全是许烨磊的衣服,虽然不多,但衣服整齐划一地挂着,格子柜里,连袜子也是叠成豆腐块,纹丝不乱,可是,这些东西都跟她的需求没有半毛钱关系。

看到下面还有一个抽屉,孙萌萌突然眼前一亮,这不是还有一个抽屉吗?这么大,刚好可以放一个被子。于是,兴奋地拉开抽屉,可是下一秒,手触电般收回来,大脑也跟着石化了。

第一次真切地打开男人存放内裤的抽屉,孙萌萌感觉从脸到耳根都被火烧过了火辣辣的发烫,孙萌萌猛拍了自己那烫的可以拿来煎饼的脸颊,赶紧关上抽屉,跑回客房钻进薄凉的被窝,自虐地敲着脑门,才把浮想联翩的魂揪回来。

在床上躺了很久,孙萌萌发热的大脑已经冷却下来了,奈何四肢却一片凉飕飕的,即使裹成一团,依旧感觉不到一丝暖意,鼻子已经有些堵塞了,这样到天亮非冻感冒不可。

长夜漫漫啊!第一夜来这就过得这么苦,会给她这个新房客留下心理阴影的。于是乎,孙萌萌心不甘情不愿地来到主卧,看着床上的豆腐块,就像看到暖炉一样。

嗯,就它了!今晚勉为其难地借我用一下吧!原本唾弃的被许烨磊用过的被子,这时简直就像救命稻草一样,孙萌萌管不了那么多了,一下扑上去,打开被子钻了进去。

真暖和啊!孙萌萌舒服的眯着眼睛,享受着此刻的温暖。暖和的被子,散发着淡淡的清新味道,还有一股若有若无的烟味,给人一种舒服而奇怪感觉。这是许烨磊的房间,他的卧室,他平时就睡在这张床上,这应该就是他身上残留下来的味道,想到这里,孙萌萌不自禁的脸上一红,胸中忽然升起一股异样的感觉,脸情不自禁地发烫起来。

4.

第二天早晨，一道刺眼的阳光，从透明的玻璃窗上，洒落在风中起伏的窗帘上，点点的光斑，反射在床上的孙萌萌脸上。孙萌萌给一阵刺眼的阳光逼得睁不开睛，忙抬起手臂，挡住眼前的阳光。等目光适应了眼前的光线，她惶惶不安地打量着房中的摆设，华丽而不落俗的家具，高贵而明华的饰物，这根本就不是自己每天早上醒来时见到的自己的房间。

孙萌萌微微一愣，电光石火间，想起这是许烨磊的房间，自己昨天刚租下来的房子。昨晚好像做了很多梦，孙萌萌依稀记得，好像迷迷糊糊中梦到了某人，心中不禁一阵惶惶。可能是因为盖他睡过的被子睡觉才会这样，想到这里，孙萌萌惊慌失措地从床上爬了起来。

搬到许烨磊家后，孙萌萌充分体验到，什么叫作独立自主、自由自在的生活。要不是美美编辑天天催她写新文，估计这会她还在昏天暗地，黑白颠倒地看电影，煲肥皂剧。

整整玩了一个星期，孙萌萌终于把心收了回来，以后就靠写小说赚钱，自然不能继续堕落下去，于是从书名和简介开始入手，用了不到一个小时就搞定。不过至于小说的大纲和主线，孙萌萌倒是有些头疼。

毕竟自己不是军人，也不是军嫂，怎么可能写出那种铁血刚硬的味道呢？看来只能全凭自己那与生俱来的天马行空的想象力来完成了。于是在电脑上啪啪啪地将大纲和故事主线记录下来。白皙细长的手指飞快地起落，偶尔拨拨栗色的短发，秀眉微微一拧，黑黑的瞳仁里便隐有光芒闪过。

"啪"地敲下最后一个字，利落地保存进文档,脸上露出一抹 OK 的笑容。孙萌萌将背靠在椅子上，闭着眼睛开始凝想，如何将故事的细节和桥段设计得更加流畅，到了餐点独自在家吃泡面。

孙萌萌刚把面泡好，正要大干一场时，门铃响了起来。住进来这几天，孙萌萌几乎处于无人打扰的状态，抽了一张面巾纸，擦拭了一下嘴角，慢悠悠地走到玄关处。

当看到门铃显示屏上的面孔时，孙萌萌不禁瞪大眼睛，心里一阵惶恐，这人……这人上周信誓旦旦地发誓，说租房后绝对不会出现在自己的视线里，结果……

半年的时间长着呢，这才一个星期，怎么就在我面前出现了，哪里来，回哪里去，半年后再见。

孙萌萌眯着眼睛看着显示屏："房东先生，我房租好像已经交到今年的5月，麻烦你在这之前，最好不要出现在我面前好吗？"说完，孙萌萌还冲着显示屏挥了挥手，直接将显示屏给摁掉。

还没转身，门铃又响了。孙萌萌决定对其置之不理，哧溜溜地吃着自己的方便面。但是门外的许烨磊好像跟她杠上一般，一遍又一遍地按着门铃，催个不停。

某女的心情开始走火了。哼！就是不给你开门。

刚哼完，放在桌上的手机也开始响了，孙萌萌抓过一看，又是白石灰，毫不犹豫地把它按掉。门外的许烨磊不见开门不罢休，不厌其烦地按着门铃兼拨打她的手机，一时间手机铃声和门铃声，你方唱罢我登场。

孙萌萌怒火中烧，刷地打开房门，瞪着许烨磊，门庭霎时硝烟弥漫："你到底想干什么？再按门铃我就报警了！"

听到报警两字，某男立马挺直身子，一身笔挺的军装，脸上的表情也变得一脸正气，瞥了迟迟开门的孙萌萌一眼，像执行公务的警察伸手从上口袋掏出军官证，一本正经地说："检查卫生，在这之前你有权保持沉默，但里面的卫生情况将成为呈堂证供。"

世上竟然还有这种无赖！可恶！不要脸！孙萌萌气得牙痒痒，两眼瞪得跟牛眼似的，恨不得把许烨磊给揍一顿！

许烨磊伸出食指，摸了一下大门顶上的门框，然后把手指递到孙萌萌面前，不动声色地道："看看，这是什么？"

看着许烨磊修长的五指里唯一有一抹黑的食指，孙萌萌的火力有点虚。

她是没忘记许烨磊当时提出的天天打扫的条件，作为爱干净的女孩看到这样的污痕，实在是非常不好意思的事，但嘴硬的某人还是据理力争："我又不是专业的清洁工，哪里可能把每个旮旯都擦得一尘不染。"

再说这大门；她老妈这么勤快的人也最多一年擦个一次，凭什么要她把这当五星级饭店的大门一样，天天擦得可以当镜子照啊！

"是吗？你确定天天打扫了？"某人摆着脸，满眼怀疑地看着她。

"那个……门我是没擦，但里面我天天都打扫好不好？"某女的回答早没了刚才咄咄逼人的气势。

许烨磊俯视着近在咫尺、士气大减的孙萌萌，眼底掠过一抹洞悉万象的笑意。这一周来，脑子里总是无缘无故地出现这丫头的身影，经常想起她，也不知道她一个人搬过来住得惯不惯，会不会害怕。

可没想到，才一周不见，这丫头就瘦了一圈，真不知道小丫头怎么过的。这个执行过多少任务、受过多少大小伤都不觉得疼的铁骨铮铮的男人，此刻面对孙萌萌这个小女人，心里却泛过一丝丝的疼。

许烨磊的心思掩饰得非常好，一点都看不出任何情绪，不过他更加坚定地要进去，一睹这丫头这周是怎么生活的。虽然他没有什么追女孩子的经验，但是要进自己的家门，却是有 N 多办法。知彼知己才能百战百胜，孙萌萌要知道自己面对的是特种兵，而且还是非常狡猾的中队长，也许就不会这么鲁莽轻敌了。

许烨磊非常腹黑地将获得"战利品"的食指逼向孙萌萌，孙萌萌见那黑乎乎的爪子，赶紧往后闪，他就这么顺利进了门，然后煞有介事地又摸了一下鞋柜，然后又在孙萌萌面前 show 他的手。

"你看，这地板不是拖得很干净吗？又不是军营，你不能用军队的标准来检查卫生。"孙萌萌看到他蒙了一层灰的手，嘟着嘴巴弱弱地说，脸微微发烫，声音越来越细。

没干过家务的娃打扫卫生自然不那么利索，这么大一套房，每天拖地都花了她半天的时间，地板倒是拖得光可鉴人，至于其他地方，真是不好意思，她体力不支照顾不到。

"既然答应，就得做到！不要找借口！"某人的口气简直就跟训自己队里的成员一样，一板一眼地道。

我……我又不是你的兵，少跟我来这套！孙萌萌心里愤愤地回了一句，可是脸上却挤出一丝笑意："我真的每天都有打扫，只是你的房子实在太大了！"

"别狡辩，你既然答应会保持我这房子整洁干净，结果卫生竟然这么不及格，趁现在动手好好给我打扫干净！"许烨磊没给她好脸色，毫不客气地要求孙萌萌立刻打扫干净。

这世上哪有这么鸡婆又恶毒的房东啊！竟然干涉租客的家庭卫生工作。大中午叫人打扫卫生，真是可恶透了！

"哼，我现在就擦，你也可以走了。"孙萌萌不服气地顶了一句。

"我要监督检查。你打扫完了，我再走！"某人几乎把腹黑加无赖应用得淋漓尽致，心里一个劲在那暗笑，可是却摆着一副公事公办的嘴脸。

孙萌萌恨恨地握起拳头，真的好想把他狠狠地揍一顿，看他还来监督检查。为了让恶毒房东快点在她视线里消失，孙萌萌只好去拿抹布，开始苦哈哈的清洁工作。

许烨磊扫了一眼客厅，和以前回来看到的感觉不一样了，也没添置什么，似乎有了女人的居住，这个家终于有了人气，有了家的感觉，心里暖暖的，很舒服。这就是他要的效果！许烨磊的嘴角不禁上扬，幽深的瞳孔泛着笑意。

许烨磊的视线停留在餐桌上，看着吃剩下的没了热气的泡面，旁边凉凉地放着一个苹果，顿时剑眉微皱！这丫头这周不会都是吃这些过活吧！现在一看，这丫头简直就是一个完全没有独立生活能力的女人，每天吃得这么凑合，难怪会瘦得这么快。

看着孙萌萌瘦小的身子极不情愿地和家具作战，许烨磊也去拿了一块抹布，一起加入了热火朝天的大扫除工作。

两人挨得很近，孙萌萌擦茶几，许烨磊就擦沙发，孙萌萌擦酒瓶，许烨磊就擦酒柜……两人这么干活，还真像小夫妻周末默契的家务劳动。孙萌萌看着鼻尖微微冒汗的许烨磊，大手秋风扫落叶般，所到之处立马变得无一丝纤尘，又快又干净。心里不由暗叹，一个大男人这么能干家务，部队真是一流清洁工的培训基地啊！

把客厅上上下下，玻璃门窗，各个角落都清洁一遍，孙萌萌就感觉手酸腿抖了，身子重重地砸在沙发上有气无力地道："啊哦，累死我了，你家客厅干吗这么大，你干吗搞这么多东西在这儿摆放？"

孙萌萌显然忘记了，当初就是喜欢这客厅的阔气，还有这些家具的摆放。

"我怎么感觉自己被骗上当了啊，许烨磊，你这是租房吗？简直就是免费聘请廉价的清洁工！我真是亏大了，你要给我发工资！"孙萌萌喘着气，嘟着小嘴，跟许烨磊抱怨道。

经过这么劳动一番，之前胡乱吃的那几口面完全被消化得干干净净，五脏庙开始咕噜咕噜地在那唱起空城计了。

"我给你煮饭吧。"许烨磊看了眼被他拖累的孙萌萌，非常自觉地说。

煮饭？身为吃货的孙萌萌听到这个词，眼睛不由一亮，好哇，求之不得！已经好几天没吃到干饭了！想到饭，孙萌萌的肚子立马咕噜噜地叫个不停。

许烨磊打开冰箱，看到被塞得不留一丝空隙的冰箱，扑哧笑了出来，摇了摇头道："孙萌萌，你是猴子吗？"

放眼都是水果，苹果更是占了整整一层，这丫头还真把水果当饭吃啊。还好在某个小角落还有一点可怜的食材。一根黄瓜，两根火腿，三个西红柿，还有包未开封的拉面，令许烨磊非常诧异的是，竟然意外地看到一块肉。

许烨磊看了看在沙发上跷脚的孙萌萌，看来这丫头的生活还是有一点人样，不然可以建议她直接去原始森林待着去。

其实，他还是低估了她啦！

孙萌萌的老妈老早就不伺候她的饭食，她也没机会当大爷饭来张口，所以，这个吃货很小就会做饭了。孙萌萌刚搬进这个家的时候看到这个没有一点人间烟火的开放式厨房，喜欢得立马就有下厨的冲动。

为此兴冲冲地跑去超市，购买了一堆食材回来。还照着网上的食谱，做了几个菜样，折腾了半天，就是没有想象中的那么美味。她煮出来的味道，那简直跟猪食没两样。

　　于是，她就懒得去折腾了。她有自己的一套生存之道，学会了老爸偷懒的一招。把肉和西红柿还有大米一起丢进饭煲煲粥，简单省事又不缺乏营养。但吃货的嘴比较刁，所以也常在网上换着花样地叫餐。

　　今天让许烨磊看到的泡面，其实是第一次吃，没想到挣足了他的眼球，让他好生心疼了一大把。在很久以后，谈到这事时，孙萌萌还会感叹，如果没有这一包泡面，他们之间还会有那么多故事吗？

　　厨房飘来诱人的香味，饥肠辘辘的孙萌萌，嗅了嗅，确定是从这个屋的厨房飘来的，禁不住诱惑直奔厨房。

　　哇，军装也不是这么让人恐惧的嘛！瞧瞧，穿着军衬衣的许烨磊套着她买的卡通围裙，竟然让人觉得还有点可爱。

　　"你真的会煮饭哦！"孙萌萌看着已经起锅冒着热气的西红柿鸡蛋打卤面，等不及了，直接拿了勺子往锅里伸，尝了一口，笑着说，"嗯嗯，真好吃！"吃完还把勺子舔了舔。

　　尝过味道后，孙萌萌心里不禁暗叹，许烨磊在部队不会真的是个伙夫吧！煮的东西竟然这么的好吃！

　　孙萌萌瞄了他一眼，心里更是腹诽不已：哎，真是可惜啊，长得这么帅，家里这么多金，没想到在军队里却过得那么憋屈，竟然当个"营级司务长"。（孙萌萌为了写稿，又在网上查找了一下军队上的职务及其他的一些资料。现在自认为他是部队的司务长了！）

　　许烨磊看着身侧的孙萌萌，此刻就像馋嘴的邻家小妹妹活泼又可爱，最重要的是这一刻他们之间的柏林墙选择性地隐身了。耶！今天的预定目标只是进家，没想到还能为她煮一顿饭，待会儿还可以一起吃。算是超额完成任务！

　　许烨磊的嘴角微勾，微笑着道："看你饿得跟难民一样！没有生活自理能力，就别搞离家出走。"

　　"还不是你折磨的，超强度的劳动。"孙萌萌嘟着嘴巴反驳道。见她那嘟起的红唇,许烨磊不由吞了一些口水,这丫头的这个动作,简直就是诱惑他犯罪!

"出去!"为了避免自己想一吻芳泽的冲动,许烨磊不留情面地将她赶出厨房。

十分钟后,许烨磊把面端上餐桌,孙萌萌以火箭般的速度去厨房拿碗筷,但非常揪心的是,这丫头就只拿了自己的那一份,根本没想到留他吃饭。

许烨磊脱了围裙,孙萌萌看了一眼,更"狠心"地说了一声:"不送……"

眼前这锅面的香味简直让孙萌萌口水都快流了出来,看到那汤的色泽,还有配料的搭配,肯定很好吃,孙萌萌猛咽了一下口水,伸手打了一碗,开始埋头苦干。

这人不会真的是部队里的大厨师吧!普通到不能再普通的面条,煮的却是那么的好吃!舌头都快要一并给吞了下去。外卖怎么能跟家里的饭菜比呢?而且刚经过大扫除,正饿得前胸贴后背的,当舌头品尝到这么美味的面食,就跟恢复味觉功能似的,吃得津津有味,吧唧吧唧地响。

许烨磊有些哭笑不得,只好转身去厨房拿了一副碗筷出来。孙萌萌这个吃货见有人跟她抢食,立马把整锅子给端到自己面前。

"孙萌萌,这面是我煮的,给我拿过来!"许烨磊瞥了她一眼,厉声道。

孙萌萌自知理亏,心不甘情不愿地将锅子移了过去。两人面对面坐着,分享着一锅面。

"哇,真好吃!"孙萌萌吃得神清气爽,不由称赞起许烨磊的手艺,他的厨艺的确跟自己老妈李笑梅有得一拼。

许烨磊拿着筷子,看着孙萌萌那狼吞虎咽的模样,不由好笑,这丫头好像几天没吃过饭似的。

"慢点吃,没人跟你抢!"许烨磊瞧着她狼吞虎咽的样子,不禁摇头一笑,提醒她别吃得太快。

"太好吃啦,我的舌头简直被它给迷倒了,味道一级赞,神厨!"刚才还不愿意分食的孙萌萌现在却毫不吝啬地大放厥词,赞美起这碗"汤面"和许烨磊的手艺。

一看就知道眼前的女人就是个吃货！许烨磊精锐逼人的眼眸漾着深幽溢彩，嘴角荡着一抹温馨的笑意，脑海灵光一闪，想到一个如何攻下眼前这位"老婆"的策略。对付吃货，那就努力满足她的胃，许烨磊的眼眸充满了自信，在心里调整了作战方针，重新部署了作战计划。

小时候，因为爷爷、奶奶、妈妈工作都很忙，几乎无暇顾及许烨磊的一日三餐，所以许烨磊在很小的时候，就已经开始自力更生，解决自己的温饱问题。这厨艺还是童子军出身呢！

许烨磊的嘴角扬起一抹自信的笑容，吃货孙萌萌一抬头，正好看到他嘴角那自信又魅惑的笑意，顿时深深地被吸引住了。

引诱，他绝对是在引诱她。

四目相视，彼此心间不约而同地拂过一道细细的涟漪。此时，他俊朗的容颜上勾出一抹如沐春般的微笑，黑瞳里撤去了一如既往的锐利，呈现出了一阵琥珀般的清澈透明，让孙萌萌的心瞬时划过一道涟漪，心里像是绽放着一朵朵的浪花，沿着心海拍打着，起伏着。

孙萌萌不得不承认，自己对眼前的这个男人，确实有点点小动心！可惜是个军人！如果不是军人的话，真的可以考虑考虑哦！

"吃饭，专心点！"许烨磊回过神，深沉的眸光在那张精致的小脸一扫而过，低沉的嗓音仿佛深夜里的海浪拍打在暗礁上发出的声音，空旷而有力，像是燃着一道不可抗拒的气息。

深沉略微沙哑的嗓音传来，又令孙萌萌一阵心悸。为毛是个军人啊！孙萌萌心里又是一阵哀怨。孙萌萌收回心绪，低下头，继续埋头苦干。

许烨磊把刚才隐藏起来的笑意，又释放了出来，俊美的脸上不由得染上了一丝幸福的浪花，睿智深沉的眼里拂过一抹不可撼摇的坚定。她——孙萌萌，此生非他老婆莫属！

吃完饭，许烨磊连碗一并帮忙给洗了，舒舒服服地靠坐在沙发上的孙萌萌，看到某人在厨房勤快的背影，不由腹诽：真是一个贤良淑德的好男人啊！

许烨磊从厨房出来,看到某人像大爷似的坐在那里,不由瞪了她一眼,直直往门的方向走去。孙萌萌以为某人自觉离去,笑呵呵地说:"慢走,不送……"心里还添了一句:以后别再来了……

可是某人走了几步,却转了个方向,等到孙萌萌发现的时候,许烨磊已经来到主卧的门口。

"喂,许烨磊,你干吗?"孙萌萌连跑带冲地奔向卧室,但还是迟了一步。主卧的门打开了,如果不是清醒的状态,许烨磊会误以为走错了房间。

这还是他的房间吗?那粉色的窗帘,粉色带碎花的床上用品,床头、柜子上摆放了公仔、水晶饰物,连墙上也挂了布兜,整个房间叮叮当当的,没有他以前卧室的整齐,却充满了女人味。整天跟男人一起生活的许烨磊第一次走入女人的闺房,那颗坚硬的心瞬间被绕指柔软化了。

"你干吗偷看我的房间?"孙萌萌惊慌失措地冲过来,推开他,砰的一声关了主卧的房门,杵在门口,堵住去路。鸠占鹊巢的孙萌萌,理所当然地认为租了房,这里的一切都可以由她任意安排。只是,房间实在太乱了,见不得人,让她觉得有些害臊。

"我要换衣服!"许烨磊看到孙萌萌白皙的脸上飘过几朵红云,眼神飘忽,立马明白了她的心思。原来没脸没皮的丫头也有害羞的时候啊!许烨磊看着她,眼角充满了笑意,伸出手准备继续开门。

孙萌萌靠在门把上,一手叉着腰,另一手抬起,贴在胸前,抬起食指,偏着头,对着客卧斜睨着眼,咧着嘴道:"你寄存的物品在那里。"

许烨磊顺着她的指点看去,是客房。转过头瞥了眼前的孙萌萌一眼,直直地走到客房门口,伸手打开了房门。当许烨磊看到眼前的画面,只能用一个词形容,那就是呕血。

主卧的豆腐块变成了一团皱巴巴的干菜,枕头也乱七八糟地丢在床上。

"孙萌萌,你是不是太过分了!"这女人实在太过分了,竟然这样虐待自己的被子,习惯整齐的许烨磊不由咬牙切齿起来。

"房东先生,你的记忆力出现问题了。你说过的啊,我可以任意处置家里的东西，包括帮你'搬家'……"孙萌萌一副女主人以自居的态度，仰着头，挺着胸，不卑不亢地说。可说到最后那"搬家"两字，她的声音不由自主地变成蚊子声。

那一夜，孙萌萌在主卧睡得实在太惬意了，她就直接霸占了那个大床，然后把许烨磊的物品全数搬到客卧。

但是许烨磊的内裤，实在是一个大麻烦啊，抽屉怎么拖都取不出来，只好搬内裤喽。对于一个没有跟男性有过亲密接触的女娃，孙萌萌不好意思看，更不敢直接用手抓，羞羞啊！

于是，孙萌萌就拿一张纸巾，捏着一条许烨磊的大裤衩冲到客卧，然后又再拿一张纸巾，再捏着一条裤衩……如此反复奔波于主卧和客卧……

幸亏主卧和客卧离得近，也幸亏许烨磊留在家的裤衩不多，不然一包纸巾都不够用。

"搬内裤"的工作真是不容易啊！

许烨磊剑眉紧皱，看了眼做错事却不检讨，还理直气壮的孙萌萌！真要把这样邋遢的女人娶回家当老婆，不知道是不是明智之举。许烨磊摇了摇头，走进卧室，拉开衣柜门，衣服还好没有被虐待，总算还是一件件地整齐挂着。

可是袜子就没那么幸运了，虽然都是黑色棉袜，但图案还是有差别的，许烨磊平时为了便于找寻都是一对对叠成一块块豆腐。可现在不同的袜子杂糅在一块，混乱不堪。看到内裤，那更是凄惨无比，上面还飘着一张纸，不知道是不是擦过鼻涕的……

许烨磊虽然没有洁癖，可是看到自己非常私人的物品变得跟垃圾一样凌乱，脑门噗噗直跳。

"孙萌萌！看看你干的好事！"许烨磊走出卧室，一把拉着孙萌萌进入客卧，指着衣柜冷冷地道，"你给我还原。"

孙萌萌偷偷看一眼许烨磊，似乎真的生气了，要是把他激怒，她肯定打不过他。最后只好嘟着粉粉的小嘴道："又不是军队整理内务，干吗要搞得那么严肃？我整理就是了……"

但是从来不叠被子的某女费尽了力气叠出来的方块,总是软塌塌的。

许烨磊酷酷地站在一边,像检阅士兵一样,食指优哉游哉地摇一摇,否定孙萌萌做出的一个又一个烂豆腐。又是这个表示 NO 的食指,孙萌萌愤恨地看着那根修长的食指,再摇一下,她估计就会扑上去咬掉那个食指。

怎么比大学军训的时候还惨啊!许烨磊我又不是你的士兵,凭什么要我内务军事化啊!

许烨磊看了一眼累得冒汗的孙萌萌,犀利的眸子看着她就像 X 光一样,把她的想法都看透了。那两个瘦弱的小胳膊,掀着宽大的被子,显得那么的吃力。许烨磊实在看不下去,感觉某人像是被他体罚似的,满头冒汗,于是走到她身侧:"走开……"

听到这句话,孙萌萌像是终于得到解放似的,立马闪到一旁。许烨磊利索地打开被子,一掀一折,又来了几个非常利落的翻腾动作,孙萌萌都还没看明白他是怎么变戏法的,一块方方正正的豆腐块就精神地摆在床头了,再把枕头摆好,床单一拉,一晃眼这个床就变得非常清爽了。这样看看确实比刚才舒服多了。孙萌萌不得不佩服,但是心里还是坚决不虚心学习。

平日里,孙萌萌就喜欢随性些,乱一点没关系,保持清洁就行了,懒人总会为自己的行为找点理由。

许烨磊又在衣柜前 show 了一下他的"绝活",某女杵在一边看手指,这么漂亮的手指,她才舍不得让它们天天都在为琐碎的家务活操劳呢?之所以还在这儿站着不动,是为了催促某人赶紧离开她的地盘。

"好了,活也干完了,你可以走了。"孙萌萌看到许烨磊叠完最后一双袜子,把衣柜复制得像豆腐箱一样时,马上开口,忍着没说你赶紧滚蛋。

许烨磊却拿出一条方方的内裤,孙萌萌看一眼,脸上又不自觉地发热,吞吞吐吐地问:"你……你要干什么?"

"洗澡。"许烨磊斜睨某女一眼,看着她那生动的表情,心里在大笑,脸上却是非常淡定,迈开大步往外走。

"喂,许烨磊,你要搞清楚,现在这是我的地盘,你不可以在这儿洗澡。"

孙萌萌赶紧冲上去，在门口截住了许烨磊，她张开双臂堵住了去路。

许烨磊停住了脚步，低头看着她，两人的距离不到十厘米，视线从上到下扫描了一遍，从她那扑闪扑闪的睫毛，明亮的眼睛，小巧的鼻子，最后落在她的轻粉润泽唇上，一股莫名的心绪毫无征兆地萦上心头，有种想一亲芳泽的冲动……

对于一个抗拒做军嫂的小丫头，这时候自己亲吻了她，估计立马被吓跑，所以得克制住，一切从长计议。于是许烨磊不由自主地想低下头转移目光。可是，低下头的许烨磊，立马又后悔了！目光色色地停留在她那挺起胸脯上，眼底极快地闪过一抹惊艳。

此时，眼前孙萌萌身上穿着的是一套棉质的家居服，但却毫不掩饰地勾勒出她玲珑有致的曼妙腰身，亦衬得她的皮肤愈加白皙，在灯光下泛起细碎的光泽。

没想到这丫头看似瘦弱，胸部却还蛮有料的。

许烨磊邪恶地观摩着，表面却一本正经地点了点头，煞有介事地点评着："尺寸不错，经常做扩胸动作确实能起到扩大胸部的作用。"

神经大条的孙萌萌，这才发觉到一束视线径直射过来，灼热的目光正注视着自己那傲然挺立的前胸，立马收回手臂，来个熊抱，恨恨地瞪着许烨磊："大色狼……"

"这是有科学根据的，别不信！"许烨磊，忍住笑意扯了扯嘴角，由衷地说道。

听到他这句话，孙萌萌羞愤的双颊不禁再次微微发热，小手开始握成拳头，伸手就是一挥，向他砸去。可她不知道眼前这男人可是N集团军的特种大队里，赫赫有名的中队长，他的身手可不是盖的，一个机灵，给躲开了。

"近身格斗，出拳一定要快，要准，直接攻击，出其不意！千万别做太多准备动作！"某人嘚瑟地拿着裤衩晃了晃，开始为孙萌萌讲解格斗要领。

孙萌萌听了，心中的气焰更加嚣张起来，冲了上去，本想一顿乱揍，结果……

许烨磊的长臂一伸,直接抓住她那握着拳头的手,紧紧地攥住,他的手心热乎乎的,烧得孙萌萌觉得自己抓到的是暖手宝。

孙萌萌甩了甩,却挣脱不开,只好厉声呵斥:"放手!"

"不放!"许烨磊口气坚定,十足的无赖相。

"放手!"

"不放!"

正当两人争得面红耳赤时,孙萌萌猛地一个用力,结果身体反弹直接扑倒在许烨磊的身上。某男顺势搂住怀里的小人儿,眼角眉梢都带着一丝得意,小丫头那柔软的小胸脯紧紧地贴着他那坚实的胸膛,他甚至能感觉到她那颗小心脏正在"扑通"乱跳。

投怀送抱的感觉真好!

孙萌萌愤怒地抬起头,对上一双深不可测的黑瞳,此时许烨磊的眼中泛着一丝若隐若现的温柔,有种让人想沉溺其中的感觉,莫名地令她原本暴怒的心情安稳稍许。

心头涌起一丝怪异的感觉,连她自己都未曾意识到。顿时,两人之间弥漫着一股极其微妙的气息,一轻一重相互交叠的呼吸声,仿佛低诉着彼此身体上的悸动。

许烨磊目不转睛地盯着怀里的孙萌萌,仔仔细细地打量着,目光落在她泛着点点红潮的脖子根上。她是在害羞吗?许烨磊的唇角向上翘起一个细微的弧度。

"原来你也会害羞啊!"许烨磊嘴角微扬,性感磁性的嗓音带着一丝宠溺的味道。

一句话点醒了正沉迷于男色之中的孙萌萌,被他牢牢搂住,吃了瘪极不甘心,猛然抽回自己的右手,一拳往他那刚毅俊美的脸上砸去。

许烨磊敏捷地腾出一只手,顺势捉住她的小手,按在自己的心脏上:"你害羞的模样特别美……"许烨磊说出这句话时,完全退去了以往军事作风的口吻,而是极为温柔,极其认真。

不知是由于不习惯他的深情，抑或是心脏的脉动太狂热，孙萌萌不由全身一颤，连忙慌乱蹬腿，猛踩许烨磊的脚。

"啊——"许烨磊下意识地发出一声惊呼，牢牢抱住她的手臂顿时放开。

孙萌萌闪到一边，大声骂道："色狼，吃我豆腐，还敢在这儿作诗。"说完，拔足狂奔往主卧跑去。砰的一声，关上房门。

"大色狼，你洗完澡了，就赶紧给我——滚！"恼羞成怒的孙萌萌透着主卧房门，冲着许烨磊喊了一句。许烨磊闻言，不由莞尔一笑，刚才那丫头害羞的时候，真心想一亲芳泽下去。

许烨磊径直走到客用浴室，推门一看，顿时傻眼，镜子里贴着好几个粉色的红心，什么毛巾、浴巾等洗漱用品一律粉色，洗漱台上摆满了大大小小的瓶瓶罐罐，估摸这些全是孙萌萌的化妆品，整个浴室充满了女性化妆品的馨香。这女人怎么就这么爱粉色啊？还有每天都要往脸上抹这么多东西吗？

看到这些东西，许烨磊的心里没来由地冒起幸福的泡泡，嘴角勾起一抹淡笑，三下五除二将身上的衣裤除掉，站在花洒下面冲澡。

几分钟后，许烨磊关上花洒，抬手想扯过浴巾时，发现一件严重的事情，他没拿浴巾，更别说毛巾了！以前他用的都是主卧浴室，浴巾都是放在衣柜里，每次洗完澡都是直接光溜溜地走出来拿浴巾擦干身体。

许烨磊皱了皱眉头，只有一个办法了。于是，许烨磊将浴室门拉开一条缝，冲着主卧喊："孙萌萌……"

躺在床上正一脸愤恨看着天花板的孙萌萌，听到许烨磊的叫喊声，不由更加暴躁起来，侧过身子置之不理。

"孙萌萌，出来，帮我去柜子里拿条浴巾给我。"许烨磊光裸着健壮的身子，躲在浴室门后，继续喊着。

帮他拿浴巾！听到这句话，孙萌萌立马从床上爬了起来。

到底想干吗？难道想……趁机把自己给……想到这孙萌萌浑身不由一抖，环抱起上身。可是想想，谅他也不敢，他要是敢动她一根汗毛，就告之她大伯一声，肯定杀无赦！

此时光着身子的许烨磊冻得哆嗦起来，现在可是12月啊，正值寒冬啊！这丫头是真没听见还是在装没听见啊！见孙萌萌半天不应，不得不亮出撒手锏：“孙萌萌你再不给我拿浴巾过来，我就光着身子出去了，到时候别怪我没先通知你哦！”

这里现在可是我的地盘啊，竟敢这般威胁我！太嚣张了吧！尽管心里一千个、一万个不愿意，但是迫于某人的"裸奔"威胁，孙萌萌还是乖乖地打开房门往客卧走去。

可是门开到一半，孙萌萌又开始纠结，这种事情多尴尬啊！万一看到某些不该看到的东西，那岂不是要长针眼了！算了，不去！孙萌萌砰的一声，又把门关了回去。

许烨磊实在冻得不行，最后只能用纸巾把身上的滴水给擦干，擦完后，身体残留了不少纸屑，弄得浑身不舒服。从小到大，第一次遇到这么悲催的洗澡，有那么一刻他真想把那丫头的毛巾拿来擦拭身体。不过为了体现他的人格魅力，还是生生地给忍了下来。

许烨磊把身上的纸屑拍了拍，套上裤衩，推开浴室门走了出来。刚出来，就看某人正在贼头贼脑地从主卧探头出来。

"啊！"许烨磊此刻的穿着完全出乎孙萌萌的意料，下意识地发出一声惊呼，急忙用双手捂住眼睛，但是慢慢地手指的裂缝开始变大。

许烨磊原本被她那突如其来的尖叫声吓得身子一僵，随后却看到某女佯装捂脸色色地盯着自己，不由歪着头，叉着腰，揶揄起孙萌萌："好看吗？"

正被眼前"美色"所诱惑的孙萌萌，连连点头，不过随后又慌乱地摇摇头，急忙把指缝合并上，双手捂住眼睛，可没过两秒，还是忍不住在食指和中指之间留上一条小缝，偷偷打量他的身体。

"看够了没有？"魅惑磁性的嗓音冷不丁地在孙萌萌的耳畔炸响。

孙萌萌看痴了，竟然连许烨磊走到身旁，她都不曾察觉。许烨磊看着她的双颊爬上一层绯红，忍不住去伸手捏了捏她光滑的小脸蛋。这一捏，又把某色女的魂给招了回来，看到许烨磊站在自己眼前，惊慌地将他一推，"砰"

一声反手将房门关紧。

关上门的孙萌萌猛地捏了自己的大腿一下，让自己彻底回魂，可是太用力了，不由"哎哟"的惨叫起来。孙萌萌你个色女，什么时候能改改你这个老毛病啊！孙萌萌懊恼地扑到床上，猛地抽打身旁的一个粉色娃娃，嘴角碎碎念着：孙萌萌你这个色女，我抽你，我抽你！看你还敢盯着帅哥流口水！抽你！我抽死你！

许烨磊，不禁扬起嘴角，转身回客卧换了身衣服。临走时，许烨磊走到主卧门口敲了敲门："孙萌萌，我走了，记得锁好门窗！"

一直趴在床上，羞得满脸通红的孙萌萌，闻声抬起头，心里更是一阵羞愧无比，头又猛地往被子里扎去，两腿乱踢一番，懊恼地尖叫起来。

许烨磊笑着摇了摇头，转身离开了。

车子在高速路上行驶，许烨磊开着车窗，放着摇滚，徐徐的冷风不断地灌了进来，此刻的某人没觉得一丝寒冷，脸上泛着遮不住的喜悦，一手搭在方向盘上，一手比画动作，还时不时地跟着吼上两嗓子。

许烨磊满脸洋溢着幸福的味道，好长时间没有像今天这么开心了，简直比他第一次接过首长颁发的军功章还要兴奋。

幸福就像是最顶端的枝丫开出的花朵，在他的心尖悄然蔓延开来……

Chapter4　家家有本难念的经

1.

N市，孙家。

正在吃早饭的林爱英注视着对面的老公孙耀武，最终忍不住抱怨出来："没想到你这种事你也做得出来！"

林爱英今早才听他说他已经把侄女介绍给许烨磊的事情，而且那许烨磊还看上了侄女孙萌萌，身为孙贝贝的亲妈，她的心里有一丝不快。

"为了萌萌，豁出我这张老脸，值！结果，你看萌萌果然不负众望，许烨磊跟她对上眼了！"孙耀武抬起头，一脸的开心，得意难掩。

林爱英剐了他一眼，真不知道说什么好，心里就是觉得特别的别扭。孙耀武对侄女孙萌萌历来偏爱，其中的原因林爱英心里也很明白，可是见他把许烨磊这么好的对象介绍给侄女孙萌萌，而不促成自己女儿孙贝贝，即使再无私的女人也无法做到心里舒服。

"那贝贝呢？贝贝你打算怎么安排？"林爱英撇开这事，强忍着别扭，开口询问孙贝贝工作的事情，也趁孙耀武心情大好，跟他提这事估计能得到一定帮助。

"没安排！她爱咋的咋的！"提到孙贝贝，孙耀武原本开心的表情立马变得严肃起来，同时也看穿妻子的想法，来了一个事先声明。林爱英问这话，其实就想跟孙耀武商量，叫他给女儿孙贝贝安排一份工作，结果被他直接噎回来。

"老孙……"硬的不行，那就来软的，林爱英没有直接发飙，而是采用迂回战术，跟孙耀武撒起娇来，"贝贝回来也好几个月了，以前的事情你不管怎么生她气，事情也无法挽回，还有她终归是你女儿，你总不至于放任不管吧！"

"我不管，也不想管！还有我劝你也别管，省得给我丢人！"孙耀武没吃她这套，直接一口回绝。

"孙耀武，我怎么给你丢人了？"见他这副态度，林爱英心头的星星之火立马燎原烧起来，顷刻之间怒火高涨，按捺不住地爆发起来。

空气里霎时弥漫着一股硝烟的气味，战事一触即发。林爱英平日里的脾气一向温柔，但要是生气发起飙来那场面也绝对堪比河东狮吼。

"你自己看看她，回来几个月了，除了吃吃喝喝，疯疯癫癫的，连个工作都不找，你还操心，还是省省吧！"孙耀武就事论事跟林爱英摆明事实情况，反正在他心里，孙贝贝这个女儿他是白生了。

"操心，你对贝贝操过什么心啊！从小到大不闻不问也就算了，还动不动苛责打骂，贝贝会成这样，全是因为你！"林爱英得理不饶人地跟他理论起来。

"是她自己不成器，你赖我干嘛！"孙耀武的声音跟着大了起来，丝毫没有自我检讨的想法。

"孙耀武！"听到孙耀武这句话，林爱英不由歇斯底里地咆哮起来。

孙耀武被林爱英的咆哮声吓了一跳，心知不妙，为了维护家庭的安定团结，孙耀武没再吭声，吃自己的饭，由着她咆哮！要知道女人是这个世界上最难搞的物种，比打仗还难搞！

"叫你给贝贝安排工作就给你丢人啊！好啊，你不管是吧，我管！从今以后，贝贝只有妈，没有爸！"说完，林爱英甩下手中的碗筷和身上的围裙，气呼呼地拿着包出门上班了。

刚跑步回来的孙贝贝，在门口遇见气急败坏的林爱英，走上前关切地问："妈，怎么啦？"

还不都是为了你这个小祖宗！林爱英憋屈又气急地瞪了孙贝贝一眼。

"跟爸吵架了？"孙贝贝心里已猜出七分。林爱英没应她，直接将她拨开，头也不回地离开了。

见老妈这样，孙贝贝心知不妙正想调头逃离"战场"，却看到孙耀武也拿着包走出来，全身不由一僵，一动不动地站在那里。

孙耀武看到她，不由怒眉一横，生气的眼睛瞪了她一下，结婚二十几年来，很少跟他红脸的妻子林爱英，这几年因为眼前这个女儿，不知跟他翻了多少次脸。

听到孙耀武那"巴登巴登"响的脚步声，孙贝贝连忙侧过身，给他让路。

孙贝贝回到里屋，看到餐桌上那没有收拾的碗筷，不由走了过去，拿过一个小碗，盛了一碗粥坐了下来，开始细嚼慢咽地吃起早餐来。

回来几个月，简直无聊到精神崩溃的状态，她一直想着回北京，而林爱英老早就将她的身份证给没收了，接连找了好几个月，家里各个角落被她翻了个遍，就是没找着。真是悲催啊！无聊不说，还得天天提心吊胆地看老爸孙耀武的脸色过活！这日子简直不是人过的！

接下来几天，孙贝贝简直生活在水深火热之中，林爱英跟孙耀武吵架后，直接搬到医院的宿舍住，不再伺候家里这对一老一小的冤家。家里，就剩下孙贝贝和孙耀武，两人只要一碰上面，不是孙耀武撂脸子，就是孙贝贝缩在一旁不敢动。

孙贝贝再也无法忍受下去，吃完早餐直奔医院，找到林爱英。林爱英坐在办公室，瞥了一眼站在自己跟前的孙贝贝，没好气地说："来这干吗？"

"妈，你就行行好，搬回家住吧！你再不回家，我都不敢回家了！"孙贝贝嘟着嘴巴，一脸委屈地看着林爱英。林爱英低头继续看她的文件，没吱声。

孙贝贝走到林爱英身旁，摇了摇她的手臂："妈，求你了，你就回家住吧！你要是再不回家，那我也搬过这边来住好了！"

林爱英抬起头，瞪了孙贝贝一眼，没好气地说："你说我怎么就生了你这么一个冤家啊！"

孙贝贝气短地低下头，嘟着嘴："我也不知道你为什么要生我！"

"你这丫头……"林爱英眼睛又瞪大一圈，真是要被这冤家给气死了，"你回去吧，我暂时住医院！少来这烦我！"在孙耀武没有主动示好认错之前，林爱英决定不回家里住。

"妈——"听到这句话,孙贝贝立马着急上火,

"出去!"林爱英命令道,语气颇有孙耀武的风格。

孙贝贝嘟着嘴巴,一脸不乐意地往门口走,就要踏出门的时候,突然调头回来:"妈,你不回去,我也不阻拦了,给我身份证就行……"

"你要身份证干吗?"林爱英挑着眉怒道。

"我……我没想逃跑,就是想去趟S市,去看看叔叔和婶婶,还有萌萌姐!"自从上次林爱英红着眼跟她说,她要是敢逃,她就跟孙耀武离婚,这句话对孙贝贝来说特别有震撼力。

她知道这二十几年,老妈是怎么把自己带大的,也知道老妈心里有多爱老爸!即使她再任性,也不忍看着林爱英伤心,更别说看着父母婚姻破裂。

"真的?"林爱英依旧还是有些不信。

"真的!不骗你,我就是想去看看萌萌姐……"孙贝贝理亏地点头。

林爱英怀疑地盯着她看:"你不会想……逃跑吧?"

孙贝贝连忙摇头,很坚定地说:"绝对不逃跑,我誓死都不会让你因为我跟老爸离婚!"孙贝贝深知老爸老妈肯定是不会离婚的,但是每次她看到老妈林爱英为她的事情,跟老爸吵架,甚至流泪,她心里总觉得对不住她,内疚不已。

林爱英瞪了她一眼,算这丫头还有点良心,自从上次用离婚这事威胁她后,还真的没再说回北京的事情了,不过为了预防这丫头逃走,她还是强行把她的身份证给扣押下来。

"绝对不准逃跑,否则后果自负!"林爱英还是有些不放心,再次确认。

"妈,我以我的人格发誓,保证绝对不会逃跑!"孙贝贝口气异常坚决地回道。

"就你还有人格?"林爱英有些哭笑不得,嗤了她一句。

"妈……"孙贝贝凑过去,撒娇地摇着林爱英的手臂。

"好吧,就信你一次!"林爱英宠溺地用手指戳了一下孙贝贝的额头。"给身份证之前,你必须答应我一件事!"林爱英突然提出条件。

"什么事？"孙贝贝不解地问道。

"我允许你去S市玩上一周，但是下星期回来，必须跟我去军区文工团报到！"林爱英宣布自己的条件。

"文工团？妈，你啥时候把我整进文工团去了？事先声明啊，我不去！打死我也不会去！"孙贝贝想都没想立马回绝。进文工团，那就是等于去当兵！文艺兵！

"孙贝贝，你别不识好歹啊！你回来到现在悠悠晃晃好几个月了，也没见你找工作，我已经忍了你很久了，好不容易，拉下脸求人给你争取进文工团，你要是敢不去，看我怎么收拾你！"林爱英立马拉下脸，脾气也跟着上来了。

这几天没回家，不用伺候那俩冤家，但林爱英却一刻也没闲着，豁出这张老脸，跑上跑下为孙贝贝安排工作。可身为军嫂多年的她，生活圈子也就这么大，不是医院，就是部队，鉴于孙贝贝学的是表演专业，最好的去处当然是军区文工团。林爱英为此去拜见文工团团长，跟人一提，人家立马就答应了，说下周报到。

"妈，我都说过几遍了，我这一辈子都不会去当兵的！死都不会去！"孙贝贝再次声明自己不去当兵的决心。

啪的一声，一个铁砂掌拍在孙贝贝的后背上。

"啊——"孙贝贝一阵哀号，惨叫起来，"好痛啊！"

"孙贝贝，我告诉你，这次我最后一次警告你，下周你必须去文工团给我报到，不去也得去，否则这辈子都不要回这个家！不用你爸跟你断绝关系！我来！"林爱英发飙起来，亮出自己的最后底线。

"妈……"孙贝贝也跟着喊了起来，"我不去当文艺兵！"

"不去也得去！告诉你，你要是下周不去报到的话，我会冻结你所有的银行卡，你等着流浪街头吧！"林爱英的语气很坚决。相亲不成，只有去当文艺兵，才能改善老公和女儿的关系。

"妈……"

"给我出去……"林爱英厉声道，"怪我平日里太宠你了，你就不知道天高地厚了是吧！出去！回家给我好好反省去！"林爱英这次已经下定决心，非要孙贝贝进文工团不可。

"妈……"孙贝贝苦着一张脸，赖着不走，有气无力地说，"身份证……"

"在你房间化妆柜的第一个抽屉的盒子下面……"林爱英没好气地瞥了她一眼，宣布她身份证所藏之地。

"什么？"孙贝贝不可思议地看着老妈林爱英。原以为她会藏在自己找不到的地方，没想到竟然就放在自己天天使用的化妆品柜子里。最危险的地方，果真是最安全的地方！

妈，你真不愧是中将夫人啊！

得到林爱英的允许去 S 市，固然是件开心的事情，但是想到下周一要被安排去文工团，孙贝贝顿时觉得暗无天日，心想一定得好好想个法子，摆脱这份工作才行。

不过想到暂时能逃离压抑的家里，跟孙萌萌一样没头没脑的孙贝贝还是兴冲冲地杀回家，换上一套全新装备——很潮很招摇的服饰，出门前往 S 市。

孙萌萌在孙贝贝离开医院后，就接到大伯母林爱英的电话，伯母跟她说明了一些情况，想把孙贝贝安排进文工团，让孙萌萌伺机劝说一下。

孙萌萌只好硬着头皮，答应下来。

孙萌萌接到这个任务，心里不由无比同情孙贝贝，那丫头固执得跟牛一样，自己能劝说得动吗？再说自己现在的情况跟她几乎没两样，自身难保中……

火车站出站口，当孙萌萌看到孙贝贝的时候，瞬间为之惊悚。这也未免太潮了吧！

谁知孙贝贝下一句竟然是："走，姐，我们先去整个酷点的发型，现在这发型跟我的衣服实在太不搭配了……"

孙贝贝一到 S 市，想干的第一件事就是把发型整酷一点。孙萌萌不禁翻白眼，光这样回头率就已经够高了，她要是再整，估计就要被人抓进精神病院了。

鉴于过几天又得回 N 市，孙贝贝不敢做永久性的，而是使用一周性的造型。

"姐，你也来整一个潮人的发型吧！"孙贝贝坐在藤椅上，看到孙萌萌那短发不由建议她换个发型。

"我可是叔叔阿姨眼里塑了蜡像的模范女，爷爷奶奶心中的红旗啊！我也跟你一样潮，会潮湿很多人的心的！"正在百无聊赖玩手机游戏的孙萌萌抬起头，自恋加幽默地回她。

孙萌萌上次见到她时候，孙贝贝头发的颜色是暗紫色的直发，当时觉得还挺好看的，结果不到三个月，这次一见换成了枣色卷发。这么喜新厌旧，换发型也就罢了，以后可千万别勤换男人啊，更别来带坏我啊。孙萌萌不禁眯着眼睛，冲着她摇了摇头。

等待是件最煎熬的事情，孙萌萌玩游戏玩得快睡着的时候，孙贝贝终于从烤箱里钻了出来，孙萌萌看着眼前穿着奇装怪服的人差点认不出来了。

"姐，怎么样，很有个性吧！"孙贝贝 show 着她的新发型，很嘚瑟地问。

"呃，我认识你吗？"孙萌萌不禁傻眼。

原来的卷发已经被整成四处乱窜的鸡窝，这也就罢了，问题是那颜色，半江瑟瑟半江红，亏她想得出来。

这就是所谓的时尚，潮流？

怪异的发型，配上她怪异的服装，怎么说呢，就像夏天中午的太阳，鲜亮得扎人的眼，可是，配上孙贝贝绝美的五官，妩媚的妆容，不羁的个性，却又觉得融合了，她就是一副色彩明丽的抽象画。

孙萌萌觉得跟这个 90 后站在一块自己都成了埃及金字塔出土的木乃伊了。

"好吧，我承认不太难看。别说我没提醒你，这么特立独行的鸡窝可别在大伯面前出现，否则你的小命就不保了。"孙萌萌好心地提醒他。

"哈哈，我和他斗了二十年，早就总结了丰富的战斗经验。走吧，去下一场。"孙贝贝非常豪迈地笑着，买了单拉着孙萌萌出了美发店。

"接下来去哪儿啊？"刚无聊了一个多小时，此时的孙萌萌就想找家咖啡厅坐坐。

"去美甲,咱们遗传了一双天生丽质难自弃的手,看看你的指甲修剪得这么短,连指甲油都没涂,实在是太暴殄天物了。走,我带你去好好装扮一下。"孙贝贝宣布她的下一个行程,顺便拉过孙萌萌那柔滑细嫩的小手,半恭维半诱哄地说。

"谁像你天天养尊处优,可以把自己当画板随意涂抹上色,我可是被催的苦命啊,天天码字,留指甲会影响码字速度。"孙萌萌看看自己的手指甲,粉粉的,挺好看的啊,要她像孙贝贝一样涂成紫色、黑色,她还不喜欢呢。

"那就换换颜色,换换心情。"孙贝贝看到孙萌萌自恋地看着手指甲,决定把她祸害到底。

"我心情很好啊,住着舒适的房子,不受拘束地写文挣钱。"孙萌萌知足常乐地说。

"你陪我去吧,弄好后,我请你去NO.1吃大餐。"孙贝贝深知堂姐是个吃货,就以大餐为条件,叫她作陪。

NO.1?孙萌萌觉得自个在这城市生活了二十多年都没去过,而孙贝贝这成天不务正业的丫头,竟然还知道S市最出名的NO.1,还有哪来这么多闲钱挥霍呢?于是非常不信任地看着她。

孙贝贝拿出钱包,扬了扬手中的钻卡:"过了这村就没那店了。老妈说下个星期开始冻结我的账户,这就当是最后的疯狂吧!"

美女的回头率本来就高,两个美女同时出现的回头率那就是翻倍的高。顶着很有意境的"暮江吟"造型的孙贝贝,在闹市中穿行时那个抢眼啊,就跟武则天的陵墓入口被考古队发掘一样。

孙萌萌感觉周遭都是盗墓贼一般的眼光看着自己和身边的美女怪物。为了赶紧在路人聚焦的视线中消失,孙萌萌最后还是跟着孙贝贝隐匿进美甲店。谁叫自己受NO.1大餐的引诱呢?

两个女人从美甲店出来,已经夜幕降临,折腾了一天的两个疯女人终于发现五脏庙闹饥荒了,直接打的杀到NO.1吃大餐。

2.

在 NO.1 的餐厅里，曼妙的小提琴演奏声在耳边响起。孙萌萌坐下后，瞧着四周华丽的装饰，小声地说："这里的菜品都很贵的，要不我们换一家餐厅吧。"

虽然孙贝贝说要请客，但身为姐姐的她实在不忍宰她一顿。

"来了，就吃！"孙贝贝像个大款似的，利索地回道，"姐你点菜吧。"

孙萌萌哦了一声，既然有人送过来给自己宰，那就别怪她不客气啦！刚点了一份价格中等的套餐，孙贝贝见此，不禁摇头，直接跟服务员要了两份最贵的套餐。

"既然来这儿，那就吃最好的！姐，你放心，我不会耍赖叫你付账的！"孙贝贝豪气的口气，俨然就像资本雄厚的大款。

唉！孙萌萌皱了皱眉头，既然她要充大款，那就随她去吧！反正她管吃就行！

张扬的人，追求张扬的舞台，孙贝贝走到哪儿都能招来万众瞩目。所以，在 NO.1 的餐厅里，孙贝贝可以对自己造型吸引的眼球浑然不觉，自得其乐地吃自己的饭。

孙萌萌则不一样，也许是职业的习惯，天天在摄像头监控下，对客户的一言一行都受到职业素养的约束。这会儿吃饭被人盯得如芒在背，恨不能快点结束饭局。

"姐，你干吗低着头，埋头苦干啊？在这样的地方吃饭，就要慢条斯理地享受，顺带搜索一下周边有没有帅哥。"孙贝贝端起酒杯，刚好看到对面的男人举起酒杯向她示意，她回了一个电眼，举起酒杯优雅地喝了一口。

"如果不是跟你一起出场，我一定会好好享受的。"欣赏帅哥是某色女终生的追求，从来不懈怠的。

"有我高调的陪衬，搞不好你还能有一段艳遇呢！"孙贝贝露出了一个非常帅气的笑容。孙萌萌不理她继续吃她的饭,最奢侈的消费也不过如此。吃货吃完的评价为一般,她开始怀疑来这消费的人是不是钱多得烧包了。

吃完了,终于可以走人了。孙萌萌终于抬起头,举起酒杯递到嘴边,可是下一秒,两眼发直一瞬不瞬地看着邻桌的男人。

邻桌的男人,穿着浅灰色V领毛衣,卡其色西裤,将他修长的体魄完美地呈现出来,随性又不失尊贵。他的皮肤是标准的古铜色,五官轮廓较深邃,剑眉星目,嘴唇很薄,唇角微微上翘,黑发浓密,有些自然卷,额前垂下几缕,给人一种霸气中平添几丝儒雅的感觉。

他右手执着红酒杯,轻轻地摇晃着,星目忽明忽暗,似沉思,似冥想,坐在对面的女生则喋喋不休地在那讲个没完没了。孙萌萌估摸着这绝对是一对正在相亲的男女,因为男的一点都不热络,甚至看似有些不耐烦的样子。

那帅哥一脸矜持地举着酒杯,也不喝,只是摇着酒杯,虽然姿势非常优雅,可是看了这么久还没喝一口,他不累吗?孙萌萌不由非常体贴地操心着,看他的样子似乎非常不耐烦了,却还那么隐忍着,他不怕憋成内伤吗?什么女人这么不懂怜香惜玉啊,怎么可以这么折磨帅哥呢?

孙萌萌竖起耳朵听着邻桌女人喋喋不休的诉说。

很快得到了有效的信息:其一,这么嗲的声音如果出现在好声音的现场,四位导师都有可能误以为是林志玲来客串演出。一定要说出她们的区别,那就是隔壁这个还没进入变声期,个别词语譬如"向哥哥"还带着婴儿的奶声。

其二,女人说的都是自己的兴趣爱好。结论就是这个成熟的向帅哥正在跟一个未成年少女相亲,没有暴走的原因,要么是向帅哥心地善良舍不得伤害未成年少女,或者是幼女的背景太强大,得罪不起。

这年头不是在相亲就是在相亲的路上,不论贫穷还是富贵,不论剩男还是剩女,不论年老的还是年少的。不过这男人长得实在是太帅了!孙萌萌忍不住多看几眼,心想这男人英俊的相貌跟许烨磊真是有得一拼。

呸,孙萌萌你瞎想什么呢?竟然还能扯上那个许烨磊!

孙萌萌晃了晃头,冷不丁地看到对面的男人看了过来,两人四目相对,孙萌萌尴尬得红了脸，赶紧转过脸，胡乱抓了个话题跟孙贝贝扯："嗯……那个……哈哈，你也觉得这红酒味道不错吧？"

孙贝贝觉得一阵怪异，蓦然回首，往孙萌萌刚才视线的方向看去。

"怎么这么眼熟啊？"当孙贝贝看到对面那个男人的时候，觉得那个眉眼在哪儿见过。于是，睁大眼睛细细端详起来。几秒后，孙贝贝的大脑灵光一闪，转过头，对着孙萌萌狡黠地笑道："对面那向叔叔是我一发小，我去救救场。"

"人家相亲，你去搞什么破坏啊！"孙萌萌一把拉住她。孙贝贝却不管，霍地站起身，径直走了过去，孙萌萌只能坐在原位干看着。

孙贝贝一脸媚笑地挨近向叔叔，然后拉着他的手，甜甜地叫着："向哥哥，好久不见啊，我想死你了。"

"你谁呀？"刚才一嗲到底的童音消失了，趾高气扬地责问。

"我们之间有很多快乐，只要向哥哥不介意，我可以和你分享。"孙贝贝含糊地说着暧昧的话。

幼女果然好忽悠，以为孙贝贝是向哥哥还没理清关系的前女友，看着孙贝贝奇异的造型，突然受不了刺激地抓起包暴走，离开了餐厅。孙萌萌摇摇头，看了一眼搅黄人家好事的祸害。

"你谁啊？"一直看好戏的极品帅哥终于开口了，他的嗓音带着非常诱惑人的磁性，隐含着淡漠疏离。帅哥把孙贝贝从头到脚地打量一番，视线最后还是回到那一头特立独行的鸡窝上。

"你这猴头，不带这样的，我帮你赶走了那个烦人的蝴蝶，也不说声谢谢！"孙贝贝一屁股坐在了刚才幼女的位置。

一声猴头，让向南眯着的眼睛终于放大，终于想起来了，对面这个女人竟然是军区大院里屁颠屁颠跟在自己后面干坏事的丫头。

只是，女大十八变，越变越离谱了。

当初跟他混时简直就是一只脏兮兮的丫头，现在变成了眼前这样子，要不是那个特殊称呼，谁能相信基因突变的后果是这么不靠谱呢！

"孙贝贝啊,你把自己整成这样,我还以为是外星人呢。"

"去你的外星人。不过,你妈确实比较擅长饲养,能把一个干瘦的猴头养得脱胎换骨,出落得这么脱俗。"他乡遇故人啊,孙贝贝打了鸡血一样开始跟向南调侃叙旧。

孙萌萌咬牙切齿地看着孙贝贝对着帅哥唾沫横飞,心里那个恨啊。这个臭丫头,有难让自己顶着,有帅哥却不介绍介绍,一起分享。见色忘义的家伙!

最近真的很有眼福啊,先是有狡猾的狐狸许烨磊冷不丁地冒泡,当他不穿军装一脸的刚正不阿时,她是很喜欢欣赏他迷人的英姿的。而眼前的男人呢,那如刀削的五官实在太有型了,深邃眼眸凝视时能把人的精魂都吸入。

又是一个少女杀手啊,不知道有多少女人倾倒在他幽深的瞳孔里。孙萌萌感觉自己也快要把持不住跑过去请他签名了。

孙萌萌深呼了一口气,平息着开始涨潮的血液,借鉴她笔下主人公的经验,越是在乎越要理智地表现。直到对面的型男酷女把倒叙的故事叙述到成年,神经大条的孙贝贝才想起,有个人被她晾在一边了。赶紧跑过来,拉着孙萌萌走过去,隆重地介绍:"这是我姐,孙萌萌,老孙家革命火种的接班人。"

向南听着意义深远的介绍,刚开始还一头雾水,再一对比两姐妹,一个超级潮女,一个可爱又不乏稳重,便明白个大概了。

一见帅哥,就显得特别淑女、特别矜持的孙萌萌非常斯文地伸出手,露出她的招牌微笑道:"你好!"

"你好,我叫向南。和孙贝贝一个大院长大的。"向南站起身,非常绅士地伸出手,身子微微前倾,和孙萌萌的手轻轻一握,嗯,手感真不错,软滑柔嫩,随后很快礼貌地放开了。

三人鬼扯地聊了一通,最后因为向帅哥有事要先离席,看着他离去的背影,孙萌萌心里竟然泛起一丝不舍之情……

自从孙贝贝来这一周,孙萌萌也跟着她疯了一周,幸好她写的小说属于免费阶段,一天就一两千字,每天用上一个小时就搞定了。剩余时间全听孙贝贝安排,白天四处扫街,大肆购物,晚上酒吧俱乐部,夜夜笙歌。一周下来,孙萌萌累得苦不堪言,虽然她也爱玩爱疯,但实在比不上孙贝贝那么精力充沛。

送孙贝贝上动车时,孙萌萌再次提及伯母交代的任务:"贝贝,姐姐知道你不想当军人,但是你毕业也快大半年了,总得找份工作啊。其实我觉得吧,去文工团是个不错的选择!"

"姐,你别再当我妈的说客了,我是不会去的!"孙贝贝的语气异常坚决,这几天孙萌萌也试着跟她提及这事,孙贝贝都避开了这个话题。

"那你的意思是,想让你妈和你爸离婚了!"这几天孙萌萌也陆续聆听了某人怨天尤人的哭诉,直击要害道。

"我……我怎么可能让他们俩离婚,你没见他们两个恩爱得连我都快要吃醋了,我想他们也不会离婚的!"孙贝贝坚信道。

"好吧,即使他们不会离婚,那你也要顾忌一下你妈妈的面子啊!毕竟她去求人给你安排工作的!"孙萌萌继续循循善诱道。

"姐,你自己不也是把银行工作辞了吗?还来说我!"孙贝贝不服气地顶了回去。

说到这事,本想借着自己是姐姐的身份教训她,结果被她这么一顶,孙萌萌立马气短三分。

"这……这是两码事,去文工团总比北漂强啊!你是学表演的,不就是想当演员吗?现在很多军区文工团现在都是自己投资拍电视剧或电影,你没看前段时间热播的电视剧《我是特种兵》吗?红了多少人啊!说不定比你自己在外面闯荡能更快地崭露头角啊!"孙萌萌毕竟比孙贝贝多吃几年米饭,自然懂得如何迎合她的"需求"。

孙贝贝眯着眼睛看着孙萌萌,想了一会儿,缓缓开口:"对哦,我怎么没想到这个呢?"其实孙萌萌刚才的话纯属安慰,不过倒是让孙贝贝豁然开朗。

可是下一秒,孙贝贝又把问题给纠结回来:"可是去文工团不就是等于直接当兵吗?"

"我的大小姐,你看现在的毕业生多少人找不到工作啊,你就别再七嫌八嫌的了,你要是这么一直游手好闲下去,说不准哪天真的就被你那中将老爹给毙了!"孙萌萌吓唬她。

一提起孙耀武,孙贝贝的小心肝立马颤了一下,噘起嘴巴,上周林爱英不在家,自己独自面对老爸的时候,的确有些害怕被他拿枪给毙了。

"好,我听你的,周一就去文工团。"经过孙萌萌的此番开导,孙贝贝勉为其难地答应下来。

也许这就是命运,一心想挣脱,不去当兵,但最终还是不得不屈服!要想改善自己和老爸孙耀武的关系,还有不让她妈林爱英在中间左右为难,似乎唯一的办法就是她妥协,才能做到皆大欢喜。送走孙贝贝后,孙萌萌长吐一口气,直接打车回家。

3.

一回到家,孙萌萌整个人重重地往沙发上倒去,快被这个堂妹折腾得只剩下半条命了!明天开始得养精蓄锐一段时间,不然后期小说进入收费阶段,身体肯定会吃不消,累死的。孙萌萌正美美地打算着,突然听到"滴"的开门声,吓得立马转过头,往门的方向看去……

确定是不明钥匙在开自家的房门,孙萌萌霎时吓得花容失色,心脏开始不受控制地弹跳。前一阵才在网上看到一则消息,小偷偏爱光顾高档小区,在那捞一把可以一劳永逸。没想到啊,这么快就光顾自己了!

这个小区的物业管理怎么这么垃圾,保安都干吗去了!要是被劫财劫色,怎么办?怎么办?要是有许烨磊在就好了,以他的战斗力,小偷绝对有胆来没命回。

胡思乱想的孙萌萌想打电话给管理处,可是忘存电话了,情急之下拼了老命地奔到厨房。在她理解中,贵重的东西都在卧室,专业的小偷一般都在卧室作案。

为了预防万一，孙萌萌扫描了一下，找了个武器防御——平底锅，手感最好，就它了！

死小偷，你要贪得无厌，连厨房都不放过，我就把你当灰太狼胖揍一顿。孙萌萌的心里一片忐忑，捏着锅柄的手冒着凉凉的汗。

门开了，她听到了朗朗的脚步声，越来越近。

该死的小偷，是新手吧，竟然直奔厨房，那就别怪我不客气了。厨房被推开的瞬间，孙萌萌拼尽了全力举起锅往下砸，一个手起锅落，现场顿时陷入一片混乱……

"砸死你，砸死你，你这死小偷，敢盯上我。"孙萌萌闭着眼睛颤抖地叫着助阵，哐的一声，砸中了目标，但小偷并没有如自己预想的华丽丽地倒下，没能一招制敌，后果真是不堪设想。

孙萌萌的手被一双强有力的手抓住了，小心肝霎时一片死灰。

"啊呜，你这死丫头，发什么疯啊！"一声愤怒的哀号，把坠入深渊的某女及时救上了岸。直到此刻，孙萌萌才敢正视登堂入室的小偷，不由睁大了双眼，真是不敢相信，房东先生有串演小偷的嗜好。

这是什么剧情啊？谁来告诉我！

危险警报解除，孙萌萌抽回刚才奋力砸锅时震得发麻的手，一边按摩，一边用警察的眼光审视着许烨磊。

某男一脸的优雅早被某女的铁锅砸飞了，此刻正狼狈地捂着脑门，脸上的表情精彩纷呈，就差眼冒金星了。许烨磊今天出门探望圈养的媳妇忘记看皇历了，悲催的中队长为完成老爷子下达的任务光荣地负伤了，回去得接受多少"慰问"啊。

想到战友领导的"关切"，许烨磊对眼前的罪魁祸首那个火啊，头顶飘过一团袅袅的青烟，带着焦味的……

狡猾的狐狸对上乖巧的小白兔，也有失手的时候！这个臭丫头，没事躲在厨房干什么啊！

今天又逢周末，许烨磊忙完手中的工作，就想着回家看看那个小丫头，看看她这一周在忙乎个啥，是不是又瘦了。鉴于上次在门口按门铃站岗太久的经验，这次许中队长决定走捷径。出发前拨打过家里的座机，没人接听，正好下手。

来的路上许烨磊还想着，要是孙萌萌回来看到自己在家，会是什么样的表情。惊吓，大骂，还是对美男流口水……最后觉得对付吃货，最保险的还是煮饭给她吃。于是，许烨磊喜滋滋地去超市采购，然后喜滋滋地回家，然后……怎么也没想到会在厨房门边被偷袭，要不是自己军人的敏捷性，及时反应过来，估计就要成锅下冤魂了。

这丫头怎么这么暴力啊！

孙萌萌观察着许烨磊，看他的样子，貌似还没被砸傻。再看看被许烨磊抢去扔到一边的平底锅，呃，不对，现在是凹凸有致的锅。某女一片感叹，这锅质量真差啊！不对，应该说部队的战士们，铁头功练得不错！

"你哪来这么大的蛮力啊！这么暴力，小心嫁不出去。"某男龇着牙，吸着气，恨恨地说。

"房东先生，看你说话还这么正常，光天化日之下私闯民宅，现在我是不是可以请你去警察局喝喝茶啊？还有，你怎么会有房子的钥匙？"某女歪着脑袋，义正词严地看着许烨磊，点出了问题的关键。

这个问题对于张网逮小白兔的大灰狼来说确实比较深奥。房东怎么会没有房子的钥匙呢？只是有没有全部交给房客啦！

"啊，好痛……"许烨磊一时理亏，赶紧转移注意力，打悲情牌。

问题是孙萌萌不是彻底的小白，她把刚才握武器时充满彪悍的爆发力的小手，递给某男，酷酷地说："钥匙给我。"

"啊——好痛啊，真的好痛。"某男捂住自己的脑壳，哀叫连连。真的有这么痛吗？孙萌萌怀疑地看着他。

见某人没反应，还满眼的怀疑，许烨磊不由继续叫喊，面部表情也跟着扭曲起来："好痛，好痛，你这丫头怎么这么狠心啊……"

好像不是在演戏。可是又不确定！孙萌萌睁大了眼睛端详着许烨磊，两人过招这么多次,她已经深切体会到这个家伙的狡诈,所以这次非常的谨慎。

许烨磊愤愤地把手移开,露出他那挂彩的额头。这么帅气的脸就这么破相了,军容被毁,军威不存。今天真是花大了血本啊,哼哼,一定要挣回来!于是,某男又开始了新的谋划。

呃,我有那么强悍的战斗力吗?孙萌萌不敢置信地看着自己的杰作。

许烨磊左边额头爆出一只壮观的犄角,旁边更是开了一大块染坊,青红相接的色彩铺染到头顶的发根。孙萌萌偷偷地窥一眼平底锅,呃!到底是锅的质量差,还是许烨磊的脑壳质量差啊?

许烨磊察言观色,看着孙萌萌脸上闪烁不定的表情,适时地抽气示弱,以退为进,继续哀号:"好痛,好痛!"

果然,善良的小白兔被大灰狼的伪装麻痹,忘记了防备。孙萌萌心里也开始有些过意不去了,弱弱地说:"我给你煮鸡蛋热敷吧。"不一会儿,孙萌萌煮好了鸡蛋,剥了皮用手帕包住,递给许烨磊:"给你,趁热敷吧……"

"这是谁的杰作?快帮我敷,痛死我了……"许烨磊又开始在那喊痛,有模有样地撕拉撕拉地吸气。

"不就一个疙瘩吗?自己敷!"孙萌萌断然回绝。

许烨磊瞪了她一眼,大手一伸,直接将她拉到自己身旁,捂住额头的手放开,凑到她面前,命令道:"快点……"

孙萌萌被他突如其来的动作吓了一跳,可是当她这么近距离地俯视许烨磊的头时,看着若隐若现的血点,顿时没了脾气。

"对……对不起……"孙萌萌有点不敢看许烨磊的头,心里飘过一团愧疚。许烨磊催促道:"看清楚了吧,这么有杀伤力,以后小偷见了你都要绕道走,近身格斗的猛女!"

这么响亮的名号,孙萌萌可不敢接,不过看着伤口只能任由许烨磊攻击,不敢还口。孙萌萌拿着蛋团,轻轻地覆在突起的大包上。

"啊——你想烫死我啊!"许烨磊非常夸张地大叫。

"那还是你自己敷吧,我把握不了温度……"孙萌萌怯怯地说。

"要不要我就顶着这个大疙瘩去见孙司令员,告诉他你是怎么虐待他的兵的?"某男非常不要脸地说着暧昧不清的话。

威胁!赤裸裸的威胁啊!

孙萌萌最怕当军嫂了,要是让红娘正当上瘾的中将大伯知道她和许烨磊私下有这么多勾勾搭搭,有可能会直接帮她领红本本回来的。没事千万别殴打军人,这罪名她可吃不起啊!

孙萌萌妥协地再次把蛋团覆在许烨磊伤处,当然带着情绪的时候难免会忘记要温柔,要轻一点。

"痛死啦!"许烨磊颇为夸张地叫嚷着,一把抢过蛋团扔在一边,另一只手抓着孙萌萌的手直接捂住头上的伤处。柔柔的掌心温温地贴着伤处,确实舒服多了,许烨磊心底惬意无比,偷偷地笑了起来。

掌心熨帖处传来火辣辣的温度,烫得孙萌萌赶紧抽手,但她的手背正被许烨磊紧紧地桎梏着,抽不回。这样一挣扎,手背也被许烨磊掌心的滚烫灼烧了。孙萌萌只觉手上的高温迅速传导到了全身,沉静的心湖暗潮涌动,心脏开始没规律地弹跳,快失控了。

两人手上的一番较劲,许烨磊的犄角确实被按下不少,那个痛啊,但是得忍着。因为,两人还是第一次手拉手,虽然以这样的方式很暧昧很暴力。

"揉就揉,把你的爪子拿走。"孙萌萌深吸了一口气,非常别扭地说着。

和孙萌萌对抗得乐不思蜀的许烨磊,看了眼孙萌萌,为了把握暧昧的火候,只好恋恋不舍地放开了手。

孙萌萌开始非常母性地揉伤口,柔软的掌心轻轻地按摩着许烨磊的疙瘩。孙萌萌身穿一套舒适的家居服,宽大的衣服包裹不住女孩青春妙曼的身体,因为低头帮他揉额头的缘故,不禁露出香滑圆润的肩和性感迷人的锁骨。

灼热的气息喷在孙萌萌的胸前,淡淡的甘草味萦绕鼻尖,这样的境地,怎么也得来一个情潮涌动啊!此时此刻的场景,经常出现在孙萌萌的笔下,那是男女朋友热恋时常出现的片段。可现在自己和许烨磊却在现场演绎,总觉得有点让人心慌。

孙萌萌有些慌不择路，视线的焦点不知道该放哪儿，最后索性闭上眼睛，干脆来个盲人按摩得了。

可闻到他身上独有的味道，如流水缓缓将她包围，气氛陡然得到一个升华，孙萌萌的视线不由自主地落在许烨磊头上。

真是没天理啊，为什么上天那么宠爱他啊，从哪一个角度看他都那么帅气。以这个角度俯视看去，发现他的睫毛好长，让人好生忌妒啊！

孙萌萌把视线的角度往上移，看着他乌黑发亮的头发，非常柔顺，让人有抚摸一番的冲动。这次她可以佯装按摩摸摸头发，于是移了移手掌的角度，很顺利地，指尖触到了他的发丝，柔滑的触感真不错。虽然只是非常细微的动作，但是作为特种兵，许烨磊的感觉不是一般的敏锐。他嘴角微勾，对孙萌萌的表现那是非常的满意。

"旁边也好痛啊，也帮我揉揉。"许烨磊故作痛苦地嗷叫。

好吧，发根处确实红红的，反正按摩哪都一样是按摩。孙萌萌的手掌贴着许烨磊那柔软的发丝，轻轻地揉动掌心。在许烨磊的遥控下，孙萌萌任劳任怨地当了一回按摩师。

"右边……"许烨磊心底简直快乐翻了。

孙萌萌终于意识到自己在犯傻，心里那个气恼啊！温柔的小手摇身一变，成了铁锤，突然砸向许烨磊。

"啊——是不是流血啦？你个暴力女怎么可以攻击我的伤口啊！"许烨磊条件反射地捂着头，不满地抗议着。

"我的手按摩得神经僵硬了，不受控制啦！"孙萌萌在那装模作样地抖了抖手腕。许烨磊怎能识不破孙萌萌的阴谋。你就装吧！我也会装！装着一脸痛楚地捂着头，极度夸张地吸着气。

"头好晕！"许烨磊非常不要脸地皱着眉，舒服地靠在沙发上。

"不是吧，脑震荡了？你要不要去医院检查检查？"这什么豆腐脑啊，这么不经拍。但是，在道义上还是要表达一下关心。

"我先休息一下,再看看……"许烨磊看着孙萌萌似关切非关切的表情,就快要控制不住爆笑了。得忍住,不然穿帮了,后面的戏就不精彩了。咱们俩还真是天生一对!

过了一会儿,孙萌萌又上前,在许烨磊眼前挥挥手:"你……没事吧,确定没傻掉?现在是什么症状?"

"头晕,快饿傻了,去煮饭给我吃吧,菜在厨房。"许烨磊舒服地靠在沙发上,眯着眼睛对她说。

"可是我不饿啊!"孙萌萌抖了抖眉。

"那我现在给孙司令员请假,说我被他侄女打成了脑震荡。"某男立马将孙司令员给搬了出来,威胁道。

奸诈小人!孙萌萌斗不过扛着孙司令员大旗的无耻男,最后,只好乖乖进了厨房。

天哪!天下最脑残的小偷啊,竟然带了这么多的菜来!貌似都是自己喜欢的食材啊!可是,怎么把这些生鲜蔬菜变成可口的饭食呢?孙萌萌瞥了眼像大爷一样靠在沙发上跷着脚的许烨磊。得想个法子!于是,孙萌萌洗菜的时候开始脑筋急转弯。

"包菜炒排骨怎么样?"

"清蒸土豆丝鱼好不好吃?"

"醋熘鲜虾怎么样?"

孙萌萌洗了菜开始食谱搭配,声音清脆甜美无比动听,可是搭配的菜……实在让人听不下去啊!

最终,如她所愿,许烨磊终于不顾头晕地钻进厨房,帮她调整菜谱。

排骨炖土豆,手撕包菜,水煮鱼……

孙萌萌开始切土豆,而且切得非常用心,土豆丝一条条切得非常漂亮!许烨磊扶着额仰天长啸,终于绷不住了。

"还是我来切吧,女孩子拿菜刀手会长茧。"许烨磊看到她拿菜刀的样子,非常怜香惜玉地说。

"嗯，好吧……"菜刀交接成功，孙萌萌立马飞奔出厨房，长长地舒了一口气。平常大大咧咧的某女，面对强大的对手时，她的能量也被激发出来了。

许烨磊貌似很委屈，实则，痛并快乐着。

半小时后，孙萌萌看着桌上香气撩人、让人直流口水的饭菜，顺手抓了一块排骨往嘴里塞。果真是大厨啊！这道排骨炖土豆做得比她老爸做的好吃好几倍啊！

孙萌萌不禁向许烨磊伸出大拇指，夸道："赞！"

许烨磊的嘴角露出一抹自信的笑容，吃货遇到美食，果真完全没节操，跟他变得格外亲近。

孙萌萌正想开始大干一场，放在一旁的手机却在这时响了起来，孙萌萌拿过来一看，是银行同事张美华打过来的。张美华跟孙萌萌同一年进 X 银行工作，两人年龄相仿，刚参加工作的那段时间，一起承受老同事的鄙视和数落，算是共患难的战友。前期私下跟孙萌萌的关系还行，不过后期由于彼此有竞争利害关系，两人的关系变得总有种说不上来的感觉。

孙萌萌看了许烨磊一眼，拿着手机走到阳台，把玻璃门拉上，才接起电话："美华，找我有事吗？"

"萌萌，你是不是生病啦？"电话那头的张美华关心地问。

"没有啊……"孙萌萌否定道。

"那是不是家里出了什么事了？"

"没有啊……"

"那你怎么这么久都没来上班啊？"

"哦……我辞职了！"孙萌萌有时候真的很讨厌跟这帮同事相处，说话那个累啊，总是绕很多弯，最后才会说到主题。她的辞职书是用电子邮件发的，发完就没再理会，也没再在银行出没，可能大家都不知道她辞职了！

"不是吧，你辞职了？"张美华一副很惊讶的口吻。

"嗯，我辞职了！"孙萌萌很肯定地回答，虽然张美华的话听上去总觉得有点虚伪，但是孙萌萌还是如实告诉她事实。

"你怎么舍得辞去银行的工作啊，多少人想进来，都进不来呢！"

在银行工作的正式员工，一年的工资加福利算下来，最少也有个二十来万，工龄长了，最高可以拿四十来万，这样的福利待遇完全属于中产阶级，难怪孙萌萌的妈妈坚持不让她辞职。原因有两个，第一是银行工作稳定，第二工资福利优厚。

"辞都辞了，现在即使想反悔也没用了！"孙萌萌一副无所谓的口吻回她。

"你啊，我真不知道说什么好？怎么就突然辞职了呢？"耳旁传来张美华叹气的声音。

"呵呵……"孙萌萌轻轻地笑了一声，客气道，"虽然辞职了，但我们还是可以多联系啊，有空一块去逛街！"

"嗯，记得多跟我联系哦！"

"会的……"孙萌萌边回答边转过头，透过玻璃门看到坐在餐厅里的许烨磊一个人在那独自享受美食，不由吞了一下口水，"美华，我现在在吃饭，下次聊……"

"好，萌萌你……等会儿……"孙萌萌正要挂掉张美华电话的时候，却被张美华给叫住了。

"还有事吗？"吃货此刻就想扑到餐桌上，大吃一顿，尽享好吃的饭菜，以此补偿自己一周以来的"清汤寡水"。

"那个……"张美华变得犹犹豫豫起来。

孙萌萌心里那个急啊，很想冲她说，有事快说，别耽搁我吃饭啊，不然菜都要被许烨磊给吃光啦！

"萌萌，最近你没来银行上班，最近关于你的流言特别多，我都说这肯定不是真的，但是还是很多人在传……"张美华用试探的口吻想从孙萌萌口中套出一些是非。

银行的工作氛围，在那待了近三年的孙萌萌非常清楚，那就是一个是非制造中心，原本就一根鸡毛大的事情，最后传成大象，而且全银行皆知。听到说有自己的是非，孙萌萌立马竖起耳朵，心里也有些忐忑不安起来："什么……流言？"

孙萌萌最怕听到的就是有关自己和行长的事情，那晚的事，知道的人不多，按理说那该死的行长应该不会自己抖搂出去，除非他……不想在银行混了。

"就是……就是……"张美华装着很为难的样子，吞吞吐吐地说。

"到底什么流言……"孙萌萌的口气明显有些不安。

"就是你跟行长的流言，你没来上班，行长也一直没出现，而且有人说那天你们还在一起吃饭，所以……别人都在猜测你是不是跟行长一起去出公差了，或者去旅游了？"

张美华话里的意思很明白，就是想问孙萌萌是不是被行长潜了！

公差你妹啊！旅游你妹啊！老娘怎么会跟那个杀千刀的去公差、去旅游啊？要是让我再看到他，他非死无葬身之地不可！

孙萌萌的心情骤然晴转多云，紧接着多云转雷阵雨，愤恨地咬牙跺脚："行长不去上班关我屁事啊！我辞职是我自己的事情，别乱造我的谣！"

"萌萌，你别激动吗，我就是问问而已，再说我也不知道你辞职这事啊，而且还辞得这么突然！"张美华明显话里有话，好像对孙萌萌这事持着不好的猜测。

在职场，有些同事真的很卑劣，你好，见面就巴结，你不好，背后就唾弃。此时的孙萌萌很不爽，可是又不知道该怎么解释，她和行长之间的事情，肯定一个字都不能泄露出去的，这直接关系着她个人的名节问题。到时候原本没有的事情，也会越描越黑。

情急之下，刚好转头看到许烨磊，立马脱口而出："我正在跟我男朋友吃饭，叫那帮同事少在背后造谣生事。"

"萌萌你什么时候有男朋友的？好像没听你说过……"张美华很是诧异。

"你等着，我拍照片发给你……"孙萌萌赌气挂掉电话，伸手猛地拉开玻璃门，返回餐厅。

许烨磊刚才就看到在阳台打电话的孙萌萌表情丰富，动作活跃，此时更是怒气冲冲，不由满眼的起疑，关心地问："怎么啦？"

一进来就想开口跟许烨磊说跟他一起合照一张照片，可是理由是什么？难道跟他说，为了给那些造谣生事的人，暂时拍张照充当她男友？真是要疯了！好想剁了那该死的行长！

"没什么……"孙萌萌哭丧着脸，拿起筷子，往嘴里塞了一块土豆。

前几分钟还觉得特别有味的菜肴，此刻却是食如嚼蜡，都是那个张美华给害的。干吗打电话跟她说这些啊，她不知道也就当没这回事，现在知道了，大好的心情立马变得乌烟瘴气起来。

刚才那句气话已经泼了出去，可照片……她该怎么解决啊？不能明说，那就来个暗箱操作吧！于是，孙萌萌放下筷子，拿出手机装着给别人发短信的样子，折腾了老半天，无非是把手机的闪光功能关掉，顺便把手机调成静音状态，这样偷拍坐在对面的许烨磊的时候，就不会被发现啦。

孙萌萌继续装模作样，咔嚓摁了一下快门，一张帅哥照片出现在手机屏幕上。昂然挺拔的身型，穿着衬衣显得特别精神，干净利落的短发让他的脸型更加精致，简直帅得一塌糊涂，刚才拍的时候，他正好扯了扯嘴角，一抹迷死人的微笑不经意间就流露出来。

许烨磊你还是别当兵了，混娱乐圈或许更有前途啦！

孙萌萌腹诽完后，在照片下面打上一行字：这就是我的男朋友，我未来的老公，叫那些同事少在背后造谣生事！刚打完最后一个感叹号，正要摁发送时，许烨磊的大手嗖地一下，伸了过去直接将她的手机给抢到手。

"喂，把手机还给我……"孙萌萌心里大呼不好，照片下面的那句话，要是让他看到，她真的……就完蛋啦！"快还给我。"孙萌萌暴躁地扑了过去。

可孙萌萌哪是许中队长的对手，一个闪躲，左手顺带将她像抓小鸡似的给制伏了。

许烨磊一手制住孙萌萌，一手拿着手机，当他看到自己的照片和下面那句话时，精锐的眼睛里掠过一抹惊异，嘴角含着坏笑，故意使坏，大声地念了出来："这就是我的男朋友，我未来的老公，叫那些同事少在背后造谣生事！"

孙萌萌听到这句话,简直抓狂到快要疯了,脸刷地一下红透了。"给我拿过来!"一声河东狮吼,差一点把玻璃都给震破了,房子都随之微微摇摆起来。孙萌萌羞得恨不得立刻钻进地洞消失,要不一头撞墙得了。

"没想到啊,没想到啊,口口声声地说不想做军嫂、不想嫁给我的你,竟然这么'深深'地暗恋我。"许烨磊嘴角露出意味深长的笑意。

真的要疯了!孙萌萌恼怒地瞪了许烨磊一眼,连手机也不要了,顿时暴走。岂料,刚迈腿几步,脚一撞,踢到茶几了,孙萌萌哎哟一声惨叫起来。

走的什么狗屎运啊!破茶几!破茶几!

许烨磊见她痛得直跳脚,追了过去,伸出一双结实有力的大手,想扶住她。孙萌萌回过头去,向那张很讨人厌的俊脸看了一眼,狠狠一把挥开他的手,不顾一切地向门口冲去。

许烨磊瞧着她冲到门口的背影,嘴角勾着笑,止不住地摇头,追了上去拉住她。

"放开……"孙萌萌冲着他大吼一声,此时的她只想快点从这个可恶的男人身边逃开,这辈子再也不想见到他了。

"你确定你要穿成这样出去。"许烨磊扫了扫她身上的家居服,这样穿出去,会引来多少色狼侧目啊!

孙萌萌低头看了一下,想逃都没法逃,最后只能哭丧着一张脸,乖乖地跟着许烨磊回到饭桌上。她满脸羞愤地低着头,不敢看许烨磊!

许烨磊看了看餐桌上放着的手机,视线落在孙萌萌那白皙的小脸上,没有再继续戏谑她,而是很郑重地对她说:"萌萌,军人的一切资料都是对外保密的,姓名,单位,包括肖像……所以刚才我才会把你手机抢了过来!"

孙萌萌听得云里雾里,对于这些她哪了解啊,但是刚才许烨磊叫她去掉姓、亲昵地叫她萌萌时,她的小脸不禁发热起来。许烨磊我跟你熟吗?禁止叫我萌萌!孙萌萌心里抗议道。

"你要是实在想留我的照片,想我的时候拿出来看看的话,那我现在就帮你存档起来,但是……你得答应我,只能自己看,绝对不能发给其他的任何人!"许烨磊见她不吭声,继续往下说。

这话什么意思啊?难不成你以为我真喜欢你啊!呸,想多了你!孙萌萌以自己的行动表贞节,拿了手机立马按下删除键,似乎,这样就能把许烨磊删除在自己的视线内。然后拿起筷子,不分排骨还是土豆,大口大口地往嘴里塞,绯红的脸像充满气的红气球,那样子真是可爱得让人捧腹。

"慢点吃,我不会跟你抢的,你要喜欢我以后每周都回来给你做饭。小口点,别卡住了……"

嗷,嗷……果真卡住……这个许烨磊,你是巫婆吗?什么乌鸦嘴啊!每周回来做饭?吃饭的时候不要说这么雷人的话好不!会把人噎死的!

吃饭不挑骨头的后果是,吃排骨都被骨头卡了。孙萌萌张大着嘴巴,本来就红透的脸,都快滴出西瓜汁了。喉咙被卡得难受,孙萌萌盈盈的双眼就这么溢出了一汪秋水。

这次轮到许烨磊心急了,赶紧放下碗筷,倒了杯水,递到孙萌萌的嘴边。孙萌萌非常艰难地喝了一口,可是那骨头似乎爱上了她的喉咙,死死地抱住不放。

该死的许烨磊,不就一张照片吗,你要灭口也不要用这样的方式啊!等我喉咙通了,看我怎么收拾你!

许烨磊看着孙萌萌憋得那么难受,那个心疼啊,恨不能自己代她遭罪。

"骨头还在喉咙吗?"

孙萌萌怒视着他,点了点头,心里那个气啊!遇上这个军痞怎么就这么衰呢,老是出状况。

"还是去医院吧!"许烨磊一脸关切地说,这样被卡久了,气息不畅,老婆的性命堪忧啊。孙萌萌摇着头,不去,坚决不去。

要是让人知道吃排骨都被卡,自己铁定能一卡成名,在新浪微博的头条牢牢地占着茅坑,那个风水宝地还是留给有需要的想出名想被关注的人吧。

许烨磊第一次感到对上这么个倔丫头,抓不住牛鼻子时的无奈。怎么办,怎么办?

许烨磊也开始脑筋急转弯，终于灵光一闪，某男突然奔进厨房，倒了一大杯白米醋。吃鱼被卡，很多人都用醋来帮忙。希望它能发挥一点作用，把喉咙的骨头冲下去。

孙萌萌被卡得实在太难受了，看着许烨磊端来一杯透明物体，就不管不顾地直接往嘴里倒。等到她明白那是什么时，已经一酸到底了。从口腔经过食道再到胃，酸溜溜的，酸得发麻了……

"啊——许烨磊，你这个大坏蛋！我最讨厌吃酸东西！谁让你倒酸醋蒙我啊！恨死你了！"孙萌萌大吼一声，喷出了满嘴酸气。许烨磊赶紧往后退几步，不知是被某女的咆哮声吓的，还是被酸味熏的。

"我也是情急之下……"许烨磊非常紧张，刚想要怎么解释才能平息某女的怒气，但是，嗯嗯，眨了眨眼，然后笑着道，"你看，挺管用的啊，现在是不是不卡了，也不难受了？"

是啊，刚才自己都没发现终于能说话了。现在喉咙是酸得难受，但不是刚才那样令人窒息的卡壳。

许烨磊看见孙萌萌稍微放松的表情，立时盛了一碗鱼汤，"喝点汤，把酸味稀释一下，就没事了。"这次孙萌萌非常乖地听了他的话，不顾形象，端起汤一口气喝完。许烨磊看她的样子有些哭笑不得，但还是绷住表情。看她喝完了，赶紧献上殷勤，继续盛了一碗给她。

孙萌萌连喝完两碗汤，总算把嘴里的酸气冲散了大半。看着许烨磊又端过来的汤，自己接过手……这个情节，怎么看怎么像热恋中的情侣。孙萌萌甩了甩头，真讨厌自己的想象力总是不分场合不分对象地胡乱发挥。

"再喝，我的肚子就要变成三峡水库了。"孙萌萌放下了汤碗，看着满桌诱人的菜，感觉好想吃啊！都说酸能开胃，只要不是酸得恶心，确实能刺激味蕾。

许烨磊看着孙萌萌吞口水的样子，顺势笑着道："那就吃饭吧，菜都快凉了，赶紧吃……"

饭桌上的气氛瞬间变得一片和平，其实刚才许烨磊看到孙萌萌发的那条短信，结合她刚才接电话的一系列行为，他已经猜出肯定是她同事跟她打电话，说了什么，才导致这丫头这么激动，不惜发这样的短信过去。唯一的可能应该就是那晚的事情，再神经大条、再乐观开朗的女孩遇到那样的事情，都不能完全放下。

许烨磊若有所思地挑了挑眉，深沉的眸光倏地一下从孙萌萌那张素洁的脸上一扫而过，装着若无其事地问："你现在准备做什么？"吃货抬起头，眯着眼睛，诧异地看着他，却不客气地顶了一句："关你什么事啊？"

"作为房东，肯定要清楚知道房客的经济来源啊！"许烨磊英俊的脸上挂起了高深莫测的微笑，深沉略微沙哑的嗓音响起。

眼前的这个房东还真是一个名副其实的鸡婆！

"房东先生，我记得我的房租已经交付半年，想必用不着您来操心我的经济来源！"孙萌萌细长的柳眉微微蹙起，瞪了他一眼。

许烨磊微微地扬了扬眉："万一你续租呢？"

孙萌萌真的很想一口鱼汤喷在他脸上。真是悔不当初，贪便宜租这号人的房子！每周房东不请自来，害得她大扫除，吓掉半条命，甚至……想到还在隐隐犯疼的腿，还有刚才差点被噎死，孙萌萌觉得自己这条命，朝不保夕，命在旦夕中……

"我现在就想退房租，退房租，我不想租你房子了！"孙萌萌又是一阵叫嚷，声称要退房。见她暴躁的样子，许烨磊的黑眸撤去了一如既往的锐利，流过一道疑惑的光彩，转瞬又立刻一片清明。

吴凯说，军人的老婆最好选那种温柔贤惠、大方得体、不粘人的女人，可是眼前的孙萌萌，既不温柔，也不贤惠，上次喝酒"大方得体"在他心里已经完全破灭，至于粘不粘人暂且不知。但每每见到眼前这个毛毛躁躁的小丫头，他那颗沉寂多年的心就会划过一道暖意，越来越确定她就是他这一辈子想要一起生活的女人。

"你真的不打算找工作了？"既然已经认定孙萌萌是自己未来的老婆，总得关心一下工作问题，许烨磊再次询问孙萌萌这个问题。

"不是跟你说不关你事吗？问那么多干吗？"孙萌萌噘着嘴巴顶回去，心里还暗暗地回了一句，比我爸妈管得还宽，又不要你养我，多管闲事！

从家里搬出来差不多两周了，李笑梅对她几乎不闻不问，就连平时一直袒护她的老爸似乎也很生气，因为搬家这事跟李笑梅统一了战线，跟她冷战。

许烨磊似乎看穿了她心思，勾着唇，淡淡地笑道："好啊，我养你！"

孙萌萌一阵惊悚，这人……这人还会读心术不成？

"谁要你养啊！"孙萌萌挑着眉不屑道，"还有就你一个傻当兵的工资，还能养得起我！"

听到这句话，许烨磊刚毅的脸掠过一道阴沉，眉宇间夹着一丝火气，这丫头这番鄙视军人，真的很想把她给狠抽一顿。

孙萌萌看到许烨磊沉下脸，不由担心起来，刚才自己那句话的确有些过分了！要是被她中将大伯听到，肯定立马拉出去枪决。不过那句话说的也没错，就让他以为自己是个肤浅的女人吧。没错，让他彻底死心！

"即使勒紧裤腰带，我也会把你养得白白胖胖的！"没过几秒，许烨磊的神色微转，低沉有力的嗓音带着一份坚定地说道。孙萌萌听到这句话，小脸刷地一下红了起来，语无伦次地地辩道："谁要你养啊，我……又不是残废，又不是金丝雀，我……自己有手有脚……"

许烨磊心里暗暗一笑，不仅没止住，反而添油加醋："我就想圈养你！"

这男人……真的是个疯子！孙萌萌被气得，脸红得跟虾一样，不知道自己为何跟他纠缠养与不养的问题，终于忍不住怒道："我养你还差不多，就你那每个月几千块工资够谁塞牙缝啊！"

看她恼羞成怒，许烨磊俊朗的容颜上勾出一抹如沐春般的微笑，戏谑道："好啊，我未来老婆说要养我，身为未来老公的我没有一丝一毫的意见！"

许烨磊你是成心来气我的是不是？

"许烨磊，从现在开始，你……不要再跟我讲话！"孙萌萌气得直发飙，指着许烨磊命令道。说完，自己默默喝汤，默默吃饭，任许烨磊怎么逗她，孙萌萌都不吭声。

两人一言不发地把晚饭吃完，窗外已经是夜幕降临。外面冷风不断，还飘起雨来，窗帘被撩起，孙萌萌觉得一阵冷意，走过去将窗户给关了起来，又去阳台上收衣服。而许烨磊则主动收拾餐桌，还顺带切了一盘水果出来，坐在客厅美美地吃着餐后水果，看着孙萌萌跑进跑出。

大风卷大雨，哗啦哗啦，滴滴答答，冷冷的夜，冷冷的雨，许烨磊心里正琢磨，想方设法和孙萌萌多待片刻，看到这场景不由觉得天助他也。

连老天都在为他加油助威，拿下孙萌萌是迟早的事情，而且说不准，今晚还能有机会留宿在这儿呢？这个是他设定的终极目标，一下就从起点蹦到终点，某男似乎有些不淡定，开始恍惚起来。今天两人变相地牵了手，虽然牵的只是手背，可是，那样的刺激带给他痛又快乐的纠缠，孙萌萌一定印象相当深刻。

都说爱情是从牵手开始的，许烨磊觉得自己已经不经意间在孙萌萌心中撒了一把种子，只等温度湿度阳光雨露一起催生，总有一粒不甘掩埋的，能在她心里生根发芽，开出美丽的花。

幸福似乎来得太快啦！大雨啊！来得更猛烈些吧！

正当他想得不亦乐乎时，一个抱枕生猛地投过来，非常精准地打在他头顶，立马把他的思绪牵回来。

"孙萌萌，你就不能淑女一点吗？成天这么暴力，以后谁娶你？"许烨磊捂着头又恨又恼火。对于训练有素的特种兵来说这样无防备地让人攻袭到要害，是非常羞耻的，刚才真是疏忽了，没发现这丫头什么时候跑出来了。

"房东先生，我的私事不劳你费心。现在，饭也吃了，碗也洗了，我也收留你大半日了，你也该干吗干吗去，立刻马上离开这里。"孙萌萌昂着头拽拽地说，手指力道十足地指向大门。

收留？在这样一个风雨交加的夜晚，一个男人被一个女人收留过夜，这是怎么个温情款款的故事啊！为什么这么漂亮的女人脑子里面就没有一点浪漫情怀呢？

"你看雨正下得大着呢,等会儿雨停了我就走!"面对咄咄赶人的孙萌萌,许烨磊真的头疼了,指望着雨下大一些,下久一些,然后,等啊等,拖啊拖,然后就理所当然地留下了。

而窗外,瓢泼的大雨冲刷玻璃时传来了急迫的鼓点,这一场冬雨下得可真是气势磅礴,下到许烨磊的心里去了。许烨磊适时地以此作为停留的借口。

孙萌萌看着许烨磊貌似非常诚恳的眼神,有那么一会儿她真的被说动心了。脑海想象着他被冷冷的大雨下淋成落汤鸡,冻得浑身瑟瑟发抖,那样落魄的身影实在让人揪心。当她的视线稍稍上移,落在许烨磊的额头,那个微微隆起的疙瘩却提醒她,今天被眼前这位"小偷"吓得如何忐忑,这个大灰狼房东是多么不可思议地掏钥匙开房门。

而最让她忌讳的是,对面一脸正气的军人,竟然闲得发慌周末跑来给自己做饭吃。这男人要是真的看上自己,那她岂不是羊入虎口?真是太可怕了!孙萌萌抬眼看了看房子,贪图便宜的后果,真不是一般的严重……所以,需谨慎!

"雨下多大那是你考虑的问题,我家不是收容所,不提供躲雨服务。我只管把屋里的闲杂人清除干净。"孙萌萌的回答铿锵有力,不近人情。

"有你这样待客的吗?"许烨磊看着孙萌萌一脸的坚决,心里真是说不出的憋闷。下这么大的雨一刻都不能留,她真的这么讨厌自己吗?都说吃人嘴软,这丫头今天吃了这么多,怎么嘴巴还是这么硬?

"你是客人吗?不请自来。对了,你把钥匙还——给——我!"孙萌萌把修长漂亮的手伸向许烨磊,一点都不给情面。

"不给!"许烨磊也回答得掷地有声。

"那就退租吧。"孙萌萌非常淡定,非常风轻云淡地说。

退租!这个可是大灰狼计谋中的软肋。好吧,看来一切还得从长计议,不能操之过急!其实对于特种兵,即便是把大门用砖墙封住了,他们都有很多办法进入室内。一扇门而已!

许烨磊貌似恋恋不舍地把钥匙递给孙萌萌。

"慢走，不送，禁止再来！"孙萌萌接过钥匙，脸上露出甜美的笑容，冲着许烨磊挥了挥手。

"外面的雨好大啊！天气这么冷，我会感冒的。"许烨磊做着最后的挣扎，争取着属于自己的幸福生活。

"军人在大雨中训练是家常便饭，是个人都知道。喏，雨伞给你准备好了。走吧！知道来了不讨好，以后就别再出现了，我是不会收留你的。"好犀利啊，孙萌萌说着这些话都好担心会不会闪了舌头，但是，她得坚持原则！远离军人！

孙萌萌，算你狠！

许烨磊走出门口，看着紧闭的家门，深邃的黑眸又闪过一丝狡黠。哼！丫头，我一定会回来的。

许烨磊一走，客厅一下变得很安静，孙萌萌竟然莫名其妙地觉得不习惯。窗外的风呼呼地吹，带着呜呜的哀号。雨势不减，甚至更大了。孙萌萌来到窗下，看着雨打玻璃时快速漂移的窗花，心头突然涌上一片酸涩。这个刚才赶人时语气那么坚决，近似冷漠无情的女人……

这样的雨夜把许烨磊赶走，自己是不是真的太过分了？其实，她并不讨厌他，甚至经常在他英俊的容颜里迷失。只是，他是军人，所以……只能远远地避开。

第二天早上，驻地，军事早操刚结束。许烨磊和谢铁军一伙人正往宿舍的方向走去。几分钟后，许烨磊换了一身作战服出来，直接去办公室。

吴凯稳稳地靠坐在椅子上，见许烨磊几人进来，精锐的眼睛立马亮了起来，深深地锁着往他走来的许烨磊。

"老许，你那额头咋啦？"吴凯眼尖地瞅到许烨磊头上那瘀青，不由关心地问。许烨磊看了他一眼，没理会，径直走到自己的办公桌旁，拉开椅子坐了下来。

吴凯立马凑上前去，目光灼灼地看着他："老许……"

171

许烨磊瞪了他一眼,没好气地说:"走开……"

"参谋长,你就别再问啦,我出早操的时候第一时间也看到了,愣是五公里跑完,也没问出一个答案!"谢铁军笑着插了话进来。

"就你那谈话技巧,那及得上参谋长的脚趾头啊!我支持参谋长深入挖掘,得出最终答案!因为我实在太好奇了!"师达树笑嘻嘻地声称支持吴凯继续拷问许烨磊。

许烨磊看着面前这几人,黑下脸:"去去去,你们几个打哪儿来回哪儿去,别在我面前晃悠!"想起昨晚被某个狠心的丫头赶了出来,心里到现在还有些耿耿于怀。

"瞧瞧,参谋长你瞧瞧,队长黑脸了,这里面肯定有不可告人的秘密!"谢铁军看到许烨磊黑着一张脸,立马断定有内幕,更加好奇不已。

"你们几个瞧我的,我来提问,准能套出你们中队的受伤内幕……"吴凯自信满满地说,说完一屁股直接坐在许烨磊的桌上,伸手勾起许烨磊的下巴,一副想要调戏他的表情。

许烨磊的大掌啪的一声拍掉吴凯的手臂,瞪眼威胁道:"少给我上眼药啊!欠削是不?"

吴凯捏住许烨磊的下巴,意味深长地仔细观察起他额头上的那个瘀青,最后得出结论,"你现在需要的不是眼药……螃蟹去把那祛瘀膏拿来给我……"

"唉,马上去取……"谢铁军得令,立马往自己的桌上奔去,翻出一盒药膏出来,快速跑回许烨磊的面前,把药膏递给吴凯,"参谋长,请用!"

正当吴凯要给许烨磊上药膏时,许烨磊大手一拨,将吴凯甩到一旁:"无聊……"说完站起身,拿着瓷口杯去饮水机旁接水。

要是被这帮损战友们知道自己额头的挂彩是被未来老婆孙萌萌那丫头用平底锅给敲的,他许烨磊一世英名可能会立马破灭,形象全毁!此等面子问题,他决定保持最终解释权。

吴凯拿着药膏在那偷偷地乐个不停,坐回椅子上:"老许,大家都是战友,我也是为了关心你！你说身为特种大队的中队长，身负重伤，作为参谋长的我有责任，有义务，了解事情真相，好向军区首长汇报工作啊！"吴凯那张老脸上立刻闪过一道精明的流光，把许烨磊额头上的瘀青上升到光荣负伤的行列。

"参谋长，我补充一个情况……"谢铁军瞄了一下许烨磊的脸色，贼贼地跟吴凯说。

"说！"

"我昨天下午本来想组织大家打球，结果我们的前锋不在，经过多方打听，得知一件事，这两星期我们中队长一到周末就往市区跑……"谢铁军对着吴凯猛眨了几下眼睛。

"我早上看到队长头上那瘀青，心里就一直很好奇，是谁能把我们赫赫有名、文武双全的中队长给打伤了？"师达树一副思索的表情，看着许烨磊头上的瘀青。

谢铁军听到这句，咧开嘴，露出一口洁白而整齐的牙齿，哈哈大笑起来。

"我估摸着是被哪个漂亮姑娘给咬的！"吴凯冲着谢铁军他们使了一个眼色，不正经道。

他可是过来人，一个在军事上训练有素、机敏过人的中队长，额头一片瘀青只有一种可能性，那就是在完全没有戒心的情况下，被某个小女人给揍了！话说他自己就有过这种经验，追老婆时，不正经地偷亲她，结果被胖揍一顿。

"我说你们这群三八能消停点吗？"被吴凯猜中结局的许烨磊，脸色略显尴尬，眼神犀利地扫了他们几个一眼，不耐烦地斥道。

"不能！"三个男人异口同声地回答。

吴凯笑眯眯地看着许烨磊道："老许，给你两种选择，一老实交代，二严刑逼供！"

许烨磊略微挑了挑眉，锐利逼人的眼神睥睨了他们一眼，醇厚的嗓音劈头盖脸而来："老吴你和这两个一起皮痒了是吧？欠搓是吧？"又开始赤裸裸地威胁两个军衔较低的下属。

"只要能得知队长是怎么受伤的，我就欠搓了！"谢铁军公然挑衅，毫不畏惧许烨磊的威胁。

"嗯，的确，反正天天都被搓，也不怕多搓几顿，反正还有队里百来号弟兄陪着一起搓……"坐在对面的师达树，用手撑着额头，附和道。

"这次要是你们队长敢搓你们，我一定会跟大队长反应情况，报告上去的！"吴凯又在那假惺惺地护犊子。

"算了，参谋长，我真的不敢指望您！"谢铁军一口拒绝，声称不指望他。

"我也是……"师达树紧跟着附和。

"你们两个兔崽子，好心没好报，以后看我还帮你们兜事……"吴凯指着他们两个骂道。

扯着扯着，谢铁军和师达树调整炮口，对吴凯进行炮轰。许烨磊看着眼前几个无聊加三八的男人，不禁摇头，拿起帽子，走出了办公室。

4.

转眼过去一周，孙萌萌几乎过着全天宅的日子，除了出门两次去大采购外，其余时间都在家里，不是坐着码字，就是靠着凝想，要不直接躺着睡觉。可谓是隔离人群，不闻世事。

早上八点多，冷风萧萧，楼下落叶盘旋飞舞，气温陡降十度，猛一走出屋，生生地打了个冷战。孙萌萌从洗手间出来后，继续麻木地爬上床，拉过被子包住头，闭上眼睛入睡。这几天比较有灵感，每天码字到半夜，现在还困得不行。

"快接电话！主人，快接电话，主人，快接电话……"耳边传来一记催人命的手机铃声。

谁啊？这么讨厌！大清早就来打搅别人的美梦！孙萌萌眯着眼睛，伸手抓过放在床头的手机。一看，是该死的叶子青。

孙萌萌恨恨地接了起来,噼噼啪啪地数落一顿:"大周末的,你不好好睡觉,抽什么疯啊!"孙萌萌深知某人一到周末也是睡到日上三竿才肯起床的懒猪。

"快点起来啦,我有件很开心的事情想跟你一起分享!"坐在自家床上的叶子青美滋滋地道。

"谢谢你的好意,等我睡够了再说!"孙萌萌一口回绝,此刻睡觉才是头等大事。

"快点,不然我杀到你家,把你家的门拆了,看你还睡,快点给我起床!"叶子青不达目的誓不罢休,"快点,快点,快点……"

"叶子青,是不是上辈子欠你的啊!"孙萌萌被吵得,心里冒起小火。

"起来吧,求你了,我亲爱的小萌萌同学!"叶子青眨巴着眼睛,温柔地哄着孙萌萌。

"说,什么开心的事啊!"孙萌萌无奈地翻了一个身,睁开眼睛问道。

"我今天要去买车!"叶子青兴奋地宣布。

"买车?"孙萌萌愣了愣,"大清早吵我起来,就是为了跟我炫耀你要买车,小心我抽你!"孙萌萌打着哈欠,大骂起来。

"萌萌同学,你陪我选车吧!选完后,第一时间免费提供给你试试手……"叶子青开出优厚的试驾条件。

"不去……"孙萌萌故意对叶子青说不去。

"走啦,陪我去,二十分钟后,我在你家楼下等你,要是不下来,我直接上去拆门!"叶子青说完直接把手机给挂了。

孙萌萌心不甘情不愿地从床上爬起来,去浴室洗漱一番。

二十分钟后,孙萌萌站在楼下,哈欠连连地等着叶子青来接她。迎面来了一辆的士,窗户被降下,叶子青的脑袋露了出来:"上车……"孙萌萌瞥了她一眼,又打了一个哈欠。

"好了,萌萌同学,为了表示感谢你陪我去购车,我特地给你买的爱心早餐。"叶子青对付孙萌萌历来都是采用一个巴掌一个红枣的政策。

"算你有良心。"孙萌萌挑了挑眉,接过叶子青手中那杯热腾腾的麦奶茶,吸了一口,味道极好,是从她们几个大学时经常去的老字号店买的。

"你公司给你的车呢?"孙萌萌把麦奶茶喝掉半杯后,才开口继续跟她说话。

"还给前任公司了!"叶子青一副轻描淡写地回她。前任公司?孙萌萌听到这词瞬间转过头去:"你辞职了?"

"嗯嗯,也不能说是辞职,确切地说,是被挖角!"叶子青神情荡漾得厉害,满脸泛着自信又自恋的光芒。

"什么时候的事情?我怎么不知道?"孙萌萌硬是愣了愣。

"前天!"叶子青利索地回道。

"你刚被挖角就跑去买车?是不是太不靠谱啦?"孙萌萌担心地看着她。

虽然孙萌萌心里很清楚叶子青在工作上的能力,她那个泼辣劲在工作上发挥得淋漓尽致,威名早在业内口口相传。在经济这么萧条的时候,做业务要没有一点魄力,到嘴的肥肉都会被抢。可是,这才几天没见啊,叶子青又跳槽又买车的,这消息的确有些小震撼。

"我现在的公司,除了离我家里远了一些,其余各方面的待遇都比前面公司好很多,薪水是以前的两倍!"叶子青乐滋滋地说。

"哇,这么发财,以后干脆你养我算了!"孙萌萌立马要求某人圈养自己。

"呸,我那两倍工资,跟你一个月的稿费,那简直就是囊中羞涩!"叶子青呸了她一句。

"叶大款,今天打算买多少 money 的豪车啊?"叶子青五指一伸,比了两下,意思是十万的车。

"五百万!还说没能存多少棺材本,我看你啊,连下下辈子的棺材本都一起存了是吧?"孙萌萌知道她比的是十万,却故意说成五百万。

"去你的。"叶子青赏了她一个板栗。

到了 4S 店,孙萌萌和叶子青被一群销售员围着,两人都是相貌协会的成员,自然选了一个帅哥作为自己的介绍员。

逛了一圈，多多少少了解了一些车型和车款，10万元以内的车，叶子青看中了两款，一款是日系车，一款是德系车，日系车操控性强挺舒适的，德系大众系列开的也很舒服。

不过就叶子青个人而言，偏向日系车，但孙萌萌却在第一时间就警告她："你要是敢买小日本的车，我立马跟你绝交！"

叶子青见孙萌萌这么爱国，最后只好"弃日选德"了！

两个小时后，挂牌手续一切搞定，两个女人开着新车，兴奋地四处兜风，大肆烧油钱。

"瞧你个嘚瑟劲，停车，换个座，让我也来拉风一把。"坐在副驾上的孙萌萌看着叶子青开着车耍酷的动作，心里也开始痒痒。

大学刚毕业那年孙萌萌就已经拿证，不过实践机会不是特别多，去年她本来就想买辆车给自己练手，但被她妈妈李笑梅给阻止了，说她的工资存款准备拿来买房。

叶子青是人逢喜事精神爽啊，加上今天新添坐骑，心情更是好好，这一次破天荒地没有抵抗调侃，非常乖巧地把车开到边上停下来。

"开车的时候要看前方……"叶子青看着坐进驾驶位置的孙萌萌，有些不放心地交代，但话还没说完就被打断。

"我的驾照比你早拿！"孙萌萌瞪了眼叶子青，真是太小看人了。孙萌萌开始启动车子，自信满满地摆着方向盘。开新车的感觉真的倍儿爽！

正当她乐滋滋地享受时，蓦然发现从斜刺里窜出来一辆悍马，风一般地横穿马路，疾驰的劲风如同那威龙咆哮一般，差点没惹得站在路边的树木都难以抵御那道呼啸的飓风。

孙萌萌毕竟是新手，没有快速应变的经验，心里一惊，急忙踩死刹车，可惜还是慢了半拍。车头还是跟这辆飙着过马路的越野车的屁股来了个亲密接吻。

车上两个美女的头一致地往窗玻璃撞去。还好没头破血流，叶子青几秒后就回了神，立马跳下车，跑到车前，看看簇新的车上一条刺眼的划痕。这时候才感觉撞伤的额头刺拉拉地疼，但此时此刻的她更加心疼刚上路的新车。这才第一天啊，就这么破相了，是哪个杀千刀的开车不遵守交通规则！

叶子青转过身，看到备用轮胎下的车牌"888"，冲了过去，狠狠地踹了一脚那辆悍马。

横在她前面的车缓缓降下驾驶室的车窗，从里面探出一颗金黄的头，一个男人，戴着遮住半张脸的墨镜，一身深色的西装和他那一头金黄飘逸的卷发格格不入，又是典型未成年的纨绔子弟！

"臭小子，你爸是李刚啊？悍马不得了？3个8很有钱啊？姐姐我今天饶不了你！"叶子青的机关枪噼里啪啦地一阵猛扫，火药威猛，声音雷人。但是坐在车里的"未成年"却没有一丝中弹的痕迹，仍旧四平八稳地坐着。

"姐姐，我爸不是李刚。""未成年"镇定自若地回答，否定自己是官二代，非常淡定，非常礼貌。一声姐姐叫得叶子青呕血！我有这么老吗？

这个男人的声线醇厚富有磁性，一点也不像还没完成变声的未成年，相反，那低沉的嗓音带着成熟男人的韵味，让人听了非常舒服。叶子青还没发力，就被这好听的声音给灭了火，就像自己积蓄了力量重重地砸出去，对方却是一团柔软的棉花，瞬间就把自己的威力化去。

"你……你……"她龇着牙，抬起手，指着不下车赔礼道歉的纨绔子弟，准备发射更加威猛的炮火，但是，舌头却打滑不受控制，"你"了半天也没有把子弹发射出去。

不过，立马来了一个救援！孙萌萌终于下了车，气冲冲地跑过来，那阵势一点也不输叶子青。看来她刚才比叶子青撞得更严重，晕了一会儿才回神。这会杀气腾腾地搬了重兵器跑到叶子青旁边，张开嘴，准备开骂。

"孙萌萌！"一声磁性的呼唤打断了孙萌萌的炮火，让孙萌萌张大的嘴由A变成了大大的O。车里的富二代，终于缓缓地摘下了墨镜，以真面目示人。

天哪！这……这人怎么组装的！那五官的线条如刀削般有型，浓浓的眉毛斜长入鬓，幽深的眸子如宇宙黑洞，一下子把周围的精芒都通通吸入，薄唇更是性感惑人。

叶子青不受控制地俯下身，探头逼近她口中的未成年。这个色女，在看到帅哥的时候也和孙萌萌犯了同样的毛病，完全没有节操啊！刚才还想狠狠地大骂，骂得不够爽想等孙萌萌继续接班开火的女人，这会看到这么有视觉冲击力的帅哥，什么撞车，什么刮痕，都通通跑到九霄云外了。

叶子青甚至开始后悔刚才让帅哥看到自己彪悍的一幕了。孙萌萌替自己好友感到脸红，不就一个帅哥吗？至于嘛！真没节操！呃……怎么感觉好眼熟，特别是那五官，孙萌萌看着那发型，突然想起孙贝贝那一头半江瑟瑟半江红。

拍了拍脑门，终于想起来了。

是他！上次见面的时候，记得他的头发是乌黑乌黑的啊，怎么见了孙贝贝一次，就被祸害了？

"向南？你怎么把一个帅哥毁成这样？"孙萌萌不敢置信地看着他，随后控制不住地爆笑。明明是一个成熟男人扮什么萌，装什么嫩啊？瞧瞧，这头顶和下方不搭调的朝韩分界，怎么感觉像两个阴魂同时投胎到一个人身上啊？

"我这是为了相亲特别整的颜色，刚才，不好意思，急着相亲赴约惊吓了两位美女。"向南看着笑得花枝乱颤的孙萌萌，对这预料中的效果不以为意，他的嘴角上扬露出一副玩世不恭的笑意。

再看一眼熄了火的叶子青，向南对孙萌萌说："两位美女上车吧，回头我让人来修。"

才不到半个小时就故地重游，孙萌萌原来觉得车行的销售人员已经非常热情了，对她们的服务也是非常的满意。可是，当她和叶子青跟着向南进入车行的时候，才知道，什么叫没有最好，只有更好。

向南确实是挺帅的，但还不至于有传说中的"王八气"吧！向南一进入车行，立马围上来数十个销售小姐，是数十个训练有素的妖娆的小姐啊！就一对耳朵，对着数十个美女的解说，他会选择听谁呢？

被隔绝在外的孙萌萌看着众星捧月的向南，猜想这厮一定是车行的常客。

此刻的向南正享受着下江南皇帝的待遇，优哉游哉地跷着二郎腿，一群打扮得光鲜亮丽的美女围着他献殷勤。端茶递烟，赔笑捧逗，一个个分工明确，服务更是细致入微。

真是人比人，气死人啊！看看那公子哥的嘚瑟劲！真是欠揍！

向南指着和叶子青相同的车，销售小姐立马拿来合同签单，向南大笔一挥，签完名，销售小姐立马递上POSE机刷卡。输完密码，这个富二代在等最后一个签名的间隙，转过头对孙萌萌道："我急着去约会，下次再请你们吃饭。"

一个相貌英俊的男人能养眼一段时间，财貌双全的男人能养眼几十年，财貌兼人品都全的男人就是女人见了就得不顾形象地扑抢。

叶子青看着向南的风流倜傥有了，砸钱的魄力也有了，正准备扑帅哥的时候⋯⋯

"对不起，向先生，您的卡出现了故障。"拿着POS机的美女带着歉意的笑容礼貌地说。

"什么？"向南不可置信地看着她，然后重刷了一遍，还是刷不了卡。向南意识到什么，刚才还不可一世的脸立时沉了下来。

老头子，实在太过分了，竟然真的冻结了自己的账户！今天恐怕要把他这张脸给丢尽了！

向南在众多美女的殷殷期待中，遇到如此乌龙的事件，恨不能立马消失。那张帅得逼人的俊脸由黑转红再转紫，那个色彩变幻莫测，配上顶上的金毛，非常有看点。

向南一脸尴尬，非常不好意思地看向孙萌萌，语气完全没有刚才说赔车时的那种霸气，解释道："意外，纯属意外。"

叶子青刚才悬在高空的心，被他的意外生生地推入万丈深渊，长得帅又开着那么拉风的悍马，让她一度以为好事成双，开着新车邂逅富二代。谁能想到这个玩世不恭的小子竟然是冒充富二代的骗子。

叶子青盯着向南，再看看他那一头俗不可耐的金毛，配上那样极品的脸蛋，这家伙八成是骗子。叶子青想起刚才自己差点扑上去，她为自己龌龊的思想感到非常的羞耻。

恼羞成怒的女人又恢复了本性。

"那个向先生，你那悍马是租来的吧，租金多少啊？赶明儿我也想去弄辆在马路上咆哮一下。"叶子青鄙视地看着他，讥讽道。

向南听着叶子青赤裸裸的讥讽，真的快要仰天长啸了，一夕之间眼眸变得越发阴沉，那骨子里透出来的煞气不怒自威，兴许是多年来累积的杀气，脸色立时冰封，冻人三尺。老头子什么时候冻结他的账户不行，偏偏赶上今天冻结，他向南的一世英名就这么被毁了！

"那个……子青要不算了，我们……找保险公司处理吧！"孙萌萌见此连忙打圆场。

"保险公司？我的车上保还不到一小时就成这样，找他们能处理吗？"叶子青的脸色紧绷得好似怒气马上就要开闸泄露。

"可是……人家现在也没钱赔你啊！"孙萌萌小声道，她也没想到这个跟堂妹在一个军区大院长大的男人这么不靠谱。

这句话虽小声，但还是被向南听去了，气得紧攥着车钥匙，手臂上的肌肉尽显，下颚紧紧地咬合着，眼神中透着一股绝望，咬着牙挤出了一句话："车，我一定会赔的！"

"你拿什么赔啊？"身为车主的叶子青，胸口闷成一团，气结道。

向南从上衣口袋里掏出钱包，递了一张名片给她："这上面有我的电话，尽管找我！"说完，懊恼地离开了。

"唉，你给我回来，车都没赔就想溜啊！"叶子青止不住怒气，声音尖锐地叫住他。

"算了，算了，车是我开的，大不了我帮忙付维修的钱……"孙萌萌赶紧拉住叶子青，好歹大家都是认识的，拉不下这个脸继续火拼。

"今天怎么这么倒霉啊，呕死我了！"看到向南离去的背影，叶子青咬牙恨恨地骂道，还以为是位高富帅，原来只不过是个牛郎骗子。

新车开张没看黄历！

不过是一点刮痕，补个漆也花不了多少钱，以叶子青的豁达一般也不会这么跌份地计较。叶子青斤斤计较的是自己与高富帅的浪漫故事还没开始就这么被敲掉，这个刚跳槽一时意气风发的白骨精，受挫不起啊！

再看一眼周围的销售人员，刚才那一群莺莺燕燕早就不见了踪影，那小子还真能演戏啊！演技太好，连自己都犯了花痴。叶子青看着手中的名片，没有职务，没有地址，简单的名字后面光秃秃地站着一串阿拉伯数字。

这还不是牛郎？简直是彻底的牛郎！

叶子青把手中的名片揉成一团，对着垃圾桶准备投篮，突然想到什么，转过头对孙萌萌笑着道："萌萌，名片还是给你吧，你比较有用……"

"我刚才说的话还有效，修理的钱我掏了，不用再打电话给向南吧！"孙萌萌非常爽快地说。

"去，你当我真的那么小心眼啊。我是觉得这个人确实秀色可餐，刚才差点就把我迷晕了。算了，送你吧！好好保管！"叶子青把手中揉得皱巴巴的名片展开，弄平整，嬉皮笑脸地递给孙萌萌。

"呸……"孙萌萌瞪了她一眼，啐叶子青一脸口水。

坐在车上的向南，满脸的怒气，额上的那根筋隐隐抽着，修长的手指微微曲着，轻轻地扣了扣额头，举手投足间，流露的，尽是一种成熟的自然美。气恼不过，拿起手机给老头子打了一个电话。

向氏集团在S市有着举足轻重的地位，向氏旗下的商业囊括很多个行业：房地产、汽车、服装，还有珠宝行业，都是以专卖连锁的模式发展，在S市及外围城市凶猛扩张，成为S市商业龙头之一。集团落座于S市最繁华的地带，和煦的阳光，光芒万丈地普照着整个S市，让这个繁华的城市如同披上一身金黄色的纱衣，高大宏伟的向氏大厦拔地而起，傲然地伫立在阳光下，尽情地展示着它的光辉。

精致豪华的自动玻璃门开开合合，人来人往的身影不断，个个都是身穿着笔挺的西装，步履匆匆。

正在向氏集团总裁办公室批阅文件的向董，接到儿子向南的电话，老脸一拉，接起电话，明知故问道："有事？"

"爸，你……你怎么把我卡冻结了！"明明很生气，但是真正跟老头子对话的时候，向南的底气明显弱下一截，低沉的嗓音带有一丝的沙哑，听去像是很委屈似的。

"那是老子的钱，老子想什么时候冻结就什么时候冻结，你无权过问！"向董也来脾气了，恢复了他原来的军人时常用的语气。

"我不是已经听您老的话，正在积极努力地相亲吗？你这样做……似乎违反了我们之间的约定！"向南有些心虚，弱弱地说。

"违反个屁，你这臭小子相了都快两个月了，也没见你相中一个，我算是看出来了，你这臭小子完全就是想糊弄我是吧！"向董精锐的眼眸泛着一丝怒气。

"我怎么敢糊弄您老呢？是她们看不上我，我也没办法啊！"向南靠坐在车椅上，照着头顶上的后车镜，潇洒地拨了拨他今天的最新相亲造型。

"臭小子，少跟我装蒜，给你两个选择，一继续相亲，二到公司报到！"向董忍住火气，又在那老调重弹。

"那我还是继续相亲吧！"向南想都没想直接选择继续相亲。

向董听到这句话，简直快要呕血了，这两年他使了多少招叫向南进公司，可那死小子就是不肯，成天游手好闲，无所事事，一副堕落的样子，有时候恨不得一枪把他给毙了。最后使出撒手锏，用相亲这招逼向南进公司，结果这死小子却很是热衷似的，连续两个月下来，他足足给他安排了30多个女孩，他却愣是一场接着一场相了下来。真是气死他了！

"臭小子……"向董忍无可忍地破口大骂起来。

向南听到这声怒吼，连忙把手机给挂了，嘴角勾起一抹迷人的笑意，眼神闪烁着点点的星光，潇洒地将黑色墨镜戴上，发动车子，继续前往下一站的相亲地点。

5.

以前一到腊月孙萌萌就盼着时间快点过,一下就滑到过年,在年假里不受管束开心地玩。现在呢,孙萌萌说不出心中是期待还是畏惧,想回家美美地吃,又怕踩到李笑梅乱埋的地雷。

此刻的孙萌萌希望时针走得慢一点再慢一点,不要那么快走到过年,更不要那么快到周末。最近出了两个让她头疼的人,让她睡觉都睡得不安宁。一会儿梦到许烨磊又偷偷溜进家偷袭她,一会儿又梦到李笑梅对她横眉冷对破口大骂。

这一天,孙萌萌破天荒地起了个早,直奔物业管理处找人换锁。

换锁的师傅很快来了,对门锁研究一番,最后对孙萌萌摇了摇头:"这个门锁是特制的,要厂家才能更换。"孙萌萌听后,立马翻白眼。既然锁不能换,孙萌萌索性想开了,他要真的来做饭,就做呗,等他走了我再回来吃。

于是,周末孙萌萌邀了叶子青逛街买过年的新衣服,给自己买完,又给李笑梅买了两套,在刘焉的店里刷了一套男装给老爸孙耀文。孙萌萌不是第一次给父母买衣服,但这一次绝对是史上最用心的一次,银行卡直线递减的数字可以为她作证。

叶子青为此还笑她是不是准备跟古代的孝子竞争二十四孝榜。

天黑后,孙萌萌提着逛街一天获得的战利品回家,结果一进门,家里一片漆黑,没有一丝人气。孙萌萌的心里顿时一阵失望,刚才她可是拒绝了和叶子青共享晚餐,饿着肚子回家的。

结果——某个伙夫这次却没来,厨房里冷冰冰的,锅中也空荡荡的,没有一丝被人入侵的痕迹。兴冲冲地回来,准备吃大餐的孙萌萌,最后沦落为吃泡面,气得差一点拿起手机打电话过去,把许烨磊给臭骂一顿。

"可恶……可恶的许烨磊,可恶!"孙萌萌嘟着嘴巴,冲着那未拨出的号码骂道。

一周一晃又过去了,眼看接近年关,孙萌萌这个周末没出门,从早上到晚上都在书房码字,但目光时不时地往门口望去,似乎盼着某人来。

一天过去了,外面的天色已经完全暗了下来,某人还是没有出现。

孙萌萌心里的失落感变得强烈起来,却一直对自己解释,自己会失落,是因为没吃到某伙夫煮的周末大餐,而不是因为他那个人。孙萌萌为自己隐隐的失落找了一个冠冕堂皇的借口,殊不知她的心却不知不觉被人勾走了。就这样又过了三天,孙萌萌整天窝在家里,过着没日没夜、作息没规律、吃饭很随意的码字生活。

在年二十八那天,当孙萌萌拎着笔记本,还有大包小包过年的新衣服出门时候,才发现大街小巷已经张灯结彩非常喜庆充满了年味。孙萌萌感觉自己好像从外星球来的,看到火红的年味,情绪也被调动起来,希望自己回到家能过个欢欢喜喜的吉祥年,老妈能看在女儿一个人孤苦伶仃流浪在外的分儿上,能发发母性的慈悲,回心转意,不要再跟银行工作那根鸡肋过不去。

回到家,李笑梅见到孙萌萌回来,心里明明很高兴,但却依旧没给她好脸色,头也不回地回房间了。

"你妈就那样,过几天就会好的!"孙耀文微笑的帮孙萌萌接过东西,小声跟她嘀咕。

"哦……"孙萌萌扁了扁嘴,哦了一句,"爸,给你瞧瞧我给你买的衣服,你试穿一下,看看好不好看……"孙萌萌立马把自己采办回来的东西拿出来给孙耀文看。

"只要你买的,爸爸都喜欢!"自从孙萌萌毕业后,孙耀文的衣服几乎归女儿采办了,每年至少有四五套衣服是她买的。

"这还有两套是给妈买的……"孙萌萌拿着两袋给李笑梅的衣服。

听到这话,孙耀文故意朝女儿大声说:"真是偏心啊,给我买一套,却给你亲爱的妈妈买了两套,太不公平了!萌萌,我算是白疼你了!"其实孙耀文这句话完全是说给怄气进主卧的李笑梅听的。

孙萌萌跟老爸眨了眨眼睛，趁机去主卧，看到李笑梅坐在化妆柜旁，孙萌萌笑嘻嘻地凑了过去，从后面抱住她："妈，你还生气啊！"

李笑梅抖了一下肩膀："一边去，少跟我套近乎！"

"妈……"孙萌萌赖着不走，紧紧地抱着她撒娇。

李笑梅瞥了她一眼，拨开孙萌萌的手臂，站起身来，往门口走去。看着老妈的背影，孙萌萌扁了扁嘴巴，看来老佛爷的气还没消，自己还是得小心点。

一晃两天过去，大年三十，孙萌萌和李笑梅在厨房准备一年一度的丰盛的年夜饭，李笑梅这两天没怎么理会孙萌萌，一直撂她脸子。

孙萌萌却越挫越勇，没脸没皮地继续跟她套近乎，这不，见李笑梅大年三十还黑着一张脸，正在剥葱的孙萌萌凑了过去："妈，都大年三十了，给点喜庆嘛？笑一个嘛？再不笑，脸上的肌肉会僵硬的……"

李笑梅看了她一眼，转过头拿着菜刀，开始哐哐哐地剁鸡，孙萌萌看那气势，吓得连忙躲到一旁，不敢再吭声，剥完葱连忙从厨房逃了出来，生怕自己被老妈拿刀一起剁了拿去煲汤。

可是等孙萌萌出去后，李笑梅扑哧一声笑了出来，绷了几天的脸，她自己也难受得要命，但是那丫头做的事情，实在让她生气。

吃完年夜饭，孙萌萌筷子一丢，小嘴一抹，就回自己房间，趴在电脑上逛微博。李笑梅收拾完后，敲开孙萌萌的房门。孙萌萌见李笑梅主动找自己谈话，立马笑脸相迎表示欢迎，特意搬了一张舒服的凳子给家里的"老佛爷"坐。

"在干吗呢？"李笑梅露出这三天难得一见的笑脸，询问孙萌萌。

"在逛微博，妈，你有兴趣吗？我给你注册一个！以后你可以用你的手机上微博！"见"老佛爷"这么和善，孙萌萌立马讨好起来。

"这段时间在外面过得怎么样？还是觉得家里好吧？"李笑梅不免奚落一句。

"嗯嗯，肯定家里好喽！妈，我在外面吃不饱，穿不暖，好想回家，好想你和爸爸!"孙萌萌顺势靠着李笑梅的肩膀撒娇起来。

"知道就好,看你以后还敢不敢离家出走!"李笑梅用手指戳了戳孙萌萌的额头,半宠溺半责备道。

"再也不敢了!妈,你就让我回家住吧!"孙萌萌的撒娇功力一点都不比孙贝贝差,相反更加矫情几分。

"那就搬回来吧,省得我和你爸天天担心你!"李笑梅发话叫她搬回来。

"耶!谢谢你,我的亲妈,过完年我就收拾东西搬回来!"孙萌萌的脸颊亲昵地蹭着李笑梅的脸。

李笑梅笑着轻轻地拍了拍孙萌萌漂亮的小脸,两母女亲密地相拥了一会儿。气氛很是融洽,李笑梅这才真正开始明确她这次找孙萌萌谈话的目的:"萌萌,明天上午跟妈一起去给你李行长拜年,争取把工作给保住。"

此话一出,孙萌萌原本抱着李笑梅的手臂,立马抽离回来,不敢置信地看着老妈:"妈,你说什么?"

"还不是为了你工作的事情,我前些天再次拉下这张老脸,拜托你林叔叔,让他出面保住你的工作,他说跟李行长打过招呼了,我们去坐坐,这事应该就成了!"

"妈,我已经辞职了,打死我也不会回银行工作,要去你去。"孙萌萌听到老妈要跟差一点把自己强暴的李明那贱人送礼,立马火大起来。

"不,你最好也别给我去!"孙萌萌恨恨地又加了一句。

"孙萌萌,你发什么疯啊!你……你这臭丫头,知不知道为了这事我这些天,为你跑上跑下,你以为我容易啊!别不知好歹!"李笑梅见孙萌萌这么激动,立马恢复平日的威严,大声起来。

"妈,我说过了,我是不回银行工作的,求你也别再为我操这份心!"孙萌萌厉声表明自己坚定的立场。老妈还想着去给那禽兽拜年?她都恨不得把那该死的李明给杀了!

"孙萌萌,你这个臭丫头,真是欠揍是吧!"李笑梅说完,一个铁砂掌过去,盖在孙萌萌的后背上。

"啊——"孙萌萌痛得尖叫起来。

孙耀文听到孙萌萌卧室的尖叫声，连忙跑了进来，见李笑梅怒气冲冲地抽着孙萌萌，连忙拉开她："怎么回事啊？大过年的，你们……你们母女怎么打起来啦！"

李笑梅怒气冲天地插着腰："这个死丫头真不知道好歹，我真是白养她了，托了这么多关系，给你保住工作，你还死活不回去工作！我看你……看你真是欠抽了！"说完，李笑梅又要冲过去揍孙萌萌。

孙耀文连忙拉住她，把孙萌萌扯到自己身后："有话好好跟她说嘛？萌萌又不是三岁小孩，干吗打孩子啊？"

"我看她连三岁小孩都不如！"李笑梅被孙萌萌气得不行，大声骂道。孙萌萌刚才挨了两个铁砂掌，痛得眼眶都红了起来，非常委屈地躲在老爸身后。

"明天跟我去见行长，不去也得去！"李笑梅厉声地命令道。

"我不去，打死也不去，打死也不会回银行工作！"孙萌萌的嗓音一片哽咽，大声地回李笑梅。

"你这个臭丫头……"李笑梅又冲了过来。孙耀文连忙用身体挡住她："萌萌工作这事，你好好说嘛？动什么气啊！"

"你给我走开……"李笑梅生气地拨开孙耀文，不过还是抵不过孙耀文的力气，被拽了回来。

"我不去，我不去，我就是不去。"孙萌萌哭喊着。

"好，你翅膀硬了是吧，给我滚，别再回这个家，滚！"李笑梅气急之下，脱口而出叫孙萌萌滚出家门。孙萌萌听到这句话，抹了一把眼泪，大声道："滚就滚！"说完，转身边哭边冲出房间，离开家里。

许烨磊执行完任务，时间已经划过大半个月，转眼就是除夕之夜。

这一次任务太艰巨，艰苦卓绝的潜伏，士兵们都吃了不少苦，身上都有或轻或重的挂彩。原来想今年的年假不休了，在部队陪战友过年，奈何禁不住老妈苦口婆心的哀求,要他回家补一补。最后,许烨磊没办法才答应回去两天。今天本来是吴凯值班,许烨磊逼着他回家过年,由自己代为顶班。

许烨磊和士兵一起吃完年夜饭,随后一起看联欢晚会。军队没有多少娱乐,平常百姓挑剌不看的连续剧,在部队却是大家必看爱看,而且是聚在一块看的节目。似乎那样地闹腾一番了,才算过了年,没虚长一岁。

许烨磊看了看手中的表,就快凌晨了。春晚终于快结束了。也许是因为心里有了一个人,对于春晚百般卖弄煽情的说笑逗唱,他突然感到很乏味。新年钟声敲响,他向战友拜了年,大家一一散去。

夜终于归于沉寂。

许烨磊回到宿舍,突然想给孙萌萌打个电话拜年。拿起手机拨了她的号码,又犹豫地看了看表,最后还是没有拨出去。可是,这么久没见她,许烨磊在大脑放松下来的时候却开始一发不可收拾地想她了。

许烨磊点燃了一支烟,狠狠地吸了一口。青烟在他的眼前袅袅升腾,他似乎又看到孙萌萌袅袅婷婷的身姿,抱在手上温温柔柔香甜怡人。这个沉浸在爱中的男人,刚毅的脸也软化成一摊柔软。许烨磊突然站起身,熄灭了烟,披上外套,拿起收拾好的背包,下楼取了车,前往市区。因为动车是明早7点的,怕误点所以打算今晚去市区的房子过夜。

午夜,去市区的路比以往更加喧嚣,一路上伴着零星的鞭炮声烟花声,声声入耳,声声催人回家团圆。冷风呼呼地灌进车内,把许烨磊心中的狂热吹凉了一些。连他自己都不明白,为什么会大半夜地想去那个家,仅仅是为了回味他们在那个家里短暂的回忆吗,还是想回到家里,闻闻她留下的气息,以解此刻的想念?

许烨磊不禁摇了摇头,感觉自己这样的行为特别的傻。让他想起大学毕业前夕他收到的一封情书,一个女生非常卖力地抄了辛晓琪《味道》的歌词给他,他说了句雷人的话,文采很好,内容很假,把那女生生生地逼退了。

现在才明白真的爱上一个人，就会和歌词一样情不自禁地想念她的笑，想念她的吻和想念她身上的味道。许烨磊嘴角微勾，眉眼飞扬，踩了油门，直奔玉景豪园。

回到家中，打开房门，果然和自己预想的一样，孙萌萌肯定回家过年了。家里一片漆黑，没有那明艳的身影，似乎冰冷了很多，许烨磊的心顿时失落了下来。可是下一秒，许烨磊听到窸窸窣窣、隐隐似吸气的声音，不由警觉地竖起耳朵，心里有些不可置信，伸手打开灯，随之却看到让他非常心疼的一幕……

Chapter5　传说中的恶魔教官

1.

许烨磊做梦也没想到除夕之夜,孙萌萌没有回家过年,一个人灯也不开蹲在沙发边一把鼻涕一把泪地哭泣。像一只无人收留落魄的流浪狗,那么孤单,那么伤心,那么悲戚,那是他从未看过的一面,他的心也随着那瘦小身影抽泣时的抽动而抽痛着……

许烨磊此刻真是说不出心中是怎样悲喜交加。看到自己念念不忘的人儿,他是那样的惊喜,那样的心酸。他快速走到孙萌萌跟前,蹲下身,看着梨花带雨、泪眼婆娑的她心被揪着生生地疼,伸手轻轻地擦着孙萌萌眼角的泪花,柔声问道:"丫头,你怎么没回家过年啊?"

孙萌萌那红肿的眼睛,对上一抹关切的目光,带着深情,带着温暖,眼泪更加止不住地哗哗往下落。许烨磊看她哭得更加伤心,不知道要怎么安慰她,顿时慌了手脚,索性伸出双手将她抱在怀里,让她尽情地哭泣。

被行长猥亵的事只有许烨磊知情,此刻,孙萌萌满心的委屈终于有了申诉之处,伏在许烨磊的肩头放声痛哭。

许烨磊想起上次在江南邨,也是这样抱着她,心里又急又心疼,不知道怎么安慰她。许烨磊轻轻拍着孙萌萌的肩,任她哭泣。直到孙萌萌哭声停了,他才放开她,宠溺地捧着她的脸,拇指轻轻擦拭着她脸上的泪痕。

许烨磊用着自己都没察觉的温柔嗓音,轻轻地问:"怎么了?怎么一个人在这儿,没回家过年呢?"刚收住眼泪的孙萌萌,听到这句话,刚平复的委屈又卷土重来,眼泪再一次湿润了眼眶,嘤嘤哭了起来。

"不哭,不哭!"看到她的眼泪,许烨磊觉得自己的心像是被谁揪着,隐隐作痛,拍着她的背连忙安慰道。

人就是这样,越有人安慰越哭得伤心。

孙萌萌像找到一块救命浮木一般哭得惊天动地，用泪水发泄着心中的委屈。温热的泪水浸湿了他绿色的军装，即使隔着布料孙萌萌也能感觉到他对自己的担心和不安。

许久，孙萌萌才从许烨磊的怀里退了出来，嗓子有些干燥，哽咽地吞了一下口水，饱含泪水的眼睛看着许烨磊，带着哭腔道："都是那个该死的，杀千刀的行长，我才又被我妈赶出来了！"

行长？听到这个称呼，许烨磊的脸上微沉："他又找你麻烦了？"

孙萌萌摇了摇头，哽咽道："没有，我妈跟我说让我明天跟她一起去给李明拜年，帮我保住银行的工作，我说不去，我妈就……我妈就跟我发火……"说到这儿，满腹的委屈又开始往胸口涌，心跟着紧缩了一下，刺啦啦地疼。

原来是这么一回事！

许烨磊明白过来后，轻轻地将她的眼泪擦干，当机立断地说："过完这个年，他就没安生的日子可过了！"

"你这话什么意思啊？"孙萌萌自己抹了一下眼泪，两只红肿的眼睛，目不转睛地看着许烨磊，疑惑地问。

许烨磊不好跟她明说，只好轻描淡写地说："恶人迟早都会遭受恶报的！"孙萌萌同意地点了点头，善有善报，恶有恶报，不是不报，时机未到，那该死的李明迟早会遭报应的！

许烨磊见她坐在地上，皱了皱眉头："怎么坐地上，这么凉，赶紧起来……"说完，伸手想将她扶起。

啊——孙萌萌这才发现自己两脚已经完全麻木了，痛得哀叫起来，整个人宛如一摊水般柔软地往许烨磊怀里扑去，小手条件反射地环抱着许烨磊的脖子，睁大着红肿双眼，惊魂未定地看着许烨磊。

许烨磊浓密的睫毛扫在眼睑上，画出一片淡淡阴影，笔挺的鼻梁下薄唇轻抿，勾成了一条深刻的曲线，黑亮的眸子里闪过一丝奇异的光芒，随即朝她展开迷人的一笑，那灿烂的笑容对孙萌萌而言就是一种魔咒。

孙萌萌忘了抽泣，呆呆地看着许烨磊，许烨磊也痴痴地看着她，他们俩就这样默默看着对方，直到她彻底忘记哽咽。

大年初一早上，阳光金灿灿地从窗户里洒落了进来，冬日的阳光虽非灿烂非凡，但也温煦，并不刺眼，也不会让人感觉到灼热。

许烨磊身穿米色的线衣和一件休闲西裤，站在阳台上打电话，此刻的他浑身散发着优雅绅士的气息，一双深邃的眼眸飘着一丝慵懒的风情，温润迷人而饱满，短发凌乱，透着一股说不出的性感。

幸福了一整晚的许烨磊，现在正和家里打电话："妈，我……现在还在值班，不回去过年了！"

昨晚许烨磊在床上翻来覆去地想，自己要是回家了，孙萌萌这丫头肯定就得一个人在这儿过年，心里想着都觉得不舍，不忍，于是只好牺牲回家的假期，留下来陪她，顺便趁机跟他这个未来老婆好好培养培养感情。

"不是说已经买好票，怎么又不回来了呢？"师文茹不解地道。

许烨磊挠了挠耳朵，每次只要一撒谎，耳朵就会发红发痒："妈，我一战友刚相上一个对象，今年过年想回家跟他女朋友聚聚，叫我帮他值班，所以才这样的！"

"你啊，什么事都为别人考虑，自己的事情呢？大年初一的，真不知道该怎么说你！"师文茹虽然已经不是第一次听到儿子不能回家过年，但每每还是觉得心里很难受，很失落。

"妈，对不起啦！"许烨磊心虚地跟师文茹道歉。

"你有空还是多考虑考虑自己的事情吧，我还等着你赶紧结婚，给我生孙子呢！"师文茹不禁开始念叨起来。

"妈，为你生孙子这事，我没忘，一直记在心里呢！"许烨磊跟师文茹耍起贫嘴。

"光说不练，什么时候给我生孙子啊？"师文茹听了又好笑又好气，紧跟着追问了一句。

"要不明年，要不后年……"许烨磊含糊不清地给了一个期限。这话可谓是半真半假，许烨磊已经为自己找到播种耕地的"良田"，生儿育女这事指日可待，不再遥遥无期了！

师文茹听了，原本失落的脸上立马泛起一丝期待，可嘴上却说："你这是大年初一，尽挑好话给我听是吧！"

"还是妈你了解我啊！"许烨磊轻笑一声。

"坏小子，好了，我不说了，你奶奶要跟你说几句！"师文茹笑着嗔了他一句，就把电话给了许烨磊的奶奶，起身去厨房准备早餐。

"磊子……"许烨磊的奶奶一接过电话，就亲密地叫着许烨磊的小名。

"奶奶，过年好，祝你在新的一年里健健康康，快快乐乐！"许烨磊笑着给奶奶拜年，说了一堆的吉祥话。

"呵呵，谢谢乖孙子，奶奶也祝你工作顺利，今年给奶奶娶个漂亮的孙媳妇回来，来年给我生个小金孙！"奶奶满脸喜庆，乐呵呵地跟许烨磊提自己今年最盼望的事情。

"好……"许烨磊一口应下。

"那奶奶就等着你的好消息喽！"奶奶听了更是乐得不行，这可是许烨磊第一次不含糊地答应这事，看来有希望。

"你们这些女人，打个电话也磨叽半天，浪费通讯资源，把电话给我……"许大雷看到媳妇和儿媳妇跟孙子许烨磊聊了半天，还没轮到自己，不由拉下脸，伸手要电话。

"我还没跟孙子讲上两句话，再让我聊两句……"许烨磊的奶奶不肯把电话给许大雷。

许烨磊听了，嘴角微扬，轻笑不已，只要他没回去过年，大年初一几乎都会上演这样的戏码，全家人争着跟他打电话。

"拿过来……"许大雷脸色一摆，不容置疑地说。奶奶扁了扁嘴，十分不情愿地把电话给他，许大雷接过电话，嗯哼了一句。

"爷爷……"许烨磊强忍住笑，连声叫道。

"你不回来了是吧！"许大雷一本正经地重复刚才师文茹已经问过一遍的话题。

"是,爷爷,替战友值班!"许烨磊跟许大雷说这话,明显比跟师文茹说时候心虚几分,生怕被爷爷听出自己在撒谎。

"嗯,做得好,我们家是小家,国家才是大家,要有为国奉献、为战友牺牲的精神!"许大雷又来他以前常训兵的那一套言词。

"是!"作为军人的许烨磊听到这句话,脸色也变得严肃几分,很认真地回道。

"好了,不耽误你值班,去忙吧!"没跟许烨磊说上几句话的许大雷就想着挂掉电话。

"是,爷爷……"心虚的许烨磊也不敢继续通话下去,连忙应下。挂掉电话后,许大雷正要离开,不过却莫名地转过身来。

奶奶看他的表情,以为他想找自己茬儿,没好气道:"挂掉电话,才知道后悔是吧,也不跟孙子说句好话,天天就是国家,就是战友的……"

许大雷瞥了老婆一眼,没理会,拿起电话,回看了一下刚才打进来的电话号码。当看到那是许烨磊的手机号码时,笑着骂骂咧咧起来:"臭小子,还没结婚就开始忘了爹娘!"

许大雷这个前集团军军长的保密工作做得非常的好,自家孙子许烨磊和孙耀武侄女谈恋爱这事,目前许家就他自己知道,没有透露一丝一毫给自己老婆和儿媳妇师文茹知道,独自享受着这天大的喜事了。

许烨磊奶奶看他那神经兮兮的样子,不由好奇地问:"怎么啦?"

"没事……"许大雷的嘴角却又勾起一抹狐狸般的笑意,晃悠悠地往门口走去。

"这个老头子,真是越老越古怪!"奶奶看着许大雷的背影碎碎念了一句。

2.

窗纱在清风的吹拂下,左摇右摆地浮动着,在地板上投下了影影绰绰的浮光,舞姿翩跹婀娜。孙萌萌缓缓地睁开眼睛,昨晚她差点失眠,数了很多……

很多……很多的羊，最后困得不行才睡着。

伸手摸过手机，一看时间已经快 10 点了！孙萌萌打了一个大大的哈欠，伸了伸懒腰，想挨着被子继续睡，可是心里总觉得有件事情没做。每年大年初一孙萌萌都会跟老妈李笑梅同志，大早起来，去 S 市香火最旺的寺庙上香，乞求来年一切顺利，全家平安。

似乎已经成了习惯，也成了孙萌萌每年大年初一的必修课，而且眼下就有件迫切的事，需要神佛帮忙，早日让李笑梅消气，让自己有家可归。

孙萌萌为了求佛关照，立马从床上爬了起来，匆匆洗漱，从衣柜里挑选了一条白色低领线衣，配了一条素色长裤，披上非常耀眼的红大衣，再简单地搭一条红围巾。在穿衣镜前照了照，补了个淡淡的红妆，整个人红光四射，耀眼夺目。

拜佛最好是上午去，孙萌萌看了一下时间，已经快十点半了！孙萌萌急匆匆地拿包，准备出门！佛祖，我来看你了，希望你还没下班！打开房门，她就看到一个优雅地绅士倚在客卧门口，一副翘首以盼的表情看着自己。孙萌萌眨了眨眼，确定是不是自己产生幻觉了。

"打扮得这么漂亮，是为了跟我约会吗？"许烨磊看到"某帅哥控"嘴角的哈喇子，浅笑不已地问话。

孙萌萌掐了自己一下，疼，真疼，确定自己不是在做梦！

孙萌萌立马收回一脸的"淫笑"，瞪着许烨磊："你不是回家吗？动车早就过了，怎么还在这儿！"

"看你可怜啊，大年初一无家可归，我就发发慈悲收留你，要不要考虑跟我回家过年？"许烨磊上前一步，拉起垂在孙萌萌胸前的围巾。

孙萌萌媚眼微瞪，抬手打掉许烨磊可恶的大手："你才无家可归。我很忙的，别打扰我的宝贵时间啊。"

"去哪儿？"

"去拜拜……"孙萌萌嬉笑着，心里在窃笑，我们的信仰不同，道不同不相为谋，你还是赶紧回家吧。

"嗯？拜拜？"孙萌萌简单的"拜拜"两字，许烨磊一时半会儿反应不过来。

孙萌萌双手平举胸前，合并向上，做了一个虔诚的拜佛手势。果然，如她所意料，许烨磊非常讶异。

"明白了没？"孙萌萌偏着头眨巴着眼看着许烨磊，然后伸出手向着大门方向指引着，"你可以回家了，不送。"

许烨磊对她的驱赶不以为意，甚至还觉得她说这话的样子俏皮可爱，让他忍不住又伸手在她秀美的鼻尖柔柔地一刮，笑着道："我煮了早餐，吃完再走吧……"

孙萌萌对这样小情侣之间的亲密感到心慌，又拍掉许烨磊的手："要吃你自己吃，吃完赶紧给我……走人。"在李笑梅女士的淫威教育下，这个乖乖女在大年初一，忍着骂人的冲动，硬是把"滚"字吞了回去。

但是，许烨磊却不识好歹，仍旧欠骂地纹丝不动地杵在孙萌萌的跟前。

"佛祖就快下班了，我要赶紧出门，没空跟你耗。你自己自觉点，在我回来之前消失……"孙萌萌瞪了许烨磊一眼，然后推开许烨磊，越过他急急地往外走，但才走一步，就走不动了。

许烨磊大手一伸，纤腰轻柔的触感真是妙不可言，索性一使力，将火红的身子拉近贴着她，怡人的芬芳扑鼻而来，让人不禁心神荡漾。

"许烨磊，你干吗……快点放开我。"孙萌萌被许烨磊的突袭吓了一跳，心扑通扑通地快要蹦出来了。

这样挨着他，感受着萦绕着他的滚烫气息，说不出的紧张和羞涩，孙萌萌不知道自己这是怎么了，竟然对他鲁莽的行为不反感，甚至在内心深处似乎有一丝欣喜。孙萌萌涨红着脸试图拨开腰间的大掌。一个使劲地拨，一个轻轻地握。奈何，两只小手不论怎么使力都抵不过他如钳子一样的大掌。

许烨磊则美美地享受着这样的近身格斗，看孙萌萌败下阵来，才缓缓地道："先吃点东西，不然我就这样抱着你，直到佛祖下班。"

威胁！又是赤裸裸的威胁！孙萌萌看着许烨磊非常坚定的眼神，最后只好妥协。许烨磊推着孙萌萌坐下来，给她盛了一碗白粥和鸡汤。孙萌萌看着满桌的饭菜，非常惊讶地抬眼看着许烨磊。

"是不是很感动？"许烨磊咧着嘴笑道。

身为军人的许烨磊今天还是准时6点起床，满心欢喜地迎来和自己喜欢的女人共享的晨曦，一大早就乐滋滋地出门买了菜精心煮了菜等着孙萌萌起床。

"你怎么变出来的？"孙萌萌闻着可口的香味，把许烨磊当孙悟空一样研究。

才五六个小时，自己都还没睡够，要不是为了一年一次和佛祖的约会，自己估计还要再在床上赖几个小时。他是怎么做到的？去采购，然后做好饭菜，怎么也得两三个小时吧。他是机器人吗？不用睡也能这么精神，比我还精神！

"快点吃吧！佛祖快下班了……"许烨磊抚了抚孙萌萌的后脑，催着道。

果然，打着佛祖的幌子就能把孙萌萌这丫头唬得乖乖听话。孙萌萌呼啦啦地很快把粥喝完，拿纸巾擦了擦嘴，站起身，往外走。

许烨磊看着行色匆匆的孙萌萌，赶紧上前拉着她的手："等等我，我也要去。"

孙萌萌拍开许烨磊的手："你不信佛就不要去亵渎神灵。"

许烨磊的手又像章鱼一样拉着孙萌萌的手赶紧认错："我陪你去，沾沾佛光……"

"我不要你陪，你回你的家啦。"孙萌萌不客气地直接回绝。

"我跟你去……"许烨磊拉着孙萌萌的手牢牢不放，声音从前面的高八度渐行渐低最后直接到低八度去了。

真是没节操的男人啊！

3.

当孙萌萌拜完送子观音时，走到旁边的莲花池舀了一口清泉水喝下，抬起手腕，看了一下表：11点59分，不由长长地呼了一口气，终于赶在佛祖下班之前把众佛都拜了一遍，今年一定能够风调雨顺，国泰民安！

孙萌萌兴高采烈地从佛堂走出来后，见到一直站在门口的某人跟木头似的杵在那里，小嘴不禁一噘，径直地下台阶。许烨磊追了上来，两人肩并肩地一同走出寺庙。

"接下来去哪儿？去吃午饭吗？"许烨磊侧过脸，迷人的眼睛凝视孙萌萌。

"要回你先回吧，我还有事没做完！"孙萌萌微微嘟嘴，往旁边的小卖部走去。

许烨磊不得不再次跟了过去，看到孙萌萌买了一瓶水，和一盒绿豆糕，眼底满是疑惑："你饿了？饿了就一起去吃午饭，要是不喜欢在外面吃，回家我给你煮！"

孙萌萌把"干粮"装进包里，转过脸，瞄了许烨磊一眼，手一伸往寺庙后面的山指去："爬山！"呃——许烨磊微微一愣："大中午的，你要去爬山！你没事吧！"

"你才有事呢！大年初一说什么劳什子话啊……"孙萌萌本想爆粗话，不过现在还在佛祖门前，又是大年初一，生生地给忍住了。

"哼……"孙萌萌只能哼了一声，就往后山的入口处走去。

许烨磊深呼了一口气，摇了摇头，看来自己还得更加多方面地去深入了解自己未来老婆才行，又从后面跟了上去。

往年孙萌萌跟老妈拜完佛都要爬一趟后山，听说这样许的愿才会更加的灵验。所以这也是孙萌萌大年初一的必要活动之一，算是给一年的平安祈福吧！

上山时，孙萌萌走得很慢，一副懒洋洋的样子，常年跋山涉水的许烨磊，调整了一下自己轻快的步伐走在她身后。徐徐的冷风吹得孙萌萌小脸上泛着一丝晕红,栗色的头发在太阳光下泛着好看的光泽,有几缕不听话的拂在白白的小巧的耳朵边,随着她的脚步晃动。许烨磊看着觉得自己的心仿佛悬在那几丝头发上,跟着晃起来。

两人静默着,一前一后,一步一个台阶地往上走,身旁陆陆续续有人与他们擦身而过往山下走……十分钟不到,孙萌萌开始气喘吁吁起来,额头也开始冒汗。又走了几步,孙萌萌实在走不动了,停下脚步,大口大口地喘气:"啊——歇一会儿,歇一会儿!"

许烨磊站在她身旁,看着她满脸泛红,煞是好看。

"你啊,就是平时太缺乏锻炼了!"许烨磊从口袋里掏出面巾纸,抽了一张,伸手过去,温柔地帮孙萌萌撩开散乱在额前的头发,轻轻地擦拭着她那有些红润的脸蛋上的汗滴。

鼻息间尽是她幽幽清香,刀削薄唇缓缓绽开雅致的微笑。孙萌萌觉得自己的心脏都快要跳出来了,心慌地掠过许烨磊那高大的身躯,快速地继续往上走。

看着前面那抹逃跑似的娇柔身影,许烨磊摸了摸下巴,剑眉一挑,嘴角轻勾,那似笑非笑的神情在他脸上着实很迷人,继续跟了上去。

不到二十分钟,孙萌萌明显感觉吃力,停停歇歇好几次,双手撑着大腿,大口地喘气,天天窝在家里码字,很少去锻炼身体,这次上山明显感觉自己的身体严重缺乏锻炼。还没到半山腰,孙萌萌已经累得不行了,原来手上挎的包,还有身上脱下来的外套,全部落在许烨磊身上。

这一刻,孙萌萌对军人的确很佩服,她都快要跟狗一样喘气了,而许烨磊除了额头冒点汗,呼吸稍稍急促,其他什么都是四平八稳的。终于到了半山腰了,孙萌萌累得趴在凉亭的石栏上,大口大口地喘着气。

"这么累,干吗还非要爬上来啊!"许烨磊一边从她包里拿出水递给她,一边不解地问。

孙萌萌喝了几口下去,顺了顺呼吸,断断续续地说:"我妈……我妈说……

许完愿，一定要……要爬后山，这样才会灵验！"

"迷信！"许烨磊不屑道。孙萌萌边抹汗，边白了他一眼："你不信，我信，请……请你不要随便攻击我们这么有信仰的人！"

许烨磊听到这句，眼底掠过一抹狡黠，想起刚才某个小丫头拜佛的场景，那简直就跟赶场般的一个佛堂接着一个佛堂，焦躁的样子可能连佛都会按捺不住地开口叫她慢点，不过最后来到送子观音面前，孙萌萌却一改前面的急躁，平心静气，凝聚心神，排除妄念，虔诚地合起双掌，目光注视中指指尖，双手的姿势就像一朵含苞待放的荷花，就如同向佛菩萨供花一般，充满了恭敬祥和，随后再轻轻将手放下，到胸前回复合十姿势，然后放下双掌，非常非常非常虔诚地叩了三个"响头"。

那一刻，许烨磊有些看呆了，这丫头虔诚拜佛的仪态和神情，甚是迷人，像是一朵清净而优雅的莲花，在轻柔阳光的抚摸之下，轻轻地、徐徐地绽放……

"孙萌萌，你刚才拜佛简直就跟打仗似的，但是到送子观音面前为什么这么虔诚？想生孩子了吗？生孩子靠佛是没用的，你没上过生物课吗？生孩子要靠男人！如果你真的那么迫切想要的话，我可以帮你！"许烨磊嘴角噙着一抹坏笑，说完这句冗长的话，立马闪到一边，以防某人恼羞成怒。

果真，孙萌萌听完这话，立马羞愤交加，握紧拳头，恨恨地瞪着许烨磊，一副想揍人的气势，向他杀了过来。许烨磊敏捷地躲过她的"追杀"，像猴子一样往山上窜去，孙萌萌不甘示弱地追了上去。可是还没跨出几步，只听到一声"啊"的一声惨叫。

孙萌萌刚要跑出亭子，只觉咔嚓一声右脚往外一歪，然后整个人都往柱子上摔去，在惊吓中赶紧抱紧了柱子，不然，沿着山路往下滚可不是开玩笑的，她可不想在佛祖的屁股后面弄出太大的动静。

许烨磊跑得太快，一下子跑了老远，听到孙萌萌杀猪般的大叫声，吓了一跳，赶紧转过身，扑了回来。不过，咱们的特种兵中队长还是错过了英雄救美的一刻，当他扑到孙萌萌跟前时，孙萌萌已经过了危险期，跌坐在冰凉的地板上,惊魂未定,双手紧紧地抱着凉亭的柱子。

许烨磊连忙蹲下身非常内疚非常心疼地把孙萌萌抱起来放在木凳上,检查她脚上的伤。"鞋跟断了,你的脚怎么样?"一声低沉的嗓音带着浓浓的关切唤回了孙萌萌的意识,她看到许烨磊正小心翼翼地脱着她坏事的鞋子。

"我的鞋子!许烨磊,你这坏蛋干吗老是要激怒我!"孙萌萌看到这双过年前和叶子青一起精心挑选的皮鞋,很贵的啊,开张第一天就退役,好心疼啊!

孙萌萌抬起没穿鞋子的右脚就往许烨磊身上踹,但是,踹他的手,痛的是自己的脚。右脚一伸开用力,脚踝处就传来撕裂的疼!

"我……我的脚……"孙萌萌痛得眼睛蒙上一层迷雾,"好痛啊!"

许烨磊伸手握住了孙萌萌的脚,在脚踝处摸了摸,幸好没有关节错位,但能看出白皙的皮肤已经微微地红肿。

"崴脚了!别再用右脚当武器。"许烨磊怕她的脚充血,不敢按摩,只是轻轻地抚摸着,就像安慰小狗一样。

孙萌萌吃痛地咬着唇,两行清泪顺着脸颊淌下,改用双手当武器,粉拳打鼓般锤着许烨磊的手臂:"都是你,都是你……"

看着孙萌萌眼角滴出来的眼泪,许烨磊的心又软了起来,内疚加心疼:"好,好,好,都怪我,都怪我,别哭了!都是我的错,打我吧,往这捶!使劲捶!"许烨磊一手搂着她,一手握住孙萌萌的小手往自己胸口捶去。

捶了几下后,依靠在许烨磊怀里的孙萌萌不好意思起来,看着自己的小手被他那温热的大手紧捂着,立马止住哭声,急着想抽回手。

此刻许烨磊深情的凝望和温柔的哄声,令孙萌萌慌张不已,她不敢面对两人这样的暧昧,推开许烨磊,开始玩单脚跳。非常吃力地跳到山路,对着台阶,有些犯难了。该往上跳还是往下跳?往上跳吧,问题是她不是青蛙啊,没有那么好的弹性。往下跳吧,看着崎岖的山路,孙萌萌怕自己跳一下直接落到山脚下。

许烨磊来到孙萌萌身边,看着她气喘吁吁一脸的纠结,恨不能将她一把抱起来。但是，女孩的心思真的是让人捉摸不透啊，要抱或背，就一个简单的动作，要让孙萌萌没有心理负担地接受还得采用曲线的方式。

"本山大叔不卖拐很多年了，大年初一的，你想找他定制也找不到他人。你看，有一根现成的给你当拐怎么样？"许烨磊曲着胳膊横在孙萌萌眼前，一脸嬉笑着。

孙萌萌被他耍贫的话逗得哭笑不得，又抬起手揍许烨磊。结果身子一晃，眼看就要再摔一次，孙萌萌吓得赶紧抓住许烨磊，某男的大掌也自然地爬到她的腰间。这样的搀扶，孙萌萌瘦小的身子几乎都被许烨磊裹着，只觉得从上而下都被许烨磊的气息笼罩着，男性的阳刚气息纠纠缠缠地绕着她的每一个细胞，孙萌萌感觉有些透不过气来，快要酥软倒下了。

孙萌萌突然意识到这是什么状况。写了那么多言情小说的她，现在终于轮到自己实践了，感觉好美妙，却又很矛盾地不敢舍欢。要是让许烨磊知道自己对他这么有感觉，一定会被他马上抓着去民政局报名结婚。

"痛……好痛……"孙萌萌纠结着脸，让许烨磊一惊，以为她又哪里闪了，忙关切地问："是不是这里也扭到了？"

"许烨磊，你下去，站这儿……"孙萌萌吃力地说着话，指着前面一个台阶。许烨磊不明所以地跨了一步，下了一个台阶，但双手却不曾离开孙萌萌的身体。

"转过身……"孙萌萌发布着命令。许烨磊立马就明白她想干什么了，不由浅浅一笑，心里却在腹诽：老婆，你又中计啦！

孙萌萌待许烨磊转过身，双手立马抓住他的肩，某女来了一个姿势不怎么优雅的猴子上树……稳稳爬到许烨磊的背上，孙萌萌就开始她的报复了，粉拳非常卖力地往许烨磊的头上猛捶，捶完不由得意地笑了起来，终于报仇雪恨了。

哼——我大年初一摔跟头，揍十下；敢乘机揩油，让我差点迷失，揍二十下。

这样的力度对许烨磊来说简直是帮他挠痒，看他背着自己欢快地下台阶就知道了，这家伙竟然那么享受她的暴揍！孙萌萌突然两眼一亮，把脖子上的红围巾摊开，覆在许烨磊的头顶，然后往下拉，在他的脖子上打了个漂亮的蝴蝶结。

孙萌萌探头在侧面看着自己的杰作，很帅气的狼外婆啊！

许烨磊满脸黑线，刚好有位阿姨从下面迎上来，看到许烨磊华丽丽的红头巾，扑哧一声笑得前仰后翻。有那么夸张的喜剧效果吗？孙萌萌睁大着眼睛凑近许烨磊，歪着脑袋在许烨磊的耳边左看看右看看，这招猴子上树，把猴儿耍泼演得淋漓尽致，这会儿更是猴头猴脑地搞怪上瘾。

"赶紧给我解开！"许烨磊驼着孙萌萌两手托着她的腿，没空清理头上的恶搞，低声命令着孙萌萌。

"可是，我觉得你今天穿红外套，跟这个围巾很搭啊。新年第一天从头红到脚，多么吉利啊。"孙萌萌不理许烨磊隐忍的怒气，还是一脸的嘻嘻哈哈，在某男的背上玩得不亦乐乎。

她伏在许烨磊的背上，前胸贴着许烨磊的后背，对于初接近女人的男人来说，这是怎么一个刺激啊！感觉软软的两团贴近自己，许烨磊后背突然僵硬起来。

乱捶完的孙萌萌消耗了不少体力，此刻觉得有些累，软趴趴地贴着许烨磊的后背喘气。神经大条的她一点都没觉察到自己那饱满的胸部正紧紧地贴着许烨磊结实的后背。许烨磊的后背真的很宽，真的很温暖，跟她老爸的一样，让人觉得特别有安全感。

除了老爸之外，孙萌萌从来不知道男人的身上怎么会有这么一股令人醉醺醺的气息，不知道怎么形容那气息，就觉得这个人值得自己信任、依赖，心里特别踏实。孙萌萌从开始的不安分，蹭了蹭，动了动，可是慢慢地小手不由自主地圈住许烨磊的脖子上，缩了缩脑袋，埋在他的肩颈上。

许烨磊见后背上的小女人变成一只乖巧的小白兔，刚毅英俊的脸上，浮动着欢乐的因子，不由放慢脚步，享受着此刻属于两人的幸福。

车稳稳地停在玉锦豪园的地下停车场，孙萌萌卸下安全带，许烨磊就已经帮她打开车门,一双手臂将她从座位上抱了起来,将她搂进男性健壮的胸膛,抱着她往电梯口走去,他的大手将她紧紧地拥住,小心翼翼地像是搂着最珍爱的宝贝似的。

孙萌萌的呼吸明显有些紧张而急促,小脸一片嫣红,细声地说:"那个……我自己可以走……"

刚才从山上一路背下来,直到上车才放她下来,这会儿又这样,孙萌萌觉得好暧昧,好害羞啊!

"不行,虽然在山上简单处理了一下,但是现在最好不要乱动!"许烨磊嘴角勾起好看的弧度,低头看着怀里小鸟依人的孙萌萌,很果断地回她。

"许烨磊……"见他不肯放手,孙萌萌嘴上不免抗议起来,但心里却莫名地眷恋起他这温暖的怀抱,一点都不想他放开自己。

"好了,都快到家了,就别再较劲了,伸手按下电梯……"许烨磊抽不出手来,只好让孙萌萌代劳。孙萌萌嘟着红润的小嘴,看似不乐意地伸出修长的手指摁了一下电梯。

电梯门,缓缓打开,许烨磊抱着她走了进去,这次孙萌萌自己很主动地再次按了一下楼层数字,两人像是一对热恋的情侣,女孩撒娇要求男孩抱她回家。

叮咚……电梯到了一楼,一家三口穿着崭新的衣服像是来拜年,一起拥了进来。一位看似三四岁被爸爸抱着的小朋友看到孙萌萌和许烨磊,眼睛不由直溜溜地盯着她,几秒后,回过头对爸爸说:"爸爸,这个姐姐这么大了,怎么还要人抱啊!"

"宝贝,别乱说话,要跟叔叔阿姨说新年好……"爸爸把女儿转到另外一个方向,不让她的视线跟某角落亲密拥抱的男女有所接触,嘴上却这么教育她。

"叔叔、阿姨新年好!"小女孩奶声奶气地说。

孙萌萌顿时觉得跳楼的心都有了。好丢人啊!孙萌萌瞪大眼睛看着许烨磊,眼神发出强烈的警告:许烨磊,快把我放下来!

孙萌萌恼怒地伸手狠掐了一下许烨磊的手臂。许烨磊被掐得吃痛地咬紧牙关,但依旧没把她放下来。

旁边的乘客,脸色都有些微微尴尬和带着羡慕的色彩,余光不约而同地扫着他们俩,孙萌萌抵不过许烨磊的"强权",最后唯一办法就是不要把自己的脸曝光,只好将脸埋进他温暖的怀里,紧紧贴着他那宽阔而温暖的胸膛。看着孙萌萌像鸵鸟似的直往自己怀里钻,许烨磊的嘴角露出奸计得逞的狐狸般的微笑,心里荡起了绵绵的暖意,收了收手臂让她更贴近自己。

终于到了,许烨磊满脸贼笑地抱着孙萌萌走出电梯。

到家后,许烨磊径直将她抱到客厅的沙发上,轻轻地将她放了下来:"等会儿,我去拿冷水和冰袋给你冷敷一下……"说完,修长的手指又亲昵地刮了孙萌萌的鼻子一下。

正想要开骂的孙萌萌心又怔了一下,她有些怀疑起自己的鼻子就是自己的敏感带,只要许烨磊稍稍一碰,就乖得跟兔宝宝似的。

没过一会儿,许烨磊端了一盆冷水和一个冰袋出来,放在孙萌萌的脚下。

"我自己来!"孙萌萌有些害羞,连忙把脚缩到一旁,声称要自己动手。可是下一秒,小脚被许烨磊温热的大手给拉住,大手轻柔地将她脚上的袜子脱了下来,像是怕碰上她似的。

"许烨磊……"抗议的话还在嘴里含着,但是已经无济于事了。许烨磊将她那只受伤的白嫩脚丫,慢慢地放在脸盆里,冰袋敷在她的脚上。

"啊——好冷,好冷……"孙萌萌的脚触到那冰冷的凉水,嗷嗷地叫了起来。

本想帮她冷敷一下,以此降低脚的肿胀,听到某人的鬼叫,许烨磊的心不由一紧,连忙将她的脚拿出水面:"等会儿,我去拿条毛巾!"几秒后,许烨磊拿了一条毛巾出来,浸湿后,拧干,包住冰袋轻轻地敷在孙萌萌的脚踝上,修长的手指稍稍用力地帮她按摩,温声地咨询孙萌萌:"这样会痛吗?"

孙萌萌摇了摇头,冰毛巾搭在脚上,瞬间舒服了一些,外加某人的按摩,脚微微有些疼痛,但是还能忍受。许烨磊蹲在孙萌萌的脚边,不耐其烦地换了一盆又一盆的冷水,一遍又一遍的毛巾,帮孙萌萌冷敷了近二十分钟,脚上的痛意似乎减轻不少。

孙萌萌低着头,看着专心致志为自己敷脚的许烨磊,他长长睫毛下那乌黑的眼眸里带着温柔的怜惜和专注,让人感受到满满的温暖和爱意。

孙萌萌以前从一本书上看到这么一句话:一个女人最幸福的事情,就是一辈子里有三个男人为你洗脚,一是爸爸,二是老公,三是儿子……爸爸和儿子都是有着血缘关系的,而老公却是在人海茫茫中,因缘分而相遇的。一个男人愿意为你洗脚,代表着他愿意疼爱你一辈子,到天荒,到地老……想起这一段模模糊糊的话语,在这一瞬间,在这一刻,孙萌萌隐约了解到心动是什么,心莫名地变得柔软起来,那懵懂的爱情之花正在心间悄然绽放,整个心房被甜蜜溢满……

许烨磊抬起头,看了小丫头一眼:"还疼吗?"

看着他那温柔如水的目光,孙萌萌似乎将要被融化掉,心下一动,克制不住地低头过去,微凉的红唇轻轻地滑过许烨磊的脸颊,像蝴蝶不经意地停歇后又翩然离去,只留下怦然心动的心跳。

孙萌萌不知道自己为什么会这样做。也许,不是所有的事情都需要有理由的。

被孙萌萌偷亲的许烨磊,愣了愣神,心间逐渐浮起一丝异样的感觉,像是窃喜,又似蜜糖般甜蜜,原本专心的神色从他俊朗的脸上褪去,逐渐被一抹幸福所取代……

手上的毛巾滑落到盆里,俊朗的面容上缓缓展开笑颜,露出了那口漂亮的白牙,笑容如罂粟般诱人,眸底暗涌着的是浓浓的宠溺和爱意,将人毫不留情地吸了进去,抓不住一丝逃出的机会。

许烨磊的手指慢慢抚上她的脸,抚过她的眉毛,她的眼睛,她的嘴唇,最后他用双手捧住她的脸颊,呼吸灼热滚烫直地扑在她的脸上。他深邃的目光,直勾勾地看着她的艳艳红唇,似有若无地传递着暧昧的气息,只要他轻轻一勾就能吻到她香艳的唇,可他却迟迟不敢做出任何举动,却又不肯就此罢手，一时间竟愣在了那里。

孙萌萌看着他越来越近的脸，他的眼睛距离她如此之近，美丽得如同黑色的玛瑙，仿佛轻轻一敲就会碎掉，孙萌萌不由轻轻闭上了眼睛，薄荷般清新的气息扫在脸上，打乱了她的整颗心，那醉人的气息令人浑身发软。

这样柔软，这样芳香，这就是他一直渴望采撷的味道，竟比他想象中还要甜美。许烨磊吻上孙萌萌如花瓣般的嘴唇，很轻，怕此刻是个迷醉的梦，被他的粗鲁打断。他在她的唇上轻刷着，他从未想过自己会这样的温柔。

孙萌萌的纤腰被他的大手抱紧，心也在他收紧的臂弯里骤紧，从那一瞬间开始，心就在这场温柔的暴雨中沉溺，过了许久，微薄的空气已不能维持彼此的呼吸，她只觉得自己满眼里都是他宠溺的目光，满耳里都是如雷的心跳，也不知道是他的还是自己的，就这么没了分寸……

唇齿相接，激荡着的是两人初次体验的甜蜜，是两情相悦迸发的激情，似乎就在这一刻死去，亦然是地久天长……

"哐"的一声，在他们身侧响起，打断了两人忘情的缠绵。

脚下的脸盆被孙萌萌给踩翻了，温热的水湿漉漉地流淌在地毯上，回过神的她立刻羞红了脸，身上的滚烫还没褪去，心里既紧张又尴尬，不敢抬头看许烨磊。两人都红着脸，相对着喘息，甜蜜在空气里萦绕。

许烨磊将孙萌萌软软的身子拥进怀里，甜香的气息萦绕在他手臂中、鼻翼下，心底燃起前所未有的满足。孙萌萌真的是他的魔障，不知不觉她成了他牵挂的中心，让他情不自禁地想把她抓进他的生活，想霸道、专横地守护她、呵护她，不容他人窥觊。他渴望分享她的一切，渴望成为她生命的一部分。

许烨磊的眼睛直勾勾地看着她那片令人神往的温软芳香，心神激荡中呼吸几乎要凝滞了，感觉自己好像中了魔障似的，心脏仿佛被什么紧握住纠葛成一团。

没错，许烨磊你真的中了孙萌萌的魔障了！

许烨磊的目光近似渴求，凝视着孙萌萌，鼻息喷洒在她的脸上，不舍得离开那两片香艳的红唇,心神一漾,低头又凑了上去,毫不留情地将孙萌萌的唇瓣吸住,没有给她一丝反对的机会。

4.

　　许烨磊花了半个小时,才把地毯给处理干净,热得额头直冒汗,去浴室洗了一把脸出来,正要敲主卧房门的时候,门铃响了起来。

　　许烨磊心底一阵疑惑,大年初一谁会来这给他拜年呢?走到玄关处,许烨磊看到视频上出现一位面善的中年男人,虽然不是高清,但以特种兵敏锐的观察力,立马明白了一件事。许烨磊有些心慌起来,脸上立马整顿出一个非常标准的笑容,连忙把门打开。

　　站在门口,拎着电脑的孙耀文,清清楚楚地看到帮开门的人时,不由一愣,以为自己走错门,连声道歉:"新年好,对不起啊,我好像弄错门号了……"说完,孙耀文抱歉地笑了笑,正要转身时,却被许烨磊给叫住了。

　　"伯父,你找萌萌是吧!"许烨磊连忙叫住孙耀文。

　　孙耀文又是一愣,两眼呆呆地看着眼前这位高大帅气像是她女儿房间墙上贴着的偶像明星的小伙子。

　　"伯父,我是许烨磊……"虽然许烨磊不确定孙耀文是否知道他的存在,但却非常主动地自报家门。

　　许烨磊?听到这名字,孙耀文的眼睛立马放光起来。

　　久闻不如一见,孙耀文怎么也没想到今天来这竟然能碰上大哥孙耀武给萌萌介绍的对象,立马笑呵呵地问:"你就是许烨磊……"

　　许烨磊一听,心里顿生兴奋,想必未来的岳丈大人听过他的名字,看来孙萌萌那丫头没少在岳丈大人面前提起他嘛!

　　"是,伯父,你快请进,萌萌也在家!"许烨磊立马换上一副准女婿的嘴脸,憨憨地笑着邀请未来的岳丈大人进屋。

　　"好,好,好……"孙耀文满脸微笑地提着电脑走了进去。

Chapter5 传说中的恶魔教官

"萌萌,你爸爸来了,快点出来!"许烨磊像是老公喊老婆那般自然,冲着躲在主卧不肯出来的孙萌萌喊了一句。

闻声,孙萌萌顿时急得像热锅上的蚂蚁,从床上爬起来,想快速跑出来,完全忘了右脚受伤的事情,一落地,小脸立马皱成一团。老爸看到许烨磊在这儿,会怎么联想翩翩啊?孙萌萌无法想象事情接下来会怎么发展,忍着痛,咬着牙,打开房门单脚跳了出来。

孙萌萌跳到客厅,神色紧张加尴尬地看着孙耀文。孙耀文看着女儿"金鸡独立"地从房间蹦出来,连忙问道:"萌萌,你怎么啦?"

孙萌萌正要回答时,却被许烨磊给抢了先:"伯父,萌萌的脚不小心崴到了!"

一听女儿崴脚,孙耀文连忙走过去:"怎么回事?什么时候崴到脚啦?"

孙萌萌见老爸那担心的模样,暂时把刚才接吻的害羞撒到一边,白了许烨磊一眼,心里暗骂道:真是多嘴!我们父女对话,用得着你来插什么话啊?

"爸,我没事啦,就是早上去寺庙拜佛时候,不小心扭到的……"孙萌萌嘴角扯着一丝尴尬的笑意。

"快坐下来,让老爸看看!"孙耀文一脸的心疼,把孙萌萌扶到沙发上坐下,叫她把扭伤的地方给自己瞧瞧。

"爸,不用,我现在不疼了,那个……他已经帮我处理过了!"见老爸孙耀文这般担心,孙萌萌连忙指了指站在一旁发愣发傻的许烨磊。可是刚指完,孙萌萌就后悔了,因为孙耀文的注意力立马转移到许烨磊的身上了。

"你好,我是萌萌的爸爸——孙耀文!"孙耀文正式向许烨磊介绍自己。

"你好,伯父,我——许烨磊,刚才跟你介绍过了!"许烨磊憨憨一笑,伸过手握了握孙耀文的手。

见他们这么彬彬有礼地自我介绍,孙萌萌有些无语,怎么感觉像是领导见面啊!

"呵呵……"孙耀文轻笑一声,目光再次落在许烨磊的身上,从上到下打量了一番。

211

老丈人见"女婿"，心情十分微妙。虽然先前对许烨磊的资料不是很了解，但因为他的职业是军人，总觉得比外面花花世界的男人来的踏实，可靠很多。再说这男孩还是自己大哥做的媒，肯定会选最好的介绍给自家闺女。最让孙耀文没想到的是，许烨磊还长得这么俊，颇有他当年的帅气，这么一见，心里甚是满意。

孙萌萌看到老爸那表情，心里暗暗哀叫起来：咋办，老爸不会以为……以为自己和许烨磊同居吧！爸，这一切都是假象，那个许烨磊只是……只是暂时借住一晚，您千万别多想，也别想太多啊！

许烨磊取了一套茶具出来。孙耀文见到那一套青花瓷的茶具，不由眼前一亮，他可是经常品茶的人，一眼就能辨别出茶具的档次和好坏。

"这套茶具价格不菲吧！"孙耀文摸了摸其中一个茶杯，细细地观察起来。

"伯父，不好意思啊，我不是很懂茶具，这些都是我妈准备的……"许烨磊对孙耀文老实交代，笑容显得特别憨厚可爱。可是孙萌萌听到这话，眉头不由一挑，如果自己没记错的话，上次他可不是这么说的。

许烨磊眼角的余光瞄到孙萌萌的嗤鼻，但却面不改色，嘴角含着礼貌的笑意给孙耀文泡茶。不一会儿，阵阵茶香在屋里的空气中弥漫开来……

"伯父，请喝茶！""许女婿"恭敬地端了一杯茶递给孙耀文，随后也倒了一杯给受伤的孙萌萌。

孙耀文笑眯眯地接了过来，先闻了闻茶香，随后抿了一口，甘甜的茶入口，味道在舌尖蔓延，慢慢回甘。

"不错，好茶！"孙耀文笑着称赞这茶好。

"看来伯父是个行家啊，我对这些都不是很清楚，在部队有茶就喝，没茶直接喝白开水！要是在外面执行任务，有时候连水都没得喝……"许烨磊的语气特别利索，特别真诚。

"你们军人辛苦了，为了保卫我们的祖国，保护我们这些老百姓，怎么可能像我们这些普通老百姓空闲下来，喝茶聊天啊！"孙耀文很体恤地说。

"伯父过奖了……"岳丈大人这么体恤他，许烨磊心里自然乐得不行。

"爸,你怎么来啦!"孙萌萌不想老爸继续跟许烨磊勾搭太多,连忙插话进来。孙耀文这才想起自己来这里的目的,把身旁放着的电脑包给她:"给你拿电脑过来!"

孙萌萌看到自己吃饭的工具,立马激动地抱住老爸的手臂,撒娇道:"还是老爸最好了,知道这电脑是我的心肝宝贝!"

"老爸当然好啦,就是你这丫头,不乖又不听话啊!"孙耀文捏了孙萌萌的鼻子一下,宠溺道。

"没有啊,我一直都很乖,很听老爸的话好不好!"孙萌萌摇着孙耀文的手臂,嘟着小嘴抗议道。

许烨磊看到孙萌萌像是无视他存在似的,在自己面前公然跟老爸撒娇,心里隐隐泛起一丝忌妒,要是哪天这丫头也跟自己这样撒娇,那他肯定浑身一片酥麻。

"那等会儿就跟我回家……"孙耀文趁机钻孙萌萌话里的空子。

一提回家,孙萌萌脸色微微变样,放开老爸的手,喝了一口茶:"我妈现在怎么样了?"

"还能怎么样,把你赶走就自己躲在角落里哭呗!"孙耀文说完这句话,立马顿住了,意识到旁边还有一个暂时还不是"自家人"的许烨磊。于是,赶紧岔开话题,主动询问起许烨磊:"小许啊,虽然我们是第一次见面,但叔叔对你早有耳闻,听说你是部队不可多得的军事人才啊!"

"叔叔你过奖了!我只是军队里的普通一兵!"许烨磊十分谦虚地说。

孙萌萌不由想笑,真心很想告诉孙耀文:他就是部队一营级司务长,哪是什么不可多得的军事人才啊!

"你太过谦啦!"孙耀文呵呵地笑了笑,紧接着问,"小许你怎么没回家过年啊?是不是特意留下来陪我家这个不懂事的丫头?"

孙萌萌听到这句话,口中的茶水立马喷了出来。老爸,你也真够直接的!孙萌萌的脸色瞬间晕红起来,一片尴尬,眼角偷偷地瞥了一下坐在对面的许烨磊,目光刚好和他相撞。此刻的许烨磊嘴角含笑,伸手抽了一张面巾纸递给她。

孙萌萌尴尬地接过纸巾，低着头擦拭着嘴角的茶水，不敢再看许烨磊，心里却在盘算着如何让老爸赶紧离开，省的跟许烨磊这个"危险分子"多接触。

"伯父，我今天也是……凑巧路过这儿，本想萌萌已经回家过年了，上来一看才知道她还在这儿！"许烨磊怕自己给未来岳父留下不好印象，于是找了一番托词解释道。

这话说得多牵强啊！他没回家过年，在这凑巧路过，这话说给谁听都会觉得里面有严重的水分。

孙耀文嘴角带笑，不动声色地看了看许烨磊，又看了看低着头小脸有些晕红的自家女儿，心里立马会意，笑眯眯地说着暧昧不清的话："叔叔知道！叔叔知道！"

"爸，时间不早了，你……你是不是该回家了！"孙萌萌抬起头，鼓着劲，厚着脸皮开口赶老爸走。

孙耀文转过脸，看了孙萌萌一眼："还早呢，我再坐一会儿！"

昨晚到今天中午孙耀文一直都跟老婆李笑梅在那怄气，实在受不了家里的气氛，才打着给孙萌萌送电脑的幌子，从家里跑出来，结果竟然这么巧，在这儿遇上许烨磊，不趁机深入了解一下对方的情况，哪肯就此离开呢？

孙萌萌听了小脸立马皱成一团，老爸你到底想干吗？果然，知父莫若女，孙耀文一张口就是问许烨磊一家几口吃饭，此类的家底调查："小许啊，家里还有哪些长辈啊？"

孙萌萌心里开始郁闷起来。看着孙萌萌那丰富的面部表情，许烨磊嘴角的笑意不由深了几分，简短地回答"未来岳丈"的问话："家里还有爷爷、奶奶和妈妈……"

"哦。"孙耀文若有所思地点头，刚才没听到许烨磊提及爸爸，心想他父亲应该是去世了，至于他的爷爷应该就是大哥说的 B 集团军的前任军长。

"你爷爷奶奶应该退休了吧？身体怎样，还硬朗吧？"既然要了解，那就得从方方面面开始扯，开始聊，孙耀文不紧不慢地开始盘问。

"是，伯父，我爷爷奶奶都退休了，不过他俩身体还挺硬朗的！"许烨磊脸上表情特别认真，彬彬有礼地回道。

"你妈妈是做什么工作的？"

"骨科医生！"

"你们家也在S市是吗？"

"是的，三年前从B市搬回来的！"

"你当兵几年了？"

"从军校开始算起——12年兵龄！"

"现在在部队什么职务……"

问及这个问题时，许烨磊停顿了一下，看了看孙耀文身旁的孙萌萌，犹豫了一下。

坐在一旁一直没吭声，听着两人"火聊"的孙萌萌，从开始的郁闷，演变成了抓狂。真的不能再让他们继续这么聊下去了，不然自己真的要成了许烨磊老婆了！因为她从孙耀文的眼神可以看出，老爸真的很喜欢许烨磊，甚至还有想招他做女婿的想法。

"爸爸，时间真的不早了，你再不回去，老妈要找你了怎么办？"孙萌萌满脸焦急，要轰老爸走，不让他们继续深入下去。

"你这丫头……"孙耀文转过头，瞪了孙萌萌一眼，"你越是赶老爸走，老爸还偏不走了！"孙耀文说这话显得特别可爱，有种老小孩的感觉。

许烨磊见此，不由称羡，想必孙萌萌和她老爸的感情肯定很好！想起爸爸，许烨磊的脸上不免划过一丝失落，从小爸爸许卫国就不在他身边，有时候一年甚至都见不上一次，不过许卫国在他心中的形象一直都很高大，每次许卫国回家，许烨磊就会围着他转，黏着他，让他给自己讲军人的故事什么的，当时觉得那是特别幸福的事情。

可是，就这种一年才一次两次的幸福却在他11岁那年破灭了！从此，再也没有机会听爸爸的声音，再也没有机会触摸他的身体了……

比起神经大条的孙萌萌，孙耀文第一时间觉察到许烨磊神色的变化，连忙笑道："小许，我们刚才说到哪儿啦！"

许烨磊回过神来，立马调整自己的心绪，礼貌地说："伯父，你刚才问我的职务……"

"对，对，我忘了在部队，有些职务是保密的！"孙耀文见到许烨磊犹豫，理解地笑了笑。

孙耀文心里暗自猜想：中校嘛，肯定是营级以上的干部！说不定还是一个很年轻的团长呢？孙萌萌嘟着嘴瞪了对面跟自己老爸一问一答、配合默契的许烨磊一眼，心里哼了一声，就一伙夫，有什么好保密的！

"谢谢伯父理解，这个职务的确是保密项！"许烨磊瞄了孙萌萌一眼，如实地回答。

不过其实他大可告诉孙耀文，会犹豫的原因，是因为他不确定告诉他们自己是特种兵后，是否还愿意让女儿跟自己交往。

许烨磊见过太多的战友，因为这个身份，爱情遭受阻挠，其实不能说是女方家人势利或无情，而是他们的职业跟常规部队相比更为神秘，更为危险！

许烨磊不想继续这个话题，于是话锋一转，咨询孙耀文："伯父，你刚才说留下来是吧，现在也快5点了，要不留下来吃完晚饭再回去？"

"许烨磊你……"听到许烨磊要留老爸吃晚饭，孙萌萌忍不住飙了起来，然而飙到一半却没继续飚下去，转过脸，改口道，"爸，我觉得你还是回家吃饭比较好，不然老妈她……"孙萌萌后面的话省略了N个字，反正意思老爸肯定能明白，能领悟，不必多做解释。

"真是没良心的小丫头，让老爸留下来吃饭就这么不情愿，你妈还能怎么的，我就留下来吃晚饭了！"孙耀文豁了出去，硬是要留下来。

"伯父，那……我先去做饭，你稍等！""许女婿"主动要求去准备晚餐，站起身的时候眼睛还不忘瞥了老婆孙萌萌一眼，心里暗自偷乐。

"爸……"孙萌萌纠结地看着孙耀文，一心想他离开。孙耀文见女儿这副表情，不由觉得好笑，女大不中留啊，有了男朋友就忘了老爹啊！自己还是识趣点，毕竟军人可不比常人，给他们腾点多相处的时间吧！

"小许别忙了,我现在就回去,不在这给你们当电灯泡了!"孙耀文笑呵呵地站起身。

一听这句,孙萌萌钻地洞的心都有了,老爸他歪解她的意思了,她跳进黄河也洗不清!

"伯父,你就留下来吃晚饭吧,我做饭很快,花不了多长时间!"刚才听到孙耀文说腾时间给他和孙萌萌相处,许烨磊脸色不禁微红起来,主动开口挽留"未来岳丈"。

孙耀文冲着许烨磊笑着摆手:"下次吧……"说完,瞄了瞄女儿,"老爸先回去了!你的脚,要是明天还痛的话,老爸再带你去医院!"

"爸不用了,我没事,现在好像不疼了!"孙萌萌嘟着小嘴宽慰老爸。

孙萌萌因为脚受伤不方便,只好眼睁睁地看着许烨磊送老爸离去。门一关上,孙萌萌嗷嗷叫地捶了身旁的抱枕几拳,这下好了,老爸肯定想歪了,自己和许烨磊之间的关系,撇都撇不清了!

还有……刚才坐在这个沙发上的接吻,自己绝对是发神经了,抽风了,才会主动去亲许烨磊!这下怎么办?她都不知道该怎么收拾接下来的局面了!唯一的选择就是避开。孙萌萌提着老爸刚送过来的电脑,一跳一跳地逃进主卧。

5.

转眼过了一天,孙萌萌第一次让许烨磊在这儿过夜,除了享受他的照顾之外,也享受着他做的饭菜。

此刻两人正在吃早餐。

"今天怎么安排?"许烨磊吃饭比较快,抬眼看着埋头吃饭的孙萌萌。

"码字……"吃货的胃被食物填平了,孙萌萌口中说出简短的两字。许烨磊听到这个陌生词语,不由愣了愣:"什么码字?"

"不懂就不要问!"孙萌萌不想跟他多解释自己现在的职业。

"你这是什么逻辑，不懂才要问不是吗？"许烨磊很是好奇，一心想知道那个"码字"的含义。孙萌萌瞪了对面的"外星人"一眼，现在是网络时代，是个上网的人都知道码字代表什么意思。

　　"唉，有空的话，建议你多跟地球联系联系！外星人！"孙萌萌擦了擦嘴角，没给许烨磊正面解释码字的词语注解，站起身，一跳一跳地往书房走去。

　　优质男人许烨磊洗完碗，擦了擦手，从厨房走了出来，径直往书房走去。此刻的孙萌萌，正在书房里趴在电脑面前，手指飞速地在键盘上啪啪啪地打字。

　　富有磁性的声音在头顶响起，修长的手指撑在书桌上："这就是码字？"孙萌萌连忙低头把电脑盖上。

　　"你在写小说？"许烨磊刚才瞄到几行字，心里顿时明白孙萌萌刚才说的码字的意思。

　　经历早上的甜蜜后，孙萌萌对许烨磊的态度不像以往那么野蛮，变得温柔可人起来，点了点头，如实告之："是，我靠写作赚钱。"

　　许烨磊愣了愣，眼睛泛着不可思议的光芒："没想到你还是个作家啊！"

　　孙萌萌摇了摇头，颇有自知之明地说："算不上作家，只是……勉强算是网络小说的写手……"

　　"哇，没想到我老婆还是个作家！"许烨磊勾了勾嘴角，有些意外地说。

　　"谁……谁是你……老婆啊！"孙萌萌满脸泛红，嘟着小嘴抬起头反驳道。

　　"你啊……"许烨磊修长的手指轻轻划了一下孙萌萌的脸颊，随后像蝴蝶一样飞走了。

　　"胡说八道……"孙萌萌羞红着脸，轻捶了一下许烨磊的手臂。

　　对于老婆那粉拳轻捶，许烨磊全当给自己按摩，不过心里很好奇孙萌萌写的小说："你写什么小说，能不能让我拜读一下……"

　　"不要！"孙萌萌一口回绝。

　　许烨磊摸了摸孙萌萌的头："既然老婆说不给，那我就不看了！"孙萌萌听到某男一口一个老婆，叫着那么顺口，心里又羞又恼中却夹杂着几丝甜蜜。

"你继续写，我去看书……"许烨磊转身去书柜抽了一本李德·哈特的《间接路线战略》躺在落地窗前的躺椅上看书。气氛似乎特别的温馨，两人就像一对很默契的夫妻，休闲地度过温馨时光。

时间一秒一秒地流淌——

许烨磊看书看得脖子有些微酸，抬起头，看了看坐在书桌前啪啦啪啦飞速码字的孙萌萌，此时她时而皱眉，时而嘟嘴，时而眨眼，时而满意点头，看着她那丰富的面部表情，足以猜出她此刻想表达的心境。看到孙萌萌舔了舔红润的唇时，这个特别可爱的小动作，让某人立马想起他们之间的甜蜜热吻，那唇间的芳香似乎还在唇边，让人回味无比。

写作这东西，最讲究的就是一鼓作气，有灵感时，码字的速度简直飞速，刚经历过甜蜜的孙萌萌正好写到男女主人公甜蜜的桥段，今早深有体会的她来了一个发挥超常，随着那字里行间的温柔，似乎又回到了早上的甜蜜里，洋洋洒洒地写出一句一句飘逸俊雅、温柔甜美的句子。

孙萌萌终于"啪"地敲下最后一个字，伸了伸懒腰，往窗边看去，温和的阳光透过大面积的玻璃窗柔柔地投射进来，在许烨磊身上印着斑斑阴影，健硕的身影被拉得老长。窗下的他正在专心致志地边看书边做读书笔记，阳光把他乌黑浓密的短发染成了金色。

不得不承认，许烨磊认真时的神情真的很迷人，乌黑的短发泛着泽泽光芒，一双星眸深不见底，那双眼睛黑幽幽的，令人神往。

第一次发现男生认真看书的样子竟然也这么帅气，孙萌萌不觉看痴了。

即使专注看书，许烨磊在第一时间察觉到孙萌萌那灼热的目光正盯着自己，心里燃起一抹得意。对于自己的魅力许烨磊从来不怀疑，突然转过头，低沉着嗓音问道："写好了？"

孙萌萌连忙收回视线，装着若无其事的样子："嗯，搞定了！"

许烨磊站起身，走了过去，把手上的书往桌上一放，孙萌萌见到那本书的封面，眼睛不由一亮，心里很是诧异。

"你……刚才看的是这本书?"孙萌萌有些不确定地指着桌上那本英文版的李德·哈特《间接路线战略》。

"怎么啦?"许烨磊不解地问道。

"这是什么书啊?"虽然孙萌萌的文凭是大学毕业,但是一时之间要她立马将书名翻译出来还是有些困难的。

"李德·哈特的《间接路线战略》,军事上的书!"许烨磊修长的手指,指节修长如竹,在书桌上点了点。

孙萌萌拿过书翻了翻,全是蝌蚪文,虽然没到头大的份儿上,但要她拿去阅读绝对心有余而力不足。

"你能看懂?"孙萌萌有些怀疑,一个军人的英语水平这么高,实在让人难以置信。

许烨磊伸手敲了敲她的脑门:"我的智商还用你怀疑?"

许烨磊是懒得在她面前摆谱,当年他可是军校赫赫有名的高才生,除了英语他还会好几门外语,德语、法语,还有俄文。

孙萌萌吃痛地捂住头,扁了扁嘴,故作不以为然地白了他一眼:"人家只是说说而已嘛!用得着这么暴力吗?"眼睛瞄了一下电脑下方的时间,"许大厨,现在已经快 12 点了,还不快去煮饭!"

许大厨?许烨磊听到这名字,那柔和的笑意逐渐变得意味深长起来,眯着眼睛看着孙萌萌。这丫头不会真的以为自己在部队就是一伙夫吧?

见许烨磊用这种眼光看自己,孙萌萌连忙嘿嘿傻笑改口道:"许烨磊,快 12 点了,是不是应该去煮饭呢?"

许烨磊对自己这个吃货老婆真是有些无语,故意说道:"为了惩罚你乱取绰号,今天我罢工!"

"许烨磊,你不要这样嘛!"孙萌萌不知为何,自认而然地抱住许烨磊的手臂,摇了摇,撒娇道,"我下次不敢了!下次绝对不敢给你取绰号了!"说完,孙萌萌还冲着许烨磊眨巴了几下眼睛,像小狗似的看着他。

见孙萌萌跟自己撒娇,许烨磊心里一阵酥麻,嘴角露出一抹狐狸般的微笑：" 要我煮饭可以，不过我有个条件！"

" 什么条件？"

" 你亲我一口！"某男无耻提出要孙萌萌亲他的要求道。

孙萌萌立马反应过来，小脸立马嫣红起来，连忙把握住他手臂的手给抽了回来，很硬气地说：" 你爱煮不煮！"说完，站起身，" 让让，借过一下！"

许烨磊见孙萌萌这么不配合，阴谋失败不由气馁，拉住她，大手圈住她的腰不放人，" 要不这样，不亲嘴，亲脸也行……"继续无耻无下限外加循循善诱地把条件降低。

" 许烨磊你真的……真的很不要脸唉！"孙萌萌低头娇嗔地骂了一句。

孙萌萌此刻，闻着许烨磊身上散发出来清新的香味，感受着他的炙热呼吸，心跳不由得混乱起来，她觉得自己现在几乎无法抗拒许烨磊对她的亲密，心里似乎喜欢他的拥抱，喜欢他的亲吻，甚至有些开始喜欢他整个人了。脑海里想着：亲就亲吧，嘴都亲了，还怕亲脸吗！

" 你不亲的话，我可就……"许烨磊嘴角勾起一抹得意的笑，" 算了，还是我亲你吧！"说完直接低头，在孙萌萌的脸上啄了一口。

偷香一把后，许烨磊才恋恋不舍地把孙萌萌放开，去厨房给自己心爱的老婆做饭。彼此之间有了亲密之举后，两人之间也没有那么多间隙，下午许烨磊还跟孙萌萌一起包了百来个饺子，包饺子的时候两人一直有说有笑，打打闹闹，亲密得像是一对热恋中的情侣，在那边包边向对方撒面粉，玩得不亦乐乎。

晚上吃晚饭后，孙萌萌坐在沙发上看电影，许烨磊在卧室接电话，半天都没出来。

正当孙萌萌看得入神的时候，许烨磊忽然从后面揽住了她。一股热气不断在耳边骚扰，带起一阵酥痒，孙萌萌稍稍挣扎，许烨磊却搂得更紧，在她耳边低吟说：" 萌萌，我等会儿要先归队……"

闻声，孙萌萌连忙转过头来，看着身后的许烨磊，那双墨黑的眸子里闪闪发亮，她在那双清澈的眸子里看到了自己的脸，笑得很温和，很情深，很动人。

"怎么……这么快就要回去了？"刚和某人你侬我侬一整天的孙萌萌，听到许烨磊要走，心里立马燃起一抹不舍之意。

"刚才战友来电话，有急事找我……"许烨磊刚才接到的是路赢的电话，有命令在身，叫他速回部队。

"哦。"孙萌萌嘟着嘴，语气似乎很不情愿他离开。

见孙萌萌不舍，许烨磊的心里自然开心，自然高兴，他何尝想走，但是军令如山，即使美人难舍，也得归队。

孙萌萌低着头，故意掩饰自己那不舍的情绪，揪了揪抱枕，随后一只修长的手却出现在她眼底，暖暖的手指轻抚过她的脸颊，将她的脸抬了起来。四目相交，淡若水的交错却拨乱了彼此的心，这一天下来，他们已经在彼此心间种下的情种，慢慢地生根着，慢慢地发芽着。

许烨磊浓密的睫毛扫在眼睑上，画出一片淡淡阴影，笔挺的鼻梁下薄唇轻抿，勾成了一条深刻的曲线。孙萌萌看到他幽深的眸子如散不开的浓墨，一圈圈旋转，将她深深地卷了进去。

热恋中的人们总有激释放不完的激情，两人的目光深深纠缠，许烨磊低头吻了下去，坐在沙发上的孙萌萌仰着头轻轻回应，经过前面两次的揣摩，他们的吻技已不再像起初那般生涩，而是痴缠着柔情久久放不开……

停留在腰间的手越收越紧，孙萌萌几乎已无法呼吸，轻微挣扎了一下，许烨磊像被惊醒一般松开了手，那墨黑的眸子已不像之前那么清澈，却蒙上一层淡淡的光晕，有些东西在里面流动，当时的孙萌萌看不懂，后来才知道，原来那种光晕，叫作欲望……

转眼，过了小正月。

经历了大年初一、初二的甜蜜，还没清醒过来的孙萌萌，不知道怎么形容自己的心，那个混乱纠结啊，就跟刚出轨偷了腥般，既贪恋着一时放纵的甜蜜，又为未来两人关系的憧憬有些提心吊胆。

连着几天，大脑里都是和许烨磊之间的嬉笑怒骂，一幕一幕像电影一样在她脑海回放。特别是第一次那样痴缠的吻，让她好回味。

真是饱暖思淫欲！

也不知是不是经过了实践，孙萌萌被男人的温柔滋润一番后，突然下笔如有神了，写感情片段之前不再需要像以前一样把最新的爱情片看了一遍又一遍细细地揣摩，就能噼里啪啦地把字母变成流畅的文字。

殊不知，她在用细腻的笔触描摹着那样美好的情感时，潜意识里又把自己和许烨磊之间的滴滴点点又重现了一遍。初恋，那么缠绵悱恻，那么荡气回肠，很多时候还是自己的功劳，把自己和许烨磊的甜蜜一遍又一遍地辗转回放，把其中的美好一遍又一遍地无限放大……

下午时光，阳光暖暖地照射进来，屋内温暖如春。

从上午10点爬起来，只吃一个苹果后就开始码字到现在的孙萌萌终于感到了饥饿，深呼了一口气，摸了摸肚子，快饿扁了。打开冰箱，大部分都是水果，所以唯一的选择就是煮饺子。那天许烨磊提出包饺子，就是怕她不煮饭就干脆不吃，于是包了一堆饺子放在冰箱速冻，要吃立马下锅，不费事，又省时间。这是她和许烨磊一起包的饺子，吃起来别有一番滋味。

孙萌萌刚吃完饺子填饱肚子，抹了抹嘴巴，正要跑回书房继续奋斗码字时，门铃响了起来。难道许烨磊回来了？

孙萌萌兴冲冲地跑到玄关，快速打开门。结果门口站着的男人是自己的老爸孙耀文。

孙萌萌脸上闪过一抹失落，耷拉着脑袋讷讷地叫着："爸，你怎么来了？"

孙耀文见女儿换了一副表情，心里有些吃味，但还是笑着戏谑孙萌萌："你不会以为是许烨磊回来了吧！"

"爸……"孙萌萌羞赧地嘟着小嘴，挽着爸爸的手进屋。

"爸爸来看看你脚好些没……"坐下后的孙耀文关心地问。他此行的目的就是给孙萌萌送药膏来了，因为前几天是正月，送药忌讳，所以小正月过去后才给孙萌萌送药过来。

"嗯,还好,已经不疼了!"孙萌萌端着两杯水过来,顺便抬了抬自己的腿给孙耀文看。

"看来小许的医术很不错嘛!"接过水的孙耀文笑着说。一提及许烨磊,孙萌萌的脸色不自觉地红了起来。

"恋爱了?"见女儿在那傻笑,孙耀文嘴角不禁露出一抹又开心又苦涩的笑意。

孙萌萌回神过来,连忙抬头,摇了摇头嘴硬地狡辩:"没有……"

"还说没有,嘴巴笑得都快要裂开了!"孙耀文捏了捏她漂亮的小脸蛋,吃醋地说。

孙萌萌拨开老爸的手,死活不承认:"哪有啊,我是见到老爸你来,心里觉得特别的开心!"

"别哄我开心了,大年初一急着把我赶走的事,老爸可是一辈子铭记在心啊!"孙耀文故意摆起脸,一副记仇的样子。

"老爸……"孙萌萌抱住孙耀文的手臂,红着脸嗔道。

"小许什么时候走的!在这儿陪了你几天啊?"孙耀文笑呵呵地追问。

"老爸!"孙萌萌红着脸,嘟着嘴,没有正面回答孙耀文的问题。

"好了,这是给你的药,喷涂一下,应该好得会快一些!"见女儿这般害羞,孙耀文只好作罢,从身旁的一个袋子里掏出一盒跌打止痛的喷剂递给孙萌萌。

"谢谢老爸,还是你最疼我了!"孙萌萌亲昵地靠在老爸的肩膀上,不过眼睛也瞄到袋子里装着的几盒东西。孙萌萌指着袋子,疑惑地问:"爸那是什么?"

孙耀文看了看袋子,轻笑一声:"那是给你妈妈买的,她啊,更年期到了,给她买几盒静心口服液!调节调节,消消火气!"

孙萌萌扑哧一声笑了出来,吐着可爱的舌头:"我妈真的更年期啦!"

"要不然呢,这阵子火气那么大,大过年的都把你轰出家门!"孙耀文跟李笑梅也置气了好几天,今天一下班路过药店本想跟孙萌萌买喷剂,结果看到那静心口服液一口气要了四盒，拿回去给老婆李笑梅调节脾气。

孙萌萌乐得龇牙咧嘴："难怪啊，原来真的更年期了！"

"你啊，就是不凑巧，刚好撞在你妈的枪口下……"孙耀文乐呵呵地说。两父女在背后偷偷地讲李笑梅的坏话，感觉特别惬意，特别有意思。

孙耀文回到家中，见李笑梅已经在厨房忙碌。李笑梅见老公回来，没好气地问了一句："去哪儿了，这么迟才回来！"从大年三十到今天为止，两人没说几句话，都在跟彼此怄气。

"我看萌萌去了！"孙耀文的气其实早消了，只是这次老婆做得实在过分，故意冷落了她几天。夫妻之间就是这样，即使再生气，冷静几天肯定会有一方主动和好。

"她怎么样了？"李笑梅语气故作冷淡，但没有了先前盛世凌人的气息。

"她脚崴到了！我今天去给她送了喷剂。"孙耀文憋了几天，才告诉老婆孙萌萌脚受伤的事情。一听女儿受伤了，李笑梅的眼皮立马跳了几下，紧张地追问道："什么时候的事情？"

"年初一！"

"你怎么现在才告诉我！"一听到是年初一就发生的事情，李笑梅的声音立马拔高，冲着孙耀文大声咆哮起来。

"你也会担心啊，你不是狠心地把萌萌赶出家门吗？"孙耀文故意刺激她一句。

"孙耀文——"李笑梅立马河东狮吼。听到某人的咆哮，孙耀文不禁笑了起来："看看，典型的更年期发作！"

李笑梅很想跟老公大吵一架，不过因为刚听到孙萌萌受伤的事情，顿时没吵架的心思了，语气也软了下来："知道就好！给我走开点！"

"呵呵……"见老婆自个亲口承认自己更年期，孙耀文见机拿起手中的袋子在她面前晃了晃，"这个给你买的！"

李笑梅瞪了老公一眼，接过袋子，从里面掏出一盒，看到上面的名称：

静心口服液,立马再次咆哮起来:"孙耀文你……你……你发神经啊!"

孙耀文嘿嘿一笑:"喝喝看,希望你早日把以前的温柔脾气给调回来!"

李笑梅被老公这么一说,真的有些哭笑不得,再次狠瞪他一眼,把袋子塞回他怀里:"走开,我要煮饭了!"

听到这句话,孙耀文知道老婆心里已经消气了,于是乐呵呵地拿着袋子走出厨房。

晚饭间,两夫妻总算一团和气地坐在一块吃饭,李笑梅正边帮孙耀文盛汤,边问:"萌萌的脚怎么受伤的,现在情况怎么样?"即使对孙萌萌辞职再生气,听到女儿受伤的李笑梅还是不免心疼起来。

"大年初一拜完佛,去爬山的时候把脚崴到的!"孙耀文如实告知,"今天去看她的时候,她说好得差不多了,应该没什么大碍了!"

"这丫头就是这么不让人放心!"李笑梅皱了皱眉头。

"既然心疼,有空的话就去看看她,不要光自个躲起来难受!"孙耀文伺机劝说,好缓和她们母女的紧张关系。

"我就自个躲起来难受,怎么着?那丫头实在太让我失望了!瞧瞧她都无法无天成什么样子了!"李笑梅一眼识破了老公的目的,故意顶了一句回来。

"好、好、好,不说这个了!吃饭,吃饭……"孙耀文见老婆脾气又冒了上来,连忙就此打住。孙耀文抬眼看了妻子一下,笑眯眯地说:"老婆,我想告诉你一个好消息!"

"什么好消息?"李笑梅的口气很是和气。孙耀文故作神秘,顿了顿,几秒后才开口道来:"我们萌萌……有男朋友了!"

"你……说什么……"正喝着汤的李笑梅听到这消息,震惊不已,说话间剧烈地咳嗽起来。孙耀文连忙拍着她的背,抽了一张面巾纸给她:"萌萌不就有了男朋友嘛!有必要这么激动吗?"

李笑梅把嘴角擦拭干净后,两眼直放光地盯着孙耀文:"你怎么知道的?什么时候知道的?"

孙耀文嘴角扬起一抹得意:"年前就知道了,大年初一还见到那小伙子了!"

"大年初一你见过他,在哪见的,男方做什么的?长得怎么样?家境怎么样?"李笑梅一听连忙抓过老公的手臂,啪啪啪地抛出一堆问题。

"那小伙子就是上次大哥帮萌萌介绍的中校!"孙耀文眉眼间透露出满意的神色。

李笑梅愣了愣,上次自己问女儿的时候,孙萌萌当时就说相亲完两人没再联系,可就这么一两个月的时间,怎么就变成男朋友了呢?

"那个中校?"李笑梅一脸疑惑地盯着老公看。

"是啊,亲眼见过后,特别的满意,长得那是一表人才,很帅气,就跟我当年一样!"孙耀文一脸开心地夸赞着许烨磊。

"去,你当年哪帅气啦?我怎么没见着啊!"听闻女儿有男朋友的李笑梅心情顿时大好,忍俊不禁地嗤他。"你有没有亲自了解一下他的情况啊?"李笑梅帮老公夹了一筷子菜,好奇地问道。

"当然有啦,我就这么一个女儿,肯定得严格把关才行!"孙耀文满眼带笑地说。

"就你,这么没主见,都是女儿喜欢什么,你就给什么,还严格把关?我看还是算了,改天叫那丫头带回来给我瞧瞧再下结论……"李笑梅对此表示怀疑,一定要自己亲眼过目才算数。

"先跟我说说你了解的一些情况……"李笑梅心里也迫不及待地想知道许烨磊的更多资料。孙耀文一五一十地将自己那天所了解到的信息毫不保留地告诉给李笑梅。

李笑梅听完后,嘴角也露出一丝满意的笑容:"吃完饭给你大哥打电话,跟他说说这事……"

"嗯,好……"孙耀文笑着应好。

正要再盛一碗汤的时候,李笑梅突然顿了顿,心里泛起一丝疑惑,看着孙耀文:"你在哪里遇到他们两个的?"

"在萌萌租的房子见到的,你不知道吧,那房子就是许烨磊租给萌萌的,不过现在这么看来,也不知道那丫头嘴里说的是否是真的。"孙耀文自己也开始怀疑起孙萌萌的租房论,说不定搬出家里就是为了私下跟许烨磊耳鬓厮磨?

李笑梅又是一愣:"你说萌萌现在这房子是那中校许烨磊的?"

"是啊,萌萌说每个月租金 2000 块,不过那房子的装修特别好,面积也宽敞,我当时去看的时候,差一点误以为是结婚新房!"孙耀文故意把他当时怀疑孙萌萌是小三的想法给忽略,改换成了结婚新房。

"那个许烨磊在这有房子?"听到男方有房,李笑梅的眼睛又是一亮。

"听萌萌是这么说的!"孙耀文不是很确定。

"如果有房,那还不错嘛!"李笑梅满意地点了点头。不是李笑梅现实,而是大环境就是这样,女人择偶的第一条件就是有房。

吃完饭后,李笑梅兴冲冲地给大嫂林爱英打了一个电话,两人闲聊几句,就让孙耀文和孙耀武两兄弟接着沟通。当孙耀武听到孙耀文说萌萌和许烨磊两个人已经确认恋爱关系后,心里那个乐啊,咧着嘴,笑得合不拢嘴。

"还是萌萌厉害,这么快就把人给我收服了!好样的!"孙耀武一个劲地夸孙萌萌。

"呵呵,贝贝现在怎么样了?"孙耀文乐呵呵地直笑,自家女儿有着落了,也得关心关心亲侄女孙贝贝的情况。

孙耀武转过头看了眼坐在客厅在那看电视的孙贝贝:"老样子,吊儿郎当的,不过明天就要去文工团了!"

"好事啊!贝贝以后肯定比萌萌这丫头有出息……"孙耀文听到孙贝贝要进文工团,不由夸道。

"出息个屁,还不是她妈妈背着我瞎搞。"孙耀武没有苟同孙耀文对孙贝贝的认可,语气溢满生气的味道。

孙耀文心里很清楚大哥对孙贝贝的严苛,也不好多说什么,两人又扯了一些老家的事情。

"好了，我正要吃饭，回头再聊！"打了十来分钟电话，孙耀武主动挂掉电话。

走到饭桌上，孙耀武瞥了坐在对面的林爱英和孙贝贝两母女一眼，沉着脸拿起筷子，开始吃饭。

他孙耀武以前从来没求过人，但是为了这个女儿，五年前他亲自拉下脸求过一次，但因为孙贝贝的忤逆，硬是在他的这张老脸上狠狠地抽了一巴掌。上个月听到林爱英为了给孙贝贝找工作，竟然又拉下脸去找文工团的江团长给她安排工作。孙耀武当时听了气得直发飙，立马跟江团长打电话说取消孙贝贝的入团资格。

可是没过一小时，林爱英就跑回来跟孙耀武在办公室大吵一架，还以此威胁，要是他敢掺和孙贝贝工作的事情，林爱英就跟他离婚。离婚这个词那可是孙耀武的致命伤，即使很生气，很怄火，也只能生生地把气给咽了回去。

"贝贝，多吃一点……"林爱英满脸带笑地帮孙贝贝夹菜。明天孙贝贝就要去文工团报到了，林爱英晚上特地给她整了一桌好菜。本来年前就可以进去的，但是被孙耀武这么一折腾，又推迟了一个月，孙贝贝的工作到年后才被落实下来。

孙贝贝用余光瞥了一下孙耀武，怯怯地跟林爱英道谢："谢谢妈……"

孙耀武心里哼哼不停，家里这两个一大一小的女人，让他看到就来气，但却只能隐忍，不好发作。

吃完饭，孙贝贝主动帮林爱英收拾碗筷，两母女在厨房嘀嘀咕咕，孙耀武则坐在沙发上喝茶。

"妈，听说文艺兵也要参加军训，好恐怖哦！我真的不想去啦！"到此刻，孙贝贝的心里还是十分不愿意去当什么文艺兵。

"没事的，你们是文艺兵，最多参加三个月的新兵连集训，接下来就没有那么多规矩了！"林爱英耐着性子安抚着孙贝贝。

"三天我都觉得恐怖，更何况是三个月啊，我不想去！"孙贝贝挣扎着，很想临阵脱逃。

"孙贝贝，明天就要去报到了，少再跟我啰唆，不去也得去，为了你这事，我都求了你江叔叔两次，你要是再不去，肯定直接被老爸给毙了！自己看着办！"为了女儿，原本恩爱的夫妻俩过年都黑着一张脸。

"好吧！"孙贝贝嘟着小嘴，心里万般不情愿，但是却又不敢多说什么，因为她是亲眼见到林爱英为了她跟老爸孙耀武冷战一个月的，家里的气氛冷到开着空调都觉得冷得浑身发颤，为此她在家里几乎不敢吭声。

林爱英叹了一口气，看着孙贝贝继续安抚："你们文艺兵的训练都只是走过场而已，别有太多的心理压力，乖，相信妈妈的话啊！"

"哦，我知道了！"孙贝贝噘嘴道。

两母女在厨房虽然是小声地嘀嘀咕咕，但还是被竖起耳朵的孙大司令一字不漏都听了去。新兵连训练只是走过场？孙耀武听到这句，心里不免上火，敢情这两母女真把他带的部队当过家家的幼稚园了。

那就等着瞧！看老子怎么收拾你！孙耀武眼底掠过一抹窃笑。

Chapter6　真正的恶魔

1.

早上，金黄色的阳光暖暖的从照射在驻地的每一个角落。刚执行完往任务，昨晚才回到驻地的许烨磊，还没来得及好好休息，就被大队长路赢叫了过去。

"大队长！"许烨磊一进路赢的办公室，就敬了一个标准军礼，一本正经地道。

"来了，过来，坐下……"路赢笑着冲着许烨磊招了招手。

许烨磊见路赢态度这般和气，顿时松懈下来，走过去，拉开椅子坐了下来："大队长，你找我有事？"

路赢瞄了一下许烨磊，心里在琢磨如何跟许烨磊开这口，于是开始绕弯："这次任务出色完成，干得不错！"

许烨磊一听，心里立马暗称不妙，每次路赢跟他绕弯，那肯定是不讨好的事情。唉，这次千万别对自己说被派驻哪个鬼地方住上个一年半载啊！心里被某小丫头住进去后，现在的他绝对不愿意离开 S 市太久。昨晚 9 点一回到驻地，第一件事就是打开手机给孙萌萌打电话，结果那小丫头竟然关机。半个月多月没见到那小丫头，心里想得慌，恨不得此刻就冲到小丫头的面前，抱住她狠狠地亲上几口。

"小许别这么紧张嘛！"路赢笑呵呵地说，两人搭档这么久，一个眼神就知道对方在想什么。

"大队长你说！"许烨磊心里也暗自做好准备，军人以执行命令为天职，不管是什么命令他都必须接受，无条件接受。

"是这么一个事，半个月前孙司令员给我来了个电话，说这次文工团新招的文艺兵，由你们特种大队的成员出任他们新兵连的训练教官！"路赢目不转睛地盯着许烨磊，细细观察他脸上的表情，一丝一毫都不放过。

前半句提到孙司令员的时候，许烨磊的内心明显波动厉害，还以为孙大司令想透过路赢来了解他和孙萌萌的感情进展呢，没想到最后的结果原来是这个。可是一群文艺兵让他们出任教官去训练，这个命令似乎有些莫名其妙。

"大队长，杀猪来我这里借用宰牛刀，这是不是太浪费资源啦？我能拒绝吗？"许烨磊很直白地说出自己的观点，并表示不感兴趣。

"呵呵，你跟我的想法一样，不过命令已经下来了，就好好去执行吧！"路赢笑着说，他当时也纳闷，但是后面看到他们发过来的资料，发现了一些端倪。

上面有个叫孙贝贝的女孩，家庭住址明明确确地写着孙司令员现在住的地方，顿时明白了他的用意。前几年就有听说孙司令员逼着这个宝贝女儿从军，结果被小丫头给将一把军。这会整进文工团，估计就想狠狠整治她一下。虽然孙司令员此举有公报私仇的意图，但是跟他路赢借用一个特种教官，也没理由不借啊！

"我目前没空，而且马上就要开始新一轮的新兵挑选，忙不过来。"许烨磊嘿嘿一笑，温婉地推托道。

许烨磊根本就不想接下这不着调的命令，让他们去训练那帮娘儿们唧唧的文艺兵，说实话，他还真没这闲工夫，而且他说的也是事实，下周的确要开始新一轮特种兵苗子的选拔了。

"又不要你亲自训练，哪忙不过来啊！"路赢听到许烨磊推托，不免斥责一句。"去安排一个教官，她们下午就到！"原本还用商量语气的路赢，此刻不得不改回命令的口气。

"是，大队长！"许烨磊立马站起身，敬上标准的军礼表示接受命令。

正当许烨磊要离开时，路赢又交代一句："还有，不要随意应付，这是孙司令员特意交代下来的，你最好挑好点的教官去训练他们，好好给我完成任务！"

"是，大队长！"许烨磊一脸郁闷地带着这个令人郁闷的命令回到办公室。

师达树一看到许烨磊回来，立马走了过去，递上一份报告："队长，这是这次执行任务回来的总结报告！"许烨磊接过报告，走到自己的办公位置上。

刚才还在埋着头，不知道在写啥的谢铁军抬起头，瞪了师达树一眼："喂，我说师师你能不能不要这么积极啊，昨晚才回来，你今早就交报告，是不是想逼死我们这些弟兄啊！"

文化水平勉勉强强算是高中水平的谢铁军，每每只要一提笔就觉得头疼，见师达树这么快就交报告，心里那个羡慕忌妒恨啊！

"谁让你昨晚一回来，就倒在床上就睡得跟死猪一样，我可是牺牲了我那宝贵的睡眠时间，拖着我那疲惫却高大伟岸的身躯连夜把这报告赶出来的！再说积极是种美德，你啊，应该跟我好好学习才对！"师达树拍着自己的胸脯要给谢铁军树立模范作用。

"呸……"谢铁军不屑地呸师达树一句。

许烨磊看了看他俩，心里开始盘算着，把刚才路队交代的任务让谁来接棒，于是冲他俩招了招手："你们俩过来一下……"

谢铁军和师达树两人以为有什么美事，立马扑了过来，好奇地问："队长，有什么好消息要公布吗？"许烨磊的脸上露出一丝贼贼的笑意，点了点头："嗯。"

"真的！"两人异口同声道，两眼直冒光，"什么事快说！"

见两人眼睛里那期许的目光，就知道鱼儿上钩了，于是顿了顿，语气严肃地说："刚才我去了一趟大队长办公室，接到一个光荣的任务，不知道你们两个谁愿意去执行？"

两人一听到光荣的任务，眼睛不免又亮了亮："什么任务？"

"训练新兵三个月！"许烨磊嘴角掖着笑，宣布任务。

"好哇，最近正闲得发慌，正想来批新兵练练手呢！"谢铁军不假思索地应下。师达树比谢铁军来的谨慎一些，追问了一句："队长，哪来的新兵蛋子啊？"

"你管哪儿来的,说你们两个谁愿意接受这个光荣而又艰巨的任务!"许烨磊故作神秘道,生怕他们俩发现什么不对劲的地方。

"队长,我去,削死那帮新兵蛋子!"谢铁军当仁不让地把这任务接了过去。

听到有人自告奋勇地要去训练那些文艺兵,许烨磊嘴角的笑意不免深了几分,不过却没有立马把任务交给谢铁军,而是在那端了端架子。其实许烨磊心中的人选是师达树,毕竟师达树也是大学毕业,思维比较活跃,性格也比较活络,跟那些大学生文艺兵在一起,应该会比较融洽一些。谢铁军太生猛了,要是他去,许烨磊担心那帮文艺兵不被他练残了才怪。

师达树见此,心中暗称不妙,连忙笑道:"队长,既然螃蟹当仁不让地要接受这任务,那我只好忍痛割爱,表示弃权,不跟他争了!"

谢铁军听到师达树弃权,不由偷乐,拍了拍他:"师师,这次算你识相!"师达树冲着他嘿嘿傻笑:"祝你圆满完成任务!"

"放心,不就削那些新兵蛋子嘛,这点小事都完不成,我谢铁军就白在大队混了!"谢铁军自信满满地说。

许烨磊看着两人一唱一和,不由觉得好笑,师达树这小子,不愧是人精,快赶上他一半了,竟然识破了自己的诡计。好吧,既然如此这个任务只好由谢铁军去执行了!希望他能悠着点,千万别整出人命,让他收拾烂摊子。

"队长,现在可以告诉我是哪个团的新兵蛋子欠削吗?"揽到任务的谢铁军凑了过来,笑嘻嘻地询问许烨磊。

许烨磊用手指蹭了蹭自己的太阳穴,有些不忍地开口:"那些新兵蛋子的单位隶属总部文工团。"

"什么?文艺兵!"一听到是文艺兵,谢铁军立马两眼发直,大叫起来。师达树听后,猛地拍了拍自己的胸脯,佩服起自己的直觉,中队长实在太腹黑,太坑人了!

"队长,你……是叫我去训练文艺兵?"谢铁军觉得是自己听错了,不确信地再问了一遍。

许烨磊一脸认真地点头:"是……"

"队长,不带这么玩人的,我不干了!"谢铁军连连摇头,否决自己刚才的当仁不让。

"是你自己答应接受任务的,我可没逼你,师师可以作证!"某中队长很狡诈地说。

"可我……"谢铁军无语地抱头,"我可不知道训练的是文艺兵啊!队长这活我不干!打死也不干!"要他去训练那些涂脂抹粉的丫头片子,谢铁军觉得自己对此真的吃不消,咽不下。

师达树非常同情地拍了拍谢铁军的肩膀,安慰道:"螃蟹,想开点,说不定这是件好事啊,文艺兵都是女孩子,你不正缺女人吗?也许这里面就有你中意的呢?"

"不干也得干,男人就得说到做到!"许烨磊硬是把任务塞给谢铁军。

"队长,这事再商量一下吧!"谢铁军再次挣扎。只见,腹黑的许烨磊脸上摆着一副冷静又严肃的表情,抛了一句话给他:"军令如山……"

谢铁军听到这句,心里知道自己不得不接受这个命令,但却紧跟着哀号起来:"队长,你……你太狠了!"

许烨磊微微挑了挑眉,表示接受他的"称赞"。

孙贝贝万万没想到自己会被逼入绝境,最后还是乖乖地"替父从军",当起了文艺兵,可是她还有一个万万没想到,就是没想到老爸孙耀武特意给她安排的新兵连三个月的"魔鬼训练"。

没过几天她得知,自己要去S市特训,聪明如她,一下子就猜到这肯定是孙大司令的作为。哼!特种兵教官!想用这狠招来折磨她,孙大司令你就不怕我再次把你的脸给丢光吗?孙贝贝迅速觉察到自己的处境,也立马给自己规划了应战方案。

2.

刚来 S 市驻地的 12 名新招进文工团的年轻帅哥美女们，一脸的兴奋，军训第一天，开始的时候，笔直地站在操场，好奇地等待着自己的军训教官。女兵们在那叽叽喳喳地议论期待特种教官是个帅气十足的男人。

结果，却来了一个魔鬼，一个屠夫。

谢铁军黑着一张脸，堪比包公，不，比包公还要黑，大家不由咽了一下口水，生怕自己一不小心就被他盯上，拉去拿狗头铡给斩了。看着眼前这群粉嫩粉嫩得一捏就烂的文艺兵，谢铁军心里那个悔恨啊！为毛自己要这么傻冒，这么冲动地接下这不是人干的活儿呢！

当文艺兵们看到特种教官的真正面目时，男男女女的小心肝不约而同地发颤起来，齐口同声道："教官好！"

"大声点！没吃饭啊！"谢铁军听到那软绵绵的声音，立马来火，紧跟着一声震耳欲聋的狼吼。

"教官好！"文艺兵们齐心协力把声音提高了几个分贝。

"再大声点！"谢铁军又狼吼了一句。

文艺兵们不禁怀疑这教官是不是耳聋了，不过又不敢忤逆，只好再次齐心协力地合作一番。谢铁军那杀气十足的目光，狠狠地扫了他们一眼，"立正，向右看……齐……"大家齐刷刷地抬头挺胸，向右看齐。

"报数……"

"一、二、三、四、五、六、七……十一……"

谢铁军听到数字在"十一"那边就停止了，不由眉头一皱，他看过资料上面清清楚楚地写着有十二个文艺兵。怎么就少了一个呢？

"还有一个呢？"又是一吼。女生们的身子不由一颤，眼睛微微闭上不敢吭声。

"说话!"

顿时鸦雀无声——

"哑巴啦!"

还是鸦雀无声——

"再不说,集体……"谢铁军的话还没落下,一女生弱弱地喊了一声:"孙贝贝没有到!"

孙贝贝?谢铁军的脑子立马回想了一下资料上的记载,记得她住在军区大院,肯定是个高官子女。欠削!第一天就敢公然迟到!谢铁军心里的怒火噌噌地往头顶冒去,隐约可以看到头顶上顶着一个隐形的大火球。

"回答问题,要喊报告,懂不懂啊!新兵蛋子!"谢铁军对着那女孩吼了一句,不过威力比刚才小一些些。

女孩被骂得直发抖,眼睛不禁红了起来。见那女孩要哭出来,谢铁军心里那个烦躁啊,最恨的就是这般娘儿们唧唧的女人哭了。

"她现在在哪里?"谢铁军终于"平心静气"下来,问了一句。

"报告,在602宿舍!"一个脸长得圆滚滚的女孩大声道。

"给我老实待着……"谢铁军为了不让自己看到女人哭的场面,决定亲自去抓那个赖床的孙贝贝。

谢铁军走到宿舍楼,看到602的门牌,脸色一片黑沉,脚一伸,用力踢了过去。砰的一声,门华丽丽地被踢开了!

睡得正香的孙贝贝被这一声巨响给震醒了,伸手揉了揉眼睛,看了看周边的环境——军营!这才想起这里是军营,不是自个家里!一看时间,心里暗呼不妙。刚才起床号响起的时候,同寝室的三个女孩分别去叫过她,可是她只是应了几声,不知不觉又睡了回去。真是天杀的!第一天就捅这么大的娄子,要是被孙大司令知道,肯定立马拉出去枪毙了!

"孙贝贝——"谢铁军在门口震耳欲聋地狼吼着她的名字。

孙贝贝深知自己要下地狱了,现在挽救似乎也已经来不及了,于是冲门口喊:"教官大人,你千万别进来啊,我裸睡,没穿衣服呢!"说完,立马从床上蹿了下来。

谢铁军本想冲进去直接把那赖床的臭丫头给拽出来,没想到听到这句话,顿时猛咽一下口水,愣是止住脚步,不敢再跨越一步。

孙贝贝急忙跑去洗漱,洗漱完后,还精心打扮一番,才匆匆出来。

在门口足足等了近二十分钟的谢铁军,心中的怒火足以将这栋宿舍楼给烧了。正当要大喊的时候,孙贝贝从里面窜了出来。当看到那丫头的脸蛋时,谢铁军不由吓了一跳,误以为是女鬼来了。

"报告,教官大人,我已经整顿好了,一切听你指挥!"孙贝贝来了一个标准的军礼。那脸蛋涂得简直比屁股还要白,都不知道抹了多少层粉。

谢铁军直喷火的眼睛,死死地盯着眼前这"女鬼",心里那个气结啊!可是看到那标准的军礼却又有些好奇,这到底是谁家超级欠削的大小姐啊?

"给我跑步——去操场!"耳边传来一阵怒吼。

孙贝贝不以为然地再次敬上一个标准的军礼:"是,教官大人……"说完,屁颠屁颠地跑步下楼。谢铁军看了,真的很想很想很想一脚踹过去,把她给踹飞了!

大家看到孙贝贝的脸涂成那样,不由哈哈大笑起来。可是紧接着看到身后跟着的"屠夫"教官,立马把笑容收了回来。

孙贝贝见旁边的其他同事看着她傻乐,心里不由感慨一句:别傻乐啦,晚上你们就知道哭啦!要知道她可是孙大司令的女儿,虎父无犬女,她孙贝贝从小到大都是在军营的氛围里熏陶的,对于新兵连的训练科目简直了如指掌。无非就是站军姿、齐步走、正步走、匍匐前进……

果然!一天下来,足足站在太阳底下8个小时——站军姿!

虽然现在是初春,太阳不算太毒,但是这些没被晒过的小姐公子们,一天下来,愣是把原本白白嫩嫩的脸蛋给晒成了黑馒头。回到宿舍里简直怨声载道,哭声震天,骂教官骂团长,让她们这群平时娇滴滴的女孩子饱受魔鬼教官的折腾。

孙贝贝虽然没被晒成馒头，但是也累得跟狗一样，一回到宿舍就倒在床上。

一群黑馒头就这么天天被谢铁军这个恶魔教官狠狠地削着，有的每天被削哭，有的每天被削昏，有些每天被削魂……第一天来时那种眼高过顶，不可一世的嚣张气焰全部一扫而光……

这天许烨磊开完早会，刚好经过训练场，远远就看见训练场上的那帮被谢铁军狠削的文艺兵。昨天谢铁军安排的一万米把他们折腾得个个精神萎靡，怨声载道。在特种兵眼里，那群文艺兵的军姿实在不堪入目，不过，相对于前几天的横七竖八、士气低落算是好多了。万米的惩罚，对于刚进入军营的养尊处优者来说，确实是个噩梦。

许烨磊停下了脚步，扫了眼那群病怏怏的秧瓜，凌厉的双眸泛着让人望而却步的威严。

不知谁眼尖叫了声："快站好，传说中的许恶魔来了。"

立马有一个人更正："这个人是谢恶魔的头头，是恶魔中的恶魔，恶魔老祖啊！"

男文艺兵在来的第一天就打听到特种部队中队长训练的时候是如何如何恐怖，千万别让他盯上，不然一定是站着进来训练，躺着回去。现在真人露面，只是远远地，就能感觉到他身上凌凌的杀气。

队伍开始骚动，男文艺兵率先强挺着意志把乱晃的双手双脚撤回来，一动不动地站好。他们谁也不想当出头鸟，让恶魔鼻祖盯上。女兵看到一个站着笔挺军姿的帅哥，刚才还耷拉的脑袋立马齐刷刷地挺立，无神的眼睛也是齐刷刷地冒着绿绿的幽光。

天哪！军营真是深山出俊鸟啊！不是，是藏俊鸟啊！早知道特种部队有杀伤力这么大的帅哥，就不要闹死闹活地抗议训练了。为了在帅哥面前表现好一些，一个个娇声娇气的小姐们也咬着牙，站好了军姿。

Chapter6 真正的恶魔

虽然离得远,以许烨磊敏锐的听觉和洞察力,还是听到了这些文艺兵对他的"美评"。

"许恶魔!"

"恶魔鼻祖!"

许烨磊确实是恶名远扬啊,很多别的兵种的士兵既想进入他的队伍,又惧怕他的魔鬼训练。但是,特种兵就是在炼狱训练中生存的兵,他们肩负着特殊的使命,必须要有超越常人的能力。许烨磊转过头,继续迈着豪迈的军姿前行,却看到前方有两人在厮打。

谢铁军把队伍扔在一边,原来是去抓逃兵了。许烨磊看着谢铁军涨红着脸强行拖着一个女兵走向队伍。那女兵还真是彪悍,一边踉跄着脚步,一边挥着手锤着谢铁军拽着她的胳膊,还一边大叫:"谢恶魔,放开我。"

在军队,谁敢对教官这么放肆,这个女兵可真不是一般的纨绔嚣张!许烨磊不由多看了一眼,越看越眼熟,特别是那打人的动作,怎么这么眼熟?蓦地,他想起孙萌萌握着粉拳捶他的情景。

想起那个心思单纯却又倔强的丫头,想起她调皮的笑,香甜的唇。想起萌萌的时候,心里暖暖的,也不知道那丫头的脚好了没有,是不是还是对着水果泡面胡乱地过着每一天。工作的时候,没有杂念不分昼夜地忙,直到此刻才发现,他想念孙萌萌了。

"你看上那个野丫头了?"不知什么时候吴凯出现在许烨磊的身边,凑近他暧昧地问道。

许烨磊被这一声问得吃惊不小,想老婆的时候,身体的敏锐性都降低了,连吴凯靠近自己都不知道,这可是很危险的信号。

许烨磊心里虽震惊,脸上却风轻云淡,推开吴凯:"扯淡!"

"路大队说这批文艺兵里有只领导家的野马,大动干戈地把这批文艺兵整到这就是为了去掉野马的野性。"吴凯看着谢铁军那涨红的脸,看好戏般试探道。

那个女兵穿着军服,漂亮中还带着几分帅气,要是自己没娶媳妇,看着这么漂亮的妞,还真的下不了手。吴凯心想真是派对了人,换一个特种兵,对付这个有着深厚背景又非常惊艳的女兵,还真的不知道要怎么去调教。

"谢铁军是个好兵。"许烨磊淡淡地说。愣头青的好处就是不怕得罪领导,按着部队的规矩不讲一丝情面地完成训练工作。

能把孙萌萌从S市叫到N市顶替相亲,可见孙贝贝有多顽劣,许烨磊早已领教过。但是,不管带多少刺的人,到了特种兵营,他就能把她们的刺一根根地拔掉。他能,他的兵也能。许烨磊又看了一眼孙贝贝,看看那和孙萌萌如出一辙的"孙氏流星拳",许烨磊可以预想到谢铁军的新兵训练生活一定很精彩。许烨磊带着一抹意味深长的笑离开了训练场,吴凯在一旁看得云里雾里。突然发现中队长过了一个年变得高深莫测了,现在旁敲侧击根本就不能套出一点蛛丝马迹。

才一个礼拜,孙贝贝的脚底下就已经起泡了,一走路就疼,去医务室把脚上这些泡给挑了,把脓血放出去,咬牙继续被谢铁军削。

晌午,外面艳阳高照,好不容易得到一天休息的文艺兵们,开心地在宿舍大睡特睡,孙贝贝也补眠到快中午才起床。洗漱一番后,去食堂吃饭。

驻地的官兵们看到孙贝贝都不免会多看她几眼,一来她本身长得挺漂亮的,二是她这几天在驻地可算是出尽了风头,几乎无人不知,无人不晓,每天跟谢铁军对着干,上演着哭笑不得的闹剧。孙贝贝对他们的注目礼表示无视,反正她经常出门都是人们注视的焦点,就全当是她的崇拜者吧!

吃完饭,孙贝贝就去洗衣服,要洗之前拿起来闻了闻,觉得一阵恶心想吐。来这一周了,除了她们8个女兵,剩余的全是一帮大老爷们。女孩子在男人众多的地方,多少会有不方便的地方。就拿晾衣服来说吧,大家都不敢把内衣内裤往外面挂,都晾在卫生间里,内衣内裤总泛着一股呛鼻的霉味。难得不是晚上回来洗衣服,孙贝贝愣是把有霉味的内衣内裤全部洗过一遍,跟着衣服一起,一条一条地在楼下晾着。

这么私密的女性内衣内裤出现在男兵的视线里，那是该引起多大的波动和浪潮啊。每每走过的男兵都不自觉地一阵脸红，羞得赶紧逃走。这事很快传到正在睡午觉的魔鬼教官谢铁军的耳朵里，他腾地一下从床上爬了起来，杀到孙贝贝的宿舍楼下。

看着那一排内衣内裤，谢铁军不予幸免地跟着脸红起来，冲着楼上大吼："孙贝贝，给我下来！"

鉴于魔鬼教官声音的震撼力，原本不想下来的孙贝贝，最后还是乖乖地被吼了下来。

"这……立马给我收走！"谢铁军脸侧过一边，没敢盯着那私密女性衣服看，命令孙贝贝。

孙贝贝摇了摇头："不收，不就晒个衣服嘛，大惊小怪干吗！"

"孙贝贝，我命令你一分钟之内立马给我收走，否则……"一周训练下来，谢铁军被眼前这个女人折磨得够呛。

"否则怎样，今天是休息日，我想怎样，教官大人管不着！还有，难道教官你平时都不穿内裤的吗？"孙贝贝挑起眉头，挑衅道。

谢铁军听到这口无遮拦的话，气结到不行："你……你……不……收，后果自负！"对这野蛮的臭丫头，几天下来从来没有过女友的谢铁军也不知道该如何应对了，最后只能狠狠地瞪了孙贝贝一眼，转身离去。

"哼……"孙贝贝冲着谢铁军的背影哼了一声，噘着嘴想往楼上走，可是转念一想，这样的确影响军容军纪，再说刚才魔鬼教官扔下来的那句话，的确有些令人恐惧，不知道他明天又会出什么阴招来折腾自己。孙贝贝只好乖乖地把衣服全部收回洗手间。

第二天清早，突然晴转小雨，所有人人都以为这样的天，早上可以偷睡个懒觉，不用出操，谁知刚幻想完，就听到"谢魔鬼"在那吹起床号，通知立刻到操场集合，进行体能训练。

今天的训练项目是匍匐前进，女生们一看到训练场因为下雨的缘故，变得坑坑洼洼，全都忍不住，跟谢铁军求情，希望他能开恩。

"教官大人，行行好，今天换室内项目吧。"

"教官大人，要不咱等雨停了再练吧。"

"谢教官……谢教官……"

几个女生怯怯地对谢铁军撒娇着，想以此博得谢魔鬼的同情。可惜，谢魔鬼没有一丝同情心，板着脸，没有一丝怜香惜玉，大声吼道："别吵了，再吵都把你们的嘴巴给封住！"

说完，谢铁军看了一眼孙贝贝，只见孙贝贝打着伞站在队列里。气结啊！怒火中烧啊！敢情这臭丫头以为来这度假呢？！还撑伞！

"孙贝贝，出列！"

虽然明知道这位大小姐的身世及后台，但是他谢铁军才不管这些呢，既然到他手上操练，那是绝对不可能出现特殊化的。孙贝贝听谢魔鬼又点自己的名，只得出列。

"一万米！立刻！"谢铁军对着她大吼一句。

孙贝贝瞪了谢铁军一眼，这个魔鬼天天跟她对着干，她觉得自己的命迟早要断送在他手里，愤恨地扔下伞，冒雨冲进跑道，开始痛苦的万米长征……

在办公室里，许烨磊端着口杯站在窗户边上远眺，从他站的地方，能清楚地看到操场上谢铁军冒着雨削那帮文艺兵。这一周谢铁军算是把这些文艺兵折腾得嗷嗷直叫，要死不活。当然比起他们特种兵的训练那简直就是小儿科。

谢铁军在特种大队生猛的名号都快赶上他们团的番号了，除了脑袋比较单纯外，各项技能都是拔尖的，是许烨磊这么多年来的左膀右臂。不过他本人就是一榆木疙瘩，做事都是一板一眼，而且还极度认真负责。这不，对待这么漂亮的文艺女兵都毫不留情地下毒手，看得许烨磊自己都觉得有些于心不忍！

雨越下越大，训练场完全成了烂泥塘，女生们在泥地上训练，摸爬滚打，个个浑身上下都被泥水湿透了，脏得不成样子，有些甚至冻得直哆嗦，嘴唇发紫，不得不加快动作增大运动量来取暖。

雨势渐强，模糊了视线。吴凯和师达树拿着雨伞一同走了进来，许烨磊闻声转过头去。

"老许啊，看到了没？那螃蟹真是要这帮文艺兵的命啊！这么大的雨还在训练！"吴凯一进门就开始嚷嚷个不停。

"就是，螃蟹真是要人家的命啊！"师达树把雨伞放到一旁，附和道。许烨磊嘴角微勾，又转过身去，看向雨蒙蒙的训练场。

吴凯也走到窗前，边看边摇头，嘴里啧啧不停："这个螃蟹真是心狠啊，见到这么漂亮的女孩，是个男人都会心疼，他倒好，往死里整！"吴凯的眼神露出一丝疼惜和怜悯之情，有老婆的男人对女人的态度明显跟光棍不一样。

"队长，你要不要下去劝一劝啊，叫螃蟹别这么生猛！看得我都心疼了！"有女朋友的师达树，于心不忍地说。许烨磊看了他们两个一眼，没吭声，继续往外看。

"老许，你现在没老婆，心跟谢铁军一样狠，可等你有了老婆后，就会跟我和师师一样柔软的，我劝你还是下去叫谢铁军消停一会儿吧！"吴凯见许烨磊无动于衷，语重心长地劝道。

许烨磊转过头，白了吴凯一眼，谁说他没老婆啊，他有，想起孙萌萌，许烨磊的心头顿时就变得柔软万分。现在的他不比从前了，心底住着可爱的吃货老婆，自然懂得如何疼爱女人。只是现在要他下去劝说谢铁军，势必给那些文艺兵产生不好的想法，到时候谢铁军就没有任何威信可言了。

"队长，我替那些女兵们，求你了！"一直以来就是队里最有爱心的师达树忍不住开口乞求许烨磊。

"老许，你就别固执了，下去把谢铁军给叫上来吧，再说，这里面还有不少是领导家的子女，不看僧面你也得看佛面啊！都是一帮得罪不起的少爷小姐啊！"吴凯诚心地劝说。

在部队，除非你是高干或高官的子弟，可以来硬的，来横的，要是一般人，特别是混到一定级别的人除了有过硬的本领，还必须要有一颗能参透上级心思的脑袋，吴凯就是典型例子，虽说不上是个势利之人，但比起许烨磊和谢铁军一等人，那就油滑许多了。

"队长，咱就不跟你说那些关系了，那些漂亮的姑娘们，要是被这个无情无欲的螃蟹给整残了，以后我们军区的文艺演出质量可就要严重受到影响了！"师达树曲线劝说着许烨磊。

部队挑选的文艺兵个个都是特别漂亮的，这次被拉来驻地集训的，是历届以来最漂亮的，特别以孙贝贝为首，这些天这些没见过漂亮姑娘的男兵们哪一个不是蠢蠢欲动，春心荡漾的。

"你们两个，德行！"许烨磊不动声色地呵斥一句。

在训练场上顶着大雨跑万米的孙贝贝，小脸泛白，唇角泛青，一边跑一边捂着腹部，一脸痛苦状。

肚子好疼，好疼啊！像是被人捅了一刀似的，疼得她的小脸都快皱成一团，但是为了跟那个谢魔鬼较劲，孙贝贝硬是咬牙坚持。但是渐渐地，渐渐地，疼得实在让自己无法忍受了，感觉快要昏过去了。

最后脚一软，整个人直接晕倒在地……

在一旁监督其他文艺兵在泥潭里匍匐前进的谢铁军，眼睛刚好也瞧见这一幕，气冲冲地跑了过去，对着倒地的孙贝贝喊："起来，没死就给我起来！"

谢恶魔真不愧是恶魔，没有一丝怜香惜玉地冲着孙贝贝号叫。可是此刻的孙贝贝整个卷曲成一团，捂着绞痛的肚子，连哭的力气都没了。

"起来，快点给我起来——"

"起来——"

叫了第四声谢铁军看到孙贝贝一动不动地躺在泥水地上，以为她不听命令，不由低下身，将她拖起。看到孙贝贝脸上扭曲的表情，双手捂着肚子，谢铁军这才发现她的不对劲，连忙将孙贝贝抱了起来，往医务室冲去。

"老许……"吴凯正要开口游说,却听到师达树指着训练场声音拔高地叫了起来。"队长,你快看,你快看!"师达树指着训练场。

许烨磊和吴凯看到谢铁军抱着孙贝贝狂奔,吴凯暗称不妙:"完了,完了,真被练残一个了!"

在楼上看戏的几个大男人见状,连忙转身,飞快地跑下楼,往医务室奔去。

3.

今年初春的天气,比夏天还让人琢磨不定,昨天还是瓢泼大雨,今天却又阳光灿烂起来。以写作为生计,没有规律作息的孙萌萌,今天早早就醒了,而且精神非常好。打开电脑,先点了酷狗,听听音乐,再到微博打卡报到,然后才打开小说网站,看看读者的留言。

大正月的,读者怎么都不去走亲戚会老友啊,天天催更,不停地催更。自己都还没过够年,一个正月就这么被催促着过掉了。不过,还好有她们,虽然她们从未谋面,却一直陪伴着自己,鼓励着自己努力地写好每一个故事,和自己一起品味人生的酸甜苦辣。因为有读者,作为作者的孙萌萌的心一直都是温暖的。

突然心血来潮,孙萌萌想把自己的写作地点搬到咖啡厅,想到这里,就立马行动起来。

菜鸟咖啡馆坐落在 S 市静默的一隅,不知道店老板怎么取这么怪异的名字,总之菜鸟就是有惊人之举,这个菜鸟咖啡坐落在这么僻静的角落也有着惊人的客流。每当夜幕降临的时候,那真叫一个门庭若市,众鸟归巢般座无虚设。

和夜晚的生意兴隆相比,白天总算是没有喧嚣的出头鸟,倒是安安分分地和周遭的环境一样幽静。要没钻进门厅,听到咖啡厅特有的抒情音乐,还不敢相信它白天也开张营业。

店里的服务生和"菜鸟"一般,白天倚在吧台昏昏欲睡,一到晚上就打了鸡血般穿梭忙碌。今天能这样精神绝对是个特列。一个女服务生非常激动,刚才她们几个女孩子在员工区做了几番较量,最后她胜出,由她端咖啡给今天的第一个客人。

这个女服务生带着"菜鸟"特有的激动,走向最角落的一个位置。这个位置不靠窗,再加上水晶帘的遮挡,光线会比较弱,要是不注意,还不知道里面还有这么一个男人。可是,自从这个男人进了咖啡厅,优雅地落座在这一隅,这个角落立马跟着这个耀眼的男人变得引人注目起来。

在这半明半暗的光线里,他的五官线条如雕像般的立体,浓浓的眉毛斜长入鬓,那双桃花眼更是如宇宙的黑洞,只要见过一次,立马就会被吸入其中,高挺的鼻梁衬得他连人中都显得那么性感,他的唇更是好看得让人恨不能扑上去狠亲一口。

"菜鸟咖啡"每天迎来送往那么多客户,好看的男人更是见多了,但是这群服务生,从没有在这儿见过这么有型的男人,更难得的是在刚开业,生意不忙的时候,可以偷偷地欣赏。这可是菜鸟咖啡从没给过的福利啊!

"先生,这是您的咖啡……"女服务生非常紧张地把咖啡端到向南面前,然后再羞涩地偷看着眼前的帅哥。

"谢谢……"

低沉的嗓音和他的人一样,真是迷死人不偿命啊!女服务生听了这么优雅的道谢,恨不能把向南抓起来猛亲。

"先生,您看咖啡合你的口味吗?"这个服务生用温柔得快滴出水的语气试图和向南多攀谈几句,然后近距离多看几眼这个有着巨星魅力的男人。当然,最好能聊出一点有价值的信息,诸如姓名、电话。

"挺好……"向南一脸优雅地回答,并没有帅哥特有的装B装酷,任何女人看到这样和蔼可亲的帅哥都会情不自禁地被他施魔法般吸附。

"空调刚开,先生会不会觉得不适,要不要再调节?"这个花痴服务生被向南迷得都快流口水了，继续陶醉地问着。

向南抬眼看了看花痴，只是浅浅一笑，就落了一地桃花。花痴女被他的电眼电一下，立马花枝乱颤，心肝都快蹦出来了。

"挺好的，你先去忙吧……"向南微笑着支开花痴。花痴恋恋不舍地看着帅哥，终于千般不舍万般不舍地离开了。

向南有点无奈地摇摇头，他此刻的境地可没有外表那么光鲜。向老爷子真是千算万算也没算到，把儿子送到国外洗脑几年，回来父子俩就产生了不可逾越的鸿沟。向南不是不愿意接班，是不想接那样的班。

老爷子军人出身，不惑之年创业，他提倡的"狼文化"把一个小小的民营企业带领到国内顶尖的企业。他用军人献身国家的精神影响着他倡导的企业文化，群体不惜一切的奋斗精神，是老爷子带出来的，向南觉得自己传承不了。

向南不喜欢看到"狼文化"背景下的员工受不了高压工作的抑郁和暴毙，他更喜欢的是欧美国家的文化，员工在舒适的环境里享受工作。所以，一过完年，他又无奈地走在相亲的路上。

杨坤一年32场演唱会，而他则是一个月32场相亲会。这么帅气又成熟的男人，每天都过着相亲中、请勿打扰的生活。搅黄每一次的相亲真是个脑力活，得一次又一次变着法子"装扮"自己，真是不容易啊！

今天一大早就被老妈的电话催醒，真不知道哪家女人这么急着嫁人，也不多睡睡美容觉，竟然把相亲时间定在中午，向南不由火了，干脆把时间提前三小时。敢催我！我就把你催到没时间化妆素面朝天地来相亲！就在向南百无聊赖地喝咖啡的时候，"菜鸟咖啡"迎来了第二个客人。

向南冷眼看着入门的绯红身影，袅袅婷婷地走过来。能这么早出现在咖啡厅的不是精神有问题，就是神经有问题，如果还有第三个答案就是，来相他的亲。

定睛一看，眨了眨眼睛，不是吧！这次相亲的对象竟然是她！向南说不出是惊多，还是喜多，掂量一番还是觉得受惊的分量比较多！这个相亲不用见面都能黄了，早知道就不用提前三小时了……

上一次那么拉风地对她说上车，我赔一辆，可是临到头却是乌龙地没法埋单。对男人来说，还有比这更不靠谱更丢人的事吗？后来，别说赔人家一辆车，就连自己的悍马都变成了国产宝马。

向南在与向董的对抗中，不停地掉价、掉价，32场相亲会结束后，有可能就变得一毛不值，露宿街头了。真不知道，等会儿她坐下来，发现相亲对象是个乌龙球，不知道这女人能说出多么惊天动地的话。向南有些紧张地看着缓缓而来的女人。

不知道她带了什么恐怖的作战武器，不就相个亲么，干吗还那么费力地背着一个大包。希望孙萌萌的炮火不要太猛烈。

近了……近了……这是向南最不期待的相亲，就这么越来越靠近他。算了，早死早超生，让她鄙视个够，然后就赶紧分道扬镳。向南挣扎一番，决定不龟缩在角落里了，主动迎接今天的相亲对象。

就在向南抬起手，准备出声招呼孙萌萌时，让他掉眼镜的是，那个绯红的身影在与他隔着三桌时，就在最后一个落地窗下坐了下来，然后放下包，取出了一个笔记本。

她没看到自己？但是，为什么相亲还带上笔记本呢？难道一大早跑这来玩电脑？向南看着孙萌萌打开电脑后，戴上了耳麦，心里立马确定她应该不是来跟自己相亲的。或许，佳人有约，或许跟他一样，正在相亲中。

"你好，向先生。我叫李小璐……"一声利落的女声打断了向南的臆想，在他的对面坐了下来。

"你好，美女……"

能直接叫出他名字的，自然是今天相亲的正主了。和李小璐的干脆利落不同，向南的声音依旧低沉好听，却带着几分慵懒，几分玩世不恭。向南打了招呼便向服务生招了一个帅气的手势，立马有个花痴凌波微步地飘过来。

用老头子的钱，天天请陌生的女人喝咖啡，请得他都懒得说一句话了，但他还是保持着绅士的风度，为跟他一起走过场陪着他相亲混日子的女人点杯咖啡。

对面的女人点了咖啡再要了点甜点，等她忙完，向南才慢条斯理地打量她。这女人一看就是白骨精，穿一套蓝色的职业装，修身，理性又不乏性感。只是淡妆遮不住她脸上的细纹，阅女无数的向南一下就估算出她的年龄。

这是相亲以来见到的年龄最大的一个——超级大龄剩女。老妈这是干吗啊，难道认为自己和小女孩不合拍，就开始安排大龄剩女？

向南很想暴走，但这个李小璐点的甜点都还没上就走人，他怕这女人受不了刺激去投诉，虽说他被投诉了很多，不在乎多这么一桩。但是，他们家不是国企或政府部门，投诉只是给人发泄却没有下文没有受理的虚设。向南被投诉后经常被老头子抓去狠狠地削一顿，然后就是待遇一天一天地再下降，再下降……当初英俊潇洒风流倜傥的公子哥，现在沦为陪着剩女喝咖啡的好男人。

"谢谢你，陪我吃早餐。我对你感觉很好，我们可以试着交往。你有什么兴趣，爱好……"对面的女人开始吃着甜点喝着咖啡。

"我更有兴趣了解你的职业……"向南掩饰着心里的不耐烦，微笑着说。总得提点东西回去交差，所以他还是得问出点有价值的东西。

"律师！如果你和你的朋友有需要可以找我……"李小璐放下手中的提拉米苏，递了一张名片过来。向南有点讪讪，不过还是很绅士地接过了名片。

"最好是没需要找你……"向南嘴角一勾，淡淡地说道。

这个女律师辩才一定厉害，工作很忙，所以才迟迟未嫁。或者，一般的男人都不敢接受她，女人嘴巴太厉害、太刻薄了，很吓人的。

向南只是简单地过了一招就准备撤了，可是当他抬起头准备起身时看到落地窗下的孙萌萌，还是一个人坐在那儿，咖啡也没喝，一会儿嬉笑、一会儿皱眉，偶尔噘着嘴，她修长的手指在键盘上欢快地跳动着，有时候也会停下来,在键盘的上方悬空地张牙舞爪,一会儿又抓着拳头在空中乱晃。

向南觉得孙萌萌那个样子很有看头,于是又淡定地坐回去,坐观不远处的风景。和什么人聊天用得上这么多表情?而且,还要一大早跑这聊?向南不由得很好奇,想过去看看她在跟人聊什么?

李小璐也发现向南的视线转移了,便提醒着:"向先生,请专心点相亲……"

向南看了看李小璐那副义正词严的样子,感觉自己现在有点像绑在法庭上的被告。

"不好意思,我看到了一个熟人,过去打个招呼……"向南心里有些不爽,但依旧绅士地回了对面的律师剩女一句。

李小璐正要说什么,向南看到孙萌萌突然暴躁地闭着眼睛,双拳自残地揍着太阳穴,然后"啪"的一声,整个人纠结地趴在桌子上。

"你看,我朋友发生了点小意外,我要过去解救一下。"向南不等李小璐答应就走到了孙萌萌的身边。

向南趴在孙萌萌的后面,两眼盯着电脑显示屏,看着那一行行的优美华丽、言语通顺的篇章,向南终于明白孙萌萌刚才在发什么神经了。

"嗯?在写小说,文笔还不错……"一个温沉的嗓音打断了孙萌萌的纠结。孙萌萌猛地抬起头看了眼身边的男人,立马紧张地把笔记本盖上。

"太迟了,我都把那一页看完了,没想到你是个作家啊。"向南又向服务生招了招手,慢条斯理地坐在了孙萌萌的对面。

孙萌萌把向南从头到尾地看了一遍,头发是正常的乌黑亮泽,一身高级西装把他衬得人模人样,很是迷人,如果不知道他的前科,估计这会儿自己已经两眼冒金光了。上次撞完车后,孙萌萌陪叶子青去喷漆,两人对向南进行了积极的讨论,最后一致认定他肯定就一牛郎。唉,真是可惜啊!好好一个帅哥,怎么就堕落成"失足青年"了呢?

孙萌萌惋惜之余问道:"你怎么在这儿?"

Chapter6 真正的恶魔

"相亲……"向南端起咖啡优雅地喝了一口,惹得欣赏了一早上的花痴服务生忍不住一阵阵尖叫。

孙萌萌淡定地看了看向南,再看了看远处偷窥的花痴,然后笑着道:"早起的鸟儿有虫吃,你还真是勤快。这么早起来骗吃骗喝。事先声明,我没钱,很穷,养不起你,所以别打我主意啊……"

孙萌萌的一席话,让向南还在手上的咖啡非常不淡定地摇晃,然后华丽丽地溢出来。向南一时手忙脚乱拿着纸巾擦手上的咖啡,刚才迷死人的优雅从容早被抛在一边。

"孙萌萌,你这话什么意思啊?"向南挑了挑眉头,不解地道。

"没什么意思!"孙萌萌装傻,笑了笑,没有明说,可心里却回了一句,你以为我不知道你是牛郎啊!

军区大院出来的应该都是风生水起的官二代啊,他怎么就这么悲惨呢?难道他老爸犯了什么事,被撤职了,他才混得这么差?上次忘了跟堂妹孙贝贝问清楚向南的个人资料了,现在的孙萌萌只能凭着自己眼睛所看到的事实给向南的身份下定论。

向南瞅了瞅孙萌萌,看她一脸不待见自己的表情,心想肯定是因为上次撞车的事情,不由开口试探地问:"你那朋友的车怎么样啦?"

孙萌萌听到这话,不由眯起眼睛,这家伙竟然还有脸问自己这事,幸好叶子青不在,不然肯定等着挨捶。

"去喷漆处理了一下,花了几千块!请问,你现在有钱支付吗?"孙萌萌伸出手跟向南要上次撞车的维修费用。

"你不会讹我吧?喷个漆哪要这么多钱啊?"向南一脸不信地回她。也不知道为何,虽然跟孙萌萌只见过三次,但是向南对她却有种说不上来的感觉,就觉得像是熟识的老朋友似的。

"给钱,给钱!"孙萌萌心里有些来气,心想怎么会有这种人呢?真是交友不慎!

向南把孙萌萌的手给拨开,嘴角轻勾了一抹迷人的微笑,那勾人的桃花眼直直地看着孙萌萌:"都这么熟了,谈钱多伤感情啊!"说完,还不忘给孙萌萌抛了一个媚眼。

呸,谁跟你熟啊,要不是看你帅我才懒得搭理你!正要开口驳他的话,这时包里的手机响了起来。孙萌萌伸手掏出手机,一看竟然是孙贝贝来的电话。

"等会儿,贝贝的电话,我接一下!"反正孙贝贝和向南是老相识,孙萌萌也没回避,直接在位置上接起电话来。

正躺在 S 市军区医院病床上的孙贝贝,带着哭腔跟孙萌萌打电话:"姐……"这句凄凉的"姐"把孙萌萌心都快喊碎了,皱着眉头,连忙追问:"怎么啦?"

"我在医院,你过来看我啦!"孙贝贝昨天早上训练,得了急性阑尾炎被送进医院,今早才醒过来。当然不是因病情昏迷到早晨,而是因为疲劳昏睡到早晨。

孙萌萌听了一愣:"你怎么啦?怎么在医院啊?病了吗?"

"别提啦,你过来我再告诉你!"孙贝贝此刻自己一个人孤苦伶仃地躺在病床上,特别需要亲人的陪伴。

孙萌萌应了几句,随后道:"好、好,我马上过去,告诉我几号病房?"

一听孙贝贝在 S 市生病住院,立马急得像热锅上的蚂蚁。应下后,就把电话挂掉,把笔记本给关了,收拾包裹去医院。"怎么啦?急着去哪儿?"向南一脸不解地看着孙萌萌收拾。

"贝贝住院了,我得去看看,向帅哥,请你让让,本小姐没空跟你在这唠嗑了,你另找佳人吧!"孙萌萌边收拾边回他。

"哪家医院,我跟你一起去看她!"向南一听孙贝贝住院,立马要求一同去探望。

孙萌萌转过头看了一下,还坐在那等着向南的那位女律师,不由笑道:

"算了,你的好意我替贝贝先领了,我觉得你还是继续回去相你的亲吧!"

向南的眼睛也往自己相亲的对象看去,这个女人也太没自尊心了吧,自己都跟孙萌萌聊了半天了,她还没走。

"你等我一下啊,我马上搞定!"向南一边跟孙萌萌说,一边站起身。孙萌萌没应他,把笔记本往包里一塞,直接走人了。

孙萌萌背着包,站在咖啡厅门口伸手拦车,几分钟过去了没拦到一辆的士,现在这时候可是高峰期,想打车有些困难。这时,一辆国产宝马停在孙萌萌跟前,半开的车窗徐徐摇了下来,向南正稳稳地坐在驾驶座上,迷人的眼眸漾着深幽溢彩,冲着孙萌萌喊道:"走,上车!"

孙萌萌看到这车,心里一阵纳闷,上次不是开豪华昂贵的悍马吗?这次怎么就换成了国产宝马,简直掉了好几个档次!心想,这男人最近肯定被那个富婆给甩了,悍马被收回了,搭上一个比较没钱的富婆,于是只能开国产宝马了。

先不管他,反正打不到车,孙萌萌立马走过去,拉开车门坐了进去。

4.

当看到 202 的病房号,孙萌萌敲了敲门,轻轻地推开,看见病床上的那张苍白的脸,终于确定孙贝贝不是在开玩笑,不由心疼地叫道:"贝贝……"

孙贝贝见到孙萌萌后,眼眶不由一红:"姐……"

"姐在这儿,不哭,不哭!"孙萌萌抱住她,温柔地安慰道。

被孙贝贝无视的向南,只好傻傻地站在那里,目睹着眼前姐妹情深的感人画面。过了一会儿,孙贝贝从孙萌萌怀里退了出来,这才招呼向南:"猴头,你怎么会来?"

"我才想问你,你怎么也光顾这来了,瞧瞧这小脸,得打多少白粉才能这么苍白呀。你演了一趟画皮,把医院的人都吃光了啊!"向南刚一进门看到孙贝贝自己一个人可怜兮兮地躺在床上,病房里没有医生护士,也没有一个家属,看起来好凄惨。

这么张扬,这么闹腾的一个人突然一个人这么寂寞地躺在床上无人护理,怎么看怎么感觉寒碜心酸。孙贝贝还在挂瓶,护士刚给她换了药就被她轰走了。孙大小姐心情不好啊,逮人就骂,见向南不招自来,刚好可以出出气。

孙贝贝举起手准备练习一下孙氏流星拳,可是针口扎着疼。

只好放弃,改成飞云腿,才张开腿还没抬起,就嗷嗷直叫,肚子上的伤口被牵动,疼得她直吸着气。孙萌萌赶紧过来扶着她躺好,给她盖好被子。

"你怎么就躺在军医院来了,去前线抗战光荣负伤了?"孙萌萌看着孙贝贝黑了很多,人也瘦了一大圈,她眼里的心疼看得孙贝贝差点落泪。生病了藏着掖着不能告诉妈妈,只能招呼姐姐来看她,心里不知道有多委屈。

"进了文工团被拉去军训了,都是那个魔鬼教官整的,在地狱里被削了一个星期,小命都差点搭上……"

"是哪个家伙这么不怜香惜玉啊,把我们可爱的贝贝大美女祸害成这样,一定是女的吧,忌妒你长得这么国色天香,就狠狠地折磨你。下次让我见到,我帮你揍她……"

向南在一旁开着玩笑,两个女人听了不由地笑了起来,孙贝贝还非常当真地回:"这可是你说的,不愧是发小,够哥们……"

刚表扬了向南,孙贝贝突然发现一个问题,他们俩怎么会一块出现呢?这里面一定有蹊跷,难道自己堂姐背地里跟向南哥哥勾勾搭搭上了?想到这里,孙贝贝的眼底掠过一抹贼笑,嗯哼一声,不怀好意地问道:"你们两个怎么会凑在一块?"

孙萌萌瞅了孙贝贝一眼,就知道这丫头脑子想歪了,正要解释时,只听见门外传来一记浑厚的男声:"队长,就这病房!"

话刚落,病房门就被推开了,孙萌萌看到一位身着绿色军装、长得十分魁梧彪悍的男人走了进来,正想开口询问孙贝贝这是谁,门口紧接着又走进来一个男人。

一身陆军军官服，棱角分明的五官，肩上飘着松枝绿色肩章，底版上缀有两条金色细杠和两枚星徽，此人就是她一个来月，从沉沦到清醒，从思念到抵抗，心底反反复复，纠缠不休的男人——许烨磊！

孙贝贝看到两恶魔现身，立马紧张地拉着向南的衣角，指着门口颤悠悠地道："向南哥哥，残害我的恶魔来了，快帮我报仇雪恨，灭了他……"

向南一看门口的两人，一个健硕的帅哥，一个硬朗的壮汉，着了军装的两人一脸正气，气势非凡。别说揍两个，就是揍一个，向南心里都没谱。那个上尉一看就是个非常威猛的武林高手，向南还是练家子，拳头肯定没人家的硬，于是主动选择了放弃。

再瞧另一个，看肩章就知道是个中校，估计在部队是个副团长或营长级别的人物，而且刚才听到队长这个称呼，肯定也不是一般的菜鸟。从他身上透出一股逼人的威严，远远站着就能感觉到腾腾的杀气，能混到队长，估计也不是软骨头。

向南有些头疼了，打架真不是他的强项啊！搬出军区大院后，他就没机会操练，现在十八般武艺都通通很生疏。要真的临时上战场，他估计自己也会和孙贝贝一样光荣负伤！一时间，病房的床头和门口十只眼睛，你瞪着我，我看着你，杀气和暧昧，惊喜和恐惧，纠纠绕绕胡搅蛮缠。

孙萌萌感觉到门口投来炙热的目光，心咚的一声，惶惶地开始没规律地跳动，全身被聚焦得燥热不自在。她不知道要怎么去面对许烨磊，要是让他知道她已经决定退出两人的暧昧，不知道会不会被他杀了。也许下一个负伤躺在床上的就是自己，孙萌萌想想多待一秒有可能就是小命不保，还是逃为上策！

这个时候这个亲姐姐正处于危急关头，顾不得多陪陪孙贝贝了，孙萌萌想反正贝贝不会寂寞了，自己先躲避一下风头。

孙萌萌转过头，对着孙贝贝道："好好躺着，我……我回去给你煲汤补补。"说完，不等孙贝贝回答抓起包就往外走。

不期然，在医院遇到阔别一个多月的孙萌萌，许烨磊的心里荡开了快乐的火花。碍于这么多灯泡还有一个愣头青在这儿，许烨磊只能静默地站在门边，看着一脸惊慌的小丫头。

而后看到孙萌萌和孙贝贝道别，许烨磊心中一喜，这丫头还真是懂得应变啊，此时两人一前一后离开，神不知鬼不觉，然后去过二人世界甜蜜甜蜜去。

孙萌萌越走越近，许烨磊看着她低垂着头，经过他身侧的时候并没有给他一个暗示。嗯？怎么有点不对劲。她的样子怎么感觉不认识自己一样，熟视无睹地擦肩而过……

许烨磊的心一下子从高空掉落下来，刚才还炽热的心立马变得凉飕飕的。

"哎，萌萌，等等我，我送你回去。"刚才还不知道怎么为自己解围的向南抓住了机会，赶紧追了出来。

孙贝贝躺在病床上看着两人一前一后离开，心想，姐还真的跟向南凑在一块了！下次一定要严刑逼供他们两个。

"你先看着！"许烨磊拍了拍谢铁军，然后也转过身追了出去。

那冷冷的四个字像四个超级冰球，立马把病房的温度降到了冰点。孙贝贝听了赶紧捂紧被子，还觉得凉飕飕的，她看着门口愣愣地，一时反应不过来，到底是谁招惹了恶魔鼻祖。外面的走廊上三人之间到底有什么瓜葛。

就是谢铁军这样的愣头青，也能感觉到队长的异样，刚才的表情和语气，就是狠削他们的前奏，听了都不觉腿软。

走廊上，孙萌萌以百米冲刺的速度拼命奔跑着，无奈负重（背着电脑）奔跑，速度实在不怎么快，一下子就被向南追上了。

"孙萌萌，煲汤用不着这么争分夺秒，你跑那么快干什么，这是医院，你的跑步声很吵人的……"向南拉住气喘吁吁的孙萌萌，不让她继续跑。

"快放开，我要回家……"孙萌萌看到后面追上来的许烨磊，心里急得，恨不能踹向南一腿。

这家伙真是多管闲事,该不会盯上自己了吧。现在一个许烨磊已经让她死无葬身之地了,向南,你就别趟这浑水了。要是让那伙夫深深误会,不仅是我死得惨,你也会被他剁了下面条,红烧,干蒸,滚汤,剩下的拿来包人肉饺子放冰箱速冻……

"不放,我送你回去!"向南不知道孙萌萌一脸的惊慌为哪出,依旧抓着她不放,似乎跟她杠上了一样。两人拉拉扯扯,被急急奔过来的许烨磊看在眼里。

此时,中校大人两眼冒着熊熊的火焰,所到之处都被他的心头火烧焦了,走廊里顿时弥漫着呛人的青烟。他做梦也没想到,才分别一个多月,孙萌萌就背着他和别的男人勾勾搭搭了。这个女人真是欠收拾了,有了他还不过瘾,看到帅点的男人就没了魂。一定要逮回去好好惩治一番,让她知道做他的女人必须一心一意,恪守妇道。

"快点放开我!"孙萌萌看着已经跑到跟前的许烨磊眼中的怒火,有些绝望了,这个死向南,你丫拖我后腿真把我害惨了!

"放开她!"许烨磊抓着孙萌萌的一只手,看着向南冷冷地道。他的话带着命令,带着挑衅,那肃杀的气息让人望而生畏。

偏偏向南这个纨绔子弟拉着孙萌萌的另一只手,本来无可无不可的,被许烨磊一说,便心里一横,决定冲锋陷阵一次。他在孙萌萌面前已经丢脸两次了,再有个第三次,以她们两姐妹的情深义重,估计连孙贝贝都要逮着他一顿奚落。

向南对着许烨磊,看着他钳制着孙萌萌的手,也冷冷地道:"你放开。"

这个解放军怎么一点都不懂规矩啊,先来后到,懂吗,是自己先抓住孙萌萌的。但是许烨磊的手还是紧紧抓着不放,向南看着孙萌萌被抓得似乎眼泪都快掉出来了。他敢肯定,那绝不是自己使的力。一时心里戚戚,向南对着许烨磊继续道:"快放开我的女朋友!"

"放开我女朋友的手。"许烨磊的声音依旧是冷冷的低沉,他都懒得看向南了。此时他的视线落在孙萌萌身上,看着她一声不吭可怜兮兮地和向南对视,看着自己的老婆跟别的男人眉目传情,许烨磊只觉心里一片刺痛。

许烨磊加大了力度,生硬地拉了孙萌萌的手一把,终于拽开了另一端向南的手,然后极端恼怒地拖着孙萌萌快步往前走。

向南看着孙萌萌被拖了十几米还维持着刚才被他拉着的姿势,向他伸着手,心里说不出是什么滋味。刚才听到许烨磊说女朋友仨字,他这个临时客串的假冒男友有些心虚,敌不过人家正牌男友的气场,最后还是放手了。可是,看孙萌萌那样委屈的眼神,他也觉得好奇怪,如果不愿意跟他走就说出来,难不成一个军人敢绑架她吗?

Chapter7　潘多拉的爱情魔盒

1.

许烨磊的大手牢牢地拖着孙萌萌的手,径直往电梯口走去。孙萌萌看着他那黑沉无比的脸,小心肝扑通扑通地直跳,有种大事不妙的感觉。

"许烨磊,你放开我!"孙萌萌心里害怕得直发毛,连忙表示抗议。可惜抗议无效,被某男直接拽进电梯的孙萌萌,生气地冲着许烨磊大喊:"许烨磊,你放开……"

话音未落,许烨磊就将她抵在电梯壁上,捧住她的小脸,一个低头,狠狠吻上她的嘴唇,不顾孙萌萌的抵抗和挣扎,肆意地掠夺着她诱人的双唇。许烨磊的唇是滚烫的,在接触到的那一刹那几乎让孙萌萌感到一阵眩晕,自己竟然再度对他的吻有了感觉。电梯徐徐下落,一男一女相拥在一起,深深地亲吻着。

叮咚,电梯到了一楼,抱着孙萌萌强吻一番的许烨磊,立马放开她,一字一句,霸道地说:"跟我走!"

孙萌萌的唇,因为许烨磊刚才的霸道掠夺有些疼痛起来,现在听他几乎是用命令的口气跟自己说话,不禁大怒:"凭什么……"话音未落,已经被许烨磊一把抱起,扛在肩上。

"啊——许烨磊快放下我,快放下我……"孙萌萌惊呼不已,双腿乱踢,引得路人们一阵阵侧目。

穿着军装的许烨磊根本就不管路人怎么看,扛着孙萌萌直接塞进自己的车中,伸手按住她的肩膀,深邃的眼眸中,透着一股孙萌萌从来没有见过的霸气和寒气。孙萌萌完全被他这种霸道气势给吓住了,硬被他塞进车内,连安全带一并帮她系上,连门一块带上。不等她回过神来,许烨磊已经关上车门,从另一边坐进车中,一个利落的倒车,疾驰而去。

"许烨磊,你到底想干吗啊?"孙萌萌羞红着脸,很是生气。

许烨磊没理会她说的话，一路飙车回玉锦豪园。

一路上沉闷又压抑的气氛，笼罩在车内，孙萌萌两只小手不禁紧拽着自己身上的衣服，余光瞄了一下许烨磊，有些心惊胆战起来。此时的许烨磊好恐怖啊，似乎有场海啸即将来临。

都怪向南那家伙，干吗说自己是他女朋友啊？莫名其妙！现在倒好，好像把某男给惹毛了？可是，许烨磊你凭什么生气啊！我又不是你女朋友，更不是你老婆！你一走就是一个多月，一个电话也没有，凭什么一回来就给我脸色看啊！

孙萌萌越想越气，越想越郁闷，越想越委屈，想着想着眼眶就红了起来。凭空想象写了那么多爱情小说的孙萌萌，真的轮到自己恋爱的时候，却不知，其实这就是爱情，生气意味着对方在乎，生气意味着对方爱她……

从上车到下车，孙萌萌的手都是被许烨磊给拽着的，一回到家，门一关上，许烨磊一刻不怠地将她抵在门边，双手捧住孙萌萌的脸颊，正要亲吻下去时，才发现小丫头眼睛红红的。

"丫头，你怎么啦？"许烨磊的心泛起一丝疼痛，脸上的怒气立马消散，变得柔和起来，温声地问。这句温柔，让孙萌萌心不由酸涩，眼泪哗啦一下，从眼眶溢了出来。

见孙萌萌哭，许烨磊立马没招，心想是不是自己刚才吓到她了，对她太过分了。

"许烨磊，我讨厌你，我讨厌你！"孙萌萌边哭边舞着她那"孙氏流星拳"。

"好了，不哭不哭，是我刚才太过分了！别哭了！"许烨磊的大手连忙抓住孙萌萌的手，温柔地安抚道。

孙萌萌含泪瞪着他，眼底流露出一抹复杂的情丝，这一个月来自己心底是多么希望见到他啊，天天盼着他回来，可是他一直没有回来，让她不知所措，无所适从，最后硬生生地让自己把他们俩甜蜜的那两天当成一场梦，很美的梦，醉人的梦，可是梦终归是要醒的……

"是我错了，别哭了！"许烨磊的大手轻轻地将她眼角的泪水给抹去，继续安抚。

看着眼前的泪人儿，许烨磊的心变得跟棉花似的，软软的，柔柔的，伸手捧着她的脸，头缓缓地低了下去。温热的唇贴在孙萌萌那甜美的红唇上，那熟悉的味道依旧那么甜美。

一切是这么的顺其自然，等孙萌萌反应过来时，许烨磊已经勾动着她的思绪，小手慢慢地攀上他的颈侧，那高垒的心墙瞬间垮塌，她迷失在他织下的温柔的情网里……

许烨磊一手揽着她的腰，一手掌着她的头，两个人忘情地纠缠，这一刻他们忘记了种种不愉快，只沉溺于两人的气息里。

"萌萌，我喜欢你！"低沉磁性的男性嗓音从濡湿的吻里轻轻逸出。

这是许烨磊第一次跟女孩子说我喜欢你，这是他第一次喊着她的名字认真地说我喜欢。听到告白，孙萌萌的心立马被甜蜜溢满，迷蒙地看着上方俯视着她的许烨磊，那温柔如水的目光，似乎要将她融化掉。他那温热的鼻息扫在她的脸上有些痒痒的，几秒后，许烨磊再次低下头，孙萌萌渐渐地随他在这场温柔的暴雨中沉溺下去……

安静的空间里，被逐渐加深的喘息声充斥……空气中弥漫着幸福的味道，稍稍分开的两人，额头抵着额头，目光迷离深情地看着对方。孙萌萌小脸涨得通红，目不转睛地盯着他，仿佛要把他的表情和五官刻画进心里，眼中闪烁着奇异的火光。

"萌萌，我喜欢你，我爱你……"许烨磊捧着她的脸，目光深情，低沉着嗓音分再次告白。

可是话音还没消失，孙萌萌忽然踮起脚，双手揽上他的脖子，他尚未从震骇中反应过来，软软的小嘴巴已经盖上他的唇。几秒后，许烨磊重新掌握主动权，强悍地引领着她让她跟着他的步调。与自己喜欢的男人接吻是这么美妙，像是踩在云端似的，轻飘飘的。

不知过了多久，两人那炙热的双唇才依依不舍地分开，许烨磊低头看着怀里的眼波如水，雾蒙蒙的，唇瓣有些发肿，白皙的皮肤泛着醉人的粉红色的孙萌萌，目光深深地注视她，似乎要把每个细节都铭刻在记忆里。

"萌萌，你也喜欢我是吧？"许烨磊眼底溢满幸福，温柔的低沉着嗓音轻问。

孙萌萌满脸泛着潮红，许烨磊那修长的手指轻勾着她的下巴，让她的羞涩无处可藏，一览无余地呈现在他面前，眼睛熠熠闪光充满着期待。

孙萌萌眉眼含羞，尽显风情，看着眼前英气逼人的许烨磊，缓缓开口："烨磊，我喜欢你！"

一句烨磊，就把许烨磊叫得心神一荡，再加上那句我喜欢你，那简直就是心潮澎湃，波涛汹涌，江河一片泛滥。许烨磊的手指轻轻地在孙萌萌脸上描摹着，声音温软："我没听清楚，再说一遍。"

"烨磊，我喜欢你！"

"再说一遍！"

"烨磊，我喜欢你！"

"再说一遍！"孙萌萌终于被他问得清醒过来，又羞又恼，低头轻骂一句："神经病。"

"乖，再说一遍！"某腹黑中校似乎还没听够，低声地诱哄她。

"许烨磊——"好好的气氛就这么生生地被破坏，孙萌萌羞恼地瞪着许烨磊，娇媚的双眼让人看一眼，就觉得浑身酥麻。

"不是这句，重新来。"

"许烨磊——"孙萌萌红润的脸颊如绽开的春花，心里很是羞赧，可是她还是控制不住自己的心绪，最后依了他，红唇轻吐："烨磊，我喜欢你！"

她的声音轻得像片羽毛划过他的心，许烨磊真不知道自己的名字从她嘴里喊出来是这么的好听，这么的与众不同。

许烨磊的手指依旧在她脸上描摹着，专注地看着她的眼神越发深邃如潭，孙萌萌觉得自己浑身血脉加速，心脏也怦怦地狂跳起来。天啊，再这样下去自己会心脏病突发的！许烨磊粗粝的拇指掠过她的唇线，又是一个低头，唇随之覆了上去，孙萌萌屏息迎接上他那两片炙热的唇……

2.

刚才还显得拥挤的病房,突然只剩下两人,谢铁军有点适应不过来。他看着病床上一脸苍白虚弱的孙贝贝,早没有了军训那一周和他对着干的冲劲和野性。就算是个木头,看到一个野蛮漂亮的女人被自己削得动了手术躺病床上,心里也会感到内疚。

看着孙贝贝脸朝里躺着,当他是空气一般,谢铁军不知道要怎么表达自己的歉疚。队长真是害惨他了!突然留下他一人面对孙贝贝,谢铁军心里开始紧张,紧接着手心冒汗,在裤缝擦了擦,还是止不住地冒汗。就是自己参加特种兵选拔时面对多少严峻的考验,他都没有这么紧张过。

这是个什么事啊!女人真麻烦,和女人待在同一个屋子里更是个麻烦,他都不知道自己要怎么说,怎么站才比较好了,似在火堆上烤了一番。谢铁军最后还是果敢地选择了面对,不愧是许烨磊带出来的兵,即便刚才那么紧张也是在心里、手心里,脸上还是表现出牛哄哄的军人风范。

谢铁军踢着正步走到了病床旁边,努力地压低他如洪钟一样响亮的大嗓门,当然,在病房里依旧显得很大声:"孙贝贝,你现在怎么样了?"

孙贝贝听到魔鬼的轰鸣,转过了头,恨恨地瞪着身旁的谢铁军。如果她的眼神带着利刃,估计谢铁军不论有多么勇猛都会中标,最后难逃一死的厄运。

"滚,猫哭耗子假慈悲,不需要你的问候。滚,给我滚远点,我不想见到你……"孙贝贝见到谢铁军就满肚子的气,她孙大小姐从小到大什么时候吃过那样的苦头啊。

这个谢恶魔竟然每天都跟她对着干,每天特别照顾她强化训练,让她在地狱生活中逼出了阑尾炎差点交代了性命,想到自己肚子上有一条疤痕,心中那个恨,简直比要了她的命还让人憎恨。孙贝贝咬牙切齿时,肚子也跟着她的运气,传来了揪心的疼痛。啊——真是痛死了!

谢铁军看着孙贝贝一脸的愤恨转为一脸扭曲的疼,又开始不知所措了,只能低头承认错误:"对不起,那个,那个时候真不知道你肚子疼。"

"滚,我不想看到你!"说对不起我的肚子就能没有疤了吗?谢恶魔,你给我悠着点,等我康复了看我怎么报仇雪恨!真想狠狠地踹他一腿,有了踢向南的经验,只好抓起枕头就往谢铁军身上砸。

谢铁军看着浑身抖着刺的女人,心里骇然不已,敏捷地接了枕头小心翼翼地放回病床上,心想还是先走吧,这女人动了刀子还这么跋扈好斗,此时不是在训练场上,他不敢接招。

"你好好养病,别伤筋动骨地斗气。祝你早日康复,我们等你回来。"

孙贝贝听到"等你回来"四字,又抓起枕头往谢铁军头上扔,咬牙切齿地骂道:"滚,谢恶魔,我再也不想见到你。等我恢复力气了,看我怎么收拾你!"

军营那个地狱一样的地方,我才不回去,坚决不回去!我一定会好好养病的,养它三个月,回文工团报到又是美女一枚。

谢铁军从踏入病房开始,孙贝贝就没给他好脸色,一口一个滚,谢恶魔谢恶魔地叫得那么顺口,把谢铁军这个天不怕地不怕的男人硬是像打落水狗一样轰出了病房。退出病房,谢铁军爽爽地舒了一口气。跟孙贝贝过招,实在是件体力活啊,他感觉后背都是涔涔的凉汗。没事千万别招惹女人,更别得罪。谢处男心有余悸地想着。

谢铁军关好病房的门,转身想起了中队长。这个时候才细细琢磨,队长怎么会追出去呢?跑了一个女人,又跑了一个男人,他到底追哪一个呢?谢铁军这个呆子平常都没有这么多心眼,但是对于队长的事,特别是可以拿来评头论足的事,他会非常用心地琢磨一番。

刚才最明显的感觉是那个女人一走出病房,立马就能感觉到队长制造的冰窖。难道,难道队长有女人了?曾听吴凯说队长看着孙贝贝发呆过,是不是刚才进病房的时候看到里面有一个男人,队长遇到了情敌,然后追出去准备灭掉他。嗯,一定是,那个男人长得帅,和孙贝贝站一块那就是俊男靓女

267

天生一对。

很强劲的对手啊！队长，你终于有对手了！

这个好斗的呆子想象着队长和情敌火拼的场景，一定非常刺激。他越想越兴奋，恨不能赶到现场观摩观摩。他加快了离开的步伐，直奔电梯的方向，刚好看到电梯门快要关上，他一个箭步窜过去，直接把手伸进了只剩一条缝隙的电梯门。

"你的手不怕废了啊！"向南看到电梯关门的瞬间，突然卡在门缝里的手，赶紧按住开门的按键。电梯门立马打开了。门开了，钻进满眼的绿色。

这不是揍孙贝贝的嫌疑犯吗？向南优雅自若地看着他，谢铁军也看着向南，这样一个男人，优雅又有风度，一定很受女人的欢迎。只是，他怎么还在这儿？

"我们队长呢？"谢铁军对着向南没头没脑地问了一句。非常突兀的问话问得向南莫名其妙，他看着电梯徐徐向下，懒得搭理谢铁军随便应付着道："把孙萌萌拖走了……"

电梯打开，向南没招呼一声，自己先踏了出去，离开了医院。

留下谢铁军一人重新构思情节，"队长把孙萌萌拖走了"，拖走啊，拖哪儿去，拖一个女人干什么去呢？在男人堆里摸爬滚打的谢铁军对这个充满色彩的故事很有兴趣，充分发挥他仅有的一点想象力。几分钟后，谢铁军终于给想明白了，嘴角立马露出一抹憨厚无比的笑容，原来那个女孩就是队长每到周末就往市区跑的强大驱动力。哈哈哈……队长终于有女人了！

第一次见队长对女人感兴趣，真心好奇那女孩到底是何方神圣，竟然能让队长看上！打光棍近三十一年的许烨磊，终于有女人了，谢铁军恨不得立马回到队里帮他免费宣传。

正当谢铁军想着冲回队里时，这才发现一件严重的事情——没车！今天两人向队里请半天假特意来看孙贝贝，坐着一辆车过来，现在该怎么回去啊？从S市坐巴士回到驻地要倒两趟车，从车站到驻地还要步行半小时路程，发现自己只能坐车回去的谢铁军，顿时两眼一抹黑……

3.

许烨磊和孙萌萌两人手拉着手出门，在去餐厅的路上，许烨磊分别和大队长路赢和愣头青谢铁军通电话。

路赢的电话，自然是为了请假而打，当路大队长听到许烨磊要多请半天假，想都没想立马答应了，经过吴凯那张嘴巴的宣传，而且又根据上次演习完许烨磊单独和孙耀武司令员去吃晚饭，所以部队所谓的干部们都自以为许烨磊和孙贝贝在谈恋爱，现在人家受伤去照顾半天理所当然嘛？

至于谢铁军那个电话，似乎对他有点残忍，中队长为了多陪女朋友半天，愣是把他撇下，见色忘义地潇洒快活去了。

两人来到了一家名叫"瑞克斯"的西餐厅就餐。吃货曾无数次地憧憬着和自己心爱的人一起坐在环境优美的餐厅里享受美食，今天美梦成真，那笑容都能滴出糖水了。俊男美女实在太招眼睛，许烨磊拥着孙萌萌坐在僻静的角落，即便这样，孙萌萌还是能感觉到四面八方投来的注目。两人都尽情地享受着重逢后的幸福时光。

吃完饭，孙萌萌看了眼时间，天哪，忙着和许烨磊甜蜜，不小心把贝贝忘一边了。哎，这丫头一个人在这个城市住院，好可怜啊。孙萌萌一阵自责，赶紧拖着许烨磊离开餐厅。去了一家中餐店，买了一份肚包鸡，一份白粥，匆匆杀向军医院。

下了车，孙萌萌边打开车门边对许烨磊说："我妹现在对你们充满了血海深仇，你可千万别上去招惹她，省得在她伤口上撒盐，你先回家午休吧，我会想你的……"

孙萌萌还不敢公开她和许烨磊的关系，特别是对刚从地狱捡回小命的孙贝贝。那丫头要是知道自己把她一个人孤零零地丢在医院，自己和男人甜蜜去了，一定会备受刺激灭了自己的。

"我在这儿等你！"许烨磊没有答应她的安排，执意要在楼下等她。

"好吧，那我……那我上去看情况，要是可以的话，我尽量快去快回！"一心想跟自己心爱的男人腻在一块的孙萌萌，此刻真的有些顾不上生病的孙贝贝，给了许烨磊一个模棱两可的答复。

孙萌萌以"博尔特"的速度，跑到孙贝贝的病房门口。轻轻地推开满是消毒水的房门，孙萌萌看到了一个熟悉的身影坐在床沿给大爷样的孙贝贝喂食苹果丁。

"哇，好令人感动的母女情深啊。伯母这么疼贝贝，让我好生羡慕啊！"孙萌萌由衷地赞叹着，走到了床前，把姗姗来迟的午餐放到了床头柜上，然后搂着林爱英的脖子甜腻了一番。这个缺乏母爱的可怜娃感动得有些心伤了，真希望李笑梅同志能来观摩，学习人家怎么疼女儿的。

"那是，等亲姐姐煲汤给我，我早饿得死翘翘了！"孙贝贝一边吃着最后一块果丁，一边酸溜溜地说。

孙贝贝瞅着孙萌萌放下的饭盒，这不是餐厅打包来的吗，还忽悠我说回去煲汤呢！这个亲姐姐可真够狠的啊，和谁在餐厅泡了那么久，吃饱喝足了现在才过来！这可是从没有的事啊，自己一个电话都能把她从 S 市招呼到 N 市，但现在自己一个人躺病床上没人照顾时，她却对自己不管不顾了。这还是最爱自己的姐姐吗？她细细打量着孙萌萌，怎么感觉她和以前很不一样了？嗯！表情不对，笑容也不对，最可疑的是她的唇……哈哈……一定要套出点可以疗养伤口的信息来。

林爱英拍了拍孙贝贝的头：'说什么话，这样咒自己。你以为萌萌跟你一样天天游手好闲，人家上班上得那么辛苦还得赶着来看你，知足吧，孙贝贝。换做是你啊，有事找你连人影都找不到。"

孙贝贝听了老妈的唠叨，对着孙萌萌做着鬼脸，嘴巴也是蠢蠢欲动。这一招把孙萌萌唬得连对对她眨巴着眼睛。孙萌萌这个长辈眼中的乖宝宝还真怕这丫头口没遮拦地把自己被赶出家门的事告诉伯母，她对着林爱英一脸嬉笑，捏着拳头在孙贝贝能看到的角落晃晃威胁着。

林爱英一时没发现姐妹俩之间的暗流涌动，转过头看着孙萌萌又添了句表扬:"还是萌萌懂事,从小到大都不用人操心。"

孙贝贝马上抗议这拐弯抹角地批评自己的老妈:"妈,不带你这样奚落卧病在床的女儿的。"

"看看,这猴嘴,真是被宠坏了。"林爱英手指戳了戳女儿的额头,然后站起身对着孙萌萌笑着道,"我去洗洗盘子,你们两个聊。"

说完,林爱英拿着盆子走进了洗手间,孙萌萌立马捂住孙贝贝的嘴巴,凑近她耳边小声地威胁着:"臭丫头,你要敢瞎嚷嚷,我就跟你绝交,以后有事别找我。"

孙贝贝拨开她的手,看着一脸紧张的孙萌萌,吸了吸鼻子,晃着脑袋一脸不屑压着声音道:"还有酒味!说吧,跟哪个男人鬼混去了?从实招来啊,你什么时候跟向南好上的?还有,你怎么还跟许恶魔有一腿?还有啊,你的唇是哪个男人的杰作?"

孙贝贝一连串的还有和问号,问得孙萌萌脑袋直冒金星!这丫头是不是在病床上躺得太有精力了,什么都没逃过她的火眼金睛。还有,什么许恶魔,是姐夫,知道吗?姐夫!但是,孙萌萌确实跟男人厮混来着,这可是超级机密,一定不能告诉孙贝贝,更不能让伯母知道……乖乖女要维持乖乖女的形象啊!她也不想要那不能当饭吃的形象,却又怕碎了长辈的心,只能硬着头皮瞒一天是一天。

孙萌萌正不知道如何打发孙贝贝的连环拷问时,见到林爱英洗完水果盘出来,立时如蒙大赦,跳开病床,对着林爱英甜甜地笑道:"伯母,我还有事要忙,这边您来了,我就放心了。等我忙完再过来看贝贝。"

林爱英以为她急着回去上班,点点头微笑着回道:"嗯,工作要紧,你去上班吧。"

孙萌萌嬉笑着跟孙贝贝又是一番眉来眼去,挥了挥手,赶紧走出了病房。刚才上来的时候,心里还有些矛盾,下午是陪孤单的孙贝贝,还是陪特意请假和她相聚的许烨磊。亲情和爱情,还真是让人头疼的抉择!

没想到,柳暗花明又一村!伯母来得真是时候,解救了她的危难,让她可以心无旁念地和许烨磊谈情说爱。

孙萌萌来到停车场,看到许烨磊还静默地等候着她,心里一阵感动。许烨磊也看到她了,很是惊喜地下车为她开了车门,他还想着可能要在车里蹲一个下午呢,没想到孙萌萌也跟他一样,都非常珍惜在一起的机会,连妹妹都被抛一边了。许烨磊帮孙萌萌系好安全带,还忍不住捧着她的脸猛亲了一下,然后问:"这么快就下来了,是被孙贝贝轰出来的吗?"

"不是,我伯母从N市赶过来照顾她了,我们关系好着呢,她轰谁也不会轰我。"孙萌萌微笑着解释。

"那就好。现在去哪儿?回去午休吗?"许烨磊一脸深意地对孙萌萌笑着。回去午休?什么意思啊?孙萌萌立马想到两人抱着睡一块。

"那个……睡觉太浪费时间了,我们……去逛街吧!"孙萌萌低着头有些不好意思地说,白皙的脸颊悠悠地飘过一片红霞。

许烨磊看着孙萌萌吞吞吐吐说话的样子,真心觉得越看越可爱。其实,他还真没想那么多,只是说得比较暧昧罢了,没想到这丫头一下就想到最深处。许烨磊激动地对着老婆红润的小嘴亲啄了一把,才咧着嘴笑着踩了油门,离开了军区医院。

孙萌萌这个网络写手,写了多少情人约会的场景,她自己都感动于笔下浪漫的画面,曾经憧憬着有一天她也有喜欢的人了,就要带着他一一去感受美好的爱情。这一天,室外吹着冷风,孙萌萌觉得正好。她把自己的手放在许烨磊的口袋里,握着他温暖的手一起行走在熙熙攘攘的大街上。这个是她最喜爱的浪漫桥段。

在一个大雪纷飞的晚上,男女主角同披着一件大衣,手牵着手,簌簌的飞雪伴着两人吱吱的脚步声在空中轻歌曼舞,他们走在回家的路上,在白白的雪地上留下一串串紧紧相依的脚印……

孙萌萌临时把故事稍微篡改了一下,虽没有那么唯美的意境,但是牵着许烨磊的手,暖在她的心窝。很喜欢这样的感觉,和自己喜欢的人手牵着手,走过大街小巷,走过人间的岁月沧桑,执子之手,与子偕老……

4.

夜已深，一片清凉。躺在床上的孙萌萌眼睛直勾勾地看着天花板，随后烦躁地翻来滚去。

而此刻躺在客卧的许烨磊心境跟孙萌萌如出一辙，心中的欲望不但没随着时间推移而熄灭，反而更加来势汹汹。

时间一分一秒地过去，只有一墙之隔的两人依旧翻来覆去，没有一丝睡意。

心里斗争了一遍又一遍。最后，堂堂中校，特种大队的中队长许烨磊，终于按捺不住自己身体和心里的极度渴望，从床上嗖的一声爬了起来，打开房门，径直来到孙萌萌的房门门口。

笃笃——

孙萌萌听到敲门声，立马转过头，在黑夜中透过窗外照射进来的微弱月光往房门看去。内心挣扎了许久，最后还是从床上爬了起来，打开房门。看到门口站着的许烨磊，穿着睡衣的孙萌萌小脸醉红一片，羞赧地有些不敢看他，温柔问："你……有事？"

"有事……"本来就欲望来势汹汹的许烨磊看到眼前害羞无比的孙萌萌，心头更是难耐不安，恨不得立马好好疼爱她一番。这个有学识有教养的中校，对于男女之事虽然经验明显不足，但还是希望能得到女方同意再进行比较好。

"什么事？"孙萌萌心底很明白，这么晚他没睡着来敲自己房门，意图已经十分明显。

"求包养！"许烨磊的眼睛闪烁着渴望的神采，目不转睛地看着孙萌萌。

孙萌萌听到许烨磊的话，羞赧的眉眼立马弯了起来，嘟着小嘴说："我没钱，没法包养！"

许烨磊心底在揣测这句话到底表达这么意思，是拒绝，还是只是跟自己调侃呢？

"求宠幸！"

"我不是皇帝，没翻牌子的习惯！"

唉，不管了！今晚他一定要抱着老婆睡，不然誓不为男人。

于是，许烨磊不再绕弯子，眼睛灼灼地盯着孙萌萌，很直白、很直接地说出口："我想跟你一起睡……"

哇，许烨磊你竟敢这么直接，难道……难道就不怕拒绝吗？还是说你这么有把握，我愿意跟你一起……睡？

"谁……谁要跟你一起睡啊？"尽管心里也很期望跟许烨磊抱在一起睡觉，可是由于女孩子的矜持，孙萌萌羞着脸，断然拒绝。

"老婆……"许烨磊听到这句，有些失落，不过依旧不罢休，不要脸地继续乞求。

孙萌萌看着许烨磊那眼底的渴望和乞求，心头立马变得柔软无比，害羞不已的她眼底掠过一抹幸福的笑意。孙萌萌满脸晕红，没有再坚持，于是低着头，羞赧不已地点了点头。

得到自己心爱女人的许可，许烨磊的肾上腺激素剧增，兴奋地一把抱住孙萌萌，旋转起来，高声大喊："萌萌，我爱你！"

许烨磊停下动作，原本搂着孙萌萌纤腰的双手，捧着孙萌萌的脸，刚毅英气的脸上氤氲了甜蜜欢笑，看起来更加迷人心魄。

孙萌萌与他额头抵着额头，低低地呢喃，感受着令她眷恋的气息，心头聚了蜜一样甜。许烨磊闭目轻轻蹭了蹭她的鼻尖，表达着自己的爱恋，孙萌萌噘起小嘴主动在他性感的唇上亲了一口。许烨磊那深邃幽暗的眸子里璀璨如星，定定看了孙萌萌一会儿，嘴角勾起一抹满意的笑意，轻轻吻上她粉嫩的双唇，甘甜的滋味比心头上浓情蜜意更加清甜。

亲吻逐渐由浅转深，直至纠缠的两人气喘吁吁才恋恋不舍地分开少许，看着孙萌萌醉红的双颊，迷离的眼眸里聚满依恋，许烨磊心头一漾，弯身将她横抱了起来，迈着沉稳欢快的步伐往床边走去。

女人真是奇怪的动物，不喜欢的时候，听到他叫她老婆，对他又打又骂。相爱后，简单的"老婆"两字到了床上，就成了一个催化剂，催生了情，催走了第一次亲密接触的不适和尴尬，带来了安心。

此时的孙萌萌躺在心爱的男人身下，听到他那一声"老婆"的呼唤，大脑飘过很幸福的一幕：自己穿上洁白的婚纱，和他一起走入了婚姻的殿堂，在所有亲人的祝福中甜甜地叫他一声"老公"。

孙萌萌陶醉在自己幻想的幸福里，不知不觉她的小手攀上了许烨磊的脖颈。温软滑腻的手轻轻柔柔地搭在许烨磊的脖子上，衣袖舞动，带着少女的芬芳，所有的美好呈现在许烨磊的感官中，像是一种邀请，更像是一种鼓励。

许烨磊那颗骚动的心憋了一夜，早就不满于这样的浅尝辄止。像被关了很久的野兽，饥肠辘辘时突然被释放出来，看到了食物般，许烨磊开始了他狂风暴雨般的蚕食。孙萌萌就那样在男人铺天盖地的亲吻中，迷失得一塌糊涂。

直到胸前变得一片冰凉，她飘忽在空中的意识才被拉回来，睁开了迷蒙的双眼，看到了近在咫尺的坚实健壮的胸肌。

许烨磊不穿衣服比穿衣服的时候更帅！

挂在许烨磊脖子上的小手开始不安分了，也学着刚才男人在她身上摸索的样子，细细地画着他梦幻般的五官，然后沿着古铜色的肌肤一路向下，在他结实的胸肌上流连忘返。

"哪里学来的技术？"许烨磊被孙萌萌带有魔力的手指画得全身被电击一般。

"啊——"孙萌萌一声惊叫，她刚才只看到帅哥光着身子，没想到自己的上衣也不知何时被剥离，让她又羞又惊。

其实在未经人事的孙萌萌的脑海里，潜意识里一直觉得女人第一次为喜爱的男人脱掉衣裳，那一定是很爱很爱他，一定是在他温柔如水的吻里融化了，没有心理负担，然后……然后在他含情脉脉的注视下，羞赧地轻解罗裳。

身体第一次在心爱的男人面前呈现，孙萌萌除了羞涩之外，也变得有点恍惚起来。

见到帅哥就流哈喇子的色女，当初那么怕当军嫂，可是真的让军人身份的许烨磊伏在她身上时，她却因着这个男人与生俱来的威严和军人特有的刚毅正气，因着他特殊的身份，而毫无保留地信任他，任他采撷她的芬芳。甚至，她还会觉得，他不同于自己笔下温婉细腻的前戏，也许是因为他的身份带来的特有气质,她发现自己更喜欢像他那样狂野的吻,张狂,带着原始的放纵。

一个女人最感动的时刻,也许不是高潮之时,至少孙萌萌不那么觉得。她最激动的时候,是身上的男人退掉她全部衣裳,然后像对着珍宝一般,把她的每一寸肌肤都烙上滚烫的印记,让她在他的唇里,在那样凶猛磅礴的激吻中,像一朵娇艳的玫瑰,带着野性火红火红地绽放。

那一刻,她感动得落了泪,为他对她身体的狂热和眷恋。那一刻,她的心也彻底沉沦,为他对她自己的温柔呵护和疼惜。幸福从彼此心间慢慢绽开……彼此心里都期盼着接下来一起通往爱的彼岸……战火一触即燃,一切准备就绪,只等最后总攻。

此刻某男心里也是极度紧张,这也是他的第一次,不知该如何拿捏力度才不会让心爱的女人太疼之时,可床头的手机好死不死地响了,关键时刻打乱了他的战术。

"叶子青……叶子青……"

这可是箭在弦上,情热撩人之际啊!

"叶子青……叶子青……"

孙萌萌在年前和叶子青逛街的时候,和她一起换了一部手机。孙萌萌还没摸索熟练,所以连铃声都忘了设置,每次来电铃声都是直接报上名字。

箭在弦上的时候,谁有心思接电话,许烨磊的小战士已经来到门口,再不进去,他就要被憋死了。那种爆炸前的刺激和心跳摧毁了他所有意识,以至于对响着的手机不管不顾。

手机停了,没过几秒又响了起来。

那个叫叶子青的家伙,怎么在这么关键的时候来电话啊?某男心头一片烦躁,咬着牙又恨又怨地骂道。许烨磊愤恨地抓过手机,想都没想直接把它给摔到地上,回头想继续自己和孙萌萌的第一次男女身体的激情探索。

可是那手机的质量还不赖,功能没有一丝一毫的被破坏,在那响个不停。跟催命似的,不停响着的手机铃声,让沉浸于许烨磊的情迷世界的孙萌萌慢慢地清醒过来,满脸的醉红,睁着迷离的眼睛,羞赧不已地看着许烨磊。孙萌萌转过头看着了地板上的手机一眼，满脸含羞把头转了回来，有些抱歉地看着许烨磊。

"不管她，继续！"许烨磊低下头，亲了亲孙萌萌的耳朵，低声呢喃着。

但是摔在木地板上的手机似乎跟他杠上了，铃声响了一遍又来一遍。孙萌萌听着那铃声也感觉很烦躁，让她真想把叶子青那丫抓过来狠揍一顿。今天可是自己这么激动人心，这么令人期待的第一次，她却发什么疯啊！插进来搞什么破坏！孙萌萌转念一想，应该是有什么急事，不然叶子青这丫头不会这么晚给自己打电话。

"烨磊你……你等我一下好吗？"孙萌萌一脸含羞，很抱歉地跟伏在自己身上的许烨磊说。

许烨磊很想跟她说不好，可是见她楚楚动人、羞涩撩人的模样，心头一软，不由想快点把那个该死的电话打发掉，好继续进行两人的甜蜜时光。于是，许烨磊光裸着的高大身躯从孙萌萌身上爬了起来，帮她捡回那个被自己扔掉的手机。

一接过电话，孙萌萌眼底原本的柔情蜜意瞬间化为一汪怒火，扯过被子包裹了一下自己那光裸着的身子，对着手机准备开骂。

"您好，你是孙萌萌吗？你的朋友叶子青，发生车祸昏倒了，现在我正送她去医院。"耳边传来一记男声，让孙萌萌刚要破口而出的怒气给吞了回去。什么？叶子青出车祸？孙萌萌听到这个消息，原本体内荡漾着的激情，立马冷却一半。

"好，我马上过去！"孙萌萌的心被揪了起来，连连应道。

挂完电话后，正搂着孙萌萌的许烨磊，大手重新开始在她身上四处点火，唇也凑到她的颈脖处轻啃着，准备继续，可是孙萌萌却推了推他："烨磊……烨磊，我朋友出车祸了，我得过去看看，我们……我们……"孙萌萌红着脸，非常抱歉地看着许烨磊。

许烨磊听到这个消息，身体不由一僵，心里懊恼不已，有些痛苦地说："那我……怎么办？"

孙萌萌知道中途喊停，对男人肯定相当打击，可是死党叶子青生死未卜，她总不能放纵自己和许烨磊继续欢好，而弃她于不顾。

"我们……我们先过去吧！"孙萌萌咬着唇，于心不忍地吐出这句话。

啊——许烨磊不禁大叫一声，倒在床上。

5.

当孙萌萌赶到医院的时候，叶子青已经清醒过来躺在病床上，不过头上缠着白纱布，脸色有些苍白。

"怎么回事？怎么出的车祸啊？你没事吧？"孙萌萌一见到叶子青啪啪啪地向她抛出了一系列担心的话。

叶子青虽清醒过来，但脑子却还是一片迷蒙，冲她喋喋不休地道来："不知道哪个该死的家伙，半夜横冲直撞，不守交通规则，不小心追尾了！"

孙萌萌眨巴着眼睛，一脸不解，到底是别人追她的尾，还是她追别人的尾啊？

"那你现在怎么样？医生怎么说？"孙萌萌继续追问。

"轻微脑震荡！"叶子青轻描淡写地说。

"唉，你人没事就好，刚才接到电话吓死我了！"孙萌萌总算放心一些，松了一口气。不过想起接电话时的场景，孙萌萌的小脸不自觉地又红起来。

这个神情落在叶子青的眼里，立马引起怀疑，正要开口问孙萌萌的时候，眼睛瞥到站在她身旁的男人。呃——极品帅哥啊！是自己出现幻觉了吗？同为"相貌协会成员"兼"帅哥控"的叶子青，伸手掐了一下自己的手臂。疼，真的疼，不是幻觉！

瞧他那深邃如潭的眼睛，正直勾勾地看着自己，就像一汪水，让人不禁想深陷下去，就此沉沦。这帅哥这般盯着自己，不会是看上她了吧？或者是……自己出车祸的时候，是他救了自己，把她送到医院……然后发现自己很美，对自己一见钟情，于是想……

正当叶子青兴奋地想开口询问他的姓名、电话、有没有女朋友之类的话的时候，张开的嘴却突然僵住了。因为她似乎发现那帅哥的眼神有些不对劲的地方，他眼底呈现出来的不是深情，而是……好像……似乎……是一种埋怨，不，不是埋怨，是一种好事被人破坏的那种愤恨的感觉。

不愧是在人精里摸爬滚打的叶子青，能够非常精准地揣测别人的情绪所透露出来的信息。

不对啊？难道刚才车祸是自己追了这位帅哥的车？叶子青稍稍晃了晃头，心里疑惑不解地看着许烨磊，心里不停地琢磨着这到底是怎么回事。

"美女，你是这位病房的家属是吧，请你过来帮她办理一下住院手续好吗？"一个护士走了进来，对着孙萌萌说。

叶子青和孙萌萌同时从各自的神游中回神过来，两人的目光又同时聚焦到护士身上。

"好，我马上去！"收回心绪的孙萌萌，咬了咬唇，轻声地应着。孙萌萌这丫头怎么变得这么温柔啦？叶子青越来越觉得孙萌萌身上有很多疑点。

"你先躺一下，我去帮你办住院手续！"孙萌萌转过头对着躺在病床上的叶子青说。

"好，去吧！"叶子青冲她点了点头，心里却在想，接下来病房里就剩下自己和眼前这位帅哥了，是不是可以开始盘问一些事情了呢？跟帅哥单独相处，让人有些小小的紧张，要淡定，要淡定。叶子青深呼一口气，让自己平静下来。

"我跟你一起去！"许烨磊看了叶子青一眼，转过头对身旁心爱的女人低沉着嗓音道。

叶子青不禁眨巴了几下眼睛，看到孙萌萌一转身，那帅哥也跟着转身，最最意外的事情，是那帅哥的手竟然搭在孙萌萌的腰上。啊！谁来告诉我这是怎么回事啊？

孙萌萌帮叶子青办完住院手续，刚回到病房，又遇到交警同志过来了解事故过程，许烨磊在从旁帮忙着。叶子青在孙萌萌处理事情的时候，已经睡着了，时间就这么一晃而过，不知不觉就快5点了。

天色还是黑漆漆的还没泛鱼肚白，许烨磊也要出发回部队，孙萌萌送他到停车场，冷风萧瑟，带着几分凄凉。

伤别离!

这样一刻,孙萌萌突然感到非常的伤感。从今以后,别的情侣还甜腻在温暖的被窝时,她就要踏着露水送心爱的人归队。就像偷情的人一样,为了一夜的温存,为了归队不迟到,他们分离得比鸡还早。

匆匆相聚,又匆匆别离,对于难舍难分的情侣而言,分别是那么的残忍。令孙萌萌更加难受的是,她爱上的这个男人,一别至少一周,一别就是音讯全无。人还在眼前,她便开始思念他了。他走之后,想他的时候要怎么过,不能听到他的声音,不能向他诉说她的思念……只要想想,孙萌萌就感觉好难过,不由扑进了许烨磊的怀里,紧紧地抱着他。许烨磊也紧紧拥着她,他感觉到她突然对他恋恋不舍的粘腻,心里又甜又闷。

"记得想我……"

"丫头,你还感受不到吗?"许烨磊又加重了手上的力度,紧紧地抱着她,似乎想把她揉入他的骨髓里。他的声音低沉,带着克制情……欲的喑哑,像一坛存了千年的酒,只是一个呼吸就被他的甘醇迷醉。话语中的深意,更是让醉了的人遐想万千。

"怎么办,你这个小丫头彻底扰乱军心了。"许烨磊入骨的告白,在这样的时刻听来,那么贴心,那么动听。

她从没想到他也会说这样让人着迷的情话,在她以前的观念里,军人都像大伯一样刻板得一本正经。

她当然不知道,不论男人还是女人都爱听情话,情到深处,向对方吐露的每一个心声都会化成一缕缕甜腻腻的绵绵情话。那是多么美妙的音符啊,任谁都会毫不吝惜地把心灵深处传来的乐音在爱人的耳畔潺潺地流淌。

"我也好想你……"此刻,孙萌萌能感觉到两人的心紧紧地贴在一起,那样的幸福让她感动,又不免染上离别的伤感,她的声音甚至带着哭腔。

许烨磊恋恋不舍地松了怀抱,双手捧着孙萌萌的脸蛋,又忍不住低下头吻着她的唇。孙萌萌的唇被含在他的唇里,只能简单地发一个音,用她的吻回应着他温柔的呼唤……

"照顾好自己……"

"嗯。"许烨磊终于放开她的唇,让她透一口气。

"我等你回来……"孙萌萌抬起眼看着某男眼里灼灼的幽光。

看着车消失在夜的尽头,孙萌萌感觉心里空荡荡的,她的心被他给带走了,留下一个空壳在黎明之前开始了无尽地思念。似乎女人都是这样,接受一个人之后,就会把他当至宝掏心掏肺地去爱,甚至抛弃一切追随心中眷恋的他。

许烨磊是军人,他需要理智地控制自己的情绪,不把刚才的儿女情长带到部队去,回去的路上,他把所有的车窗都打开,任凭冷冷的风呼呼地灌进车窗,把刚才依依惜别的狂热慢慢吹淡。

第一次和女人那般难舍难分地痴缠,带着一些遗憾,可是孙萌萌在情动之时,那样如水的温柔却让他时时刻刻刻骨地铭记在心底。她的美好,她对他的疼惜,让他念念不忘,让他之后在最艰苦的岁月里,每每想起,便多了一分鼓励,多了一分韧性。

骨节分明的手利落地摇着方向盘,车灯打在冰凉的夜幕下黑漆漆的前方,一夜没睡,许烨磊仍神采奕奕地带着从未有过的豪情和柔情,疾驰归队。

6.

回到驻地,许烨磊把自己对孙萌萌思念的情绪埋藏起来,作为特种兵,不让他人察觉自己的秘密,这是最基本的能力,依照日常那般出操训练。但是,很奇怪的是,这次归队后,似乎每个士兵看他的眼神都很怪异,平常怕被他逮去狠削的士兵竟然也会多看他几眼,许烨磊心里有些不解,不过却没有过多理会。

其实他还不知道现在整个驻地疯传着他昨晚一夜风流的消息,而且还非常离谱地流传着两个版本。先是请假引起的风波,吴凯疑神疑鬼地以为他看上了孙贝贝,外加先前和孙耀武单独出去吃饭,许烨磊去探病之时又跟路赢大队长多请半天假,所以吴凯大胆猜测,不,是百分之百地认定他即将成为孙司令员家的女婿。

但是,这个消息才传播没几个小时,跟许烨磊一起探望孙贝贝的谢铁军回到驻地后,又掀起了另外一个更具爆炸性的版本。所以呢,驻地的所有人一致相信了一件事:那就是中队长请假泡妞去了!

出完操,许烨磊回到宿舍冲了一个澡,换了一套作战服。一进办公室,就看见吴凯和谢铁军、师达树,三人眼睛一致向他看齐。

还沉浸在昨晚和孙萌萌两人之间幸福的许烨磊,心情特别好,看了他们三个一眼,挑了挑眉头,嘴角勾着笑:"我知道我长得很帅,但是你们三个大男人也不要这么看着我啊!少打我主意啊,本人对男男组合不感兴趣!"

吴凯几人不约而同地笑了出来。

"笑什么?"许烨磊拉开椅子坐了下来。

"老许,昨天……过得可好?"吴凯冲着许烨磊眨了眨眼睛,口气很是暧昧地问道。

问及昨天,那肯定是好得不得了啊!跟孙萌萌一起去逛街,一起煮饭,一起看电影,最后还一起……

"嗯,还行!"许烨磊咽了一下口水,不动声色地把自己身体的异样给掩饰起来。

见某中队长那不对劲的神色,三个无聊"三八男"的眼睛不由直勾勾地盯着他,似乎看到了很多蛛丝马迹。许烨磊被他们三个看得明显有些不自然,心里不免开始发毛了,觉得就要被他们三个给活活盯穿了。

"你们三个,该干吗干吗去!"许烨磊故意摆着脸,低沉着嗓音斥道。

"老许,有情况哦!"吴凯眯着眼睛,暧昧地朝他挑了挑眉头。

"什么情况,你们三个闲了是不是,要是太闲了,我跟大队长说去!"许烨磊瞥了三人一眼,低斥道。

"唉,你昨天请假去约会的事情,整个大队的人都知道啦!还在我们面前装?"吴凯笑笑地说。许烨磊听到这句,第一反应就是将目光看向谢铁军,心里暗骂:好你个小兔崽子,嘴竟然这么快,等会儿就拿砖头给你堵上!

谢铁军瞧许烨磊瞪着自己的眼神,立马心领神会,冲着许烨磊嘿嘿一笑:"队长,这事不能怪我啊,我……这人老实,不会撒谎,一直都是实话实说。"

"找踹啊!"许烨磊没好气地骂了一句。

"唉，恋爱中的男人智商明显下降，这样也能不打自招！"吴凯深深地感叹了起来。

许烨磊也立马反应过来，心里不由懊恼，不过此刻他也不想隐瞒，很直白地说："没错，我是谈恋爱了！"

"这是好事啊！我等你的喜糖可是足足等了三十二年，终于给等到了！"吴凯眼睛掠过一抹惊奇，满脸带笑乐呵呵地说。

"不过我是真心佩服你啊，想不到一直默默无闻的许烨磊同志，原来是深藏不露啊！追女孩子的功夫竟然如此了得，直接一箭双雕，左拥右抱啊！"吴凯不禁感慨加佩服地说道。大家还不是很确定许烨磊到底在跟哪个女孩交往，但是昨天去泡妞那是铁铮铮的事实。

"说什么呢？什么一箭双雕，左拥右抱？"许烨磊锐利的眼眸向他射去。

"就是说你，左手是孙司令员家的那匹野马，右手……那个女孩目前我们这儿只有谢铁军见过！"吴凯边说边比画着动作，那表情简直就跟此刻抱住老婆似的，春心荡漾得厉害。

"胡扯！"许烨磊不禁发怒了起来，怎么就把自己跟孙贝贝扯在一块儿了呢？同时眼睛再次瞪了对面的谢铁军一眼，这小子回来到底说了什么东西啊，竟然把自己的恋情宣传成这样？

"队长，这你还是不能怪我，我只说了你把一个漂亮女孩拖走，其余的都是参谋长糅合在一起想象的！"谢铁军立马表明自己的立场。

见许烨磊发飙，吴凯依旧嬉皮笑脸地凑过去问："老许，你到底是跟哪个女孩在谈恋爱啊？是孙司令员家的，还是在外自行发展的？"

"无聊！"许烨磊瞥了吴凯一眼，懒得搭理他。于是站起身来，语气变得严肃起来："师达树、谢铁军，你们两个跟我来一下。"

"是，队长……"听到某中队长的这副口气，从开始到现在就说了一句话的师达树立马站了起来。

"唉，老许，我还没问完呢，怎么就走了呢？"吴凯见许烨磊要走，不由急了。

许烨磊头也没回，径直离开了办公室。谢铁军冲着吴凯耸了耸肩膀，和师达树一起紧跟在许烨磊的身后,离开了办公室。

到了楼下校场的草地上,许烨磊转过身来,看了站在自己面前的谢铁军和师达树他们两个一眼。谢铁军和师达树见此,自然站立着标准的军姿,目视前方,脸色一本正经地看着许烨磊。

"关于文艺兵军训的教官,我再三考虑了一下,谢铁军——"

"到!"谢铁军立直着身体,表情严肃地大声应道。

"你的新兵训练任务明天开始转交给师达树!"许烨磊前天和路赢商量了一下,决定把生猛的谢铁军给换下来,让师达树出任,给文艺兵换个柔和一点的特种教官。

"队长……"听到这个命令,谢铁军没有预想中的开心,虽然前期他是那么不愿接受这项任务,可是中途下课,对于他这种很轴的人来说,觉得有些自己的能力受到怀疑,而且不知为何,此刻的他心里也有些不舍,不愿意离开这个岗位。

"我知道你想说什么,我没怀疑你的能力,只是依目前的情况,你不适合担任这项工作!"许烨磊很正色地说道。

"队长……"谢铁军再次开口,想叫许烨磊收回成命。可是还没等他把话说完,许烨磊直接给打断:"好了,这事就这么定了!师达树今天就跟谢铁军交接一下,明天开始由你训练!"

"队长,这个任务你还是交给别人吧!"师达树于公于私都不想接受这个任务,看着许烨磊推托道。

"队长,你看,师师都说不愿意了,还是由我担任吧!"谢铁军立马把这活又给揽了回来。

"你俩想造反啊!"许烨磊见一个不肯放弃,一个又不肯接受,不由低斥起来,扫了他们一眼,不容置疑地说,"就这么决定了,这是命令!"

"是,队长!"师达树和谢铁军两人虽郁闷,但却不敢忤逆,只好挺直胸脯,双双敬礼,无条件地接受了许烨磊下达的命令。

Chapter8　是朋友,还是情敌?

1.

叶子青伤得不是很严重，上午孙萌萌陪她拍了一个片子，医生说没什么大碍，可以出院回家。于是，孙萌萌亲自把叶子青送回家，在她家吃了一个午饭，到了下午三点才回玉锦豪园。

回到家，走进主卧，看到床上那没有叠的被子，不禁脸热，昨晚的画面立马浮现在她的脑海里。两人的进展是那么的顺其自然，水到渠成，可等真正回过神来后，孙萌萌心里却有些怀疑自己，是不是太不矜持了。不过脑海浮现的许烨磊附在自己身体上时，那般真挚，那般珍惜，那般渴望的眼神，她知道他对她绝对出自真心。想到这里，孙萌萌的嘴角不由得浮起一抹幸福的浅笑，想着想着，孙萌萌浑身不由燥热起来，连忙伸手拍了拍自己的脸蛋。

这时手机又响了起来，拿过来一看，孙萌萌的手不由一抖，眼睛盈光闪闪，这可是她被赶出家门后，老妈第一次给她打电话，小心肝窃喜无比，连忙接起电话，甜甜地叫着："妈……"

"在哪儿？"李笑梅的语气可没有孙萌萌那么热络，而是端着架子问孙萌萌。

"在家里！不，在租房的家里！"孙萌萌惊喜地有些语无伦次起来，心想老妈会主动跟她打电话，说明气已经消了。

"嗯，你回家一趟，你大伯来了！"李笑梅口气很是淡定地说。听到大伯孙耀武过来，孙萌萌愣了愣，随后点了点头："哦，好！我马上过去！"

尊敬的中将大伯真是她的福星啊！给她介绍了一个真命天子不说，现在还帮她化解了和老妈之间的怨气，真是福星中的福星！

孙萌萌怀着兴奋又幸福的心情赶回家，当她打开门，冲到客厅时，原本想扑过去抱抱已经消气的李笑梅，可是看到客厅里坐着的客人，除了大伯之外，还有一位刚正威严的老人时，不由愣住了！

李笑梅拍了拍往自己身上扑的孙萌萌，轻声地责骂道："都多大的人了，在客人面前还这么没礼貌！"

孙萌萌顿时有些不好意思，连忙放开李笑梅，文静有礼地跟孙耀武打招呼："大伯您来了！"说完这句，眼睛看向孙耀武身旁的许大雷。孙耀武乐呵呵地跟孙萌萌介绍起许大雷："萌萌，这是烨磊的爷爷！"

许烨磊的爷爷，那不就是以后自己的婆家爷爷了！孙萌萌愣了愣，毕竟第一次见男方的家长，心里多少有些怯意，不知道自己今天穿的衣服得不得体，还有……自己出门时忘了化淡妆，此等素颜见人会不会给自己丢分啊？

都怪老妈，电话里也不说清楚，害得自己没准备就冲了回来，现在进屋换衣服似乎已经来不及了！唉，事到如今，外在已经成定局，只能靠内在一搏未来老公家的爷爷欢心了。

"爷爷……"孙萌萌的嘴角立马挤出一抹甜蜜的微笑，嗓音甜腻地叫着许大雷。许大雷被孙萌萌这一声"爷爷"叫的那是神清气爽，浑身通透，心里那个乐滋滋啊！

许大雷仔细地打量着坐在对面的孙萌萌，皮肤白皙，含羞带红，眉清目秀，巧鼻红唇，外加上嘴角那甜甜的笑容，给人一种特别恬静、特别舒服的感觉。不错，这么漂亮的孙媳妇配他那帅气的孙子，绝对是郎才女貌，天作之合。

"爷爷，请喝茶！"孙萌萌甜甜地叫道。

"好，谢谢萌萌啊！"许大雷眉开眼笑地接过孙萌萌手中的茶杯。孙媳妇奉的茶的味道就是香！许大雷咧着嘴，品着孙萌萌给他倒的茶。

李笑梅切了一盘水果出来，笑着说："大哥你过来也不先说一声，家里什么都没准备，可别怪我怠慢许老啊！"

"不会，亲家母别太客气了！"许大雷开心地摆了摆手。

打小孙萌萌就很受长辈的宠爱，特别是爷爷奶奶辈的，那小嘴甜得就跟吃了蜜一样，自然很讨人喜欢。所以，孙萌萌决定发挥她的特长，把许大雷给争取过来，成为自己以后嫁进许家的靠山之一。

虽然水果盘里有苹果、梨子什么的，但孙萌萌深知老年人牙齿不行，所以看到旁边的葡萄就开始殷勤地帮许大雷剥皮："爷爷，吃葡萄！"

"好，好，好！"许大雷嘴角笑得都快要裂掉了，他在家就不怎么吃苹果，觉得难啃。见孙萌萌亲手帮忙剥葡萄皮，心想小小年纪就这么贴心，自己孙子以后娶了她，肯定被她体贴入微！

李笑梅看了孙萌萌一眼，这丫头竟然对许烨磊的爷爷这么大献殷勤，看样子好像迫不及待地想嫁到许家去似的！真是女大不中留啊！

"大伯，这是您最喜欢的雪花梨！"对许大雷献完殷勤，孙萌萌不忘自己的媒人——中将大伯。

"老首长，我家萌萌怎么样？合你的意吗？"孙耀武笑呵呵地接过孙萌萌递过来的水果，咨询许大雷的看法。

"满意，非常满意！"许大雷满眼带笑地点头，声称满意。两位长辈当着自己的面夸赞自己，孙萌萌心里开心不已。

看吧，她孙萌萌可是老年人的杀手，凡是跟她相处过的老人，都会喜欢上她！从没失手过！孙萌萌不禁暗自得意起来。

"大伯，你来S市是来看贝贝的吗？"孙萌萌这才想起这茬，开口问孙耀武。

"嗯，来你家之前去医院看过她了，不过这次是烨磊爷爷专程想来看你！"孙耀武说话特别耿直，对孙萌萌直言此行的目的。

孙萌萌一听，小脸不禁微红起来，害羞不已地摸了摸脸颊。此等娇羞的样子，让这些长辈看了，极为喜爱！

孙耀文接到李笑梅的电话后，向单位请假赶了回来，孙萌萌在一旁帮忙泡茶，听着几位长辈聊天，时间不知不觉地到了六点半。

孙耀文站起身："大哥，许老，实在不好意思啊，家里也没准备，晚饭我们就去外面吃吧！"

"不用，不用，就在家里吃！别去外面了，有什么就吃什么，亲家公你别把我当外人招待！"许大雷连连摆手。此刻的他完全以孙萌萌准婆家爷爷自居，一点都不见外地说。

孙耀文听到"亲家公"这陌生的词,有种说不上来的感觉,依旧客气道:"许老,这怎么能行呢?"

"就这样,你们去厨房准备,我在这儿和萌萌聊会儿天!"许大雷完全不把自己当外人,直截了当地作出决定。

"这怎么好呢?我们还是外面吃吧!"孙耀文试着说服。

"好了,亲家公你就不要再客气了,就在家里吃!"

这时孙耀武开口帮腔:"既然老首长都说在家里吃,你们就别客气了,就在家弄吧!"

"好吧,既然许老这么说,那我就恭敬不如从命了,晚上委屈您在家将就一下!"孙耀文只好应下,随后和李笑梅去厨房准备晚餐。

虽然是家常便饭,但是李笑梅的手艺可是响当当的,许大雷吃过后,一直在那赞不绝口。孙萌萌在吃饭期间也充分发挥她老年杀手的本领,更是把许大雷哄得开心得不得了。酒足饭饱后,又在客厅喝了一会儿茶,许大雷对此次来 S 市收获极大,就恨自己没事先准备,不然肯定当面提亲了。

时间不知不觉到了 10 点来钟,孙萌萌一家三口送孙耀武和许大雷下楼,这第一次的"见家长"完美收场。

回到自己的闺房,孙萌萌的心立马变得温暖无比,开心地往床上一躺。

"笃笃!"一记敲门声,孙萌萌从床上爬了起来,门已经被打开,李笑梅走了进来。

"妈,有事?"老妈又来找她谈话,孙萌萌的心跟着紧张起来,祈祷着老妈不要再跟她提及回银行工作的事情。

李笑梅见女儿眼底的那抹畏惧,心里也觉得自己大年三十把她赶出家门的确有些过分了。

"萌萌,你银行的工作……"孙萌萌一听,心立马揪了起来,又来了,等会儿不会像大年三十那晚历史重演吧!今天可不是周末,许烨磊不在,要真是这样,那可没人来安慰自己了!

"妈,我们能不能不谈这个话题啊!"孙萌萌连忙开口打断李笑梅的问话。

"先听我说完!"李笑梅没好气地瞥了孙萌萌一眼。孙萌萌抿了抿嘴,没敢再吭声,但已经完全做好了逃离的心理准备。

"昨天你支行的新任行长亲自来找我了,跟我说了一下你工作的事情!"李笑梅继续道。

孙萌萌眨巴着眼睛,一脸的不解:"新行长?那个李明升总行了吗?"要是那个王八蛋升成总行的话,那老天爷真是 TMD 瞎了眼了!

"李明被检举了,这个新行长上周刚上任的!他找我,跟我说你辞职的事情……"

"等会儿,妈你刚才说什么,李明被检举了?"孙萌萌再次打断李笑梅的话,很是疑惑地看着她。

"你别老插话,听我说完行不行!"李笑梅见她一直打断自己的话,不由瞪了孙萌萌一眼。

"哦。"孙萌萌嘟着小嘴哦了一句。

"你辞职的事情,不作数,他问你要不要回去,如果要回去,可以马上复职!"

孙萌萌听后,想了几秒,随后小心翼翼地看着李笑梅同志的脸色,暗下决心,冲她摇了摇头。

"就知道你是这德行!"李笑梅没好气地骂了孙萌萌一句。

"妈——"

"好了,我跟你新行长说你最近身体不好,暂时没办法回去,他说那就帮你调成停薪留职,这样行了吧!"

辞职了,还能回去,而且自己不愿意回去,还能停薪留职?这种好事都有?竟然还砸在自己头上!真是少见啊!

"怎么会有这种好事啊?"孙萌萌眨着眼睛满是不解地问李笑梅。

"我也不知道,我也纳闷啊,不过听你那新行长说,这事是上头交代的!"李笑梅昨天会见行长的时候,也是听得云里雾里的。

昨天新行长说上头交代的时候李笑梅心里也在纳闷,孙萌萌辞去工作的事情，她一个字都没跟大哥孙耀武说，而且她也跟自己的老同学通过电话确认过，不是他出的面，这到底是谁在暗里帮了她女儿这么大的忙呢？

"那……那个李明呢？"孙萌萌本想不提起这个让她恨得直咬牙的人的名字，不过她还是好奇这到底是怎么回事。

"听说被撤职了，上头正在调查他，要是严重的话，有可能会坐牢吧！"李笑梅把自己打听到的消息如实地告诉孙萌萌。

太好了，真是恶人有恶报！李明那该死的家伙也有今天，真是老天有眼！孙萌萌在心里不停地鼓掌表示庆贺，但是脸上却没敢露出太多兴奋的情绪。

"银行的工作暂时停薪留职这是很难得，等你厌烦写小说了，就给我滚回去上班！"李笑梅知道自己暂时劝说不了这头蛮牛，只好先任由她折腾，等折腾累了，至少还有一个工作岗位留给她。

"嗯，我知道！"孙萌萌见李笑梅没逼她立马回银行，于是爽快地点了点头。

李笑梅离开房间后，孙萌萌雀跃地跳了起来，太棒了，李明那杀千刀的得到了报应，得到了惩治，这是多么大快人心的事情啊！

2.

爱情就似一个潘多拉的爱情魔盒，一旦开启就开始了无穷无尽的诱惑，吸引着恋爱中的人去探寻去感受那一厢美妙的情丝。即便是个铁骨铮铮的军人，也有这样午夜柔肠辗转的时刻。

忙了一天，晚上还开了一个冗长的会，许烨磊把手头的工作都忙完已经11点半了，简单地冲了个澡爬到床上，大脑一放松下来，不知不觉又开始想……孙萌萌的一笑一颦光鲜明亮地在他的心里展现着，让他喜欢，让他越想越思念，恨不能把她从心里幻化出来，连他自己都惊讶于对她刻骨的思念程度。他们相识的时间并不长，相处的时机也就那么几次。只能说缘分就是这么奇妙，爱情就是这么不可思议。

许烨磊长这么大，第一次对一个女人动心，他没想到，爱情真是尝试不得，一旦陷进去了，就是止不住地牵肠挂肚。以前他也有想她，可是那样的想只是一个形象，就像浓缩在镜框里的相册一样，工作之余会偶尔闪过一丝念想，一旦投入工作，他便心无杂念。

现在正是对爱情最狂热的时候，对老婆的想念，是声色都非常立体的电影，他睁开眼睛的时候能看到孙萌萌在他眼前嬉笑怒骂，一闭上眼，就把所有的镜头转到那一刻，她在他身下大胆又放纵地任他采撷。

夜深了，静谧的夜空一如昨晚那么清净，月亮清亮地悬在高空，昨晚就是在这样的时刻、这样的月色下，佳人在怀，那是怎样一件人生美事啊！这凉凉的月冷眼看着人间，不忌妒昨晚他和她极致的缠绵，也不同情他此刻对她极致的想念，只是淡淡地挥洒着它的清辉，淡淡地看着悲欢离合。不知道那丫头现在睡了没有，哎，共享一个月亮，却不能共享一张床……

早上，暖暖的阳光照射到窗台上，孙萌萌懒洋洋地睁开眼睛，昨晚和许烨磊打完电话后，怀着幸福无比的心情入梦，梦中有他，也有她。

孙萌萌环视了一下房间，不禁欣然一笑，这是家里，不是玉锦豪园。从床上爬起来，孙萌萌直接去洗漱，好久没吃李笑梅做的早餐了，光闻饭香就让她直流口水。

"回家的感觉真好，还是老妈做的早餐好吃！妈，我还要一碗！"孙萌萌看着对面坐着的李笑梅，笑着感慨道。

李笑梅接过她手上的碗，帮她盛了碗香菇瘦肉粥："知道家里好就行，别一出去心就野了，搬回来吧！还有，刚才给你煮了一壶凉茶，等会儿自己记得去喝。"李笑梅的气前段时间就被孙耀文给哄消了，只是一直找不到台阶，让女儿回来。

得到这个特赦令的孙萌萌，心里自然很开心，眨巴起眼睛来："真的吗？真的可以搬回来了！"

"这是你家，臭丫头！"李笑梅对这个固执的女儿真是没辙了。

孙萌萌咧着嘴，冲着李笑梅嘿嘿一笑。

Chapter8 是朋友，还是情敌？

她和堂妹孙贝贝真是在阴阳失调的家庭组合中长大的，自己家是李笑梅女士说一不二，而贝贝家则是孙耀武中将强权掌控，孙萌萌从小到大都是畏惧着母亲度过的，而孙贝贝却是从小到大畏惧着父亲度过，一个缺乏父爱，一个缺乏母爱，堪称一对苦命的娃啊！

"对了，你外面住的那房子是许烨磊的是吧？怎么还跟你收房租啊？"这件事情哽在李笑梅心里一个多月了，孙耀文当天跟她说许烨磊有房子她光顾着高兴，后面才想起这个不对劲的地方。

"这个……"孙萌萌有些语塞。当初她住进去时，他们两人还没什么瓜葛，谁知道两个月不到就发生天翻地覆的变化啊？

"我家女儿绝对不许倒贴！"李笑梅口气坚决地说。昨晚许大雷一口一个亲家公、亲家母，看到他那么喜欢孙萌萌，李笑梅心里自然是高兴的，但是毕竟他孙子想娶自家女儿，她都还没见过许烨磊呢，所以即使对方家庭背景再显赫，她对此也绝对不会表现得太过热络，以降自家的身价。

"老婆，你这话说得……"孙耀文听到老婆这么说，觉得有些不妥，立马插话进来。

"我这话怎么啦？我就这么一个女儿，倒贴这像话吗？"李笑梅坚持自己的观点。

"你……真是的！"孙耀文对老婆李笑梅也是无语。

"还付房租？简直不像话！萌萌，妈跟你说啊，女孩子不管是在谈恋爱，还是结婚以后，一定要把控男方的经济大权！"李笑梅开始教孙萌萌"驭夫术"中最重要的环节。

孙萌萌愣了愣，现在就要她把控许烨磊的经济，会不会太快了点啊？不过房租这事，倒是可以等许烨磊回来后跟他讨论一下，可是……也不大好开口啊，两人关系虽正甜蜜着，立马跟他谈钱，会不会很伤感情啊？

"萌萌，别理你妈，大清早的，说这些话，还让不让人消化啊！"孙耀文不赞成李笑梅的观点。孙耀文平时就被李笑梅管得快呼吸不过来了，要是女儿听取她的思想，以后许女婿不得跟他一样，那还不得苦得要命啊！

为了不让女婿重蹈自己的覆辙，孙耀文决定给女儿输导自己的观点："萌萌，其实夫妻相处一定要讲究和谐，绝对不能出现一方太强势，或者一方太弱势，产生这样的不平衡对子女影响不好！"

孙萌萌听完老爸的话，扑哧一声笑了起来。老爸你这是在现身说法是吧，间接控诉我们家老佛爷多年的罪行是不？

"孙耀文，你这话什么意思啊？"李笑梅听到老公的话，立马来火，声量也跟着高了起来。

"我能有什么意思呢，我只不过就是打个比方吗？是不是啊，萌萌？"孙耀文朝孙萌萌挤了挤眼。孙萌萌抿着嘴角，不敢放肆地笑，生怕把正处在更年期的老妈给惹毛了。

"孙耀文，你成心跟我作对是吧！"果真，为了这句话，李笑梅开始纠缠上了。

"妈，吃饭，吃饭，你等会儿还要上班呢！"孙萌萌连忙插话进去，避开这个话题，以免战争爆发。

李笑梅瞪了老公一眼，埋头吃饭。吃完饭，孙萌萌主动帮李笑梅收拾碗筷，李笑梅一见，突然觉得这丫头搬出去住好像变得懂事了，勤快一些了。

刷碗的时候，李笑梅听到关门声，知道孙耀文已经去上班了，不由转过头问孙萌萌："你……和那个许烨磊现在是不是在同居啊？"

孙萌萌听到这话，抬起头看了李笑梅一眼，不知道该点头还是该摇头。目前实在无法揣测到李笑梅的心思，孙萌萌只好暂时用沉默来表态。

"妈跟你说啊，你谈恋爱，妈不反对，但是未婚同居，妈可不赞成，你今天回去把东西搬回来！"李笑梅是个要面子的人，不赞成孙萌萌现在就跟男方住在一块。

"妈，现在都什么年代了，同居很正常好不好！"孙萌萌嘟着嘴，小声说道。

"不管是什么年代，太快被男人得到手，就没价值了！"李笑梅不知道女儿和许烨磊发展到什么程度了，但是就是不希望孙萌萌这么快就被他给攻下了。

Chapter8 是朋友，还是情敌？

"妈——"听到这句，孙萌萌心情立马变得郁闷起来，她还想快点给他呢，老妈倒好，什么得手？根本不知道相隔两地热恋中的男女内心和身体的痛苦！

"你们没……上床吧！"李笑梅见女儿的表情，疑惑地问。孙萌萌差一点被李笑梅这句直白的问话给呛住了。

"妈——"出于害臊，孙萌萌懊恼地看了李笑梅一眼，小脸已经染红一片。

"记得，今天就搬回家住！"李笑梅没理会孙萌萌的抗议，直接让她今天之内搬回家。

孙萌萌没吭声，也不敢吭声，只好又沉默。都说嫁鸡随鸡嫁狗随狗，孙萌萌觉得自己都还没嫁给许烨磊，心就不自觉地跟着他走了。

从离家出走那天起，就一直盼望着回家，盼望着李笑梅女士喝了静心口服液顺利度过更年期，不再为她那点小事和她过不去。可是真到了这一天，老妈叫她回家，她却不想回了。

等李笑梅去上班后，孙萌萌迫不及待地回到她和许烨磊的爱巢。在这一路上，孙萌萌的内心十分挣扎，李笑梅让她搬回家心里自然欢喜，可是……搬回去就意味着许烨磊周末回来就没办法跟自己在玉锦豪园那般无拘无束地亲密相处了。

自己昨晚已经答应等他回来，任他处置，可现在家里的老佛爷李笑梅同志却发话了！唉，现在该怎么办呢？搬，还是不搬？

孙萌萌一路皱着眉头，纠结这个问题。一回到家，环视了一下，孙萌萌的脑海中便传送着前天许烨磊和她在家里的一幕幕。此刻，这个家深深烙着许烨磊的印记，似乎还能闻到丝丝他的气息。孙萌萌看着两人偎依的沙发，便觉得那沙发也带着糖一样的芬芳，看着餐厅，看着许烨磊每一个驻足过的地方，都觉得那个地方是那么的可爱。

这整整一套房子，突然间就像蜜糖一样散发着清甜，孙萌萌觉得自己像蜜蜂一样置身于充满着清甜芬芳的蜂巢中。

在这一刻，她的心已经做出了决定，她要住这儿，不管李笑梅怎么说，怎么发脾气，她都要坚持到底。因为这是她的家，是她和许烨磊的家！孙萌萌嘴角含着幸福的笑意走到书房，打开电脑，开始她今天的码字时间。

也许是因为心间被幸福填满，笔下的文字也变得特别甜蜜温馨，这部军婚小说里的男女主人公一点都找不到她以往写的虐恋小说的痕迹，没有爱得死去活来，没有虐得揪心般的痛，而是尽显温馨和浓情。

更新完半个小时后，孙萌萌浏览了一下小说留言区，一条条的读者留言，大家一致说喜欢这样的甜蜜，希望一直甜蜜下去……

孙萌萌不禁笑了起来，换了一种口味也许是对的，看多了虐恋，来点小清新的甜蜜，收效似乎比以往还要好，这部正在连载的军婚小说比她前面写的几部激情小白文还要受欢迎，还不乏多了几个大客户，天天给她打赏砸钱。

特别是一个叫"倪可可"的读者，隔几天就一百大钞砸给孙萌萌，非常有爱，超级有爱！

孙萌萌私下和她聊过，原来"倪可可"是个大四的学生，之所以被孙萌萌写的军婚小说所吸引，第一是因为这部小说比较写实，没有过多的胡编乱造；第二是因为倪可可有个无欲无求的表哥也是军人，看了小说后，开始遐想，并寄予希望，祈祷她表哥也能像小说里的男主一样，遇到一个可爱调皮的女孩，让他回归地球，回归人间！

孙萌萌刚想到她，QQ就闪了一个频框出来，一看是"倪可可"同学。

"萌主，你是不是正和军人在谈恋爱啊，这几天的情节写得真好，实在太喜欢了！"倪可可发了一条信息过来。

孙萌萌犹豫了一下，今天她心情非常好，面对"大客户"，也没多做保留，如实告之："嗯。"

"唉，可惜啊，可惜啊！"倪可可立马回复一句感叹的话，和痛哭的表情。

"咋啦？"孙萌萌不解地发了一个眨巴着眼睛的QQ表情过去。

"我一直在帮我表哥物色女友，看了你的小说后，我觉得找对人了，很想把你介绍给我表哥！"

孙萌萌额角不由掠过三根黑线,没想到自己写的小说还有这等功效,读者看后想帮她做媒了。

"亲爱的可可同学,小说只是小说,千万别入戏太深啊!"孙萌萌好心地劝说一句。

"唉……"倪可可长叹一声,随后问道,"萌主,你是不是住S市啊?"

"是啊,怎么啦?"孙萌萌还是笑脸相迎客气地回了一句。

"太好了,我下周要去S市,去那实习,到时候能不能跟你见上一面呢?很想请你吃饭!"孙萌萌有些傻眼,虽然她蛮喜欢跟读者聊天的,但是面对这么热情的读者,似乎有些吃不消。

"好哇,你到S市后,给我留言,到时候我们约个地方见面!"孙萌萌硬着头皮回道。

其实作者和读者之间要保持怎样的距离,孙萌萌一时也没法把控尺度,只是……见面吃饭似乎有些夸张了!既然是大客户,要见就见吧!心里祈祷最好不要"见光死"!

3.

孙萌萌吃完午饭,就跑去睡了一觉,直到三点才醒过来,不过是被孙贝贝的电话给吵醒的。

"干吗?"孙萌萌睡意蒙眬地拿着手机,接着孙贝贝的电话。

"老姐,你太伤我心了!我还在病床上痛苦无比地躺着,你竟然在家睡大觉,也不来陪我!"孙贝贝一下子就听出孙萌萌那迷糊像是在睡觉的声音,不由哭诉起来。

孙萌萌睁了睁眼,清醒了几分,对哦,差一点忘了孙贝贝还躺在医院:"对不起,对不起,我忘了,抱歉抱歉!"

"老姐你就知道欺负我,现在就给我滚过来,不然……我跟你绝交!"孙贝贝带着威胁命令孙萌萌立马去医院陪她。

"遵命，半小时后见！"孙萌萌的睡意被孙贝贝的吼叫一扫而光，她噌地爬起身，打开衣橱找衣服，匆匆结束这带着火药味的通话。

这两天被爱冲昏了头，一天到晚脑子里都是许烨磊的柔情蜜意，早把生病的孙贝贝抛之脑后了。真是不该啊，自己一个人幸福的时候不该忘记还有个妹妹生活在病床上。特别是这丫头还是被军人给迫害生病的。

暂时绝不能让她知道自己和许烨磊的关系，否则……妹妹的仇敌是自己的爱人，亲情和爱情之间的平衡很难办的！为了不被孙贝贝抓着把柄奚落，孙萌萌决定出点血，买点"贡品"贿赂贿赂她。孙萌萌问她要吃什么水果，那丫头的嘴真叼啊，水果都选进口的，樱桃，葡萄，猕猴桃，苹果。孙萌萌整了一大袋子，刷了快一千块，有点咋舌，那臭丫头是在吃水果吗，简直就是吸人血啊！

打车很快来到了医院，孙萌萌火急火燎地往里走。提着那么重的水果行走不便啊，孙萌萌不小心绊了一下，撞了身边的人，也撞飞了她的水果篮，还好包扎得结实没有滚出来。

"对不起，对不起……"孙萌萌连忙道歉，抬头看到被她撞得竟然是一个超级帅哥，他正提着自己的水果篮，微笑地看着她。

"向南，是你啊！对不起啊，谢谢，谢谢！"孙萌萌看着向南准备接过他手中的水果篮。换作是以前，这个帅哥控看到帅哥，那一定是两眼冒光，飞蛾扑火一般地扑过去的。

向南很帅，可是那天拉拉扯扯的，还是三个人，左拉右扯的，想想真是好尴尬啊……

此次再遇到他，又是在医院，孙萌萌心里还真不好意思。但向南却没有把水果篮递给孙萌萌，只是露出他迷死人的微笑，非常绅士地道："你也是去看孙贝贝吧，同路，一起走吧！"

孙萌萌这才反应过来，向大帅哥另一只手正抱着一大束康乃馨。

"哇，好漂亮的花啊！"

孙萌萌眯着眼睛看着向南，每次看到他都穿着不一样的西装，都是那般昂扬修身。这个男人高大的身躯只是那么随意一站便让人感觉玉树临风,带着成熟男人的韵味,让人看了还想多看一眼!真是人靠衣装啊!

这样高档的西服衬得这个牛郎比电视上的超级巨星还帅气逼人!他给人的感觉时而儒雅贵气,时而玩世不恭,那富于变幻的气质,简直就是超级少女杀手!

对于孙萌萌的表情,向南很淡定地微笑着,最后调皮地向她眨了眨眼睛,然后笑着说:"走吧!"

于是孙萌萌跟着左拥右抱的向南一起往楼上走。这一双俊男靓女一同走在医院的走廊,让这个充满着呛人的消毒水气味的地方,瞬间充满了色彩。

当他们一同走进孙贝贝的病房时,孙贝贝就那么傻愣愣地看着门口一对男女谈笑甚欢地进来。还真守时啊,半个小时,不但人到了,水果到了,还带了一个男人来!

孙贝贝看着走过来的两人,半躺在床上,歪着脑袋,一副思想者的神态。如果不是她的老妈在一边,以她的风格早就大嗓门地嚷嚷开了。这是什么状况啊!刚才还在睡觉,一会儿跟一个男人出双入对,是不是……自己错过了很多精彩的情节?

孙贝贝只能打着哑语,对着孙萌萌和向南,打着暧昧的手势。

"萌萌,来啦,这位先生是?"林爱英迎了过来,对着门口的两人笑着。

向南微笑着道:"伯母,我是向南,您还记得我吗?向南……"

林爱英细细打量一番,然后才拍着脑门笑道:"是向南啊!想起来了,贝贝小时候没少跟你这个猴头一起去打架。十多年没见,长得这么英俊了,我都快认不出来啦!"

向南微笑着,这种话他听了好多,现在已经没感觉了,长得帅真不是他的错啊!

"这么有心来看贝贝,进来进来,让你破费了……"林英爱热络地接过向南的水果篮和鲜花,迎着他进门。

孙萌萌看了眼向南,心里暗道,牛郎真不是盖的,走到哪都像蝴蝶一样招惹女人，连伯母都不淡定了！

孙萌萌看着在床上挤眉弄眼的孙贝贝，伯母心思在帅哥身上，没空问两人怎么走到一块，孙贝贝你就憋着吧！孙萌萌乘着伯母欣赏帅哥的时候，赶紧走到床头赐了孙贝贝一拳。

被孙贝贝误会她和向南之间有什么倒没关系，但是，要是孙贝贝一嚷开，搞得全部人都以为自己跟向南交往，那就太跌份了。她才不喜欢几经转手的牛郎呢！况且，她和许烨磊正是情意绵绵之时，她可不想让他听到她的绯闻。

"你们坐，我去给你们洗点水果！"林爱英终于从向南的美色中回过神来，笑着招呼孙萌萌和向南。

"伯母，不用了！"孙萌萌和向南异口同声地说。

"没关系，你们在这儿陪陪贝贝，我去去就来！"林爱英和煦地笑说。

孙贝贝看到老妈出去，圆溜溜的眼睛不由咕噜噜地转了几圈，不怀好意地看着坐在床边的堂姐孙萌萌和站在一旁的向南。

向南哥哥长相帅气那是有目共睹的事情，记得小时候，大院里就有好几个女孩子都暗恋着他，向伯伯转业后自己创立公司，短短十几年现在的资产已经过百亿，也间接地把儿子向南从军二代成功转变成富二代。目前以他这样的雄厚资本，肯定一堆女孩倒贴追他，怎么就看上自家老姐了呢？

其实老姐孙萌萌也不错，脸蛋跟自己比是差了一截，但是身材还不错，皮肤也还行，算得上一个小清新。不过这两人怎么就擦出火花了呢？难不成是向南哥哥想换个口味？还是老姐自个扑上去的？

孙贝贝想了想，做了一番细细地考量，答案就是：肯定是老姐自个扑上去的，她可是出名的帅哥控，那天在 NO.1 吃饭的时候，老姐看向南的眼神就不太对劲，向南离开时老姐的目光依依不舍地尾随到他消失，八成就是看上人家了！最后主动去追的向南。

这么说自己还是他们两个的媒人咯？这么一想，孙贝贝眼底掠过一抹得意，正要开口跟他们两个邀功："姐，你和向南哥哥……"

话还没说完，病房门砰的一声被推开。病房里三个人的心不约而同地抖了一下，目光齐聚到门口。进来的人是孙耀武。

只见孙耀武黑沉着一张脸，眼睛瞪得老大，感觉像是快要喷出火来似的，怒气冲天地闯了进来。孙贝贝看到老爸这副气势进来，小心肝不由地紧缩，心里暗称不妙，暴风雨即将到来。

孙萌萌见大伯杀气腾腾地进来，也被吓了一跳，心里立马燃起一抹不好的感觉，料想等会儿这病房可能会成为战场，于是连忙叫道："大伯……"

孙耀武扫了孙萌萌一眼，应了一声，随后眼睛死死地盯着躺在床上的孙贝贝，大吼一声："孙贝贝你这个死丫头，别给我躺着，给我站起来！"

向南和孙萌萌一愣，不知道为何孙耀武一进门就大发雷霆。但是当事人孙贝贝心里跟明镜似的，不用说孙耀武肯定去驻地了，而且还特地去了解和关心了她训练的情况，看他那表情，肯定受了不少刺激。唉，这场战争看来是避免不了的了！来吧！尽管来吧！要知道哪里有压迫，哪里就有反抗！

看到孙贝贝毫不畏惧的表情，孙耀武心里的火气像是浇上了一桶汽油，噌地一下，燃烧起熊熊的大火，冲到床头，伸手就要把孙贝贝从床上拽起来。

"大伯，你……贝贝才刚动过手术，还得躺着才行……"孙萌萌见孙耀武动作这么大，连忙劝阻，但是她不知道其中原因，也不知道说什么话才能劝阻得了他。

孙贝贝的右手被孙耀武的大手给拽住，由于用力过大，痛得她脸上表情都畸形起来，不过她那左手却牢牢地抓住床沿，节骨泛白，可见用力的程度绝对不亚于孙耀武。

"给我起来！"孙耀武大声地吼道。孙贝贝咬着唇，左手拽住床沿，死活不肯起来。

"大伯，你这是怎么啦？"孙萌萌见了都觉得心惊胆战的，这丫头到底又犯了什么事，把大伯这只老虎给惹毛了？

这时一个护士走了进来，见一个军人跟病床上的病人拉拉扯扯，不由生气地骂了起来："这是病房，请安静点，吵什么吵！声音大得整栋楼都听见了！

要吵去外面吵！"

孙耀武猛地一个转头，扫了那护士一眼。当护士看到孙耀武的脸和军装上的军衔时，立马给愣住了，刚才还拔高的声音，跟着降了八个调，怯怯地叫道："司令员好……"

孙耀武这才放开孙贝贝的手，冲着护士说："把门给我关上！"护士皱着眉头，咬着唇："是，司令员！"

门一关上，孙耀武就指着孙贝贝的鼻子骂道："你这个死丫头，你说……你说我孙耀武怎么就生了你这么个逆子呢？"

错，我不是儿子，我是你的女儿！孙贝贝看着对自己大方雷霆的孙耀武，心里默默地回了一句。

向南和孙萌萌在旁边看得一愣一愣的，这到底是怎么一回事啊？看着额边显露着几根白发的孙耀武在那插着腰，对着孙贝贝破口大骂，岁月匆匆，但他依旧如当年那般勇猛，向南心里不由暗自腹诽起来。想当年他老爹向董事长还在连队的时候，每次自己犯事也是这么责骂自己，两位家长教育子女似乎都如出一辙。

"大伯，贝贝她怎么啦，让你这么生气！"孙萌萌弱弱地试探着问孙耀武。

"让她自己说，真是气死我了！孙贝贝，你是不是要把我这张老脸丢尽了，你才甘心啊！"孙耀武眼睛瞪得跟牛眼一样大，咬着牙骂道。

想起上午自己到特种大队巡查工作时，孙耀武就气不打一处来，当时他也就随口问了一下路赢文艺兵的教官是谁。路赢跟他说是谢铁军，孙耀武看了看站在一旁魁梧彪悍、站得笔直的谢铁军，伸手拍了拍他的肩膀："干得不错！"

谢铁军挺着胸，抬着头，直视孙耀武："谢谢首长夸奖，不过现在文艺兵的教官是师达树同志，我是前任！"

孙耀武愣了愣，满眼不解，路赢出面解释后，才知道由于谢铁军训练太狠了，文艺兵受不了强度，而且还让里面的成员受伤，所以才考虑换教官的。结果孙耀武把路赢大骂一顿，说他腐败，说他世俗，出于好奇，他叫谢铁军把孙贝贝的训练记录拿给他看。

不看不知道,一看吓一跳。睡懒觉,内衣乱挂,下雨出操打伞,这种在军队从未出现过的事,全被孙贝贝一个人给占全了。每天都清清楚楚地记载着自己女儿无组织无纪律的事情,当时孙耀武看了觉得老脸一阵害臊,脸色都绿了。

吃完午饭回市区准备坐车N回市时,孙耀武心中被这事梗着,不由分说地冲到医院,想把这个将他老脸丢尽的孙贝贝给"突突"了!

"给我起来,你不是很牛吗?不是想跟老子作对吗?这点伤算什么,给我起来!"孙耀武走过去又要将孙贝贝从床上拖起来。

站在旁边,半天没有开腔的向南不禁皱了皱眉:"孙叔叔,贝贝刚手术完,不宜乱动,否则伤口会被拉扯到的!"

进来骂了半天的孙耀武突然听到这句男声,这才把目光看向向南。这小子又是谁啊?不会是这丫头的男朋友吧!长得是挺帅的,但是那嘴角的笑容似乎有点痞,一看就是一个花花公子!

"我教训女儿,轮不到你插嘴!"孙耀武大吼一声,飞了一句话给向南。向南的心咯噔一下,扑扑地直跳,孙叔叔的威力真是不减当年,看着让人觉得畏惧。

孙萌萌的额角也露出三根黑线,这丫头肯定又犯了不可饶恕的事情,不然伯父不会当着外人的面,这么不留情面地骂孙贝贝。

林爱英端着水果走进来,见孙耀武拉着女儿的手,不由笑吟吟地走过去,开口说:"你们父女俩什么时候变得父女情深了!"可是当她看到孙耀武那张黑包公的脸,眼皮的神经不由抽搐了一下。

"怎么啦?"林爱英不解地看着孙耀武。

"你自己问她,这个不孝女,你是不是要把我活活气死才甘心啊!给我起来,别在床上给我装孙子!"孙耀武完全把孙贝贝当成不成材的儿子,当成不争气的士兵,大声呵斥着。

孙贝贝见到老妈林爱英回来后,眼眶立马泛红,随后眼泪哗啦啦地从眼眶流出，开始小声抽泣起来。

"你还有脸哭！你做那些丢人的事，怎么没见你哭啊，在老子面前哭，真是找死啊！"呜呜……孙贝贝的哭声从抽泣慢慢地升调，最后变成了号啕大哭。

"你不就看到我去当文艺兵了吗？就想着法子整我，派什么特种教官，你不就是冲我来吗？"孙贝贝听到这句，满腔的委屈瞬间爆发出来，边哭边指控孙耀武对她的"不仁不义"。

"你还敢跟老子叫嚣，老子现在就把你拖出去毙了！"孙耀武正在气头上，说话完全不顾孙贝贝的感受，噼里啪啦，哒哒哒地向她扫射，手用力地拖着孙贝贝的手臂，硬生生地把躺着的她从床上拽起来。

"孙耀武——"林爱英听到老公这句狠毒的话，不免大声起来。

"少跟我大声，就你宠的，你看看孙贝贝现在成了什么德行，烂泥，狗屎一堆！"

"孙耀武，请你嘴巴放干净点，有你这样骂自个女儿的吗？"林爱英实在气极了，指着孙耀武骂。完了，整个病房果真是战火连连，炮火不断。

"大伯，不管贝贝有什么不是，你先别这么骂她……"孙萌萌斗胆插话劝说。

孙耀武瞪着正在大声哭泣的孙贝贝："你还有脸哭，不要以为你是我女儿，就可以为非作歹，你要是没我这个父亲，你连狗都不如，看你还敢这般放肆！"

"孙耀武，你别太过分了——"林爱英的眼睛一片潮湿，"你还有脸说你是贝贝的父亲，有你这样的父亲吗？你尽过父亲的责任了吗？不是骂，就是打！我还想贝贝怎么就摊上你这样的父亲呢？"

"哭什么哭，老子还没死！"孙耀武见老婆还这般护着孙贝贝，不由更加来气。

要是知道她这样死性不改，他死也不会让她去当什么文艺兵，简直让他颜面无存，路赢和秦师长是碍着他的面子，对她百般容忍，要是他提早前知道,不毙了她才怪。

"我宁愿没有你这个父亲!"一直在哭泣的孙贝贝,突然冲着孙耀武吼了一声。

"什么!"听到这句忤逆至极的话,孙耀武的眼睛瞪得都快要掉出来,"你这个死丫头……"孙耀武上前就是一掌盖上孙贝贝的脸上。那一巴掌下去,不要说孙贝贝吃惊,就是在场的所有人都给镇住了。

"孙耀武,你敢这样对我女儿,我跟你拼了!"林爱英随手把手上端着的水果向孙耀武砸了过去。

此刻的病房,已经不能用混乱来形容。哭声、骂声、尖叫声,还有劝架声……声声入耳,句句骇人。最后,向南咬着牙使着吃奶的劲把孙耀武给拖走,孙萌萌则留在病房里,安抚着哭泣的林爱英和孙贝贝。

唉,家家有本难念的经啊!

4.

孙萌萌在病房足足哄了孙贝贝近半个小时,那丫头终于哭累了,躺在床上呼呼大睡起来,而坐在一旁的伯母还在那抹泪。

孙萌萌皱了皱眉头,深呼一口气,开口安慰林爱英:"伯母,你别太伤心了,伯父这人就是急性子,口无遮拦的,你千万别往心里去!"

林爱英吸了一下鼻子,伸手将眼角的泪花给抹干:"回去我就跟他离婚,我跟贝贝过!"

"别、别、别,伯母,你千万别这样,伯父的性格您了解,来得快去得也快,再说您不是都包容他几十年了吗?"孙萌萌不愧是乖乖女,说话特别得人心,有条理有分寸。

"就是包容他太久了,才窝气!"林爱英再次抹泪。

孙萌萌抽了一张纸巾递给她:"伯母,伯父发这么大的火,这里面肯定是有原因的!等贝贝醒来你问问她怎么回事,她心里应该最清楚!"

孙萌萌看问题果真精准，两人闹腾得这么厉害，肯定是孙贝贝捋到老虎的胡须了才这样的。

"贝贝都已经屈服了，随他的意去当文艺兵，文艺兵也是兵，他还不知足，这日子真是没法过了！"

孙萌萌有些语塞，这毕竟是大人的事，劝多了自己也不知道该怎么搭话了。

林爱英眨了眨眼睛，看了一下时间，已经快6点了，不由从椅子上站起来跟孙萌萌说："萌萌你先回去吧，一个下午都在这儿，怪累的，先回去吧！"孙萌萌正要推辞，林爱英又开口："快回去吧！谢谢你了，萌萌！"好吧，待在病房里是够让人抑郁的，自己还真得回家码字赶稿。

"嗯，伯母，你要是有事的话，就打我电话！"孙萌萌礼貌地回复一句。

"好，谢谢萌萌了！"林爱英朝她点了点头。

孙萌萌走出病房后，脚步幽幽来到电梯口。

叮咚——电梯缓缓打开，孙萌萌正要跨进去，就见向南从电梯里面走了出来。两人都愣了一下，不约而同地开口。

"你怎么回来了？"

"你还没走啊？"

"我刚把孙叔叔送到火车站，看着他老人家上车了！"向南长长地舒了一口气。

刚才在拖孙耀武的时候，向南可是费了九牛二虎之力啊，可把他累得，到了门口，待孙耀武的气消了一些后，又被逼问。幸好自己和孙贝贝没有任何瓜葛，不然向南觉得自己肯定死在他手里。去火车站的一路上，两人的气氛来了一个大逆转，开始认亲了，孙耀武这才认出向南是向董的儿子，多年不见早已忘记向南的样子，却没想到在这种场合重遇。

"哦，谢谢了，今天的事情实在太不好意思了！"不管如何，今天在病房的事情，是他们孙家的事，对于向南这个外人，孙萌萌还是表示由衷的感谢。

"客气啥，都是自家人！"向南倒是一点都不把自己当外人看，孙贝贝对他而言还真像亲妹妹。小时候经常一起出去打架，每次她被打哭后，都是向南冲上去救她，把打她的人爆揍一顿。

"你是返回来看贝贝的是吧？她已经睡着了，你现在还是别进去了！"孙萌萌猜向南回来肯定是想看孙贝贝怎么样了。

"哦……"向南淡淡地回了一句，"那你呢？是要回家吗？"

"嗯。"孙萌萌有气无力地点头。

"我送你回去吧！"向南主动说送孙萌萌回去。孙萌萌抬眼瞄了他一下，好吧，有免费车坐，何乐而不为呢？

城市的夜晚流光溢彩，繁星满目，半轮上弦月高高挂在漆黑的夜幕上俯瞰着万家灯火。回去的路上，孙萌萌一直都闭着眼睛在那假寐。

向南转过头看到孙萌萌恬静的睡容，嘴角不自觉地往上扬起，这是他第一次看女孩子素颜睡觉的样子，感觉有些新奇。向南身边不乏漂亮女孩，但都是披着羊皮、戴着面具的女人，眼前的孙萌萌应该是除了他妈妈外，他第一次认真看到女人素颜的人。

"别看了，注意前方！"即使闭着眼睛孙萌萌也能感受到身旁"向牛郎"对自己投来的灼热眼神。

千万别看上我啊！第一她没有雄厚的资金实力帮牛郎买房买车，第二这个不知道是几手货的向南，倒贴给她，她都不会要。那俊脸就全当美丽的事物欣赏而已！

"这都能察觉啊？我还以为你睡着了呢？"向南嘴角微扬着说。

"我是很想睡，但你的目光太刺眼了，一时半会儿恐怕睡不着！"孙萌萌很直白地回他。

"呵呵，不愧是军人的女朋友，洞察力如此敏锐！"向南记得上次孙萌萌被那穿军装的许烨磊给拖走，而且那一句"放开我老婆"，对他来说的确有些震撼。

"过奖了！"孙萌萌不客气地回敬。

"呵呵，打算什么时候结婚？"向南的目光向孙萌萌的手指看去。

"问这个干吗，你想追我吗？"孙萌萌见他这般看自己，不由警惕起来。

"你觉得可能吗？"向南嘴角扬起一抹痞笑。

"最好……不可能！"

"你这么自信啊？"

"那是！这年头必须自信活着，不然面临的就是自杀！"向南被孙萌萌的话给逗乐了，饶有兴致地点了点头："不愧是作家，口才的确了得！"

"口才跟作家完全没瓜葛，请不要随意将他俩混淆！"

"孙萌萌对人都是这么犀利的吗？"见孙萌萌对自己这番态度，向南心里觉得奇怪，有些不爽起来。

"因人而异！"孙萌萌瞄了他一眼，很直接地回他。

"这么说你这是在针对我喽！"向南直接把她那句话往自己身上套。

"一半一半！"孙萌萌含糊地给出答案，不过心里却默默地回了一句，谁让你是牛郎啊！

"孙萌萌，我好心送你回家，你竟然这么过分！"历来都是女孩子围着他转，哄着他开心的向南，心头突然觉得有些冒火。

"这是你自己主动的，我可没有强迫你啊，你要是现在放我下来，也OK啊，我不会有任何怨言！"向南被孙萌萌这句话给噎住了，有些哭笑不得："好吧，算我犯贱行了吧，算我上辈子欠了你孙大小姐行了吧！"

这是什么鬼话啊？听去好像两人之间上辈子，这辈子有很多纠葛似的。

"此话严重了，你送我回家，我深表感谢，在前面左转处放我下车吧！"孙萌萌指了指前面的方向。向南把车开了过去，孙萌萌拿起包对着向南说了一句："谢谢……"

向南看了一下孙萌萌下车的地点，是一家餐厅的门口，不由开口问道："你……来这吃饭？"

"嗯，是啊！"孙萌萌毫不忌讳地说。

"那你也太不客气了，怎么也得叫上我啊！请我吃饭吧！"向南嬉皮笑脸地要求孙萌萌请他吃饭。

"不好意思，我只是进去打包一个菜，然后回家！"孙萌萌耸了耸肩膀，委婉地拒绝，说完，打开车门径直往餐厅大门走去，连个拜拜也不说。

向南这下被孙萌萌的行为举止彻底噎住了！孙萌萌啊孙萌萌，真是……真是这辈子见过最不待见自己的人！向南不禁把自己和孙萌萌相遇的前前后后回忆了一遍，心头在想肯定是那次撞车的事情，让她看轻了自己。都是老头子！害他丢人，害他跌份，害他被人看轻！

转眼又是周末，一周的时间并不长，可是，那样绵长的思念经过夜以继日地反复缠缠绕绕，一周的思念便觉得很长很长。

这些天，许烨磊虽然不能每个晚上给她打电话，不过两人电话缠绵的那一刻，是孙萌萌一天最快乐的时光。他们的恋情就这样在你侬我侬的声音中迅猛地升温……

孙萌萌躺在床上，想着想着越发兴奋，把第二天的约会都安排得满满当当。为了让在一起的时光更多一些，两人商量好，他回来就直接回家，而她呢，负责去买菜，然后等他回来一起煮周末大餐。

孙萌萌怕自己睡过头，还特意爬起来把闹钟调到7点。而恋爱中荷尔蒙分泌的异常，令某女天还没亮就已经睁开闪亮闪亮的眼睛，开始了新一天的生活。她破天荒地在黎明时刻，狠狠当了一回清洁工，把屋子都收拾了一遍，拖地，擦桌椅，在自己家从来都是懒丫头一枚，在男人家竟然这么勤快。孙萌萌像打了兴奋剂一般，干完清洁工作，在沙发上坐着，也不觉得累，相反地，大清早起来忙乎一番，感觉手脚都特别有劲，使不完的劲。

坐在沙发上看着时间。还这么早，超市都还没开门呢，还得找点事情干干，不然，她又会想许烨磊想得发狂。于是，从小到大，最讨厌晨练却又迫于李笑梅女士的淫威，不得不偶尔虚与委蛇应付晨练的孙萌萌，竟然异想天开地下楼跑步，想把她身上横冲直撞的能量消耗一些。

早春时光，正是万物复苏，柳树发芽杨柳变绿的时节。玉景豪园倒没有明显的季节，这里的绿化一年四季都是红花绿树姹紫嫣红，错落有致，芬芳宜人。

　　孙萌萌慢悠悠地小跑着，闲适地享受着这美丽的等待时光。大脑也开始幻想着，将来有一天，和他或者加上一个矮小的身影，一家三口在她跑过的锻炼路上，欢快地晨练。那种感觉真的很美好啊！孙萌萌沉湎于自己对未来的美丽憧憬之中，对于周围的人和物都没有在意。忽的，听到一个男人非常磁性的声音。

　　"孙萌萌！"向南迎面而来，但孙萌萌却眼神涣散，对这个帅哥视而不见。

　　向南踱着步子慢跑，但方向是倒退的，退回到孙萌萌的前面，微笑着问："真是巧啊，你也爱运动？"

　　"是好巧啊，你怎么也在这晨练？"孙萌萌上下打量着向南。

　　哎，这个牛郎长得真是没得说，换了一套运动装，全身上下都透着一股健硕的美感。孙萌萌真是为他可惜，有这样的好身板，为什么不去海选唱歌、跳舞、模特大赛，以他这样迷人的成熟男人气质，随便做什么都是前途及钱途一片光明的超级巨星。孙萌萌用着星探的目光扫视着向南，为他惋惜不已，为什么总是有这么多失足青年，目光短浅，偏偏就选择做牛郎呢？

　　"我住这儿啊……"向南感觉到孙萌萌每次看他的眼神都很特别，说不上是什么意味，像花痴一样放光，然后不以为然，然后又有一点他捉摸不清楚的情绪，搞不清楚这个女人怎么会表情这么丰富。

　　"哦。"孙萌萌点了点头，牵动着嘴，挤出一抹笑容。没想到这个多情的牛郎，原来暂时被包养在这个小区！

　　向南换了方向，和孙萌萌一同跑了起来。周末正是睡懒觉时节，晨练的人不多，应该说晨练的年轻人不多，老年人却很多。他们两个一起跑步，人家还误以为是一对小夫妻呢。有些老太太看到他们就笑呵呵地赞道："瞧瞧，人家小夫妻感情多好啊！"

　　孙萌萌听了赶紧争辩："不是……我们不是……"人家老太太已经跑远了。

　　向南笑着道："跟我站一块会很吃亏吗？"

Chapter8 是朋友，还是情敌？

"嗯！"孙萌萌非常直接地回答，她才不要被人家误会和牛郎有一腿呢！孙萌萌提起小腿，加快了步伐，试图冲到前面，和向南拉开距离。

"喂，孙萌萌,等等我！"向南很快追了上去。孙萌萌真是打击人不偿命啊！先是漠视他的存在，然后竟然不屑和他一起跑步。

向南从小到大，走到哪都是招女人喜爱的公子哥，先不说他的出身，就是他从头到脚那个明星范，那个帅，从国内到国外再到国内，有哪个女人见到她不垂涎于他的男色啊！偏偏就有这样一个奇葩，让他不得不另眼相看，他要搞明白，这个女人为何这么不待见他。

向南不禁想起了那个军人，这年头，这么年轻貌美的女人喜欢军人，真是不容易啊！能够对别的男人，特别是有才有貌的男人，譬如说自己，能够芳心不乱拒之千里之外，这样的女人更是可歌可泣，可以给她颁发个贞洁奖杯了！

向南正要开口确认一下自己的想法，兜里的手机响了起来，掏出一看，脸上立马露出一抹温柔的微笑。

孙萌萌真是经不起锻炼，本来是全身都很有劲的，刚才逃命似的奔跑，一下子把身体里的能量都挥霍光了。孙萌萌停了下来，撑着肚子喘气，回头看向南也在几米开外，接起了电话。看他那一脸温柔的表情，让她一下子就猜到是他的姘头来电。

"你好啊，亲爱的裴女士，这么早啊，找我有什么事吗？"向南接电话的声音特别温柔，让人听了不觉一阵酥麻。

孙萌萌喘着气，听到这句，不由对着向南直摇头，唉，牛郎啊，牛郎！那富婆肯定是趁老公出门了，立马来会这只牛郎。算了，自己还是眼不见为净，闪人！

其实，向南只不过正在接他老妈裴玉婷的电话，殊不知被孙萌萌更加误解。

5.

孙萌萌跑完步直接去了趟超市，精挑细选着今天和许烨磊两个人的午餐和晚餐的食材。吃货出门，那简直就跟搬家一样，两手拎着塞得满满的袋子，里面全是吃的，兴高采烈地回家。

到家门口，孙萌萌放下手中沉沉的两袋东西，喘了几口气，从包里掏出钥匙开门。一进门，看到玄关处放着一个行李箱，孙萌萌不禁有些诧异，仔细回想一下自己出门的时候，好像这些东西不存在啊！越想越蹊跷，难道是许烨磊放长假了？

拎着袋子，兴奋地冲了进去，可是当她看到客厅里，一个打扮时髦的陌生女孩，正剌啦啦地倒在沙发上，不由给惊呆了！

"你……你是谁？"孙萌萌的声音有些走形了，吃惊的同时多了一份不安。这人怎么进来的，她到底是谁啊？难道是小偷？

沙发上的女孩缓缓地爬了起来，一副懒洋洋的表情，眯着眼睛打量着孙萌萌，口气很是不屑地问："你是谁啊？"

噗——她竟然问自己是谁，好像她才是这房子主人似的？

"我是这房子的……主人！"孙萌萌很想说女主人，但是不知为何孙萌萌省略了一个女字，直接说自己是主人。

那女孩打量过孙萌萌后，懒洋洋地扭了扭脖子："我记得这房子的主人好像是个男的，是许烨磊不是吗？"

"你认识许烨磊？"孙萌萌眼底掠过一丝不安，盯着那女孩看。

女孩看到孙萌萌手上那两袋东西，不免再次打量起她来。看样子，眼前的孙萌萌应该跟自己同龄，脸蛋长得还不赖，虽然穿运动服，但是要腰有腰，要臀有臀，身材不错，挺让人羡慕的。不会是……许烨磊的女朋友吧？

这女孩不会是……许烨磊的前女朋友吧？孙萌萌看着那女孩心里也同时冒出这句话来。

"美女，你手上的东西好像挺沉的！"女孩挑了挑眉头，指着孙萌萌手上的两袋东西，好心提醒道。

不管你是前女友，还是谁，现在……许烨磊是我的！

"你怎么进来的，怎么可以随便进别人家啊！"孙萌萌这么一下，放下手中的袋子，没好气地看着那女孩。

女孩从口袋里掏出一串钥匙，嘴角咧着一抹意味深长的笑意："这是磊哥给我的钥匙！"

磊哥？难道她真是许烨磊的谁谁谁？都把钥匙给人家了，可见关系肯定不一般！好你个许烨磊，没想到你竟然……竟然是这么花心，家里的钥匙随便就给别的女人！真不知道你以前到底有多少女人！

孙萌萌此刻的心理极为复杂，但是不管如何，新老交替也好，许烨磊滥情也罢，自己都应该毫不示弱，毕竟她才是现任。

"是吗？这真的是他给你的钥匙？"孙萌萌收起自己那颗胡思乱想的心，目光怀疑地看着那女孩。

"嗯哼！"女孩耸了耸肩膀，表示肯定。

她不会真的是许烨磊的前任吧，现在还来找许烨磊，说不定在此之前两个人一直都在勾勾搭搭，藕断丝连，那自己岂不是……不行，不管怎么样，自己一定要镇定，至少在还没确定她是否就是许烨磊的前任之前，自己绝对不能乱了分寸，也许这女孩只不过是许烨磊的亲戚也说不定啊！

"请问，你确定你真的认识许烨磊？这钥匙不是捡来的？"孙萌萌为了试探那女孩，故意这么问。那女孩见孙萌萌问这么直白的话，不由扑哧一声地笑了出来。

"百分之百确定，我连磊哥的敏感地带都知道哦！磊哥的耳朵非常敏感，只要抓他耳朵，他就会尖叫，就会害羞……"女孩饶有兴致地说。

妹的啊！许烨磊你这个花心大萝卜！孙萌萌的脸色立马扭曲起来，咬着牙，死死地盯着那女孩。

"哦，对了，我再补充一个，磊哥的屁股上有块小胎记！"女孩见孙萌萌的脸色大变，更是变本加厉地补充道。

许烨磊你这个花心大萝卜，亏我这么喜欢你，你竟然……竟然……孙萌萌越想越气，觉得自己真是太单纯了，这么容易就被他骗，还差一点就得手了！

孙萌萌你真是被爱情冲昏了头脑，你还以为他是军人，绝对很正派！虽然孙萌萌事先想过许烨磊可能会有过一两个女人，但是真正面对的时候，内心还是有些接受不了！

"不好意思，我不管你曾经跟许烨磊是什么样的关系，但是现在这房子由我说了算，我是这里的女主人，请你出去！"孙萌萌的口气明显很不友善，对着那女孩下逐客令。

那女孩冲着孙萌萌摇了摇头。

"你……你这人怎么这么不要脸啊！许烨磊是我老公，请你不要像小三一样缠着他！否则……否则我上法院告你破坏军婚！"情急之下，孙萌萌只好撂出这个没有事实根据的话。

"哦，我记得磊哥好像还没结婚啊？什么时候多出一个妻子来了！"那女孩眯着眼睛，怀疑地看着孙萌萌。

孙萌萌顿时有些恼羞成怒："虽然还没结婚，但我已经是他的未婚妻了！你立马给我出去，立刻！"

看到孙萌萌暴怒的样子，那女孩心里大笑不已，烨磊表哥什么时候交了一个这么可爱的女朋友了？真是稀奇啊，这绝对是他们家族今年最劲爆的话题。

"出去——"孙萌萌再次大声地命令道。

"嘀"的一声，门开了，许烨磊满面春风地走了进来，嘴里还叫着："萌萌，我回来了……"正要冲过去拥抱孙萌萌，看到沙发上的女孩，不由地愣住了。

"你怎么来了？"许烨磊满眼诧异地看着自己一年多未见的表妹师妮可。

"磊哥，磊磊哥……"师妮可冲着许烨磊抛了一个媚眼，当着孙萌萌的面，冲了过去扑到许烨磊的怀里。"我想死你了！"师妮可故意这么说了一句。

许烨磊看着扑到自己怀里的师妮可，不禁失笑起来，这丫头还是跟以前一样，一见他就激动得不成样子。孙萌萌见师妮可扑到许烨磊怀里，许烨磊不仅无动于衷，嘴角还露出一丝笑容。

真是一对不要脸的男女啊！我算是看错人了，看走眼了！孙萌萌恨恨地盯着眼前的这对相拥在一起的男女，特别是那个该死的许烨磊，孙萌萌狠狠地瞪了他一眼，甩头往玄关处走去。

"萌萌……"许烨磊不知道孙萌萌怎么了，连忙放开师妮可，追过去拉住她。

孙萌萌眼睛带着浓浓的怨气，瞪着许烨磊，大力地甩开他的手，打开门，头也不回地跑了。许烨磊被刚才孙萌萌瞪得有些莫名其妙，不由愣住，等他回过神来，门砰的一声给关上了。

许烨磊正要追出去，师妮可却把他给拉住了："哥，你这是要去哪儿？我来了，你也不欢迎我？"

"师妮可，这到底怎么回事？"许烨磊见师妮可这德行，就知道这丫头肯定是把萌萌怎么了，不然萌萌不会这么跑出去。

师妮可听到许烨磊的呵斥，不由放开许烨磊的手臂，噘了噘嘴巴，耸了耸肩膀："可能……可能你女朋友误会我跟你是……那种关系了！"

"你这丫头！"许烨磊一听，不由瞪眼，转身要打开门，却又被师妮可给拉住。

"哥——"师妮可冲着许烨磊撒娇道。

"放手……"

"不放……"

"师妮可——"

听到表哥一声大吼，师妮可连忙放手，许烨磊打开门冲了出去。

跑到楼下，四处张望，也没见到孙萌萌的身影，许烨磊掏出手机给孙萌萌拨了过去。已经坐在的士上的孙萌萌，两眼通红，一片雾气，看到手机来电，不由咬着牙把许烨磊的电话给摁掉，随后直接给关机了。

许烨磊连拨了好几个，听到对方的回应是：已关机。

许烨磊跑到小区门口,也没见到孙萌萌一丝一毫的影子,最后只好回家。一回到家,看到师妮可在那跷着脚看电视,许烨磊没好气地走了过去:"你到底跟萌萌说了什么啊?"

师妮可抬起头,看着有些生气的表哥,嬉皮笑脸地说:"没说什么!"

"老实交代!"许烨磊瞪了师妮可一眼,他好不容易到了周末回来跟心爱的老婆相聚,结果就被这个臭丫头莫名其妙地给气跑了,心里肯定一肚子火。

师妮可看到许烨磊的脸色,知道表哥真的生气了:"这个……这个……"

"快说——"

"我为了证明我是你表妹,就跟她说了一句你的敏感地带是耳朵,还有屁股上有个小胎记,结果她给误会了!"师妮可眨巴着眼睛,弱弱地回道。

"师妮可,你个死丫头,我掐死你!"许烨磊听到这句话,不由吐血三升,冲着师妮可怒吼一句。

孙萌萌一气之下跑出了玉景豪园,打了一个的士,随意选了一个地方下了车,失魂落魄地在大街上晃着。怎么也没想到,自己满心地期待等来的是一个女人,而且还眼睁睁地看他们两个动作那么亲密。她的心一下子从云间跌落下来,然后无止境地往下坠落。

她才刚开始恋爱,面对悄然而来的爱情,还没有好好地享受两人在一起的幸福时光,没想到竟然就出了这个状况。所有的一切都在她的预算之外。虽然孙萌萌没有恋爱的经验,可是她有很多编写爱情故事的经验,在她的笔下,总要有一两个配角出来阻碍着男女主角的恋爱进程,把读者虐得哇哇大叫,而她只是在一旁冷眼旁观。她还很深沉地解释,没有一点考验怎么让男女主角见到爱情的真谛。

现在,她的爱情才刚起步,她却有点迷茫了,在自己的故事里,不知道谁才是真正的主角。孙萌萌满心的委屈无处诉说,更郁闷的是,没有带包包啊!不开心的时候可以去买开心,去吃!吃货不开心的时候就要去大吃特吃。但是,悲催的是,孙萌萌出门的时候,只把自己带出门,没有顺手带点钱。

Chapter8 是朋友，还是情敌？

今天到底是什么鬼日子啊！怎么会这么倒霉！

看着大街上人来人往，阳光很暖和，可是孙萌萌却感到一片凄凉。特别看着一对对的情侣从她身边经过，看着人家那么亲昵，那么甜蜜的笑容，她的心一刺一刺地，针扎一般疼痛着。看着别人的幸福，更加显得自己处境的凄凉惨淡。

孙萌萌的手摸向裤兜，然后摸出了带着她体温的硬币。真是天无绝人之路！

虽然只是两个硬币，总算不是身无分文，寸步难行。她像捡到宝一般，亲了亲硬币，又往空中抛了抛，然后反手接住。有钱就好，这个城市这么大，只要投入一个硬币，她就可以在公车上坐很久，可以走很远。

来到最近的公交站台，看着一个个路线，不知道要去哪儿。最后看到军区医院，痛苦的时候去陪陪孙贝贝，两个可怜的娃凑一块也许就负负得正，也许就不会像现在这么失意了。去军区医院的车很多，她选择了最曲折的那一班，原因无它，就想在这班车上消耗这难过的时光。颠簸了快一个小时，到军区医院的时候已经是中午了。孙萌萌到病房的时候孙贝贝母女正在吃午饭。

"萌萌来啦，吃饭了没？"林爱英停下了手中的饭食，微笑着和孙萌萌打招呼。

"嗯，吃了。贝贝恢复得怎么样了？"其实早饭都没吃呢，原来等着中午和某人一起吃，现在实在是没有一点胃口了。

孙贝贝看着孙萌萌，跟看外星人一样，然后笑道："还是姐姐关心我啊，大周末的，不去谈恋爱，跑医院来看我。"孙萌萌听着她颇有深意的话，赶紧对她眨巴着眼睛，然后也挤出笑容道："一直都是关心你的啊，因为很忙，才没有一直来陪。"

"就这丫头事多，在这住几天，让你们一家三天两头往医院跑，我都不好意思了。你看这个鸡汤还是你妈早上送来的。"林爱英笑着说。

孙萌萌的父母比孙萌萌还更勤快，基本每天下班都会过来看看孙贝贝。

317

这个周末连着两天，李笑梅都是早早地煲汤带过来。只是好奇怪，这么几次，孙萌萌都没有和他们撞上，不然，伯母肯定会起疑。

"换了我住院，伯母也会这么关心我的。"孙萌萌强笑着回道。

"姐，你今天怎么穿得这么休闲运动啊……"孙贝贝看着孙萌萌，总感觉有点怪，什么地方呢，一时想不起来。

"上午去运动了一下。每天坐着，坐得腰酸啊……"孙萌萌半真半假地回道。

"各行都有各行的职业病。在银行坐久了容易腰肌劳损，萌萌上班的时候不要太投入，偶尔起来喝喝水，上上洗手间，缓解一下腰部……"林医生开始孜孜不倦地教孙萌萌怎么养生。孙萌萌就那么乖乖地听着。

孙贝贝在一旁翻白眼，她很想插嘴说，老妈你真是误打误撞终于撞对了一次，这丫头是坐着码字，不是坐着数钞票，在银行的摄像头下，谁敢一天到晚往洗手间跑啊！但是码字是可以的，只是，孙贝贝在怀疑她的腰酸还有一种可能啊，会不会是……和向南在床上搞得太猛了，然后肾虚了……

然后，这个大嘴巴就这么把话说出来了："我觉得，腰酸的话最好要补肾，广告都是这么说的……"

林爱英立马拍了孙贝贝的脑门，瞪着眼道："你这个小丫头胡说些什么啊，哪有小姑娘需要补肾的。你以为是你啊，成天没事做，站着说话不腰疼。你看看萌萌，在哪儿都那么乖，工作也是那么尽责尽职，不然哪会坐得腰疼。"

"妈，别拍啦，我肚子都被拍疼了……"孙贝贝怪叫着，又对着孙萌萌挤眉弄眼。孙萌萌坐在一旁，看着孙贝贝的饭盆道："快吃饭吧，饭菜都凉了……"

等她们吃完饭，孙萌萌主动申请义务洗碗，让林爱英对她又是一个猛夸。就这样，孙萌萌在病房陪着孙贝贝一待就是一个下午。到了晚上 8 点，孙贝贝看着在病房陪了她一天的孙萌萌，从她那表情孙贝贝认定今天堂姐肯定有心事，不然怎么会这么大发善心地在这儿陪着她呢？

孙贝贝趁老妈去孙萌萌家里拿衣服的空当，两姐妹独自相处之时，不由

Chapter8 是朋友,还是情敌?

捅了捅孙萌萌的手臂:"姐,你到底怎么啦?"

"没怎么啊!"一直眼巴巴看着墙壁上挂着的电视里播放连续剧的孙萌萌,头也没转,又回了孙贝贝这句从上午到现在她不知道问了多少遍的话。

"你跟向南吵架了?"孙贝贝试探地问。

"神经啊!"孙萌萌这才转过头,瞪了孙贝贝一眼,这什么跟什么啊,怎么把自己跟向南扯到一块了?

"到底是怎么啦?你跟我说说嘛?我也许能帮你出了主意呢!"孙贝贝推了推孙萌萌的肩膀。

"不用!"孙萌萌毫不客气地拒绝。

"姐——"

"姐——"孙贝贝死缠烂打地缠着孙萌萌,好奇地想知道她这位亲姐姐到底怎么了。

"干吗——"本想不理她的孙萌萌,不由被她推搡得烦躁起来。

"跟我说说吗?我给你排忧解难!"孙贝贝自告奋勇地声称自己要当孙萌萌的知心姐姐。

孙萌萌没好气地瞪了她一眼:"你还是管好你自己吧,别老是惹大伯生气,你们两个老发生战争,最后受伤的不只是你们彼此,连你妈妈也跟着难受,给我老实一点!"

孙贝贝一听这话,立马收回手:"姐,你没事别提这些好吗,好端端的心情都被你给破坏了!"说完,孙贝贝生气地拽过被子,把脸和身子侧到一边,跟孙萌萌怄气。

唉,心情不好说话都没分寸。

孙萌萌知道自己说错话了,这事可是孙贝贝心头还在流血的刀口啊,于是连忙转过头,隔着被子推了推孙贝贝:"对不起啦,姐姐知道错了,以后不提这事了,抱歉抱歉啊!"

孙贝贝裹着被子,把头缩在里面,眼眶又开始红了起来。

"贝贝,姐姐错了,真的错了,以后再也不提这事了!你就原谅姐姐吧!"

孙萌萌听到孙贝贝的抽泣声，不由皱起眉头。"好，好，好，姐姐说错话了，自己掌嘴五十下！"孙萌萌带着戏谑的口吻哄她。

扑哧一声，龟缩在被窝里的孙贝贝瞬时笑了起来，掀开被子："掌嘴免了，但是你必须跟我说你今天怎么了！"

"好吧，那我就告诉你！"为了哄这个大小姐开心，孙萌萌也只好告诉她了，不过采用的是含沙射影的方式。

"男人真不是什么好东西！见一个爱一个，明明有了女朋友，还敢跟前女友勾勾搭搭的，真是无耻到家了！"孙萌萌咬着牙骂道。

孙贝贝听得一愣一愣的，这还真被自己猜准了，亲姐真是因为感情的事郁闷了一天啊！唉，向南哥哥啊，你既然跟我老姐交往，还到处莺莺燕燕，也太不把我们老孙家的女人当回事了吧！

"姐，既然你是人家正牌女友，那就拿出正牌女友的风范和魄力出来啊，管她什么莺莺燕燕，勾勾搭搭，到了你这，全部斩立决，是咱的男人就是咱的男人，谁也别想碰，敢碰立即杀无赦！"孙贝贝把自己对恋爱的绝招免费传授给孙萌萌。

"还有，既然是你男人，在跟你交往时，初犯这种事的时候，就得狠狠治他，回去好好灭了他，让他知道我们老孙家女人的厉害！"孙贝贝随后又添加了一句。

听着孙贝贝这一席话，孙萌萌想了想，没错！许烨磊现在可是我的男人，管他前女友、后女友，胆敢打他的主意绝对杀无赦，还有许烨磊你竟敢这般对我，回去我就扒你皮，抽你筋！看你还敢出去勾勾搭搭的！

孙萌萌立马站起身来，伸出手跟孙贝贝说："有钱吗？"

孙贝贝愣了一下，不解地问道："干吗啊？"

"我身上一个铜板都木有了！"孙萌萌可怜兮兮地把裤兜掏了出来。

"真是可怜！"孙贝贝非常同情地说，伸手拉开病床边上的抽屉，拿出自己的钱包，掏了一百块钱给孙萌萌。

"谢谢，我先走了！"孙萌萌拿到钱后，脑海中第一个想法就是杀回家去，灭了那淫妇，再狠狠惩治许烨磊一番。

"姐，你不带这样的吧，我妈去你家还没回来呢，你就在这儿多陪我一会儿嘛？"孙贝贝见她马上要走，连忙叫住她。孙萌萌摇了摇头："我还是回家争取我的爱情比较重要，你好好在这儿躺着吧，姐有空还会再来的，拜拜！"话一说完，孙萌萌头也不回地离开了病房。

"姐——"孙贝贝怎么叫都无法挽回孙萌萌那颗迫不及待杀回玉锦豪园的心，不由噘嘴骂道，"有异性，没人性！"

6.

孙萌萌杀气腾腾地冲回玉景豪园，一路上便想象着面对那个女人的时候要怎么处理。电视上看多了对付小三的剧情，她也写多了对付第三者的剧情，要赶走许烨磊的前女友，她在乘的士的二十多分钟里想出了十多种方式。

那个什么前任，你已经是过去式了，管你知道许烨磊的耳朵还是看过他的屁股，现在睡在他床上的女人是我！感情的戏不是韭菜，割断了还能再长，翻过了一页还能再爱你一次。哼哼！要么自己识趣地滚一边去，要么，让许烨磊把你赶出家门！敢跟我抢男人，我就让你灭门！

爱情真是让人变得自私又疯狂！平常那么善良的一个女娃，对付情敌的时候竟然想到了灭门这个词。灭门啊！什么意思啊？怎么感觉像黑社会老大！知道厉害的，都懂得赶紧回避，回避！

孙萌萌握着拳头回到家门口，看到紧闭的房门，一路上的壮志雄心也被堵住了。不管怎么说，马上要面对一场充满唾沫的战争，而她要扮演李笑梅一样的"河东狮吼"角色，心里总有几分悲哀。情路漫漫，这漫长的路，她只想过和他的分别会很难受，从没想过他们之间的爱还要夹着其他女人。现在才刚刚开始，不知道以后还会不会有这样的事，还会有多少这样的事。

每一次都要自己拿着苍蝇拍歇斯底里地拍打那些围着他的苍蝇，想想都觉得累，不知道自己会不会一直都能保持这份斗志，不知道那个时候是否还能保持一颗爱他的心……至于现在，她能确定自己还是爱他的。那就要不遗余力地扫清他们之间的障碍。孙萌萌深吸了一口气，然后从裤兜里摸出钥匙，开了房门。

黑漆漆！一片黑漆漆——

孙萌萌设计了那么多再见时候的战争片，唯独没有设计到黑漆漆。家里竟然没有人，没有灯光黑漆漆静悄悄一片……

孙萌萌有点泄气地打开灯，看着还在门口的行李箱，把气都撒在了上面，狠狠地踹了两下。这都几点了，许烨磊！你放着赌气出门的现任不管，竟然这么晚还跟着前任在外逍遥快活？陪那女人逛街？购物？看电影？然后去吃浪漫的晚餐？一天的时间，这些事早该干完了。还是去酒店开房了？孙萌萌一想到许烨磊陪着别的女人干着自己想和他干的事，想到自己精心安排的一天约会就在这样的怄气中浪费了，心里抓狂不已。

孙萌萌胡乱踢掉了脚上的运动鞋，让它横七竖八地歪在门边，自己就越过玄关来到客厅。

物是人非事事休……还是那个沙发，可是，再看却甜蜜不起来了。想到那个女人上午在那坐着，挑衅地说着那些话，之前在沙发发生的所有美好都被蒙了一层灰，黯然失色。

孙萌萌再看看餐厅，看看厨房，上周她和许烨磊的欢声笑语竟然就这么渐渐远去……

爱情来的时候，家里所有的一切都是亮丽的，美好的，让人看了心生甜蜜。爱情受伤的时候，家里所有的一切，其实都没有改变，可是看的人心情换了色彩，所有的东西也没了色彩。孙萌萌看得揪心索性关灯不看了，还是睡觉吧，也许一觉醒来，原来是一场噩梦，梦醒了又恢复了以前的生活。

胡乱地洗完澡，耷拉着脑袋离开了卫生间，来到床边关了灯，就这么呼啦啦地趴下睡觉，连被子都懒得拉一把。

谈恋爱真是没劲，甜蜜的时候让人飞上天，情变的时候让人一下坠入地狱，全身都冷飕飕的。爱情真没劲！为什么还有那么多人喜欢谈恋爱，喜欢看爱情小说呢？要是自己写文以前有丰富的爱情经验，绝对不会存着那么美好的憧憬去编织那一个个美丽的爱情童话。

这一天心里把许烨磊骂了那么多，可是到了最后，一个人趴在床上，睡不着，满脑子都是他的身影……他那么可恶，可是，她还是想他，很想很想他……

许烨磊和师妮可在9点半后才回到家，这一天两人都在疯狂的找人中度过。早上回来，对孙萌萌就是那么匆匆一瞥，就见那丫头穿着一套运动服，手上连个包没有，就一手机，兜里应该没什么钱，估计肯定走不远，于是某中校拖着那个该死的害人精师妮可下楼找人。两人把整个小区的花花草草都拨开来找了一遍，就是没见孙萌萌的影子，随后兵分两路，在小区左右方向找。

结果，找到现在才回来，许烨磊去过孙萌萌家的楼下，却又不知道她家住在几楼，其实他大可去问管理区孙萌萌住在几楼的，可是想到这样上去肯定会惊动他那个还未正式拜访的丈母娘，丈母娘的彪悍许烨磊从孙萌萌被赶出家门的时候就有所体会，最后只好干巴巴地在楼下望到现在才回来。

许烨磊心里一直在腹诽：孙萌萌这个老婆以后千万不能得罪，一旦得罪就关机，让自己毫无头绪地寻找，会要了他的命的。

这一天，师妮可也是饱受许烨磊的怒骂，差一点就要被殴打。本来她觉得好玩，第一次见到无欲无求的表哥喜欢女人，于是就想逗逗她，却没想到自己一个小小的玩笑，竟然将两人难得的周末约会给折腾没了，看到表哥那心焦的样子，师妮可真的知道自己犯了不可饶恕的错误。

这一天之内，师妮可一直跟许烨磊诚心道歉，可是道歉有用的话，还要警察来干吗？要是孙萌萌真的误会他了，都不知道啥时候才能跟她解释清楚这事，师妮可这个欠揍的丫头。

许烨磊闷着一肚子的气回到家，脸色黑得跟碳一样，师妮可不敢吭声，默默地跟在他身后。

回家一进门，打开灯，看到玄关处的运动鞋，一整天都在焦急和烦躁度过中许烨磊,脸上的阴云瞬间消散,露出一丝欣喜又庆幸的笑容。原来自己漫天寻找,着急一天,最后老婆却自个回来了!这让许烨磊对孙萌萌的爱意又更加深了一层,他想她应该懂得他的心,所以还是回来了!

师妮可见表哥脸上的表情多云转晴,立马开始蹦跶起来:"哥,嫂子回来了,这下你不要再骂我了!"

许烨磊转过头,横了师妮可一眼,这丫头还有脸说,要不是他老婆真心爱他,估计此时肯定不会在这儿了。师妮可立马闭嘴,许烨磊换上拖鞋后,第一时间冲到主卧门口,大手一伸拧了一下门把。

锁住了!这丫头肯定在里面生气呢!

好不容易熬到周末兴高采烈地冲回来,结果被师妮可这丫头闹成这样。许烨磊此刻迫不及待地想冲进去,跟孙萌萌解释,告诉她这纯属误会,师妮可只是自己的表妹而已。不过,许烨磊转念一想,算了,等会儿洗完澡再进去,关上门任老婆发落,要打要骂随她高兴。许烨磊放开门把,转身往浴室走去。

许烨磊穿着睡衣从浴室出来。师妮可从客卧走出来,见许烨磊在擦头发,不由小声地凑过去:"哥,你房间被我占了!晚上睡哪儿?"许烨磊扫了师妮可一眼,没应她,继续在那擦头发。

"哥,要不我给你拿条毯子出来!"师妮可眨巴着眼睛,试探着问。

虽然不知道表哥和那位被自己气走的表嫂发展到什么程度了,但是师妮可还是想逗一下眼前这位帅帅的、在她印象里无欲无求、不近女色的中校表哥。

"睡你的觉,要你操什么心!"许烨磊瞪了师妮可一眼,一副嫌弃的表情,好似想说她很鸡婆。

师妮可听到这句话,心里顿时有谱了,意味深长地冲着许烨磊笑了笑:"哦,哦,哦,好的,我这就滚去睡觉,哥,祝你有个愉快的夜晚,晚安啦!"说完,师妮可立马回客房,关上门,两耳不闻窗外事,一心只睡大头觉。

许烨磊不用吹灰之力,就把主卧反锁的门给打开了,屋里静静的,只一盏台灯闪着朦胧的光,将屋里照得格外的温馨。看着床上躺着的孙萌萌,此刻的她好像已经睡着了，在灯光的笼罩下散发出暖暖的光晕，随着眼前她的影像越来越清晰，许烨磊的心也渐渐明亮起来。

许烨磊掀开被子，在孙萌萌的身旁躺了下来。许烨磊不忍将她吵醒，索性侧着身看着她沉沉的睡颜，伸手将她散落在脸上的散发撩开，露出了泛红的小脸，细白的颈项隐在黑发之间，平添了一抹诱人的风情。

许烨磊低头在孙萌萌额头上印上深深的一吻，随后将孙萌萌整个人抱进了怀里。温香满怀，许烨磊舒服地闭上了眼，可是一直都在装睡、完全没有一丝睡意的孙萌萌却在黑暗里暗自诅咒着抱着自己的男人。

可是此刻的自己被他揽进他那温暖宽阔的怀里，今天一天的不快和不爽消失了一半，孙萌萌在心里一边细碎地诅咒着躺在身旁的这个男人，一边鄙视自己的犯贱。

黑暗里，原本闭着眼睛的许烨磊，突然睁开了双眼，饱满性感的唇缓缓拉开弧度，这一刻是他每天夜里心底最期待的画面，孙萌萌就像是他的私有物一样，在他的臂弯里沉睡。此刻的他，肆无忌惮地看着她，心乱神迷地呼吸着属于她的气息，这一刻，他内心得到前所未有的满足……

看着心爱的人儿在自己怀里酣甜入睡，许烨磊心神荡漾，实在有些忍不住了，不由低头凑了上去，轻轻地将唇凑了上去，果然是那么的甜美……

正当许烨磊沉溺于一个人的欢情里时，一不小心却看到孙萌萌半眯着的双眼，正直勾勾地看着他偷腥。许烨磊的心顿时咯噔一下，犹如被当场抓包的小偷愣在了那里，唇还贴着她的唇，满脸的清香仍旧萦绕鼻息。

许烨磊眨了眨眼，吐字含糊地问："你一直醒着？"此刻的孙萌萌恨恨地看着许烨磊那瞬息万变的脸，随后咬着牙，吐出五个字："我一直醒着！"

听到孙萌萌的回答，许烨磊顿时抽了抽嘴角，额头冒出三根黑线，可是此刻他们之间，唇与唇依旧近在咫尺，许烨磊不由兴奋地贴了过去。

孙萌萌却伸手用力地将许烨磊给推开，两眼充满怒气地瞪着许烨磊："我们熟吗？"

许烨磊知道孙萌萌在生什么气，嘴角微扬，勾起一抹令人心神荡漾的微笑，灼热的鼻息喷洒在孙萌萌那张怒气十足的脸上。

"不熟！"见她生气，许烨磊勾着嘴角，戏谑地调侃道。

这个花心大萝卜竟然还有脸跟自己开玩笑！今天是不是跟那个前任过得很愉悦啊！回来还招惹自己干吗？可恶的臭男人，可恶的臭军痞！孙萌萌越想越生气，越想越委屈，瞪着许烨磊的眼睛渐渐地染上一层薄薄的雾气。

"不熟，还敢爬到我床上来！"孙萌萌怒气冲天地对着许烨磊吼了一句，说完对着躺在自己身旁的许烨磊，直接来了一套"佛山无影脚"。

面对孙萌萌的"佛山无影脚"，许烨磊不但没有闪躲，反而躺在那任她踢打。这丫头能有几斤力气呢，踢人只不过是挠痒痒而已。待孙萌萌发泄完了，许烨磊还悠然自得地侧躺着。孙萌萌看他一点心虚愧疚都没有，东窗事发了竟然还这么镇定自若，是吃定我了，还是他干这种事干多了，都没感觉了？心里越想越气，一张小脸像个气球似的憋得鼓鼓的，只要轻轻一戳就爆炸了。

许烨磊就那么邪恶地躺在她的身边，看着这个小辣椒泼醋，觉得很好玩，继续作壁上观。孙萌萌见他还是不吭声，一副任打任骂的样子，更加来气，不由得又是一番乱踢，踢得他筋骨舒畅。

许烨磊看孙萌萌打得累了，火焰也小了，才心疼地抓住她的手，轻轻揉拭着，柔声说："别打了，把手都打肿了，我会心疼的……"

孙萌萌赌气地噘着嘴，哼了一声，想抽回手，小手却被许烨磊紧紧地包裹着，怎么使力都抽不回。

"你这是生哪门子气啊？"许烨磊明知故问，身体往前挪了挪，想更贴近孙萌萌。还沉浸在满腔愁怨中的女人不能接受这样的亲近，于是弓着身子往后退了退。

"许烨磊，你这个超级花心大萝卜。我恨你，恨你，恨死你了。你离我远点！"

"你这一天吃了多少缸无厘头的醋啊！我闻闻，真的好酸啊！"许烨磊嬉笑着说，那神态跟此时和他横眉冷对的孙萌萌反差实在太大，会让人误以为，导演搞错了，把某个人的戏份安排错了。

这个邪恶的男人第一次觉得逗女人生气也是件开心的事。听着孙萌萌连着说三个恨字，怕玩得太过火了，等会儿收不了场，才决定就此打住宣布 Game Over。

被孙萌萌揍得越痛，骂得越凶，意味着这个女人对他的爱就越深，这才多长时间啊，被一个女人这样深切地爱着，是个男人都会感动的。

许烨磊再难忍受她这样刻意的疏离，于是又往前挪了挪，孙萌萌又往后退了退，许烨磊干脆放开了她的手，一把揽住她的腰，猛地拉过来，紧紧贴着自己，另一只手在孙萌萌的鼻梁上轻轻一刮，宠溺地说，"再往后就掉下床啦！"

只是他一个温暖的怀抱，所有的委屈似乎都可以不去计较了。

孙萌萌觉得自己真是没骨气，就这么放过他原谅他。

许烨磊的手在她的脑后轻轻地抚着，柔声道："亲爱的老婆大人，你误会我了，那个……那个是我的表妹！"

孙萌萌不敢置信地听着许烨磊的话，如雷贯耳，立马放开了搂着许烨磊的手。

"你说的是真的？"

"是真的，她叫师妮可，我舅舅的女儿，从小就精灵鬼怪，今天她是跟你开玩笑来着，没想到会闹得这么沸沸扬扬，把我们难得相聚的时光都浪费掉了，好了，别再生闷气了……"

孙萌萌听着许烨磊的解释，确定没有情敌，没有前任，心里千斤重的包袱瞬间荡然无存。孙萌萌喜不自禁，直接把自己的那份狂喜表现出来，扑向许烨磊："你早上为什么不说？"

孙萌萌想到自己被他们兄妹戏耍了一番，心头的火又开始噌噌地往上冒。

因为这个错，让她这一天过得这么难受，这么委屈。

孙萌萌真是越想越气，气他早上的不吭声，更气他刚才一副看好戏地看着她吃着飞醋撒泼。气他的坏，更气自己，自己竟然被爱冲昏了头，不能理智地去分析问题，让自己的爱变成一个笑话。鼻头一酸，孙萌萌的眼泪就哗啦啦地往外滚。

眼泪滴在许烨磊挨着她的脸颊上，他的心也跟着揪疼："萌萌，对不起，让你这么伤心，都是我的错，我没有告诉老妈你住这儿，不然她也不会给妮可钥匙了。"

他捧着孙萌萌的脸，温柔地说，边说边轻轻地吻着她脸上的泪花。那涩涩的味道从她的心头沿着他的舌头进入他的心头。

此时此刻，他只能用他的怀抱，用他的吻来为她消气。

爱人的吻是魔力的吻，那轻轻的一吻，吻干了孙萌萌眼角的泪花，也吻灭了她的心头火。孙萌萌又开始情不自禁地搂着他的脖子，任他亲昵着。

感觉真像做梦一样，这一周，每一个夜晚都那么想他，等待着这一夜和他相拥而眠。经过今天这样曲曲折折地一闹，如今真实地被他搂着、亲吻着，孙萌萌有些喜极而泣，眼泪又不自觉地流了出来。

孙萌萌想伸手擦拭，许烨磊先帮她吻干了，心疼地说："别哭了。现在没事了，我还是你的男人，以后也只属于你。你打也好，骂也好，就是别再伤心了……"

"那以前呢，你以前有几个女人？"孙萌萌吸着鼻子问，今天她就是把师妮可当作他的前任才搞出这么多愁云惨雾，为了以后的生活平静一些，一定要把所有可能的情敌都先剿灭。

但是，打心眼里，她希望许烨磊直接否定她的话，说他以前没有女人，可是那样可能吗？他可是三十出头的男人啊，要是自己也是那般年纪还没有过男人，干脆就撞墙去了。

果然，许烨磊低声说："是有一个……"听到真的有那么一个，他的初恋给了另一个女人，孙萌萌的心还是往下沉了沉。

很郁闷啊，打听到这样的消息不亚于正牌老婆终于侦查到老公有小三，这世上大概没有比这样的工作更让人没有一点成就感的了。

"现在还联系吗？"孙萌萌噘着嘴巴，酸溜溜地问着，眼睛巴巴地看着

Chapter8 是朋友，还是情敌？

许烨磊性感的唇，希望那样让人流连的地方说出让她欢心的答案。

"嗯，还有……"

许烨磊看着孙萌萌那样可爱的样子，一不小心又想逗她一下，想看看老婆会采取什么手段攻击他。不出意料，又是一组升级版的孙氏流星拳和无影腿一起并用。

"痛！"许烨磊故意大声地叫着，孙萌萌知道师妮可就在隔壁客卧，实在不想让那个所谓古灵精怪的小姑子听戏，她赶紧捂住许烨磊的嘴巴。

"许烨磊，你真是太欺负人了，跟我在一起还跟前任勾勾搭搭藕断丝连。今晚你就给我做个了断，要我还是她？"

许烨磊亲着捂住他的小手，憋着笑道："你还真是醋坛子啊，连自己的醋也吃。"

"你说什么，给我说清楚……"孙萌萌放开了他的唇，恨恨地瞪着他。

许烨磊把她往身上紧紧一揽，然后才看着她又开始升腾雾气的眼，又是开心又是心疼地道："我只有一个女人，过去现在都只有你一个，将来也只有你一个女人。"

"我不信！"孙萌萌撇过头去，声称不信，"油嘴滑舌，我才不信……"孙萌萌嘴上是这么说，其实心里却变得一片明亮。只是，还是有些不敢相信。

他这样的条件，怎么会没有一个女人呢？他这些年是怎么过的？没有一场轰轰烈烈的爱情，他的青春不是白活了吗？

"萌萌……其实，我……我还是……"许烨磊见孙萌萌始终不信，最后不得对她托盘而出，说出这几个字的时候，自己都觉得有些不好意思起来。

失去父亲后，成为像父亲一样的人是许烨磊的目标，从那一年开始他就以进特种部队为自己生命中的终极目标。高中时，他一心想考军校，读军校时，他一心在研究各国的军事战略，进了部队他一心就想晋升进特种部队。男女之事不在他的考虑范畴之内，即使曾经有喜欢他的女孩子，他心里明明很清楚，却当作不知道人家的心意，给人一种木讷、不解风情的感觉。

其实不然，他也有属于自己心中的一轮明月，只是在那个时机，不恰当的时机，他把它给掩藏了而已。当孙萌萌出现时，刚好是他将心中明月揭开，也许这就是缘分，一切命中注定。在对的时间，遇到对的人！

孙萌萌听到这句话，咬着唇，忍住笑，心里极为复杂，一半惊喜，一半怀疑。

其实男人和女人都一样，内心世界都会渴望自己的女人或男人生命中就只拥有过自己一个人，很想拥有对方所有的东西，初吻，初恋，包括初夜。

"真的吗？"孙萌萌嘟着小嘴，表示怀疑，其实心里已经相信了九成，只等他一个肯定的答案。

"你就这么不相信我吗？"许烨磊见她不相信自己，不由捏了一下孙萌萌的鼻子。

"我不是不相信，而是这年头像你这样的，还能保持贞洁，这可是会上新闻头条的！"孙萌萌调皮地冲着许烨磊吐了吐小舌头。

许烨磊低头啄了一下她那可口的红唇，附在她耳旁低沉着嗓音道："你要是不相信的话，我可以给你验货！"

孙萌萌直接粉拳轻捶了许烨磊："谁……谁要验货啊……"

"你啊，我记得上周一你可是亲口答应我的，有短信为证！"许烨磊将头埋在孙萌萌的耳旁，温柔地细说着。磁性的嗓音，传入耳中，深深蛊惑人心。

"我……忘了，不知道！"孙萌萌撇过脸，不敢承认那天自己亲手发过去的短信。那条短信的潜藏词就是：等他回来，一起共赴爱的天堂。

"你把我勾引了，现在还敢否认！敢说就要敢当，必须负责到底。"许烨磊啄了孙萌萌那嫣红的脸颊一口。

几秒后，孙萌萌缓缓地转过脸，将脸蹭进许烨磊那温暖的怀里，紧紧贴着他的肌肤，呼吸着那熟悉的阳刚气息，轻声又羞涩地说："好，我负责……"

"老婆，你说什么？"许烨磊听到这句，满眼的兴奋，简直是喜出望外。

"讨厌，你明明听到了！"孙萌萌抡起粉拳捶了许烨磊那坚实的胸膛一下。

房间里没有开灯，只有淡淡的月光洒进来，床上的两个人很快纠缠在一起，衣服一件件被扔在了地上。娇嫩的身体一览无余地呈现在自己的眼前，许烨磊的眼眸不由幽深了几分。

少了束缚的身体顿觉空虚，但孙萌萌却一点都不排斥附在她身上的许烨磊，甚至还下意识地抱紧压在自己身上的男人。许烨磊一手将孙萌萌抱紧，一手探寻着渴望已久的身体，在她曲线优美的身体上不断地摩挲着。

他的手像是有一股神奇的魔力，所到之处都令孙萌萌阵阵战栗，随着他不断游移的手，孙萌萌的身体逐渐变得酸软无力，不由自主地圈上他的颈项，嘴里发出"嘤嘤"的浅吟。

少女变成女人的一个必经阶段，必须承受心爱的男人为她做的洗礼，也愿意和他一起感受凤凰焚烧的过程。虽然这个过程会很痛苦，很受煎熬，但冲过去之后便是涅槃重生，迎接他们的将是幸福的天堂。

孙萌萌抬起手，轻轻抚摸着许烨磊充满温情的脸颊，凝视着他，似乎要把他这一刻的柔情全部记在心里。下一秒，自己的心里将深深地烙上这个男人的印记。她会记着他，也许，一生一世，也许，三生三世，都会记住他的灵魂，他的热力。

比翼双飞，情意绵绵。这一夜，她成了他的女人。

图书在版编目(CIP)数据

全世界我只想和你在一起 / 米西亚著. -- 北京：群言出版社, 2016.10（2018.2重印）

ISBN 978-7-5193-0175-0

Ⅰ. ①全… Ⅱ. ①米… Ⅲ. ①长篇小说－中国－当代 Ⅳ. ① I247.5

中国版本图书馆CIP数据核字（2016）第218934号

责任编辑：刘占风
封面设计：仙　境

出版发行：群言出版社
社　　址：北京市东城区东厂胡同北巷1号(100006)
网　　址：www.qypublish.com（官网书城）
电子信箱：qunyancbs@126.com
联系电话：010-65267783　65263836
经　　销：全国新华书店
印　　刷：北京市昌平新兴胶印厂
版　　次：2017年1月第1版　2018年2月第2次印刷
开　　本：880mm×1230mm　1/32
印　　张：10.5
字　　数：260千字
书　　号：ISBN 978-7-5193-0175-0
定　　价：32.00 元

【版权所有，侵权必究】
如有印装质量问题，请与本社发行部联系调换，电话：010-65263836